Midas - SPIELVERDERBER

Woher kommen unterschwellige Zwänge,
die in uns schlummern
und uns den Frieden nehmen?
Aus einer längst vergangenen Zeit?

Das Buch

Theo liebt seine Frau Lilly, die Sockenberge und pubertären Auswüchse der Kinder. Doch seine heile Welt zerbricht, als er einen Erpresserbrief mit dem Porträt seines Vaters, gezeichnet durch seinen talentierten Bruder Andre, erhält. Vater und Andre - beide wurden vor fünf Jahren Opfer eines ungeklärten Verbrechens, oder aber, so befürchtet Theo insgeheim, ihr Konflikt hat sich bis zu einem schrecklichen Höhepunkt gesteigert, einem erweiterten Suizid. Aus Angst, jemand würde seine Familie in den Dreck ziehen, zahlt Theo immer mehr an den Erpresser und um das zu finanzieren, findet er eine fatale Lösung: die Spielhalle. Doch irgendjemand will das nicht akzeptieren und rächt sich blutig an jedem, der sich Theo in den Weg stellt.

Susanne Grußler

Midas –

SPIELVERDERBER

PSYCHOTHRILLER

Bibliografische Information der Deutschen Nationalbibliothek
Die Deutsche Nationalbibliothek verzeichnet diese Publikation in der
Deutschen Nationalbibliografie; detaillierte bibliografische Daten sind
im Internet über http://dnb.d-nb.de abrufbar.
*Die automatisierte Analyse des Werkes, um daraus Informationen insbeson-
dere über Muster, Trends und Korrelationen gemäß §44b UrhG (»Text und
Data Mining«) zu gewinnen, ist untersagt.*
© 2024 Susanne Grußler Lektorat: David Engels
Verlag: BoD · Books on Demand GmbH, Überseering 33,
22297 Hamburg, bod@bod.de
Druck: Libri Plureos GmbH, Friedensallee 273, 22763 Hamburg
ISBN: 978-3-7693-2500-3

Zur Autorin:

Seit vielen Jahren arbeite ich als Sozialarbeiterin mit Menschen mit psychischen Erkrankungen und Suchtproblemen. Besonders einprägsam war mir während meiner Tätigkeit als Schuldnerberaterin der hohe Leidensdruck für Betroffene, Partner und Familien bei Glücksspielsucht.

Dieses Buch präsentiert als Erklärungsansatz für eine mögliche Ursache die Weitergabe von Traumata über mehrere Generationen hinweg.

Doch es gibt zahlreiche Auslöser für die Erkrankung.

Wichtig ist ein professionelles Hilfsangebot.

Widmung:

Mein Buch „Spielverderber" widme ich den Betroffenen, die Gehör finden sollen.

*Außerdem danke ich den Mitarbeitenden der **Landessstelle Glücksspielsucht in Bayern**, die mir im beruflichen Kontext mit professionellen Angeboten häufig begegnet sind, für ihren hartnäckigen Kampf für Schutzmechanismen und eine Sensibilisierung der Gesellschaft.*

www.verspiel-nicht-dein-leben.de

Und hätte ich ein Herz aus Gold,

so würde in meinen Adern

kein warmes Blut mehr fließen

und das kalte Metall

wäre mein sicherer Tod.

• ♥ • ♥♥♥•♥ •

PROLOG

HAUPTGEWINN

THEO

• ♥ • ♥♥♥•♥ •

HAUPTGEWINN 1

Ein leichter Sonnenbrand pikst auf meinen Schultern wie tausend kleine Nadelstiche, während ich im Waschkeller die Badetasche ausräume. Die Folgen eines schönen Tages am See. Dies gilt ebenso für diese lästigen Dinger. Winzige Sandkörner, die sich an nassen Haargummis und in klammen Badetüchern festhalten, als sei das ihr neues Zuhause. Ich stelle die Tasche auf die Waschmaschine, fische ein Paar bunte Flip-Flops vom Boden und klopfe sie über dem Waschbecken aus.

Da springt meine Frau Lilly die Treppe herunter zu mir. Hastig drehe ich mich zu ihr.

„Hast du doch noch etwas gefunden?", fragt sie atemlos. Ihre Augen richten sich hoffnungsvoll auf mich.

„Nein, mein Schatz!" Ich schüttele den Kopf. Bedauernd zucke ich mit den Schultern. „Nichts, außer Sand, der für einen ganzen Sandkasten reichen würde."

Liebevoll nehme ich ihr Gesicht in meine Hände und küsse sie auf die Nasenspitze.

„Oh, mein Gott!", seufzt Lilly. Auf dem Weg zum Autobahnsee hatte sie Haushaltsgeld für diesen Monat abgehoben. Fünfhundert Euro!

„Ich hätte nie so viel Geld mitnehmen dürfen!", jammert sie. „Als du eingenickt bist, bin ich nur kurz zur Toilette gegangen. Da muss es passiert sein. Jemand hat die Börse aus der Tasche geklaut. Ich bin so doof!"

Ich merke, dass sie gegen ihre Tränen ankämpft. Drei Kinder brauchen viel. Da schmerzt der Verlust von einigen hundert Euro sehr.

„Mach dir keine Vorwürfe. Das kann jedem passieren. Wir gehen diesen Monat nicht zum Essen, ich backe uns Pizza. Und statt des Kinobesuchs sehen wir uns morgen im Fernsehen einen guten Film an. Dann kommen wir hin." Ich nehme Lilly in den Arm.

„Hast du vergessen, dass ich die Klassenfahrt für Mariella bezahlen muss?", stöhnt Lilly, lässt sich jedoch in meine Umarmung sinken. „Danke, dass du mich tröstest, andere würden ihrem Partner Vorwürfe machen!"

Ich spüre, wie bei unserer Berührung ihre Anspannung nachlässt.

Lillys Arme gleiten meinen Rücken hinab. Ein angenehmer Schauer huscht mir über die Haut. Obwohl wir schon mehrere Jahre ein Paar sind, gibt es in unserem Alltag immer wieder spontan zündende Funken, die schnell eine mitreißende Leidenschaft entfachen.

Obwohl ich sie gerne intensiver getröstet hätte, fange ich ihre Hände leichthin ein und ziehe sie nach vorne.

Dabei muss Lilly an die Badetasche gestoßen sein, polternd fällt diese zu Boden, die nassen Badehosen und Bikinis klatschen auf die kühlen Fliesen und Sandkörner verbreiten sich wie davoneilende Spinnen bis in die tiefsten Fugen.

„Mist. Heute ist ein mieser Tag." Lilly betrachtet das Chaos und lässt missmutig die Schultern hängen.

„Stimmt nicht, Lillybeth." Nicht viele Menschen kennen ihren vollen Namen. Ich küsse zart ihre weichen Fingerspitzen.

Doch der Moment der Entspannung ist vorüber. „Das viele Geld. Wie sollen wir das nur schaffen!", jammert sie.

„Leg dich etwas hin", schlage ich vor. „Ich kümmere mich weiter um die Wäsche. Wir finden später einen Weg."

Ich will nicht, dass sie traurig ist. Nicht Lilly. Sie und die Kinder: Mariella, Ravina, Jack – sie sind mein Leben, mein persönlicher HAUPTGEWINN!

Nun gehe ich in die Hocke, um die nassen Badesachen einzusammeln. Spontan greife ich zu einem Handtuch und ziehe es mir wie ein Kopftuch über meine vom Baden verstrubbelten Haare. „Lass mich dein Saubermann sein, dein Putzkrieger, dein ergebener Picasso der Fleckentfernung", blödele ich und ziehe eine dumme Grimasse.

Mit Erfolg. Ein zaghaftes Lächeln huscht über Lillys Lippen wie ein zarter Sonnenstrahl am Morgen. Sie streckt mir frech die Zunge raus und geht nach oben.

Nachdem ich einen Waschgang gestartet und den Sand von den Fliesen gekehrt habe, fasse ich mich an die hintere Hosentasche und hole einen weichen Gegenstand hervor. Beinahe wäre es schief gegangen. Leider musste ich deswegen auf ein paar der wenigen möglichen Momente der Zweisamkeit, wenn auch in der kalten Waschküche, verzichten.

Mit den Fingern fahre ich über die glatte, lederne Oberfläche. Öffne Lillys Börse, der Inhalt: 492 Euro und 30 Cent.

Meine Zunge erinnert sich immer noch an den cremigen Geschmack von Schoko-Brownie. Unser Lieblingseis, eine Kugel für jeden. 7,70 Euro. Eine Investition für einen reizenden Familientag.

WENIGE WOCHEN SPÄTER

HAUPTGEWINN 2

Beschwingt verlasse ich die Spielhalle und grinse wie ein Honigkuchenpferd. Heute ist mein Tag! Glückselig streiche ich über die beiden Jutesäcke voller Geld. Ein Schatz, der HAUPT-GEWINN!

Ich fahre zum Augsburger Autobahnsee. Als ich den Wagen an einer uneinsichtigen Stelle auf dem Gelände abstelle, ist es stockfinster. Hier parken nachts selten Autos, und wenn, dann nur für eine Dauer von dreißig Minuten. Ein kurzer Treff, ein Schäferstündchen für Durchreisende, die Bedürfnisse haben, auf ein unkompliziertes Abenteuer aus sind. Ein geeigneter Platz – niemandem fällt auf, dass dies mein Zuhause geworden ist.

Heute ist dieser Ort für mich das Paradies auf Erden und ich fühle mich frei wie der Falke, der in Leichtigkeit über den Sandstrand des Sees und dessen grüne Insel hinwegschwebt! Heute Nacht habe ich um das Wohl meiner Kinder gespielt und ich werde gleich morgen früh alles bezahlen, sie freikaufen, ich habe gewonnen!

Da vibriert mein Handy. Eine WhatsApp-Nachricht. Ich habe keine Lust, das jetzt zu entziffern, doch mein Blick fällt auf den Text, der automatisch aufleuchtet.

Die Kinder: TODESANZEIGEN! Schau in die Zeitung!

Knallharte Worte, die umgehend jeden Sauerstoff aus meiner Lunge pressen.

Ich umklammere das Handy, lese die Nachricht wieder und wieder.

Es ist wie ein Schlag mitten ins Gesicht. Etwas brüllt, jemand, ich? Dann Totenstille. Rasende Panik macht sich in meinem Magen breit, mein Herz schlägt schnell, es donnert gegen meine Brust.

Warum jetzt, wo ich doch nun alles regeln könnte?

Ich wage es fast nicht, die Zeitung aufzuschlagen. Zitternd blättere ich die vorderen Seiten weiter, ohne auch nur die Überschrift zu lesen. Ich weiß genau, was ich suche, muss es Schwarz auf Weiß sehen! Da ist es, Rubrik Sterbefälle:

Und wenn ich dich nicht mehr sehe, so bist du doch ein Teil von mir und in meiner Seele zu Hause.

Fassungslos starre ich auf die Worte. Das Gedicht steht in der Anzeige der dreizehnjährigen Mariella. Mein wunderschönes Mädchen mit den grünen, leicht schräg stehenden Augen. Das Ebenbild ihrer Mutter Lilly. Sie liebt es, stundenlang zu telefonieren. In meinen Ohren höre ich noch ihr helles Lachen aus ihrem Zimmer, wenn ihre Freundinnen zu Besuch sind.

In ruhigem Tonfall, als säße jemand neben mir, dem ich das erklären müsste, spreche ich: „Nein, das ist falsch! Sie liegt nicht in einem Grab! Sie ist zu jung! Wer schreibt solchen Unsinn?"

Jacks Anzeige steht am rechten oberen Rand. Jack Rommels, in Trauer: alle Angehörigen. Zwei Jahre, drei Monate und fünf Tage alt. Die Anzeige ist klein, wie der süße Jack mit den Locken, die seine Mutter an ihm so liebt. Ich denke an ihn, an sein fröhliches Glucksen, als er die ersten Schritte schaffte. Daran, wie gerne er Vanillepudding schlemmt und wie der Pudding danach in den Haaren, an den Augenbrauen und seinem Traktor-Pullover pappt. Und an seine klebrigen Umarmungen, denen ich nie widerstehen kann. Nun ist jede Kleinigkeit wieder in meinem Kopf.

Ich beginne zu keuchen. Drücke ungeduldig auf den Fenster-öffner, die Scheibe senkt sich zu langsam. Ich brauche dringend Luft! Der Wind bläst Regentropfen ins Auto. Speichel sammelt sich in meinen Mundwinkeln, wie bei einem tollwütigen Fuchs und tropft zähflüssig auf die Zeitung. Unbeholfen schmiere ich mit den Händen darüber. Meine Augen wandern hektisch weiter.

Dann lese ich: Ravina Renata Rommels, elf Jahre alt. Freundlich, aufgeschlossen und hilfsbereit. Eine sanfte, strebsame Schülerin. Von jedermann gemocht. Im letzten Schuljahr hatte der Übertritt ans Gymnasium angestanden. Mit ihren Begabungen kein Problem. Sie sollte ein behütetes Leben führen. Wie ihre Geschwister verdient Ravina einen Vater, der sie beschützt und sie unterstützt, wo es nur geht.

„Ich liebe dich", murmele ich fast unhörbar, denn ich weiß nicht, ob ich je wieder die Möglichkeit haben werde, diese Worte, die ich ihr schon so oft ins Ohr geflüstert habe, auszusprechen. Hilflos sinke ich über der Zeitung zusammen.

Ich ekle mich so vor mir. Ich habe sie auf dem Gewissen, die reinsten Geschöpfe, die ich je kennenlernen durfte. *Meine Kinder.*

Ich stutze, überlege kurz, dann weiß ich plötzlich, was ich zu tun habe. Es gibt keine andere Möglichkeit. Mein Mund verzieht sich zu einem hilflosen Lächeln. Aus dem Handschuhfach nehme ich mir feste Stricke und knote sie an die Taschen der Rücksitzbank. Klirrende Münzen vermischt mit dem Rascheln gebündelter Scheine – nun erscheint es mir wie die Notdurft meines nach Geld gierenden Menschseins.

Danach greife ich nach den schweren Beuteln, der Ursache allen Übels, verlasse den Wagen und steuere zielstrebig auf den See zu. Grau liegt das Wasser vor mir, unter den Ästen, die ins Wasser reichen, schlafen die Enten, die meine Kinder tagsüber so gerne füttern. Doch heute gibt es an diesem Ort nichts Schönes. Der Wind pfeift durch die Büsche, er schleudert mir seine

Wut um die Ohren, für mich gibt es keine Vergebung. Schritt für Schritt stapfe ich ins lauwarme Wasser.

Was für ein Mensch ist nur aus mir geworden?

Es gab Zeiten, da habe ich alles, was wichtig war, vergessen! Für den Rausch, ein Automatenspiel, benannt nach Midas, einem antiken König, der seine eigene Tochter tötete, weil er sie zu Gold verwandelte!

Jetzt ist alles düster, doch nicht so finster wie in meiner verfluchten Seele. Der Mond verschwindet hinter einer dunklen Regenwolke, als könne er meinen Anblick nicht mehr ertragen. Ich schaffe es trotz der Dunkelheit, mir die Säcke um den Bauch zu binden. So fest, dass ich sie nicht mehr lösen kann. Sie sollen mit mir untergehen. Obwohl ich in allem versagt habe, ein Feigling war ich nie. Die Stricke drücken mir fest ins weiche Fleisch, als ich gefasst auf das, was kommt, ins tiefere Wasser wate. „Lilly", hauche ich und denke an meine Frau. „Es tut mir so leid!" Mehr gibt es nicht zu sagen. Ich wage es nicht, sie um Verzeihung zu bitten.

Im Stillen hoffe ich darauf, in den nächsten Momenten meine Kinder wiederzusehen. Ihre engelsgleichen Gesichter ziehen in meinem Kopf wie verheißungsvolle Vorboten an mir vorüber. *Ravina, Jack, Mariella! Ich lasse euch nie mehr allein! Jetzt endlich wird alles gut, ich werde ewig für euch da sein. Wo auch immer.*

Lautlos tauche ich unter.

＊ ＊＊＊ ＊＊＊＊＊＊＊＊ ＊

WIE

ALLES

BEGANN

＊ ＊＊＊ ＊＊＊＊＊＊＊ ＊

ANDRE 24.08.

DER ERSTE TAG
EINES NEUEN LEBENS

Dass er in der Lage war, sich Nächte um die Ohren zu schlagen, kam Andre Rommels in seiner schwierigen Situation entgegen. Sein Vater Rob war abends regelmäßig lange unterwegs und Mutter Stella mit kitschigem Fernsehkram beschäftigt, sodass er sich unbemerkt bis tief in die Nacht in seinem Zimmer vor Zeichnungen setzen konnte.

Obwohl Andre stundenlang intensiv in seine Fantasiewelt eintauchte, lauschte er mit einem Ohr stets, ob er den Wagen seines Vaters in die Garage fahren hörte. Aus Gewohnheit zog er das Rollo halb runter und öffnete das Fenster, um rechtzeitig das Licht zu löschen und sich schlafend zu stellen.

Andre war zwar bereits über zwanzig, doch im Gegensatz zu seinem jüngeren Bruder Theo wohnte er noch im gepflegten Einfamilienhaus seiner Eltern. Nach einem wackeligen Realschulabschluss mit einigen Ehrenrunden und einer abgebrochenen Ausbildung als Bauzeichner, bestand Vater darauf, dass er so lange zu Hause blieb, bis er das Abitur abgelegt hatte. Aus diesem Grund achtete Vater auch akribisch darauf, dass sein Sohn fürs Lernen stets ausgeschlafen war.

Ein Schuss in den Ofen, wusste Andre, *meine Noten sind und bleiben grottenschlecht, hoffnungsloser Fall eben. Wenn Vater wüsste, wie viel Zeit ich mit Zeichnen verbringe, er würde toben.*

Am Wochenende verordnete sein Vater ihm manchmal eine Tour durch die Augsburger Hinterhofkneipen. Andre vermutete, er wolle einen „ordentlichen Mann" aus ihm machen. Sein jüngerer Bruder Theo verstand nicht, warum Andre mitging, aber Andre mochte die Abende, denn obwohl Vater streng war, war er auch charismatisch, und Andre hörte fasziniert zu, wenn er mit den anderen Männern diskutierte. Vater hatte ihn und Theo im Alter von über vierzig Jahren bekommen, daher wäre er eigentlich in der Lebensphase, in der sich andere auf ihren Ruhestand vorbereiten. Doch sein alter Herr strotzte nur so vor Energie und konnte nicht die Bremse ziehen und das Leben genießen.

Andre ließ sich auf sein Bett plumpsen und griff zu Stift und Block. Mit gekonnten Strichen entstand eine Bleistiftzeichnung: sein Vater mit seinem dominanten Blick, dem man so wenig entgegenzusetzen hatte, und mit den weicheren Zügen, die man nur in seltenen Momenten wahrnahm, wenn man ihn genau beobachtete.

Andre wusste, er musste sich endlich der Konfrontation mit Vater stellen und ihm war klar, dass das keinen Aufschub mehr duldete.

Außerdem war Vater in den letzten Tagen anders gewesen als sonst, irgendwie weicher, das gab ihm Mut.

Den ganzen Tag plante er bereits nervös für die anstehende Aussprache. Am Vormittag hatte er mit Theo eine Runde Tennis gespielt, das lenkte ab.

„Habt ihr nichts zu lernen?", hatte das Vater verkniffen kommentiert. Solange Andre nicht mindestens drei Stunden vor seinen Schulaufgaben saß, konnte Rob nicht entspannen.

Abends backte Andre Pizza für die ganze Familie, doch beim Essen bekam er keinen Bissen runter.

„Gehst du nicht mit an den Lech auf ein Bier?", fragte Theo, der zum Essen kam, ungeduldig nach. Am liebsten hätte Andre sofort zugesagt, die Abende, an denen er mit Theo und dem gemeinsamen Freund Anton an den Kiesbänken des Lechs mit Grillen, Karten spielen und endlosen Diskussionen verbrachte, waren sein Highlight der Woche. Doch Andre schüttelte den Kopf.

„Hast grad nie Zeit. Wie laufen die Dates?", bohrte Theo augenzwinkernd weiter.

Andre grinste vielsagend. Die Brüder standen sich nahe und so war klar, dass Theo über kurz oder lang Wind von seiner neuen Liebe bekommen würde. Doch bislang schwieg Andre sich hartnäckig darüber aus.

Vater verließ später das Haus, vermutlich, um in einer Kneipe den Abend ausklingen zu lassen, und nachdem Mutter die Küche aufgeräumt hatte, saß sie wie oft im Wohnzimmer vor dem Samstagabendprogramm.

Andre dachte kurz nach, dann schloss er das Fenster wieder und zog demonstrativ das Rollo hoch, sodass sein Zimmer von außen hell beleuchtet auffiel.

Ab heute wird alles anders, heute bin ich stark, stehe zu mir und meinem Leben.

Das hatte er sich fest vorgenommen. Doch wenn er Vater die Wahrheit beichten würde, so viel war klar, würde er sein Elternhaus verlassen müssen. Für immer. Alles, was er dafür brauchte, hatte er in seinem Rucksack verstaut. Andre war nervös, hatte Angst.

Am liebsten hätte er seinen Bruder um Hilfe gebeten.

Doch meine Probleme sind nicht seine Probleme. Das muss ich heute allein schaffen.

Theo kam oft zu ihm ins Zimmer und sah seinem großen Bruder zu, wie er zeichnete. *Wenn's dafür nicht die Todesstrafe gibt,* frotzelte Theo regelmäßig sarkastisch. Eine Karriere als Bühnenbildner, das war Andres Traum, doch Vater verbot es ihm strikt. Brotlose Kunst. Andre sollte als sein ältester Sohn in seine Firma einsteigen. Dabei plante Andre anderes. Er wollte seine Leidenschaft zu seinem Beruf machen.

Heute ist der letzte Tag meines alten Lebens, sprach sich Andre Mut zu und beim Gedanken an die Konfrontation mit seinem

Vater begann sein Herz aufgeregt zu flattern. In den letzten Wochen hatte es da noch etwas anderes gegeben, jemanden, dem er nur zu gerne Zeit schenkte. Auch das würde er dem höchsten Gericht – seinem Vater – heute gestehen.

Andre rollte das fertige Porträt zusammen und band einen Gummi darum.

Sobald ich weg bin, erzähl ich Theo alles. Er versteht es.

Andre hörte, wie ein Auto vor dem Haus hielt und sich das elektrische Garagentor öffnete. Vater war früher zu Hause als sonst. Fast wäre er aufgesprungen und hätte aus alter Gewohnheit schnell das Licht gelöscht. Stattdessen zwang er sich, ruhig zu bleiben.

Kurz darauf vernahm er stampfende Schritte auf der Treppe, die Haustür fiel krachend ins Schloss. Andre griff zu Zeichenblock und Stiften und steckte sie in den Rucksack.

Kleidung, Handy, etwas Geld, Waschzeug. Alles, was man für die Flucht in ein freies Leben braucht.

Um seinem Vater zuvorzukommen, verließ er sein Zimmer und ging die Treppe hinunter.

Aufrecht wie stets stand Vater im Flur vor ihm.

Er ist einen Kopf größer als ich, genauso wie Theo, fiel Andre auf. Schon allein aufgrund seiner körperlichen Dominanz löste Vater in ihm häufig ein Gefühl der Unterlegenheit aus.

„Ich muss dir etwas sagen." Andre sprach leise. Zu leise. So hatte er sich das nicht vorgenommen. Er räusperte sich, richtete sich gerade auf und ergänzte mit fester Stimme: „Jetzt gleich."

Wie oft schwankte Andre zwischen Scheu und Bewunderung. Sein zeichnerisch geschulter Blick registrierte blitzschnell, wie sich die Halsmuskeln seines Vaters anspannten, das Kinn zuckte. Dennoch, da war die ihm vertraute warme Glut in Vaters Augen.

Wie ein Löwe, der in den Kampf zieht. Ästhetisch, für seine Familie bis zum Allerletzten.

Wie gerne würde er diesen Moment zeichnerisch einfangen. Sogar in dieser angespannten Situation konnte Andre nicht anders.

„In fünf Minuten im Wintergarten", lautete die Antwort. Erleichtert bemerkte Andre, dass sein Vater versuchte, ruhig zu bleiben.

Andre begab sich sofort in den Wintergarten. Dort wartete er fünf endlos lange Minuten. Er starrte durch die großzügigen Glasscheiben nach draußen. Tiefe Dunkelheit, nur das Licht der Straßenlaterne warf seine Schatten über den gepflegten Rasen. Dann das Ticken der Uhr. Eine besondere Wanduhr, ihr Design bestand lediglich aus schwarzen Kontinenten der Welt. Theo und Andre hatten Vater die Uhr zum letzten Geburtstag geschenkt. Er schwärmte oft laut von fremden Ländern und seine Söhne wollten ihm mit der Uhr zeigen, dass es Zeit wurde, Träume in die Wirklichkeit umzusetzen.

Aus dem Wohnzimmer tönte der laut gestellte Fernseher. Mutter war bestimmt wieder davor eingeschlafen.

„Was hast du mir zu sagen?" Mit energischen Schritten trat Rob ein und verschloss die Tür hinter sich. Er trug eine Flasche Wein unterm Arm und stellte die zwei Gläser auf dem Tisch ab. Der Anfang war gemacht.

Ein Gespräch unter Männern von Vater zu Sohn. Andre wusste, das war ganz nach Vaters Geschmack, deshalb hatte er bewusst diese Art der Kommunikation gewählt. So tickte Vater eben.

In seinen schlimmsten Albträumen hätte sich Andre nie ausmalen können, was in den nächsten sechzig Minuten passieren würde.

Genauso unaufhaltsam wie die Zeit der Uhr, so verrann auch Andres Lebenszeit. Mit jedem Ticken näherte sie sich dem tragischen Ende.

Ein klärendes Gespräch mit tödlichem Ausgang.

Eine Stunde später wusste Andre, dass dies sein letzter Tag sein würde. Verwundert fasste er sich an die Brust, sie war feucht, ein Schwall Blut färbte sein Hemd dunkelrot, doch er spürte keinen Schmerz.

Andre hatte seinem Vater gebeichtet, wie es um die Schule stand, seine Pläne kompromisslos klar gemacht und von seiner großen Liebe erzählt.

Erleichtert fühlte Andre, er hatte zu sich selbst gestanden, auch in den allerletzten Minuten seines kurzen Lebens, selbst, wenn das jetzt seinen Tod bedeutete.

Das ist mein Triumph und ich bedauere nichts.

Andre hielt Vater in seinen Armen.

Entzweit im Leben, verbunden im Tod. Mit ungläubigen Augen starrte ihn der starke Mann an. Vater war nicht mehr in der Lage, auch nur den kleinen Finger zu krümmen.

So wie Andres Körper an Kraft verlor, arbeitete auch sein Verstand nur noch auf Sparflamme.

„Verzeih mir, Theo", flüsterte Andre, als er den letzten Atemzügen seines Vaters lauschte und sich sein warmes Blut mit dem des starken Mannes vermischte.

THEO 24.08.

DER LETZTE TAG
EINES ALTEN LEBENS

Es war einer dieser lauen Sommernächte am Lech, an denen man nicht nach Hause gehen mochte, weil es von ihnen im Jahr so wenige gab. Die Grillen zirpten und Theo Rommels und sein Freund Anton saßen im Licht des Feuers auf einer der Lechbänke. In den letzten Monaten hatte es selten geregnet, so führte der sonst oft reißende Fluss nur wenig Wasser. Theo drehte den Lautsprecher des Radios lauter und warf dürre Äste ins Lagerfeuer.

„Das Flüchtlingshilfswerk der Vereinten Nationen verzeichnet besonders in den Industrienationen eine weiter steigende Zahl von Asylsuchenden. Wenn dieser Trend anhält, wird in diesen Staaten die höchste Flüchtlingszahl seit zwei Jahrzehnten erreicht."

Theo drosselte den Ton des Radios. Er nahm einen Stecken und stocherte gedankenverloren in der Glut. „Menschenverachtend. Viel zu viele sterben an Misshandlung, sexueller Gewalt, oder bei einer der Meeres- und Wüstendurchquerungen. Und die Welt sieht zu. Was macht das mit einem? Hunger, Tod, Vergewaltigung, und doch ist da in uns der unbedingte Drang zum Überleben. Selbst zum Preis des Verlustes der Heimat", sagte er.

Anton beugte sich vor und griff zu einem Bier, das die beiden ins seichte Wasser gestellt und mit Steinen befestigt hatten. „Würde mir auch nie in den Sinn kommen, mein Land zu verlassen", meinte er und öffnete die Flasche mit einem Zischen.

„Was ist Heimat?", sinnierte Theo weiter und sprach mehr mit sich selbst als mit Anton. Er streckte seine Beine auf den noch warmen Steinen des Lechufers aus. Mit Andre konnte er über solche Themen ewig diskutieren. Mit Anton war das anders, aber es störte Theo auch nicht, laut vor sich hin zu denken.

„*Heimatlos, obdachlos, wohnungslos, vertrieben, geflüchtet* – viele Wörter für einen Zustand. Doch wo ist der Unterschied und wo liegen die Gemeinsamkeiten?", überlegte Theo und ihm fiel ein, dass sein Vater und seine Tante mit ihren Eltern aus Böhmen vertrieben worden waren. Während er die Abendluft genoss, versuchte er, sich selbst eine Antwort zu kreieren: „Heimatlos heißt, dass es keinen Ort gibt, an dem man zu Hause ist. Vertrieben bedeutet, an genau dem Ort, den man sein Zuhause nennt, nicht bleiben zu dürfen, während geflüchtet bedeutet, die Heimat aus Angst um Leib und Leben zu verlassen, folglich ist in der Praxis ein Vertriebener oft auch ein Geflüchteter. Obdachlos jedoch bedeutet nicht heimatlos zu sein, sondern dass ich in meiner Heimat kein Dach mehr über dem Kopf habe. Und wohnungslos – na ja, dass man vielleicht bei jemandem pennt, aber keine eigene Wohnung hat."

„Echt kompliziert!", stellte Anton fest und kratzte sich am Kopf.

„Vielleicht nicht. Unterm Strich stellt sich stets die Frage, wo fühlt man sich zu Hause?"

„Aha, wenn du meinst? Hättest du nicht gerne später mal im Ausland gearbeitet?", fiel Anton ein.

Theo nickte. „Vielleicht – also noch eine Variante: *auswandern*. Trotz Heimat und Wohnplatz, freiwillig sozusagen. Nur, damit brauch ich meinem Vater nicht zu kommen", seufzte er. „Außerdem will ich Andre nicht allein lassen." Er holte sich ebenfalls eine Flasche Bier, es zischte beim Öffnen. Theo wandte sich erneut an Anton: „Ist aber auch bei dir echt Zeit, dass du das Hotel Mama verlässt. Kannst meinen großen Bruder gleich mitnehmen! Ich helf euch dabei. Wir könnten gebrauchte Möbel besorgen und organisieren gemeinsam den Umzug", schlug Theo vor. „Nennt man einfach nur *Ausziehen*. Was meinst du? In meiner WG sind noch Zimmer frei!" Seit einem Jahr wohnte Theo in einer Studenten-WG im Univiertel. Er büffelte oft bis spät in die Nacht und so konnte er länger schlafen, da er am nächsten Morgen nur einen kurzen Weg zu seiner nächsten Vorlesung hatte. Gegen Theos Auszug hatte Vater nichts einzuwenden gehabt. Schließlich waren selbst im anspruchsvollen Jura-Studium Theos Leistungen brillant. Nur die Notenübersichten musste er nach wie vor bei Vater vorlegen, wenn auch für ihn selbst diese Bewertungen völlig nebensächlich waren.

„Was ist nun, soll ich mich um das freie Zimmer kümmern?", hakte Theo nach, als er keine Rückmeldung erhielt.

„Nicht unbedingt. Aber wo ist heute eigentlich Andre?", fragte Anton.

Theo grinste. *Themenwechsel also.*

Er wusste genau, Anton fiel es schwer, sich von seiner Mutter zu lösen. „Andre sitzt vor seinen Zeichnungen, in irgendein Buch versunken, wo soll er schon sein?"

Seit ihrer Schulzeit fuhren die beiden Brüder und Anton regelmäßig und am liebsten auf ihren alten Fahrrädern zum Fluss. Obwohl Theo gerne Zeit mit Andre verbrachte, schätzte er auch Anton als einen ihrer treuesten Freunde, half ihm mit Ratschlägen zu Mädchen oder erklärte ihm zu seiner Gesellenprüfung als Maurer Fächer wie Wirtschafts- oder Sozialkunde.

„Apropos Bücher, ich habe mir gestern das Skript zu Materialkunde für Auszubildende durchgelesen. Nächste Woche ist Zwischenprüfung", berichtete Anton zaghaft.

„Du hast so viel gelernt, du schaffst das!", behauptete Theo und gab sich Mühe, zuversichtlich zu wirken. Andre hatte zwar Anton angeblich auch abgefragt, aber Theo wusste genau, wie das gelaufen war. Wahrscheinlich hatten die beiden sich verquatscht und Andre es vorgezogen, Anton zu zeichnen.

Wenn Anton die Ausbildung nicht schafft, verdient er nie genug, um eigenständig zu werden, ging es Theo durch den Kopf.

Die Glut im Feuer war fast erloschen. Ein frischer Wind zog auf und es begann zu tröpfeln. Theo fröstelte, er griff zu seiner Jacke. „Es ist zehn Uhr, lass uns morgen nochmal die Themen der Zwischenprüfung durchsprechen. In der Früh um acht bei mir?"

„Geht's nicht erst um neun?", kam kläglich der Protest seines Freundes.

„Du kriegst eine Tasse Kaffee. Es bleibt bei acht."

Jetzt kling ich fast so streng wie mein eigener Professor, fiel Theo auf. *Oder wie Vater.*

Theo war froh über seine Studentenbude, so konnte er sich seine Zeit frei einteilen, ohne unter väterlicher Überwachung zu stehen, gerade wenn das bedeutete, Anton zu helfen, anstatt für sein eigenes Examen zu lernen. Vater hatte sich gewünscht, dass er Jura studierte, und Theo hatte nichts dagegen gehabt. Ihm fiel das Lernen leicht, doch insgeheim bewunderte er Andre. *Eine Leidenschaft, für etwas zu brennen, das hab ich noch nicht erlebt.*

Ein flackerndes Licht näherte sich ihnen, Fahrradbremsen quietschten.

„Mutti hat gesagt, sie fährt mir um zehn entgegen", seufzte Anton, füllte einen kleinen Eimer mit Lechwasser und goss es in die restliche Glut. Zischend glommen die Funken ein letztes Mal auf.

„Gewöhn ihr das ab", sagte Theo und flüchtete hustend aus der Rauchwolke.

Antons Mutter war eine freundliche Frau. Dennoch fand Theo sie schlicht und einfach übergriffig. Seit ihr Mann gestorben war, meinte sie, sie müsse sich rund um die Uhr um Anton kümmern.

„Weiß sie, dass du schon erwachsen bist?", fragte er bewusst provozierend.

„Sie kann sonst nicht schlafen", erklärte Anton entschuldigend.

„Und du liegst noch mit fünfzig allein im Bett, wenn das so bleibt."

Fünfzehn Minuten später radelte Theo zurück zu seiner WG. Er mochte den Weg durch die Lechauen, fernab von den Straßen auch nachts. Öfter schon war ein Reh über seinen Weg gesprungen oder ein Fuchs ins Dickicht geflüchtet.

Da klingelte sein Handy. Auf dem Display erschien der Name von Stella, seiner Mutter. Spontan dachte er an Antons Mutter.

„Kannst du auch nicht schlafen?", frotzelte er.

Doch am Telefon meldete sich eine unbekannte Stimme. „Hier spricht die Polizei. Wir haben das Handy Ihrer Mutter und so Ihre Nummer ausfindig gemacht. Sind Sie Theo Rommels? Ein Unglück ist passiert. Ihre Mutter steht unter Schock. Wegen der Umstände muss ich Sie bitten, sofort ihr Elternhaus aufzusuchen."

Fast wäre Theo vom Rad gefallen, so scharf bremste er ab. Die Bremse quietschte. Sein Herz fing wild an zu rasen, während sein Mund trocken wurde und er heiser fragte: „Welche Umstände? Andre. Vater. Was ist mit meiner Familie?"

Das Schweigen des Polizisten dauerte eine gefühlte Ewigkeit. „Vielleicht kommen Sie besser", hörte er die Stimme besänftigend sagen, da hatte er das Handy schon in seine Hosentasche gesteckt. Theo sprang aufs Rad, wechselte die Richtung und düste los.

Schon von Weitem sah er die Polizeiautos mit blinkendem Blaulicht in der Einfahrt stehen, dahinter zwei Krankenwägen. Theo warf das Fahrrad achtlos auf den Gehweg und hechtete schwungvoll über den Zaun. Er wollte sofort ins Haus stürmen. Dabei ignorierte er die zahlreichen Polizisten und Mitarbeiter in weißen Anzügen, bis drei Männer ihn mit aller Kraft an Armen und Schultern festhielten. Theo wehrte sich, doch dann richtete er seine Aufmerksamkeit auf den Wintergarten, der von Scheinwerfern der Polizei angestrahlt wurde. An der Scheibe, die Mutter sonst so akkurat putzte, war ein Handabdruck zu erkennen, passend zu Andres feingliedrigen Fingern, rot und klebrig. Mit einem Mal fühlte Theo sich wie gelähmt. Er ahnte das Schlimmste.

Eine Kommissarin mit kurzen Haaren kam auf ihn zu. „Marlene König, ich leite die Ermittlungen, sind Sie Theo Rommels? Ist das Ihre Mutter?" Sie deutete Richtung Krankenwagen.

Stella saß lächelnd aufrecht auf einer Liege und winkte ihm zu. Ihre Augen waren weit aufgerissen und hetzten wirr von einer Seite des Gartens zur anderen.

Theo nickte. Er fühlte sich nicht in der Lage, nachzufragen oder weitere Schlüsse zu ziehen.

„Zwei Männer, vermutlich ihr Vater und ihr Bruder sind ums Leben gekommen", erklärte Frau König ruhig. Die Kommissarin deutete den Polizisten an, Theo loszulassen. Behutsam wurde er von ihr am Ellenbogen zu einem der Gartenstühle geführt. Er wusste nicht, was die König von ihm wollte.

Blödsinn, was die da quatschte, er war doch nachmittags noch mit Andre auf dem Tennisplatz gestanden.

„Sie irren sich", versuchte er ihr zu erklären und doch, Theo schaffte es nicht, seinen Blick von dem blutigen Handabdruck abzuwenden.

So ein Unsinn, schrie es in ihm dagegen an. *Andre wird doch ein großer Künstler!*

„Ich will da hin!", stammelte er und deutete auf die Hand.

„Wenn Sie möchten, bringe ich Sie rein. Ich will Sie jedoch warnen, der Anblick der beiden Männer ist", sie überlegte kurz, „ehrlich gesagt - schrecklich."

Wie ferngesteuert stand er auf. „Bitte", sagte er. „Sonst glaub ich ihnen nicht."

Ein weiterer Kommissar mit Anzug und Fliege war dazugekommen, die König nickte ihm zu, erneut nahm sie ihn am Arm, so, als würde sie einen alten Mann über die Straße führen.

„Kommen Sie!", sanft schob sie ihn mit sich.

Wie in Trance ließ Theo sich in den Wintergarten begleiten. Da lagen sie, Bruder und Vater. Der schmale Andre sah aus, als schliefe er. Er wirkte entspannt, im Arm hielt er den massigen Körper seines Vaters. Rob hingegen hatte die Augen weit geöffnet, den Blick gerade nach vorne gerichtet. Es kam Theo vor, als starre er ihm bis ins Herz.

Vor ihren Füßen lag, wie achtlos hingeworfen, eine Pistole.

„Sie sind tot", flüsterte Theo der König zu. Er hatte keine Ahnung, woher er auch bei Andre diese Gewissheit nahm, und trotzdem wusste Theo es jetzt sofort. „Dann gibt es in meiner Familie nur noch meine Mutter und mich." Ihm wurde schwindelig und er lehnte sich an die Wand. Die Sanitäter kamen, doch die Kommissarin winkte ihnen, zu warten.

Theo wollte die beiden hochziehen, im Arm halten, sie schütteln und aufwecken, doch der Blick seines Vaters ließ nicht zu, dass er auch nur einen Schritt nach vorne ging. Er stand nur da, unfähig, etwas zu sagen oder sich zu bewegen.

„Haben Sie einen Verdacht, was passiert sein könnte?", fragte die König behutsam.

"Ja!", brach es aus Theo hervor. Dann zwang er sich, den Kopf zu schütteln. „Ich meine NEIN!" Theo merkte nicht, dass er die Kommissarin anschrie.

Ich lasse nicht zu, dass jemand schlecht über meine Familie denkt, befahl Theo sich und beschloss, dabei so stark zu bleiben, wie sein Vater.Es gab Dinge, die durften einfach nicht sein.

Weil nicht ist, was nicht sein darf.

Theo wusste nur eines: von diesem Moment an war sein bisheriges Leben vorbei. Nichts würde je wieder sein wie früher. Hier gab es kein Happy End, vor ihm lag die ungeschminkte, brutale Wahrheit.

GRABBLUMEN

Schon fast eine Stunde verbrachte die Kommissarin Marlene König mit ihrem Vorgesetzten Robert Stahlgruber am Tatort in dem Einfamilienhaus mit den duftenden Geranien am Balkongeländer. Ihr Blick streifte über die geschmackvolle und sicherlich teure Innenausstattung, bestehend aus cremefarbenen Möbeln, Rattansesseln, flauschigen Teppichen und bunten Tischdecken. Mitten in dieser heimeligen Atmosphäre war jedoch ein grausamer Mord geschehen, die Opfer: ein stadtbekannter Bauunternehmer und der Ältere seiner beiden Söhne.

„Nach Aussage von Frau Rommels, der Frau und Mutter der Opfer, gab es ein lautstarkes Gespräch, daraufhin fielen Schüsse und sie flüchtete in Todesangst in den Keller. Wegen des Fernsehers ist sie jedoch nicht sicher, ob sie ausschließlich Stimmen der beiden Männer gehört hat. Die Opfer weisen mehrere Schusswunden auf. Es wird schwer feststellbar sein, wer aus welchem Winkel geschossen hat." Marlenes Blick fiel auf den Strauß mit den Blumen auf dem Beistelltisch. Angesichts des Massakers, das im Wintergarten passiert war, wirkten die strahlend gelben Rosen jedoch wie Friedhofsblumen, arrangiert für den allerletzten Gang.

Stahlgruber, Gesamtleiter der K1 – Fachkommissariat für Verletzung persönlicher Rechtsgüter – war heute besonders aufgekratzt. Hektisch lief er zwischen den Räumen auf und ab.

Marlene bemühte sich, ihn zu ignorieren, so sehr nervte ihn seine hippelige Art. Sie inspizierte den Tatort genau. Die Terrassentür stand sperrangelweit offen, Schranktüren waren aufgeklappt, Schubladen herausgezogen. Kerzenständer, Dekoartikel, Bücher, alles lag wahllos verstreut auf dem Boden.

Mittendrin: eine Pistole, höchstwahrscheinlich die Tatwaffe. Wie achtlos weggeworfen lag sie zu den Füßen der Toten. Marlenes geübter Blick zeigte ihr sofort: Hier war wenig planmäßig vorgegangen worden. Welchen Grund sollte ein Eindringling haben, Dinge über so einen weiten Radius auf den Boden zu verstreuen? Sie zog Handschuhe über, kniete sich hin und betrachtete ein aufgeblättertes Buch: „Furcht und Elend des Dritten Reiches", Berthold Brecht. Es lag mit dem Buchrücken zu den Füßen des älteren Opfers.

„Ein Gräuelmärchen, so lautet die ursprüngliche Bezeichnung des Werkes. Dieser Titel hätte besser zum Tatort gepasst", bemerkte Stahlgruber, der sich von hinten über Marlene beugte.

„Las vermutlich eher der Vater, vielleicht ein Literaturkenner. Ein inspirierendes Theaterstück übrigens." Jetzt zog ein verträumtes Lächeln über sein Gesicht und er ging wieder zum Fenster.

Marlene biss sich auf die Lippen, um sich einen zündenden Kommentar zu ersparen. Sie hasste seine Angewohnheit, sich anderen Menschen bis auf wenige Zentimeter anzunähern. Jedes Mal mit einem neuen „Duft", einer aufdringlicher als der andere. Marlene konnte sich lebhaft vorstellen, wie er samstags stundenlang in irgendwelchen Drogerien stöberte.

Sie prägte sich die Lage der Leichen genau ein. Verwundert runzelte sie die Stirn. Laufend äugte der Stahlgruber zum Fenster hinaus, anstatt sie bei der Tatortbegehung zu unterstützen.

„Erwarten Sie jemanden?", fragte Marlene kritisch.

„Unsinn", er hüstelte.

Nicht, dass Marlene die Zusammenarbeit mit ihrem Vorgesetzten sonst schätzte, heute jedoch irritierte er sie zusätzlich, und sie konnte nicht einordnen, wieso er sich so komisch benahm. Im Anzug war er am Tatort erschienen, hatte etwas von: „Premiere Staatstheater", gemurmelt.

„Übrigens, ich bin überzeugt, dass ein Zusammenhang mit der örtlichen Einbruchsserie besteht. Schließlich war das Opfer ein vermögender Geschäftsmann", resümierte Stahlgruber. „Der Täter war überrascht worden, deshalb hat er auf die Männer geschossen und um uns auf eine falsche Fährte zu locken, ließ er die Waffe hier, sozusagen um ein Familiendrama zu inszenieren."

Der Vorhang ist geschlossen, dachte Marlene bei seiner Darstellung, *wir sind nicht mehr in einer deiner Theatervorführungen.*

Sogar die weiße Fliege trug der Stahlgruber noch. Sein Haar war streng nach hinten gegelt und das Rasierwasser musste er unterwegs noch mal aufgetragen haben, anders konnte sich Marlene den penetranten Duft nicht erklären, den er überall verströmte. Seit er den Tatort betreten hatte, spielte er sich auf, als sei das ein weiterer Theaterakt.

Verärgert widersprach sie: „Eine solche These ist noch nicht angebracht. Wie erklären Sie sich, dass der Täter offensichtlich nur im Wintergarten nach etwas gesucht hat? Alle anderen Räume sind unversehrt. Am Tresor im ersten Stock machte sich außerdem niemand zu schaffen. Die Zusammenhänge sind derzeit völlig unklar und in keiner Weise belegbar."

Das weiß doch jeder Anfänger, erst recht ein Stahlgruber, fügte sie in Gedanken hinzu. *Auf die Ermittlungsarbeit vor Ort hatte er offenbar noch nie großartige Lust gehabt.* Nur gut, dass der sonst nur noch im Innendienst agierte.

Marlene König leitete die Mordkommission, K1 – Bereich Tötungsdelikte. Normalerweise wären nur sie und ihr Team mit dem Fall betraut. Wegen einer akuten Grippewelle im engen Kollegenkreis musste sie jedoch gezwungenermaßen ihren Vorgesetzten informieren. Wenn irgend möglich, so die Dienstvorschrift, sollten die Kommissare zu zweit am Tatort erscheinen.

„Nur eine Vermutung, Intuition", Stahlgruber wischte mit einer fahrigen Handbewegung Fussel von seiner Jacke. Leichthin ignorierte er die Kritik.

Marlene erklärte: „Eine erste Einschätzung der Rechtsmedizin besagt, dass Vater und Sohn vermutlich annähernd zum selben Zeitpunkt gestorben sind. Sollte es sich tatsächlich um einen Einbruch handeln, stellt sich die Frage, warum durchwühlte der Täter nur hier den Wintergarten und ließ die anderen Räume außen vor? Suchte der Einbrecher das Weite, weil er vorzeitig überrascht wurde, da frag ich mich, von wem? Frau Rommels verständigte vom Keller aus die Polizei. Verdächtige Personen hat sie nicht gesehen."

Der Stahlgruber betrachtete die Toten mit mitleidigem Gesichtsausdruck und zog eine der gelben Rosen aus der Vase. Er schnupperte mit verklärtem Blick daran, um sie danach seufzend wieder zurückzustellen.

„Robert!" *Hörte der Chef überhaupt zu? Zwei Menschen waren gestorben. Reiß dich zusammen und konzentrier dich!*, hätte Marlene ihn am liebsten angebrüllt. Stattdessen fragte sie: „Der heutige Theaterbesuch - Welches Stück?"

„La Traviata, zweiter Akt, dann kam Ihr Anruf", Stahlgruber setzte ein selbstmitleidiges Gesicht auf. „Genuss pur, lebensbejahende Glücksmomente so ein Abend!", schwärmte er.

Pietätlos! urteilte Marlene angewidert und fühlte mit den vor ihr liegenden Männern mit. Der Sohn hielt den Vater im Arm. Sie wirkten innig, so, als würden sie sich in ihrer letzten Minute liebevoll aneinander festhalten. Doch Marlene fragte sich, ob der Schein trog und wie sie sich in den Momenten vor dem Tod begegnet waren.

Stahlgruber klopfte mit dem Fuß einen Rhythmus nach.

Wenn er nun noch zum Pfeifen anfängt, schicke ich ihn nach draußen, so viel war Marlene klar.

„Ihre Frau mag also Verdi?", schoss sie hinterlistig hervor und beobachtete ihren Vorgesetzten aus den Augenwinkeln.

Ruckartig drehte Robert Stahlgruber den Kopf zu ihr und sah sie mit offenem Mund an. Die Antwort blieb er Marlene schuldig.

Hätte er doch wissen können, dass ich da draufkomme, dass er außerehelich unterwegs war.

Marlene ging in die Hocke, und griff zum Familienstammbuch, das achtlos aus dem Schrank geschmissen auf dem Boden lag. Sie blätterte in den Urkunden. „Der Vater ist in der Nähe von Marienbad, Tschechien, geboren, er hieß auch Robert", stellte Marlene fest. „Ist das ein Name böhmischen Ursprungs?"

„Möglicherweise", bekräftigte Stahlgruber und atmete hörbar, offensichtlich erleichtert über den Themenwechsel, aus. „Der Verstorbene war, allem Anschein und der Info der Nachbarn nach auch ein erfolgreicher und charismatischer Mann."

So wie du?, lag es ihr spöttisch auf der Zunge. Wenn es die Situation zugelassen hätte, hätte Marlene vor Lachen losgebrüllt, so blieb es bei einem Kratzen im Hals.

Stahlgrubers Handy klingelte. Nach kurzem Blick auf die Nummer ging er lächelnd dran.

„Und, Verdi noch im Ohr?" säuselte er in den Hörer, während er sich leger in den Türrahmen lehnte.

Danach folge ein längerer Monolog seiner Gesprächspartnerin, wobei er immer wieder höchst vergnügt auflachte. Das fröhliche Geplänkel setzte sich fort.

„Wir sehen uns später, oder?" hauchte Stahlgruber zum Abschied ins Telefon.

Marlene betete inständig, er möge sie in Ruhe ihrer Arbeit nachgehen lassen.

„Eine Pressekonferenz. Morgen Nachmittag um 15:00 Uhr. Sind Sie dabei?", fragte er Marlene, als er das Telefonat beendet hatte.

„Robert, für Ermittlungsergebnisse ist es viel zu früh. Nein, wir werden die Zeit anderweitig benötigen."

„Einleuchtend. Dann nur ein knappes Interview eines einzigen Senders. Keine Sorge, das führe ich. Um Ihre Zeit nicht über Gebühr zu beanspruchen. Konzentrieren Sie und Ihr Team sich vollkommen auf die Fallarbeit."

„Ein Sender, das können Sie nicht bringen!", brauste Marlene auf.

Missbilligend zog sie die Augenbrauen nach oben. Wieder einmal fiel ihr auf, welch eigenartiges Arbeitsverhältnis sie mit ihrem Vorgesetzten hatte. Es fiel ihr zunehmend schwerer, ihn ernst zu nehmen. Obwohl sie ihn siezte, rutschte ihr immer wieder das Du heraus. Auch, dass sie ihn beim Vornamen nannte, hatte er in all den Jahren noch nie kritisiert.

Sollte er mich mit Vornamen ansprechen, würde ich ihn klar zurechtweisen.

„Warum sprechen Sie nicht noch mal mit der Frau des Opfers?", schlug sie vor. „Hatten die Männer Feinde, mit wem verkehrten sie in ihrer Freizeit, gab es finanzielle Schwierigkeiten, vielleicht lief die Firma doch nicht so gut wie angenommen?"

Zwar hatte Marlene die Befragung schon ergebnislos durchgeführt, sie wusste jedoch, ein weiterer Ermittler nahm andere Eindrücke auf und manchmal öffnete sich ein Zeuge auch erst nach einiger Zeit, nachdem er die Tragweite des Verbrechens realisiert hatte.

„Wie Sie meinen", Stahlgruber verschwand in der Küche.

Wenigstens spielte er bei ihr nicht den Vorgesetzten, sondern tat, was sie sagte. Marlene seufzte.

Sie hörte Schritte, Theo Rommels stolperte erneut in den Wintergarten. Ein Mitarbeiter des Kriseninterventionsteams folgte ihm, griff ihn am Arm und wollte ihn zurückhalten.

Marlene winkte ab, denn er wirkte gefasst. Sie sah ihm an, dass er nicht wirklich realisiert hatte, was geschehen war, und wahrscheinlich immer noch darauf wartete, aus dem Albtraum aufzuwachen.

„Hatten Sie ein gutes Verhältnis zu Ihrer Familie?", fragte sie behutsam.

Theo Rommels nickte. „Wie macht man das, ich mein, mit der Beerdigung?", begann er. „Es gibt ein Familiengrab, das meiner

Großeltern. Andre hat aber immer gesagt, er wolle eingeäschert werden und seine Asche solle im Lech verstreut werden."

„Hat er denn mit seinem Tod gerechnet?", fragte Marlene und runzelte überrascht die Stirn.

„Unsinn. Er hat nur mal im Spaß geäußert, das müsse im Tod aufregend sein, von der Strömung mitgerissen zu werden. Andre lebte eben mit Bildern." Mit großen Augen blinzelte er Marlene an. „Es war schön mit ihm. Ist das jetzt vorbei?"

Es kam Marlene vor, als säße ein zehnjähriger Junge vor ihr, der die Welt nicht versteht. *Auf so eine Situation ist niemand vorbereitet.*

Der Sanitäter stand achselzuckend hinter ihm. Marlene war davon ausgegangen, dass sie ihn mit in die Klinik genommen hatten, doch das wollte Theo Rommels offensichtlich nicht.

„Ja, das ist vorbei", sagte Marlene mitfühlend. Mehr konnte sie nicht tun. Für die Opfer war der leidvolle Weg beendet, für die Hinterbliebenen fing er gerade erst an.

„Zuerst muss der Leichnam obduziert werden. Anschließend wird er freigegeben. Vielleicht können Sie oder auch Ihre Mutter ein Bestattungsinstitut kontaktieren und vorab die Modalitäten klären", schlug sie vor.

„Mutter kann das nicht", lautete die knappe Antwort und von jetzt an begann er zusammenhanglos vor sich hin zu plappern. Vom Lech, Andres Bildern, und über das Wetter. Ein Sanitäter war dazu gekommen und zu zweit bugsierten sie Theo Rommels durch die Wohnung Richtung Krankenwagen.

Marlene sah ihm bedauernd hinterher. Vermutlich war es verboten, die Asche einfach in den Lech zu streuen. Sie blendete den Gedanken aus. Niemand würde daran Schaden nehmen.

Sie hoffte, dass morgen weniger aus dem Team krank sein würden, sie wollte gleich zu Dienstbeginn ihre Eindrücke vorstellen.

In der nächsten Stunde stand Marlene stumm da und ihre Augen durchstreiften den Wintergarten Zentimeter um Zentimeter, während ihr Gehirn auf Hochtouren arbeitete. Gehobene Ausstattung, geschmackvolle, durchgeplante Einrichtung. Konservativ.

Der Vater durchtrainiert, groß, muskulös. Anders der Sohn. Fast mädchenhaft zart. Ein Detail fiel ihr auf. Die Hände: die Finger der Männer waren ineinander verschränkt.

Gewaltsames Festhalten oder zärtliche Geste?

Die Terrassentür des Wintergartens stand sperrangelweit offen. Die leichten Baumwollvorhänge flatterten ins Zimmer. Marlene zog ihre Handschuhe über, um keine Fingerabdrücke zu hinterlassen, und schloss die Tür. Es war um diese Jahreszeit üblich, auch spätabends eine Tür offen stehen zu lassen.

Dennoch, das ist auch ein Eingangstor für unerwünschte Gäste!

War tatsächlich jemand eingedrungen? Oder aber handelte es sich um ein Familiendrama ohne das Zutun Dritter? Alles schien möglich. Wollte sich die Ehefrau an nichts erinnern? Hatte sie selbst die Waffe benutzt? Dass auf keinen der Familienmitglieder eine Waffe zugelassen war, bedeutete nicht unbedingt etwas. Eventuell war die Waffe illegal besorgt worden. In Marlenes Kopf sortierten sich Anhaltspunkte und offene Fragen, bauten sich zu einer Fallkonstruktion auf, die jederzeit wieder verworfen werden konnte.

Stunden später saß Marlene in ihrem Apartment im Wintergarten. Es war schon weit nach Mitternacht, aber nach einem solchen Verbrechen konnte Marlene nie sofort einschlafen. Der Tisch hier war klein und rund und stets durch ein Puzzle belegt. Andere Menschen hatten Hobbys wie Laufen, Schwimmen oder Lesen. Marlene kam am besten bei einem 1000er-Puzzle zur Ruhe.

Derzeit: Water Tower of Chicago.

Im knöchellangen Nachthemd mit einer Decke über den Knien saß sie am Tisch, sortierte die unteren Randstücke für die Parkanlage und ließ sich die Eindrücke des Tatorts durch den Kopf gehen.

Noch war alles offen. Marlene verglich die Grüntöne der Bäume. Bei einem Puzzle war es genauso wie bei ihren Ermittlungen wichtig, mit dem Einfachen, dem Offensichtlichen zu beginnen. Sie würde den Fall mit den örtlichen Einbrüchen vergleichen.

Sattes Grün neben dem sandfarbenen Turm. Seitlich eingesäumt von Hochhäusern. *Mist, die Farben stimmten doch. Aber nein, wenn man genau hinsieht.*

Unaufhörlich schwirrten ihr weitere Fragen durch den Kopf: *Konnte ein Bauunternehmer in dubiose Geschäfte verwickelt sein?*

Mit der Grünanlage vor dem Turm bildete sich die Ermittlungsstrategie für den nächsten Vormittag. Marlene war müde, doch trotz der späten Stunde puzzelte sie weiter. Sie konnte nicht anders, ein Gedanke nagte unaufhörlich an ihr. Der gelbe Fiat 500 auf der Straße vor dem Tatort, sie hatte das Auto schon öfters gesehen. Ihr fiel die junge Journalistin ein, mit der Stahlgruber in der letzten Zeit häufig Kontakt hatte. Sie holte ihn mit genau diesem Kleinwagen hin und wieder zum Mittagessen ab. Mittlerweile, nach vielen gemeinsamen Dienstjahren, kannte Marlene das Beuteschema des Chefs.

Ich wette, sie haben den Abend gemeinsam verbracht und nach meinem Anruf hat sie ihn im Auto zum Tatort begleitet.

Jetzt verstand Marlene, warum der Stahlgruber immer wieder zum Fenster hinausgesehen hatte. Die Journalistin hatte auf ihn gewartet und vieles vom Tatort live mitbekommen! Sozusagen aus der ersten Reihe! Es würde Marlene nicht wundern, wenn Morgen ein Bild des Hauses auf der Titelseite der Zeitung erscheinen würde.

Ein Unding. Und dann noch die Pressekonferenz morgen, nein, das Einzelinterview! Exklusiv- nur für seine Journalistin?

Nicht mit mir, sie würde das unterbinden. Marlene war zu allem entschlossen.

Nun war die Klarheit in Marlenes Kopf wiederhergestellt. Sie gähnte. Last but not least, als zwei Bäume fertiggestellt waren, trottete sie entspannt Richtung Bett.

DANACH

Theo Rommels verlor jedes Zeitgefühl, während die Polizisten wieder und wieder ihre Fragen stellten. Die Helfer vor Ort wollten ihn in eine Klinik bringen, doch aus seiner Sicht gab es dafür keinen Grund. Nicht ihm war etwas zugestoßen. Als alles besprochen war, stieg Theo auf sein Rad. Er raste ohne Licht quer durch die Stadt zu seiner Studentenbude, über rote Ampeln, ohne die hupenden Autos wahrzunehmen. Theo erinnerte sich später nicht mehr, wie er in dieser Nacht zurückgefunden hatte.

In seiner WG kochte er sich einen starken Kaffee und schrieb Anton eine Nachricht: „Vergiss nicht, um 08:00 Uhr bei mir. Wir gehen deine Prüfungsthemen nochmal miteinander durch." Kein Wort der Geschehnisse. Danach verkroch er sich mit seinen eigenen Vorlesungsmitschriften, Gesetzestexten und rechtlichen Kommentaren in sein Zimmer und büffelte die ganze Nacht für die nächste Klausur.

Ich mach dich stolz, Vater.

In den nächsten drei Tagen gönnte sich Theo keine Pause. Anton wollte, nachdem er vom Tod seines Freundes Andre erfahren hatte, seine Prüfung hinschmeißen, aber Theo ließ das nicht zu. Er lernte mit Anton, paukte für seine eigene Klausur, sprach erneut mit der Polizei und vergaß selbst zu essen und zu schlafen. Die Kommissarin König hatte am Tag nach dem Unglück einen Autounfall erlitten, sie war für einige Zeit stationär ins Krankenhaus aufgenommen worden und deshalb für die Ermittlungen ausgefallen, so leierte Theo die immer selbe Geschichte dem Stahlgruber und seinem Team herunter.

Unmittelbar nachdem Anton seine Prüfung geschrieben hatte, packte Theo ein paar Sachen und radelte zurück zu seinem Elternhaus. Was er dort vorfand, bestätigte seine schlimmsten Befürchtungen: Mutter war zu nichts mehr in der Lage, sie sprach nicht mehr, verließ die Wohnung nicht, verbrachte den ganzen Tag im Bett und Theo fiel auf, dass sie noch dasselbe Kleid wie in der Unglücksnacht trug.

Theo lüftete das Haus und rief seine Tante Jana an. Er beschloss, einige Nächte in seinem alten Zimmer zu bleiben.

Dabei hatte er nicht mit dem gerechnet, was dann kam. Nachts, wenn er lernte, fing Mutter stündlich, wie eine kranke Katze, an zu winseln und Theo schlurfte übermüdet zu ihr und beruhigte sie, so gut er konnte.

Jana unterstützte ihn. Nachdem sie von dem Unglück gehört hatte, hatte sie ihren Einsatz in Mali sofort abgebrochen und war nach Hause gereist. Nun half sie Theo tagsüber und kümmerte sich um die Einäscherung, die Abwicklung der Firmenangelegenheiten und um die Verteilung des Nachlasses. Theo versorgte Mutter und den Haushalt. Es gab so viel zu tun: Wäsche waschen, Bäder putzen, kochen, einkaufen und für die weiteren Klausuren lernen. Das Haus erschien ihm unheimlich. Ohne Andre und seinen Vater war es nicht mehr dasselbe. Um den Wintergarten machte Theo einen großen Bogen. So verging Woche um Woche, nur stundenweise kam er zur Ruhe, dann schlief er zitternd in seinem zu kleinen Jugendbett. In Andres großzügigerem Bett zu nächtigen, schaffte er nicht.

Das Zimmer gehört nicht mir.

Nur einmal, als es schon dunkel war, wagte er es und betrat Andres Zimmer. Vor ihm zogen Bilder vorbei, sein Bruder, wie er ihn noch vor wenigen Tagen zum letzten Mal gesehen hatte, auf dem Rücken in seinem Bett liegend, in der einen Hand wie meist einen Stift, in der anderen seinen Zeichenblock. Der Raum wie immer ein einziges kreatives Chaos. Die Klamotten waren zwar akkurat von Mutter im Schrank platziert worden, auf dem

Boden stapelten sich jedoch Reiseprospekte, Fotoalben und Bildbände von Naturschauplätzen der Erde.

Vater hatte nicht verstanden, wofür Andre das brauchte. Andres Ziel war nicht nur, fürs Theater zu zeichnen, sondern auch im Alltag jeden Winkel, der ihm ins Auge stach, auf Papier festzuhalten. Er fing alles ein, teilte mit seinen Bildern mit, was ein Baum, das Meer, ein Gesicht auszudrücken vermochten. Theo war jeden Tag aufs Neue von Andres Art, die Welt zu sehen, fasziniert, weit über seinen Tod hinaus. Andre hatte auch ihn oft gezeichnet und Theo fand sich auf den Portraits schöner als im realen Leben.

Vater, Andre, was ist in dieser Nacht nur mit euch passiert? Was habt ihr getan?

Zögerlich machte Theo ein paar Schritte zu Andres Schränken und zog eine der Schubladen auf. Versteckt vor den Blicken des Vaters lagen da stapelweise leere Blätter, Stifte, Hefte. Theo stutzte, anschließend stöberte er durch weitere Regale.

Die Mappe mit Andres Zeichnungen ist weg.

War sie die Ursache allen Übels? Streitthema Nummer eins unserer Familie. Was ist mit den Bildern passiert?

Da entdeckte Theo mitten im Chaos den gepackten Rucksack. Wie ferngesteuert öffnete er ihn, auch dort waren die Kunstwerke nicht. Doch er fand etwas anderes, das er instinktiv gesucht hatte, und nahm das Heft an sich: „Helden der Antike". Theo hielt das Buch an seine Wange. Eigentlich Vaters Buch. Theo kannte die Geschichten in- und auswendig, so oft hatte Vater ihnen als Kindern daraus vorgelesen. Vater hatte das Buch aus seiner alten Heimat mitgebracht. Als sie erwachsen geworden waren, hatte Vater es ihm und Andre gegeben, und die Brüder hüteten es wie einen unendlich wertvollen Schatz. Doch wozu der Rucksack?

Andre wollte gehen.

Schon lange hatte Theo das befürchtet und gleichzeitig auch für seinen Bruder gehofft. Er hätte ihm geholfen.

Er wollte das Heft mitnehmen, um im Positiven an Vater zu denken.
Langsam sog Theo den moderigen Duft des Heftes ein. Abgegriffen, viel benutzt. Es erzählte von vielen Lebensstunden, roch nach vergilbtem Papier. Und von einer langen Reise ins Ungewisse.

Sorgsam nahm es Theo an sich, ging zu seinem Bett und platzierte es unter seinem Kopfkissen. Es war bedeutsam gewesen für seinen Vater und jetzt war es das für ihn.

Es klingelte an der Tür, Jana kam vorbei, um nach dem Rechten zu sehen. Theo ging in die Küche und schaltete den Wasserkocher an, er wollte Kräutertee für Mutter kochen, da vibrierte das Handy. Während er eine Tasse aus dem Schrank holte, schielte er darauf.

„Geschafft, gerade so." Eine Nachricht von Anton.

Das war mehr, als Theo erwartet hatte. Eigentlich hatte er mit einer Nachprüfung gerechnet. Er freute sich für Anton, aber er fühlte sich nicht in der Lage, über seine eigenen Klausurergebnisse nachzudenken. Emotionslos starrte Theo zu einem Brief der Uni, der immer noch ungeöffnet auf der Kommode lag.

Jana trat aus dem Schlafzimmer von Mutter und folgte seinem Blick zu dem Kuvert. „Du hast die Ergebnisse deiner Klausuren schon?", fragte sie gespannt, als sie den Stempel auf dem Brief erblickte.

„Wen interessiert das jetzt noch?", murmelte Theo und sprach dabei mehr mit sich selbst.

Jana bewahrt in jeder nur erdenklichen Situation einen kühlen Kopf. Sicher ist sie in ihrem Job die Beste.

In seinen Augen war alles an Jana praktisch. Ihr kurzer Haarschnitt, ihr Kleidungsstil, ihre lineare Art zu denken.

Ihr Bruder ist gestorben und ihr Neffe.

Theo überschwemmte eine plötzliche Welle von Mitleid für seine Tante, die fast ihre gesamte Familie verloren hatte. Aus einem Impuls heraus umarmte er sie. Das war für ihn leichter, als an sich selbst zu denken.

„Dein Leistungsstand ist wichtig, es geht um deine Karriere!", bestimmte Jana und er meinte, ein feuchtes Glänzen in ihren Augen zu bemerken, als er sie losließ und anfing, die Küchenoberfläche mit einem Lappen zu säubern.

Sie wirkte verlegen, strich sich durch ihr Haar, danach hatte sie sich wieder im Griff. Jana langte nach einem der Messer aus dem Messerblock und riss das Kuvert auf.

„Herausragend." Erfreut nickte sie, als sie seine Bewertungen las. Ein zufriedenes Lächeln huschte über ihr unscheinbares Gesicht.

Der wirkliche Glanz in ihrem Leben war ihr Bruder gewesen, fiel Theo auf. *Und jetzt ich,* ergänzte er und wusste nicht, ob das gut war oder nicht. Wieso hatte niemand gemerkt, dass Andre das wahre Talent gewesen war?

Theo legte einen Teebeutel in die Tasse und goss Wasser auf. Da hörte er ein langanhaltendes Klagen und Seufzen aus dem Schlafzimmer. Wie in Trance gab Theo einen Löffel Zucker in den Tee und brachte Mutter die dampfende Tasse.

„So geht es nicht weiter", bestimmte Jana, als Theo nach zehn Minuten zurückkam. „Stella braucht Hilfe und ich will, dass du dich weiter auf dein Studium konzentrierst. Wann ziehst du wieder in deine WG?"

„Ich habe die letzten beiden Mieten nicht gezahlt, das Zimmer ist vergeben", nuschelte Theo, während er das schmutzige Geschirr in die Spülmaschine räumte. Er vermied es, Jana anzusehen.

Noch am selben Tag packte Jana einen Koffer für Mutter, wenig später kam ein Krankenwagen. Die Sanitäter führten Stella behutsam aus dem Haus. Theo fiel auf, wie ungepflegt sie aussah: Die Haare waren verknotet und rote Flecken auf dem Nachthemd deuteten auf das letzte Mittagessen hin. Dabei hatte sie immer den allergrößten Wert auf Äußerlichkeiten gelegt. Theo war froh, dass sie weg war.

Theo blieb im Haus, doch es gelang ihm nicht mehr, sich zum Lernen aufzuraffen. In den nächsten Wochen organisierte Jana den Verkauf der Firma, mit Andres Tod war nun niemand mehr da, der Vaters Werk fortführte. Theo – so hatte Rob bestimmt, solle seinen Hochbegabungen folgen und Richter oder Anwalt werden.

Jana suchte für Stella eine kleine Wohnung, die sie nach dem Klinikaufenthalt beziehen würde, und vermietete das Haus. Das beträchtliche Erbe ging an Theo als den einzigen Nachfahren, das Haus an seine Mutter und Tante.

Jana, die als Krankenschwester weltweit in Krisengebieten arbeitete, wurde beruflich wieder gefordert. Sie organisierte einen Einsatz im Libanon, geplant war, dass sie dort mehrere Wochen in einem Krankenhaus arbeiten würde, bevor sie wieder nach Augsburg zurückkehre. Theo zog in ein freies Zimmer in Janas Wohnung. Seine Tante wohnte in einer Vier-Zimmer-Wohnung in der Nähe von Stellas neuer Bleibe und schlug Theo vor, er solle dort einziehen. So konnte er regelmäßig nach Stella sehen und die Wohnung blieb während der beruflichen Abwesenheiten von Jana nicht unbewohnt.

Eigentlich lief alles wieder, und doch - da war etwas in Theo, eine Leere, die sich von Tag zu Tag tiefer in ihn hineinbohrte, wie ein gefräßiger Parasit und jedes Gefühl von ihm zum Erliegen brachte. Ein Loch in seinem Herzen, so groß wie der Stein auf Andres Grab.

ABSCHIED

Gefasst stand Stella unter dem schattigen Baum auf dem Friedhof. Täglich kam sie hierher, goss die Blumen, zupfte Unkraut. Hier, an diesem Ort, fühlte es sich an wie früher, als sie das Zuhause für ihre Familie pflegte. Es waren Monate vergangen, bis Stella sich nach dem Unglück einigermaßen stabilisiert hatte und in der Lage gewesen war, ihren Alltag wieder zu bewältigen. Rob und ihre Jungs, das schien ihr wie ein Märchen aus einer besonderen Zeit. Es waren die wunderbarsten Jahre in ihrem Leben gewesen. Rob blieb ihr Held, er hatte sich um sie gekümmert, und Stella war ihm dankbar für jedes gemeinsam verbrachte Jahr.

Doch nun waren andere Zeiten angebrochen und sie hatte nur noch Theo. Theo war ihr wichtig und sie mochte es, wenn er sie besuchte, sie in ein Café ausführte oder mit ihr einen Spaziergang durch die Augsburger Altstadt unternahm. Vieles an Theo erinnerte sie an Rob, seine türkisblauen Augen, sein charmantes Lächeln, seine Freundlichkeit, aber Rob war stets stark gewesen und das erwartete sie auch von Theo.

Stella war unzufrieden, Theo sollte mehr nach ihr sehen. Zwar telefonierte sie regelmäßig mit ihm, allerdings kamen mehr und mehr Tage, an denen sie ihn nicht erreichte, das ärgerte sie.

Was, wenn meine Depressionen wieder schlimmer werden oder es sonst zu einem Notfall, wie einem Wasserrohrbruch, kommt? Was, wenn ich dann seine Hilfe benötige?

Schließlich gab es nur noch den einen Mann in ihrem Leben. Ungeduldig wartete sie bereits seit drei Tagen, dass er ihr half, ihr neues Handy einzustellen. Manchmal, so vermutete sie, ging er nicht ans Telefon, wenn er keine Lust dazu hatte.

Vielleicht geht es ihm auch nicht gut.

Stella wischte den Gedanken schnell beiseite. Schließlich hatte Jana sie angerufen und sie informiert, dass sie am Mittwoch wieder zurück nach Augsburg fliegen würde.

Es ist Zeit, dass sie wieder kommt. Sie kann mir helfen, die gewaschenen Gardinen aufzuhängen.

Stella wollte und konnte sich nur noch um sich selbst kümmern. Damit hatte sie mehr als genug zu tun. Gedankenverloren starrte sie auf das Grab. Sie wollte nicht mehr, dass jemand nachforschte, was wirklich geschehen war, die laufenden Ermittlungen belasteten sie zunehmend, sie rissen die alten Wunden immer wieder aufs Neue auf.

Tot ist tot, keiner der beiden kommt wieder.

Neunmalkluge Menschen behaupten, jeder wäre ersetzbar.

Nein, Rob, dachte Stella, *Menschen wie du und Andre sind es nicht.*

Auch in den nächsten Tagen erreichte Stella Theo nicht. Sie fühlte sich nicht in der Lage, nach ihm zu suchen, deshalb schrieb sie ihrer Schwägerin, dass Jana dringend nach Theo sehen müsse. Sie war froh, dass Janas Ruhestand in einigen Monaten bevorstand. Am Mittwoch befand sie sich schon vor Janas Rückkehr in deren Wohnung. Als es läutete, eilte Stella erleichtert zur Tür. „Endlich." Stella zerrte ihre Schwägerin unsanft in die Wohnung.

„Was ist mit Theo?" Jana stellte ihren Koffer im Flur ab und musterte Stella kritisch. „Wo ist er?"

Nach Stellas Anruf hatte Jana ihren Auslandseinsatz außerplanmäßig abgebrochen, aber Stella hatte keine andere Möglichkeit gesehen. Auf Dauer waren Janas Auslandseinsätze sowieso keine verantwortliche Lösung, um sich um den Jungen zu kümmern. Stella befürchtete jederzeit, einen neuen depressiven Schub zu erleiden, da musste jemand für Theo da sein.

Sie ging in die Küche und schenkte sich und ihrer Schwägerin eine Tasse Kaffee ein. Mit Milch und Zucker, so hatte ihn auch Rob gemocht. „Vor einer Woche habe ich Theo getroffen, da hat er mein Auto in die Werkstatt gefahren. Aber dann hat er es nicht mehr abgeholt und sich nicht mal mehr gemeldet. Telefonisch konnte ich Theo auch nicht erreichen. Mein Auto steht immer noch da!", klagte Stella.

Wie sollte es auch anders sein? Sollte sie als Frau selbst in die Werkstatt fahren? Am Ende versuchte dort jemand, ihr eine unnötige Reparatur aufzuschwatzen. Was hätte sie dagegen tun sollen?

„Ich fahr schon tagelang mit der Straßenbahn", teilte sie ihr Leiden mit.

Jana griff nach der Tasse Kaffee und lief einige Schritte auf und ab. „Weißt du, ob er hier geschlafen hat?", wollte sie wissen.

Jetzt fügte Stella leise hinzu: „Ne, aber ich war gerade in seinem Zimmer. Ist vermüllt! Jana, glaub mir - da war ich ihm ein besseres Vorbild."

Klirrend stellte Jana die Tasse auf den Tisch, ohne einen einzigen Schluck genommen zu haben. Danach eilte sie in Theos Raum. Stella folgte ihr. Sie ekelte sich augenblicklich, als ihnen der Gestank nach schimmeligen Pizzaresten und halb ausgetrunkenen Bierflaschen entgegenschlug. Das Bett war zerwühlt, Klamotten lagen wahllos am Boden.

„Womöglich war er seit Tagen nicht mehr hier!", vermutete Jana, als sie die Pizzareste inspizierte.

„Er hat eine Freundin, Carola, er könnte bei ihr sein", sagte Stella. Theo hatte ihr ein Bild gezeigt.

Eine eitle, arrogante Göre!

„Diese Frau hat er in einer Bar kennengelernt, sie jobbt dort."

Auf den ersten Blick war Stella klar gewesen, dass Carola nicht zu den Frauen gehörte, die ihren Männern die angebrachte Wertschätzung und Verehrung entgegenbrachten.

„Als er das Auto in die Werkstatt gebracht hat, wollte er wohl anschließend zu ihr." Stella dachte an den großen Strauß roter Rosen, den er kurzerhand auf die Rücksitzbank gelegt hatte.

Bestimmt sündhaft teuer.

Gemeinsam suchten sie in Theos Sachen einen Hinweis auf sein Verschwinden. Ausweis, Geld und Handy trug er offenbar bei sich. Stella ging zum Briefkasten. Er quoll über, es war Post von den letzten zwei Wochen darin.

Schließlich forderte Stella Jana auf: „Nun fahr mich nach Hause." Es war schon neun Uhr abends. Stella ärgerte sich, weil sie die Hälfte der Sendung „Bauer sucht Frau" versäumt hatte.

Doch Jana widersprach. „Zuerst sehen wir weiter nach Theo. In welcher Bar jobbt diese Carola? Auf dem Weg zu dir machen wir uns auf die Suche nach dem Jungen."

Unwillig wollte Stella abwehren – was sollte sie denn in einem der Clubs? –, als Jana sie besänftigte: „Morgen hole ich dein Auto aus der Werkstatt, versprochen."

Eine halbe Stunde später standen die beiden vor einem Club in der Augsburger Maxstraße. Stella bemerkte den geringschätzigen Blick des Türstehers, als er sie musterte, in seinem Gesicht las sie: *Zu alt.*

Jana wechselte einige Worte mit ihm, er nickte und ließ sie passieren. Aufgrund der frühen Uhrzeit war es im Club noch ziemlich leer und es trafen erst vereinzelt Gäste ein.

Menschen, denen man den Geldbeutel an den Klamotten ansieht, fiel Stella auf. Damit hatte sie sich zu Robs Zeiten auch ausgekannt. Ein angenehmes Gefühl stieg in ihr hoch. Damals, als er sie ausgeführt hatte, war sie eine Lady gewesen.

Aus den Boxen dröhnten laute Beats, die bunten Lichter wechselten zum Rhythmus ihre Farbtöne.

Carola lehnte hinter dem Tresen, die Haare hatte sie nach hinten gegelt und mit einem Pferdeschwanz nach oben gebunden. Sie trug ein enges Pailletten-besetztes Kleid mit tiefem Ausschnitt.

So also hat sie ihm den Kopf verdreht.

Vor ihr saß ein Gast in edlem Anzug, das Sakko lehnte über dem Stuhl, das Hemd war locker hochgekrempelt, er starrte unverhohlen in Carolas Ausschnitt.

Managertyp, vielleicht Anwalt, der nach einem Tag voller Überstunden seinen Stress runterspült, offen für anderweitige Entspannungsmöglichkeiten.

Jana ging zu Carola und verwickelte sie in ein Gespräch. Stella, die abwartend im hinteren Bereich des Clubs verharrte, verstand kein Wort, es fiel ihr nur auf, dass Jana ärgerlich wirkte: Wenn ihre Schwägerin wie jetzt ihre Augen zusammenkniff, hatte das selten Gutes zu bedeuten. Der Managertyp stand zügig auf, griff nach seinem Bier und suchte sich einen anderen Platz.

Nach kurzer Zeit rauschte Jana an Stella vorbei, packte sie am Ärmel und zerrte sie grob nach draußen.

„Nur eine Affäre. Einen lächerlichen Träumer hat sie ihn genannt. Behauptet, er sei nicht ganz klar im Kopf. Er hat wohl öfter bei ihr geschlafen, in der Nacht hätte er mal laut und wirr geschrien", berichtete Jana. Ihre Stimme vibrierte vor Wut. „Doch das ist nicht alles", fuhr Jana fort.

In Stella spannte sich alles an. Wer sagte denn, dass sie alles wissen wollte? Theo sollte es gut gehen, aber er war schließlich ein erwachsener Mann!

Nur mit halbem Ohr hörte Stella noch zu. Jana war zurück und würde Theo finden. Stella selbst wusste nicht, wo sie ihn suchen sollte und wie sie ihm helfen könnte.

„Stellst du mir noch im Fernsehen das Programm ein, das Sendungen noch mal zeigt, wenn sie vorbei sind?", fragte Stella mit bittendem Blick, als Jana und sie sich auf den Heimweg machten, sie dachte an „Bauer sucht Frau".

„Die Mediathek, mach ich."

ABSTURZ

Die Schwerter klirren,
Männer kämpfen,
weil man ihnen gesagt hat,
dafür seien sie da,
dafür lohne es sich zu leben,
Um auf diesem Schlachtfeld zu töten und
ihr eigenes Leben zu opfern.
Um in Geschichtsbüchern zu stehen.
Gezeichnet, beschrieben, verherrlicht.
Heldentod.

Diesen Vers kannte Theo auswendig. Er bildete die Einleitung. Das Buch seines Vaters war Theos einzige Abwechslung. Er las zum Einschlafen und beim Aufwachen. Das Lesen hielt ihn am Leben und mit den Geschichten fühlte er sich Vater und Andre nah. Es war, als wäre er nicht allein.

Seit Tagen kauerte Theo bei einer schmalen Brücke am Stadtbach. Fünf Quadratmeter, als Dach eine Plastikplane und sein Bett das hohe Gras. Daneben das dahinfließende Wasser, in das er nach zwei Flaschen Wodka im Suff beinahe getreten wäre. Wenigstens hatte er einen Platz für sich allein gefunden, diese wenig einsehbare Stelle. Die Passanten, deren Schritte neben seinem Kopf hallten, bemerkten ihn nicht weiter.

Das Gedicht sprach von Kampf, aber für Theo machte kein Kampf mehr Sinn. *Eine Rolle erfüllen, Erwartungen anderer? Für welche Belohnung? Zu welchem Preis? Dachten sie wirklich, dass man dann ewig lebt?* überlegte er.

Er las die griechischen Geschichten wieder und wieder. Beim zehnten Mal inspizierte er jedes Wort, hinterfragte die Personen, die die Geschichten verkörperten. In seiner Wirrheit trieben die Gedanken philosophische Blüten. Vor ihm tauchten die Götter der Antike auf, Zeus, nackt in seiner vollen Männlichkeit, erhaben über den anderen schwebend. Das Schlangenhaupt Medusa, mit stechenden Augen, todbringend - mit nur einem einzigen Blick.

Griechische Sagen brauchten heroische Helden. Jeden der Männer seiner Familie hatten andere Figuren in den Bann gezogen. Seine Geschichte war zweifelsohne die des Midas, dem Herrn des Goldes. Theo betrachtete das Bild. Die Zauberhände des Königs glänzten wie hundert Edelsteine. Was musste das für ein mächtiger König sein, wenn alles, was er berührte, zu Gold wurde?

Theo blätterte weiter und im Kopf hörte er Vater vorlesen, tauchte in seine Ausführungen ein.

„Odysseus, der neugierige Held, band sich an den Schiffsmast, um dem Gesang der Sirenen nicht zu erliegen." Theo strich ein Bild mit fantastischen Vogelwesen glatt. „Und seine Männer gaben Wachs in ihre Ohren." In Theos Ohren klang der melodiöse Gesang der Vogelfrauen. Betörend, einem Mann die Sinne raubend, so wie seine Ex Carola. Anfangs, als sie sich für ihn interessierte und er die Hoffnung hatte, sie könne die Taubheit seiner Seele heilen. Letztendlich gab sie ihm den Todesstoß und er wurde zum Ertrinkenden, sowie zahlreiche der Opfer der Sirenen. Der Sage nach lebten die Sirenen auf der Insel Capri. Theo träumte vom türkisenen Meer, der italienischen Insel, von wärmenden Sonnenstrahlen auf seiner Haut. Er zitterte. Theo wusste nicht mehr, wie lange er schon in dem feuchten Eck rumlungerte. Sein Handyakku war leer und damit die letzte Verbindung zu anderen Menschen abgebrochen. Es regnete bereits seit zwei Tagen ohne Pause. Das düstere Grau des Himmels spiegelte sein Innenleben. Theo roch seinen eigenen Gestank, es ekelte ihn – eine Mischung aus Alkohol, Schweiß, Erbrochenem und nassen Klamotten.

Schon vor seiner Affäre mit Carola hatte er die Nächte in verschiedenen Spelunken verbracht, sich in Hinterzimmern tätowieren lassen, oder seinen Kummer in billigem Fusel ertränkt. Trotzdem, er fand immer noch den Weg nach Hause, in sein Zimmer in Janas Wohnung. Irgendwie war er auch mal in einer Spielhalle gelandet, in die ihn sein Vater früher mitgenommen hatte. Solche Zockbuden gab es in Augsburg wie Sand am Meer. Vater hatte selten gespielt, bei ihm hieß eine Spielhalle Casino, klang irgendwie nobler. Das gefiel Theo. Danach kam der Zeitpunkt, als Jana wieder nach Deutschland gekommen war.

Angeblich früher, weil sie und Mutter ihn gesucht hatten. Sogar Carola hatten sie angeblich befragt. Theo war schon wieder in Janas Wohnung aufgetaucht, doch er hatte ihr pausenloses Gezeter nicht ertragen.

Sie war wütend, weil er nicht weiter zur Uni ging, doch er fand keinen einzigen Grund mehr, warum er jetzt noch Jura studieren sollte. Hin und wieder war sie nachts in einer seiner Stammkneipen aufgetaucht und hatte ihn abgeholt, wie eine alternde Gouvernante. Theo halluzinierte manchmal im Suff, sie folge ihm heimlich. *Lass mich in Frieden.*

Nur am Rande interessierte ihn, dass Jana ihn anflehte, ihm Vorhaltungen machte, brüllte. Stimmt, er hatte sein Studium geschmissen, aber was spielte das für eine Rolle? Alles war weg, was in seinem Leben zählte. Er ignorierte sie – bis Jana ihm drohte, ihn wie Mutter damals in die Psychiatrie zu stecken.

Da war er ausgerastet. Schrie sich die Seele aus dem Leib, packte die Esszimmerstühle und begann, sie durchs Zimmer zu werfen.

Jana schaffte es schließlich, ihn vor die Wohnungstür zu bugsieren. Sie hatte ihm den Schlüssel abgenommen, sodass er in dieser Nacht auf dem Fußabtreter schlief. Theo klingelte, hämmerte gegen die Tür, flehte, lallte. Sie blieb verschlossen. Jana hatte recht, er verstand sie. Er hielt sich selbst nicht mal aus, wie sollte sie es da schaffen?

Am nächsten Morgen hatte er Jana hoch und heilig versprochen: „Ich komme jeden Abend nach Hause, trinke keinen Tropfen Alkohol mehr und rede mit meinem Professor."

Das war, was sie hören wollte, und es wirkte.

„Wir haben doch nur noch uns!", Jana umarmte ihn flüchtig, anklammernd. Theo war das unangenehm, doch er ertrug es im Wissen, dass sie am nächsten Tag wieder verreisen würde und schließlich ließ sie ihn in die Wohnung.

Kurz danach hatten sich Theos gute Vorsätze wie Glas im Wind zerschlagen, als das mit Carola anfing. Er hatte tatsächlich gemeint, ihr anziehender Körper, die vollen Lippen, prallen Brüste und ihre langen Beine, die Glücksmomente im sexuellen Rausch, das reiche, um ihn aus seinem Sumpf zu ziehen. Schönheit und Begehren, für einige Wochen verzauberte sie ihn mit ihren weiblichen Reizen wie eine Nymphe. In den Nächten, in denen er seine körperliche Leidenschaft auslebte, hatte er sich eingeredet, die Welt sei ein guter Ort, nur um kurz darauf umso tiefer in sein persönliches Elend einzutauchen. Hochgeflogen, unwirklich durch den Nebel. Bis ihn Carola fallen ließ, wie eine heiße Kartoffel. Sie hatte ihm zu verstehen gegeben, nun einen Neuen zu haben und ihn nicht mehr zu brauchen. Tagelang aß er nichts mehr, lungerte vor ihrem Lieblings-Club herum, bis ihm der Türsteher Schläge androhte, wenn er ihn noch einmal zu Gesicht bekommen würde. Carola schrieb ihm eine WhatsApp, kurze, knallharte Worte:

Einer wie du ist heiß anzusehen, doch außer geilem Sex kannst du mir leider nichts bieten.

Noch nie hatte jemand ihn so auf seine Körperlichkeit reduziert, Theo fühlte sich benutzt. Es war, als hätte er ein paar Tage in seinem Leben verzerrt gesehen. Den Todesstoß gab ihrer Affäre jedoch eine weitere Nachricht:

Ich möchte mit dir und deiner kriminellen Familie nichts zu tun haben. Anscheinend hatte sie von dem Unglück erfahren, er jedenfalls hatte es ihr nicht erzählt. Ab diesem Zeitpunkt sah er sie richtig.

Eine Frau wie Carola war nur auf den ersten Blick schön. Je mehr man von ihr wusste, umso uninteressanter wurde sie.

Mit Sex die Seele zu betäuben, das funktionierte letztlich eben nur kurzfristig. Das Erstaunliche war, dass es nicht mal vierundzwanzig Stunden dauerte, und schon konnte er sich nicht mal mehr an ihr Gesicht erinnern.

Letztlich war es nicht sie gewesen, die ihn ins Nichts gestürzt hatte, denn da war er vorher schon gelandet. Nichts machte mehr Sinn, alles tat nur noch weh. Da war kein Boden mehr unter Theos Füßen und schuld daran war niemand anders, nicht mal Carola, sondern die Umstände, er selbst und vor allem: *der 24. August.*

Theo hatte alle alkoholischen Vorräte, die er in der Wohnung finden konnte, in kurzer Zeit vernichtet. Dann nahm er einen Schlafsack, packte eine kleine Tasche, verließ die Wohnung und kaufte im Supermarkt Nachschub an Hochprozentigem, so viel er eben tragen konnte.

Seither lebte Theo bei dieser Brücke und soff sich die Birne aus dem Leib. Momente des gnädigen Deliriums wechselten mit schmerzlicher Pein. Der absolute Blackout hatte die gnadenlose Klarheit ersetzt, und all das machte ihn wahnsinnig.

Einmal kam der Sozialdienst und versorgte ihn mit Decken und frischem Wasser und wechselte einige Worte mit ihm: wo er herkäme und wie er heiße.

Weiß ich nicht.

Wenn er aufwachte, stand da regelmäßig eine Tüte Lebensmittel neben ihm. Woher auch immer. Ohne sie würde er aufhören, zu essen. Theo verlor jedes Zeitgefühl. Wie lange war er schon hier, Tage, Wochen?

Erneut blätterte er in Vaters Buch. *Odysseus. Vaters Held.*

Strahlender Bezwinger zahlreicher Abenteuer und Reisender über die Weltmeere. Auch Vater war für alle so etwas wie ein Held gewesen, doch was macht einen Helden aus? Eine besondere Tat? Auffallender Mut oder Kraft?

Vater hatte eingestanden für das, woran er glaubte, für seinen Wohnort, seine Familie, seine Freunde und Mitarbeiter, für seine Ziele. Und er hatte Energie für zehn Männer.

Odysseus musste eine Heimat finden, ähnlich war das in Vaters Kindheit gewesen. Und genauso wie der griechische Held, so hatte sich auch Vater dieses Schicksal nicht ausgesucht. Die Legende besagte, Odysseus sei durch die Hand seines Sohnes Telegonos gestorben. Gab es da auch Gemeinsamkeiten?

Vater, zu welchem Ende hat dich deine Geschichte geführt?

AM ROTEN TOR

Heute war Theo klarer als sonst, als er an einem Nachmittag aufwachte. Es hatte aufgehört zu regnen, doch der Pegel des Stadtbaches war angestiegen, die Strömung hatte sich verstärkt und das Wasser spritzte ins Gras. Theo schälte sich aus dem klammen Schlafsack und griff in die Tüte mit Lebensmitteln, die neben dem Brückenpfeiler im Trockenen lag. Lustlos nagte er an einer leeren Scheibe Brot.

Gestern hatte er keinen Tropfen Alkohol getrunken, die Vorräte waren zur Neige gegangen und da war einfach kein Funken Energie zum Einkaufen da gewesen, auch nicht in eine der Spelunken hatte er es geschafft. Nachdem er sich nun nicht mehr durch den Nebel des Rausches wahrnahm, ertrug er sich, seinen Gestank nach Urin und Schweiß, sein Selbstmitleid plötzlich nicht mehr und so lief er los, durch die belebten Straßen der Stadt, mitten durch Jugendliche, die sich die Nachmittagszeit im Freien vertrieben und Menschen, die in der Shopping-Meile nach einem schicken neuen Kleidungsstück Ausschau hielten. Theo suchte den Sozialdienst auf, die Adresse, die ihm der Sozialarbeiter genannt hatte. In der Anlaufstelle für Obdachlose, einem großen Haus, vor dem Männer und Frauen standen, denen man wie ihm an den schmutzigen Hosen, der löchrigen Jacke oder dem wuchernden Bart die Nächte im Freien ansah, duschte er, putzte sich die Zähne, erhielt saubere Kleidung und eine Tasse dampfenden Früchtetee.

Danach fühlte er sich sauber, am Leben. Die innere Leere ließ nach. Das Gefühl der Trauer und des Verlustes trat nun deutlicher hervor, aber dies zuzulassen sorgte in ihm erstmals für einen Funken Frieden. Aber wo sollte er hin? Auf keinen Fall würde er noch mal im Freien schlafen.

Planlos lief Theo weiter. Es war heute den ganzen Tag über schwül gewesen und es stand eine der wenigen warmen Sommernächte bevor. Theos Füße schmerzten bald vom Laufen und er war müde. Was, wenn er zurück zu Jana gehen würde? Es war eine Möglichkeit und doch - ihm fiel ein, wie er mit ihr umgegangen war. Vermutlich würde sie ihn trotzdem aufnehmen, aber er schämte sich zu sehr.

Beim Sozialdienst hatten sie ihm die Adresse einer Pension in der Nähe ausgehändigt. Vielleicht war es tatsächlich eine gute Idee, erst mal dort einige Nächte zu verbringen. Theo hob etwas Geld ab, damit kaufte er sich eine Pizza und eine Cola.

Keinen Alkohol mehr, nahm er sich fest vor. *Ich will wieder ein Mensch sein.*

Erst mal eine Nacht in einem weichen Bett schlafen, dann könnte er nach und nach versuchen, seine Angelegenheiten zu regeln: Theo hatte keine Geldprobleme. Da war das Erbe, Geld genug, doch davon mochte er nicht leben. Ein unterschwelliges Gefühl, das würde ihm nicht zustehen, nagte an ihm. Deshalb plante er, sich einen Job zu suchen, mit Jana zu sprechen und sich um Mutter zu kümmern.

Theo blickte auf seine Uhr. Es war neunzehn Uhr. Bis zweiundzwanzig Uhr musste er sich in der Pension melden, dann war Aufnahmestopp. Es war also noch Zeit.

Pärchen kamen ihm entgegen, Männergruppen und Freundinnen. Sie lachten und unterhielten sich. Während Theo vor sich allein hin trottete, wurde ihm wehmütig bewusst, warum er Carola kurzzeitig verfallen gewesen war: Er war einsam und das schon länger. Alle befanden sich in Gesellschaft, nur er nicht. Der Versuch, seine Einsamkeit durch körperliche Nähe auszugleichen, war kläglich gescheitert.

Während Theo weiter frustriert durch gepflegte Parkanlagen schlenderte, ohne die blühenden Einfassungen links und rechts von ihm wahrzunehmen, vernahm er von weitem angenehme Musik. Theo freute sich, spontan änderte er seine Laufrichtung und machte sich auf zur Open-Air-Bühne am Roten Tor, einem gerade im Sommer beliebten Platz für Konzerte und Theatervorführungen. In der Mitte des Platzes, auf der hölzernen Bühne spielte auch tatsächlich ein Orchester und was Theo hörte, gefiel ihm auf Anhieb. Auf den Treppen, die kreisförmig in die Böschung über der Bühne eingelassen waren, standen Zuschauer, andere wiederum saßen auf Kissen oder legten sich sogar auf kuscheligen Decken auf den Stein. Jeder durfte kommen und gehen, wie er wollte, manche picknickten auf den Stufen, andere wiederum tranken ein Glas Wein, Kinder rannten auf und ab. Theo setzte sich in die vordersten Reihen, mitten unter die Leute. Hier fühlte er sich weniger allein.

Die Stadt führte einmal im Jahr dieses offene Kulturangebot für ihre Bürger durch, um damit auch das Orchester des Staatstheaters einer breiten Zahl der Bevölkerung zugänglich zu machen. Theo war nicht musikalisch im klassischen Sinne. Vaters Bemühungen, ihn zu einem Instrument zu bewegen, waren am fehlenden Talent gescheitert, nichtsdestotrotz hörte er gerne Musik und erkannte, dass dieses Orchester zur Spitzenklasse gehörte.

Die Steinstufen waren von der Sonne noch warm. Theo entspannte sich und beobachtete das Orchester. Er nahm sich einen der herumliegenden Infozettel: Walzer von Tschaikowsky bis Johann Strauß und auch Potpourris, Filmmusik. Ein bunt gemischtes Programm. Was gerade gespielt wurde, kannte Theo: Beethovens Symphonie Nr. 9.

Er schloss die Augen, lehnte sich zurück und lauschte den angenehmen Klängen. Die mitreißenden Melodien erwärmten ihn von innen. Es war, als begann sich eine Härte in ihm zu lösen, die er bis dato nicht wahrgenommen hatte.

Musik – Balsam für die Seele oder ein freundliches Geschenk des Himmels.

Anschließend betrachtete Theo die Musiker. Die Stimmung unter den Orchestermitgliedern, die sich heute zur Serenade getroffen hatten, war gelöst. Sie bewegten sich zu Walzerklängen und der Dirigent fragte die Musikanten nach ihren Musikwünschen. Besonders fiel Theo eine Oboespielerin mit schwarzen, lockigen, langen Haaren auf, die nach dem nächsten Stück ihre Notenblätter sortierte. Als ihre Kollegin ihr etwas ins Ohr flüsterte, lachte sie herzlich auf.

Dieses warme Lachen. Theo hatte sofort ein Gesicht vor Augen: ein Junge ebenso mit schwarzen, jedoch rappelkurz geschnittenen Haaren - *Andre.* Als erneut die Musik einsetzte, schweiften Theos Gedanken ab. Andre war dünn und sehr klein geraten. Auch nach der Pubertät hatte sich das nicht geändert. Er kam eben nach seiner Mutter Stella, ganz im Gegensatz zu Theo, der groß und muskulös war. Viele Frauen bezeichneten Theo als sehr gutaussehend, doch das interessierte ihn nicht. Im Gegenteil, wenn er an Andre dachte, sein sympathisches und zurückhaltendes Lächeln vor sich sah, kam ihm in den Sinn, wie attraktiv doch sein Bruder gewesen war, obwohl Andre eben keinem Schönheitsideal entsprochen hatte.

Theo verfloss mit den Klängen, sie berührten ihn. Seit dem Unglück vermied er es, länger über seine Familie nachzudenken, doch bei Mozarts „Kleiner Nachtmusik" schien das unausweichlich.

Andre hat intensiver gelebt als andere, fiel Theo ein und erinnerte sich an seine bunte Kleidung. *Und nun sind sie gemeinsam gegangen und haben mich zurückgelassen.*

Da hörte Theo erneut dieses Lachen. Die Oboespielerin. In den nächsten Minuten betrachtete er interessiert, wie sie im Dreiviertel-Takt mit der Musik verschmolz, während ihr nackter Fuß lustig im Rhythmus auf und ab hüpfte. Rote, hohe Lackschuhe standen herrenlos neben ihrem Stuhl.

Sie war nicht klassisch-schön, etwas mollig, besaß aber ein hübsches Gesicht mit Grübchen und Lachfalten um die Augen.

Bald hatte sie einige Takte Pause und Theo erschrak, als sie zu ihm herübersah.

Vielleicht merkt sie, dass ich sie beobachte. Er lächelte zaghaft. Jetzt spürte er ihren freundlichen Blick auf ihm ruhen. Als das Orchester nach „Tanz der Vampire" eine Pause einlegte, saß Theo immer noch da.

Da merkte er, dass sie aufstand und langsam zu ihm herüber schlenderte. Sofort wurde Theo nervös.

„Ich bin Lilly. Du magst Filmmusik?", begann sie das Gespräch und betrachtete aufmerksam sein Gesicht.

„Wieso nicht?", fragte er ausweichend. Theo wusste, er hatte schon mal mehr hergemacht. Die dunklen Augenringe und das abgetragene T-Shirt machten aus ihm sicher keinen George Clooney.

„Manche kommen nur aus Langeweile, andere weil sie mit der Musik etwas verbindet. Wie ist das bei dir?", bohrte sie weiter.

„Musik erzählt immer Geschichten", entgegnete er. „Das hat mir mein Bruder beigebracht."

„Dein Bruder muss ein kluger Mensch sein. Welche Geschichte erzählt sie dir denn gerade?"

Sie ist neugierig. Und schämt sich nicht mal dafür, freute sich Theo.

„Manche Kompositionen erzählen von einem ganzen Leben. Von Phantasien, von Sehnsüchten, Enttäuschungen. Oder von Menschen, die einem wichtig sind, aber nun an einem anderen Ort weilen."

„Du hast einen lieben Menschen verloren?"

Theo nickte. „Man wähnt sich in Sicherheit, plant für die Zukunft – und mit einem einzigen Tag verschwindet alles, was einem wichtig gewesen ist, dessen Wert man vorher nicht bewusst wahrgenommen hat. Man fühlt sich – *alleingelassen.*"

Hab das wirklich gerade ich gesagt?, fuhr es Theo durch den Kopf. Doch er fuhr fort: „Aber Musik macht auch Hoffnung auf das Unbekannte, etwas, das nicht erklärbar ist, und mag es nur ein kleiner Funke sein. Manchmal hört man ihn nur zwischen den Tönen. Etwas, das noch kommen könnte", geriet er ins Schwärmen.

„Was erzählt sie über deinen Schmerz?", hakte Lilly nach und als sie ihn mit ihren grünen Augen fixierte, fühlte er sich, als läge sein ganzes verficktes Leben vor ihm auf dem Stein der Stufen.

„Mein Bruder ist tot. Und Vater auch", brach es aus ihm heraus und diese ausgesprochene Wahrheit würgte sich wie ein schwer verdaulicher Klumpen aus seinem Magen. Bislang war Theo nicht in der Lage gewesen, diese Tatsache laut zuzugeben. Er war wie verstummt gewesen. In diesem vertrauten Moment mit einer Fremden hingegen fühlte er sich wie befreit.

„Wieso erzähl ich dir das?", fragte er sie.

„Musik erzählt nicht nur Geschichten, sie ist intim", erklärte Lilly leichthin. „Sie vermag Gefühle zu zeigen, von denen wir nicht wussten, dass sie in uns schlummern."

Theo verstand das nur halb und doch – er genoss die Unterhaltung zutiefst. In diesen wenigen Minuten hatte Theo ihr mehr erzählt als allen anderen Menschen in seinem ganzen Leben.

Er starrte auf ihre nackten Füße, da musste er grinsen. „Abendkleid, hochgestecktes Haar, aber die Schuhe am Platz vergessen, oder wie?" Ihm gefielen ihre zarten Füße mit dem leuchtend roten Nagellack.

„Haste schon mal mit High Heels ‚The Pink Panther' gespielt?", fragte sie und ihre Stirn kräuselte sich amüsiert, als stelle sie sich den muskulösen Mann mit hohen Lackschuhen und Oboe vor.

„Ich durfte mit zehn Jahren auf einer Weihnachtsfeier mit der Blockflöte dabei sein, das einzig Positive war, dass ich mich hinter meinem Freund Anton verstecken konnte. Alle waren überzeugt, von ihm kämen die schiefen Töne. High Heels wären da gewiss noch kontraproduktiver gewesen. Allerdings bin ich über ‚Ihr Kinderlein kommet' nie hinausgekommen." Theo erinnerte sich an den ersten und letzten Auftritt der Flötengruppe von Anton, Andre und ihm. Drei Jungs, die von ihren Eltern zum Flötespielen genötigt worden waren, so lange, bis das edle Instrument auf unerklärliche Art und Weise im Nirvana verschwunden war. „Mein Vater hätte mich gesteinigt, wenn er gewusst hätte, dass meine Flöte im Ofen ein unwürdiges Ende fand."

Ihr mitfühlendes Wesen, ihre Art, seinen Geschichten zuzuhören, er fühlte sich ihr auf eine eigenartige Weise verbunden.

Sie ist so vollkommen anders als Carola ist, fiel ihm ein. *Als Carola war, als sie noch lebte,* korrigierte er sich. Einmal hatte er es noch geschafft und sich betrunken in die Bar geschleppt. Er erinnerte sich an das betretene Gesicht von Carolas Kollegen. Carola war weg. Autounfall mit Todesfolge.

„The show must go on", sagte Lilly mit Blick auf ihre Uhr. „Auf geht's zu Pink Panther. Bleibst du noch?"

„Schon so spät?", Theo erschrak. Es war bereits zweiundzwanzig Uhr und die Pension würde schließen! Theo fühlte sich, wie aus einem schönen Traum gerissen. Doch er erlaubte sich nicht mehr zu hoffen. Zu tief war er in den letzten Wochen gefallen, er glaubte nicht mehr an Liebe und Familie.

Besser, ich gehe jetzt.

Schweigend betrachtete Theo sie. Dann stand er auf.

„Ich heiße Theo, schön, dass ich dich kennenlernen durfte", erklärte er steif, schenkte ihr ein zaghaftes Lächeln, warf sich seine Jacke über die Schulter und verließ den Konzertbereich. Irritiert und bewegt von der unerwarteten Begegnung musste er das Weite suchen, Abstand gewinnen. Die Rechnung war einfach: wer kein Glück besaß, konnte keines verlieren. So lief er mechanisch voran, flüchtete durch die dunklen Straßen bis zur Pension. Sie hatte noch geöffnet.

Mindestens zehn Minuten blieb er vor der Eingangstür stehen und betrachtete die Unterkunft. Ein warmes Zimmer, ein weiches Bett, Frühstück. Seine Gedanken kreisten.

Eine Frau wie Lilly.

Unschlüssig hörte er auf die Musik, die er leise noch von weitem vernahm. Dann drehte er um und ging entschlossen zurück zum Open-Air-Konzert. *Ich habe nichts mehr zu verlieren.*

BEGEGNUNG

Während sie weiterspielte, ging Lilly der Mann, mit dem sie sich in der Pause unterhalten hatte, nicht aus dem Kopf. Ihr Blick wanderte zu dem leeren Platz an den Stufen.

Er war heiß, keine Frage, attraktiv mit intelligenter Ausstrahlung, trotzdem bescheiden. Sie hatte sich sofort auf eine magische Art und Weise von ihm angezogen gefühlt. Er hatte irgendwie verloren gewirkt. Erschöpft und heruntergekommen. Lilly dachte an seinen verhaltenen Blick.

Schon lange hatte sie kein Mann mehr interessiert. Nicht, dass sie seit dem Tod ihres früheren Lebensgefährten vor vielen Jahren, dem Vater der Mädchen, keine Angebote bekommen hätte, nein, ihr gefiel nur keiner, so einfach war das.

Dieser Mann hingegen, er berührte sie. Ihr Handy vibrierte. Als sie gerade ein paar Takte Pause hatte, rief sie kurz die Nachrichten ab. Viola, ihre Nachbarin und Babysitterin.

Mariella und Ravina, die braven Mäuse, schlafen schon. Lass dir Zeit, ich muss sowieso noch den Tatort zu Ende gucken.

Danach spielten sie das letzte Stück, eine Zugabe. Theo war gegangen, wahrscheinlich würde sie ihn nie wiedersehen, dachte sie wehmütig. Ihre Begegnung war einmalig gewesen und dieser schöne Moment würde wie eine schillernde Seifenblase in den Himmel fliegen und verschwinden.

Lilly trödelte nach dem Abschluss des Konzerts vor sich hin, sie säuberte ihr Instrument, packte ihre Noten in die Notenmappe und steckte sie in ihre Tasche. Einige der Zuhörer unterhielten sich noch miteinander, die meisten waren schon aufgebrochen und so leerte sich der Platz zunehmend. Die meisten ihrer Orchesterkollegen verabschiedeten sich bereits, als sie sich erst daran machte, ihren Notenständer zusammen zu klappen.

Sachte berührte jemand sie von hinten an der Schulter.

„Ich würde mich noch über deine Gesellschaft freuen", sagte Theo freundlich lächelnd, als sie sich zu ihm umdrehte. „Und um ehrlich zu sein, ich suche einen Schlafplatz für die Nacht. Kann ich mit zu dir kommen? Ich habe keine unseriösen Absichten." Theos Stimme zitterte leicht.

Mit großen Augen starrte sie ihn an. War das ernsthaft sein Anliegen?

Der setzt glatt alles auf eine Karte!

„Eine ganz schön dreiste Bitte!" Lilly schlüpfte in ihre Schuhe und packte den Notenständer in den Koffer.

„Ich bin mit einem Platz am Boden vollkommen einverstanden."

Lilly musterte ihn. Er sah so harmlos aus.

Womöglich eine perfekte Tarnung.

„Ich bin ein Idiot. Jede Frau würde Nein sagen", sagte er und es klang enttäuscht.

„Stimmt." Lilly blies hörbar Luft durch ihre Lippen. *Süß? Oder unverschämt?*

„Woher weiß ich, dass du kein Serienmörder oder ein Vergewaltiger bist?", fragte sie eine Spur heiser.

Wenn ich Nein sage, werde ich ihn womöglich so schnell nicht wiedersehen. Vielleicht ist das aber besser so.

Trotzdem - Lilly spürte, sie musste ihn besser kennenlernen. Aber gleich so? Schelmisch blickte sie ihn von der Seite an.

In manchen Situationen fielen Lilly völlig unpassende Gedanken ein. Diesmal: der Kühlschrank. Ihr Magen knurrte laut, was offensichtlich nicht nur sie hörte.

„Ich bin ein guter Koch. Ich zaubere noch etwas Feines", sagte Theo schnell. „Wenn du möchtest."

Lilly sah vor sich einen dampfenden Teller. Ein unschlagbares Argument! Hoffentlich waren es nur keine leeren Versprechungen. Wer weiß, der Abend konnte noch richtig schön werden.

Schnell, vielleicht um nicht eine vernünftigere Entscheidung zu treffen, preschte Lilly vor: „Auf der Couch, diese eine Nacht – zu Hause sind meine zwei Kinder und ihre Babysitterin." Mit hoch gezogenen Augenbrauen ergänzte sie: „Falls du auch nur auf die Idee kommst, aufdringlich zu werden, ich habe den schwarzen Gürtel in Karate." Das war geradeheraus gelogen, gab ihr aber umgehend ein besseres Gefühl. Sie als Mutter wollte schließlich nicht total verantwortungslos handeln. Während ihr das Wasser im Mund zusammenlief, bestimmte sie: „Und du zauberst uns heute noch Risotto mit Gorgonzola, Zutaten sind im Kühlschrank."

„Hört sich gut an." Theo grinste von einer Wange zur anderen. „Noch vor ein paar Stunden hätte ich mir nicht vorstellen können, dass ich mich heute Abend ernsthaft auf einen Abend mit einer Frau freue."

„Freu dich erst mal aufs Kochen, vorher muss die Spülmaschine ausgeräumt werden, außerdem bin ich Feinschmeckerin", lächelte Lilly, drückte ihm ihren Musikkoffer in die Hand und sie machten sich auf den Weg.

Ich brems dich schon aus, wenn du frech wirst, dachte sie und trotzdem – Lilly freute sich auf weitere Gespräche mit ihm, ein Glas Wein und hoffentlich ein gelungenes Menü.

Eine Stunde später, die Kinder schliefen weiterhin ruhig, saßen sie in Lillys gemütlicher Altstadtküche, aßen Risotto und tranken Rotwein. Lilly genoss den zarten Geschmack nach Koriander. Sie quatschten über Gott und die Welt, über Musik, schöne Orte in der Stadt und den neuesten Klatsch und Tratsch.

Theo hatte außer einer kleinen Tasche nicht viel bei sich. Sein Handy steckte an ihrer Ladestation. Er griff danach und erklärte: „Nur kurz eine Nachricht an meinen Freund Anton. Er sucht mich schon länger. Jetzt kann ich ihm schreiben, dass es mir gut geht."

Da fiel Lilly das abgegriffene Heft auf, das aus seinem Beutel ragte. Neugierig deutete Lilly darauf „Was ist damit?", wollte sie wissen.

Theo zog das Heft hervor: „Kennst Du die Geschichte von König Midas?"

„War das nicht der mit dem vielen Gold?" Lilly merkte, wie Theo ihren Hals und ihre weiche Haut betrachtete, was ein angenehmes Kribbeln in ihrer Magengegend auslöste.

„Die Sage berichtet, dass dem jungen Midas als Kind nachts Ameisen Weizenkörner in den Mund gelegt haben. Das war damals eine Weissagung für immensen Reichtum." Theos Finger verselbständigten sich, mit einer zarten Bewegung krabbelten seine Fingerspitzen ihren Hals bis zum Ohr empor. Es kitzelte auf eine angenehme Art und Weise.

„Na ja, für einen Berg voll Gold würde ich vielleicht sogar nachts die eine oder andere Ameise in Kauf nehmen. Ein Staubsauger oder eine Küchenmaschine könnten dabei herausspringen. An eine neue Bariton-Oboe brauch ich derzeit gar nicht zu denken", brachte Lilly ihre materiellen Träume auf einen Punkt. „Doch raus mit der Sprache - ist es wahr geworden?" Sie wedelte mit der Hand, als würde sie eine Mücke verscheuchen, um ihm dann mit einem ordentlichen Klatschen auf die Finger zu schlagen.

Theo grinste. „Schon. Midas wurde der reichste König der Antike."

„Das heißt also, für dich ist jemand ein Held, wenn er viel Kohle hat. Geld ist gleich Erfolg, Leistung. Junge, was ist das denn für eine Einstellung?" Lilly legte die Stirn in Falten, sie hatte sofort das Bedürfnis zu diskutieren, ihm den Kopf zurecht zu rücken, wie sie es mit ihren Kindern auch ehrlich und aus dem Bauch heraus machte.

„Ist das nicht das, worauf es den meisten Menschen im Leben ankommt? Geld und Leistung?", fragte Theo und wirkte verloren.

Lilly hatte das Gefühl, er suche darauf schon länger eine Antwort, eine allumfassende, erklärende, philosophische und doch verständliche Information, damit er es begreifen könne, wie die Welt funktionierte.

Doch alles, was Lilly grinsend erwiderte, war: „Blödsinn." Dabei verzog sie ihre Nase zu einer albernen Grimasse nach oben und wackelte wie ein altes Weib mit dem Kopf.

„Wieso?" Jetzt sah er sie neugierig an.

„Erstens: Für kein Gold der Welt treiben Ameisen in meinem Mund ihr Unwesen", sagte sie bestimmt. „Zweitens: dass ich am Leben bin und es meine Kinder gibt und die Musik und der Vollmond heute Nacht und dass ich mit dir hier sitze und quatsche, das ist mein Gold." Jetzt lachte sie nicht, sondern zog die Schüssel mit dem restlichen Risotto zu sich rüber, schob sich genussvoll einen weiteren Löffel in den Mund und schloss ihre Augen, als sie sich das Essen auf der Zunge zergehen ließ.

„Glücksmomente also – so wie ein gutes Essen?", fragte er mit einem warmen Lächeln.

Erwischt.

Lillys Bauch fühlte sich bald an, als würde er platzen. Eigentlich wollte sie weniger essen. Die Rundungen um ihre Hüften hatten mehr zugenommen, als sie sich selbst eingestehen wollte, und das musste was heißen. In den letzten Tagen hatte sie ihre Vorsätze eisern durchgezogen, doch bei so einem Menü bestand nicht die geringste Chance. *Kochen – das kann er,* gestand sie sich ein.

Nachdem sie das Geschirr weggeräumt hatten, setzten sie sich gemütlich auf die Wohnzimmercouch. Sie redeten und lachten Stunde um Stunde.

Es war schon weit nach Mitternacht, als er ihr nach einem weiteren Glas Wein gestand: „Ich weiß nicht mehr, wo ich hingehöre." Er streckte sich auf der Couch aus und legte seinen Kopf in ihren Schoß. Nun begann er, ihr vom 24. August zu erzählen. Alles, was ihm dazu einfiel, bis ins letzte Detail.

Eine Woge des Mitgefühls durchflutete Lilly. Sie unterhielten sich und fanden kein Ende. Lilly begann, mit seinen Haaren zu spielen.

„Bei dir fühle ich mich merkwürdig zu Hause", erklärte er. „Ich war schon einmal in meinem Leben zu Hause, da gab es kein Happy End. Ich weiß nicht, ob ich dieses Wagnis erneut eingehen würde."

„Du darfst jedenfalls wieder für mich kochen", gestand sie ihm gnädig zu und betonte: „Beim nächsten Mal Pizza."

Die Nacht verbrachte Theo nicht auf der Couch.

Von diesem einen ersten Tag an blieb Theo bei ihr und den Kindern.

• ୧ ⌒ • ✧♡♡✧•୧ ⌒ •

FÜNF

JAHRE

SPÄTER

• ୧ ⌒ • ✧♡♡✧•୧ ⌒ •

AUSERWÄHLT

„**S**ie werden es nicht glauben, aber wir sind auserwählt!" Robert Stahlgruber, der übergeordnete Leiter des Kriminalkommissariats baute sich im großen Besprechungsraum des Teams in seiner vollen Masse und Größe vor den Mitarbeitern auf und strahlte über das ganze Gesicht.

Ist er einer Sekte beigetreten? Fehlt nur noch, dass er vom Jüngsten Gericht erzählt, dachte sich Kommissar Quirin Seligman. Seligman war in etwa vor einem Jahr zu Marlene Königs Ermittlungsteam gestoßen und seitdem ihr direkter Teamkollege.

Die Mitarbeiter saßen erwartungsvoll im Kreis, wie bei einer Filmvorführung im Kino. Stahlgruber schaltete den Beamer ein. In der Regel leitete Marlene König die Teambesprechungen, doch heute übernahm ihr Vorgesetzter den Anfang. Seit Tagen machte der Stahlgruber ein großes Rätselraten um ein neues Projekt. Dass er und der Stahlgruber keine Freunde werden würden, war Quirin von der ersten Begegnung an klar gewesen. Wie Quirin später erfahren hatte, war es Marlene König gewesen, die ihn im Team haben wollte, nicht der Stahlgruber. Doch dieser wusste von Problemen aus Quirins Vergangenheit. Bislang hatte er, trotz der offensichtlichen Skepsis Quirin gegenüber, dennoch nichts an die Kollegen durchsickern lassen.

Quirin wusste, jeder in der Runde war gespannt und gleichzeitig skeptisch, schließlich war allen klar, dass es dem Stahlgruber in der Regel um Prestige und eigene Eitelkeiten ging, doch heute präsentierte er tatsächlich eine willkommene Abwechslung. Sogar Quirin war angenehm überrascht, als am White-Board vielversprechende Bilder erschienen. Man sah Polizeimotorräder, E-Scooter, Elektrofahrzeuge, E-Motorräder, sogar Pferde, Fährräder, ein Polizeiboot und ein Hubschrauber. Es wurde still unter den Kollegen, neugierig warteten sie auf die Ausführungen.

„Unsere Dienststelle nimmt am Mobilitätsprojekt der Polizei teil", lüftete Stahlgruber das Geheimnis. „Die Ausschreibung erfolgte deutschlandweit. Wir haben den Zuschlag bekommen. Dank meines intensiven Einsatzes für unsere Dienststelle!", pries er sich an.

Im Kopf vernahm Quirin einen voluminösen Trommelwirbel, der mit einem blechernen Beckenschlag endete. Obwohl er so ein Projekt zugegebenermaßen richtig geil fand, irritierte ihn eines sofort.

„Warum kein Quad?", platzte es eine Spur ungehalten aus ihm heraus und alle Blicke richteten sich schlagartig auf Quirin Seligman.

Der Stahlgruber jedoch ließ sich nicht von seiner Ausführung abbringen. „Mobil zu Wasser, Luft und Boden!", resümierte er mit schwingender Handbewegung. „Ab sofort stehen unterschiedliche Fahrzeuge zur Verfügung und dürfen bei den Einsätzen ausgetestet werden. Es geht um Nachhaltigkeit, insbesondere für Kurzstrecken im Stadtverkehr." Er holte weiter aus. „Hierzu würde ich Sie bitten, zu äußern, an welchen Fahrzeugen Sie Interesse haben, und sich bei unserer Verwaltungskraft Frau Busch in eine Liste einzutragen. Es ist hinlänglich bekannt, über welche Fahrerlaubnisse Sie verfügen. Es geht jedoch um Mobilität mit und ohne Führerschein. Jedes Fahrzeug sollte von mindestens zwei Personen über mehrere Tage hinweg getestet werden. Bitte auch um Mitteilung, wer über eine Reiterprüfung verfügt. Vielleicht ist es sogar möglich, die Reiterstaffel für Einsätze, beispielsweise ein Fußballturnier, zu rekrutieren. Dann könnten auch hier Kollegen eingebunden werden, natürlich nur, falls die Qualifikation ausreicht."

„Dafür bin ich nicht zu haben. Seit meiner Kindheit leide ich an einer Pferdehaarallergie", entgegnete Karla Berchtenbreiter, eine meist zurückhaltende Kollegin, schnell. Sie trug, wie eigentlich an jedem Tag, Jeans, ein schwarzes T-Shirt, einen dunklen Blazer und einfache Schnürschuhe. Quirin schätzte sie als aufmerksame und erfahrene Kollegin, allerdings war sie aus seiner Sicht für den Polizeidienst oft zu festgefahren.

„Wir werden für Sie schon auch eine Beteiligung finden, Frau Berchtenbreiter. Vielleicht auch ein E-Bike!", besänftigte Stahlgruber mit einem anbiedernden Lächeln.

„Sie kennen aber die Unfallstatistik im Radbereich für Augsburg, jaaa!!?", brauste Karla mit hysterischem Ton auf. „Ich gehe davon aus, dass es qualitative Sicherheitsausrüstung gibt!"

„Aber selbstverständlich", versicherte Stahlgruber.

Verena Busch, die neue Verwaltungskraft des Teams, die optisch neben der Berchtenbreiter herausstach, weil sie gerne in schrillen Kleidern zur Arbeit kam, meldete an: „Für mich bitte ein Fahrrad, gerne ein schickes Stadtbike. Vielleicht kann man da vorne einen Korb anbringen, ich mein nur, so für die Handtasche, Akten, Einkäufe und was Frau sonst noch so braucht."

„Vielleicht mit einem Sträußchen am Lenker?" Paul, ein junger und energiegeladener Kollege, der seit drei Jahren dem Team der König angehörte, zwinkerte seiner hübschen Kollegin freundlich zu.

„Keine schlechte Idee", Verena Busch lachte.

Quirin verstand die Anspielung sofort. Vor kurzem hatte bei Frau Busch am Morgen ein Strauß rote Rosen auf dem Tisch gestanden. Jemand aus der Dienststelle musste ihn dort hingestellt haben. Obwohl viel gemunkelt worden war, sie hatte keinem erzählt, von wem er wirklich kam.

Wenn nicht der Stahlgruber wieder seine üblichen Avancen ausgräbt, tippe ich auf Paul, riet Quirin.

„Ich bin beim Motorrad dabei, eine BMW ist o.k.!" Paul kniff die Augen zusammen und studierte das Bild. „Das mit dem Wasser stelle ich mir hier in Augsburg schwierig vor. Wobei so ein Rafting im Lech?", träumte er.

Paul war Sportfanatiker. Er nahm regelmäßig bei Triathlon-Wettkämpfen teil und belegte meist einen der oberen Plätze. Sein Body wirkte dementsprechend durchtrainiert, was, so mutmaßte Quirin, Frau Buschs Augen nicht entgangen sein dürfte.

„Ein bisschen mehr Ernsthaftigkeit, wenn ich bitten darf", wies ihn der Stahlgruber zurecht. „Wir sind das Boden-Projektteam. Projektgruppe Luft findet in Frankfurt statt und Projektgruppe Wasser wird in Hamburg getestet, das macht selbstverständlich dort am meisten Sinn!"

„Selbstverständlich", bekräftigte Quirin und biss sich sofort auf die Zunge. Manchmal konnte er nicht anders und seine Ironie steigerte sich vom harmlosen Gedanken in recht unpassende Kommentare.

Sich räuspernd stand er auf, ging zum Fenster und öffnete es. Wenn der Stahlgruber Sitzungen moderierte, brauchte Quirin Frischluft, um dessen egozentrische Auswüchse besser durchzustehen.

Der Stahlgruber fuhr mit seiner Präsentation fort, er klickte die Bilder weiter und kam bald bei der Vorstellung der konkreten Beförderungsmittel an.

Da - jetzt! Ein seliges Grinsen zog wie die aufgehende Sonne über Quirins Gesicht und er ließ sich wieder auf seinen Stuhl fallen. *Doch ein Quad.*

Michael Herman, ein altgedienter Kollege, der im nächsten Sommer in den wohlverdienten Ruhestand gehen würde, entschied sich für das E-Bike. „Das hält fit, mein Orthopäde hat mir sowieso zu mehr Bewegung geraten", erklärte er.

Quirin fiel auf, dass die Chefin sich noch nicht geäußert hatte. *Untypisch für die König, normalerweise gibt sie den Ton an.* Doch heute wirkte sie müde. Quirin hatte zufällig mitbekommen, dass sie gestern eine Verabredung gehabt hatte. Oder aber es hing mit ihrem Unfall vor fünf Jahren zusammen und sie wollte aus Sicherheitsgründen ausschließlich mit dem Auto fahren. Damals zog sie sich eine Beinfraktur im Oberschenkelknochen zu. Doch ängstliche Zurückhaltung – nein, das passte wahrhaftig nicht zu ihr. Außerdem machte sie überhaupt nicht den Eindruck, als sei sie in ihrer Beweglichkeit eingeschränkt.

„Was ist mit Ihnen, Frau König?", wollte auch der Stahlgruber wissen.

„Sollte es mit der Reiterstaffel klappen, bin ich dabei. Ansonsten E-Roller", antwortete sie knapp.

Quirins Kopf fuhr schwungvoll nach rechts zu seiner Vorgesetzten, er verschluckte sich an seiner eigenen Spucke und musste husten. Alle Blicke richteten sich auf ihn.

„Ebenso, also", krächzte er schnell, bevor sich jemand anders dafür melden konnte. „E-Roller und", er drehte sich zu seiner Vorgesetzten um, dabei versuchte er nicht mal, seine große Bewunderung zu verbergen, „Reiterstaffel." Quirin war tief beeindruckt. Er und die König auf Pferden. Die Gelegenheit durfte er nicht auslassen, das würde sicher heiter werden.

„Es gibt da ja offenbar einiges, was wir noch nicht von Ihnen wissen, Herr Kollege", entgegnete die König nüchtern.

„Herr Seligman, eigentlich habe ich bei den Quads mit Ihnen gerechnet", wandte Stahlgruber sich an Quirin und zog die Augenbrauen nach oben. „Ihnen ist hoffentlich bewusst, dass es sich bei den Pferden der berittenen Polizei nicht um Haflinger handelt."

„Reiterabzeichen DRA Klasse IV", konkretisierte Quirin leichthin. Aus den Augenwinkeln beobachtet er schmunzelnd, wie der König der Mund offenstand. Ihre Müdigkeit war offenbar wie weggeblasen. Sie aus der Fassung zu bringen, das schaffte man nicht alle Tage, gerade deshalb kostete er jede Sekunde aus. Betont locker lehnte er sich in seinem Stuhl zurück und streckte die Beine aus, während er weiter ihren musternden Adlerblick genoss. Sie würde der Sache auf den Grund gehen, das war so sicher wie das Amen in der Kirche.

Später versuchte Stahlgruber, die gemeldeten Personen in einer Excel-Tabelle einzutragen, was unheimlich lang dauerte, da er es mühsam mit dem Ein-Finger-Such-System eintippte, bis ihm Frau Busch den Laptop mit einem freundlichen Lächeln abnahm.

Im Besprechungsraum wurden die Stühle gerückt, Kaffee getrunken. Die Kollegen unterhielten sich miteinander und diskutierten über Vor- und Nachteile verschiedener Fahrzeuge. Derzeit war auf der Dienststelle wenig los, es gab keine spektakulären Fälle, nichts Aufregendes, endlich mal Zeit, die Dinge ruhiger anzugehen und sich älteren Ermittlungen zuzuwenden. Die König hatte Quirin einer Einbruchserie zugeteilt, die vor einigen Jahren im Augsburger Stadtteil Oberhausen stattgefunden und mit zwei Todesfällen in der Familie des Bauunternehmers Robert Rommels ihr tragisches Ende gefunden hatte.

Damit würde er sich ab sofort auseinandersetzen.

EIN FERIENTAG
IM GARTEN

So schnell es seine kurzen Beine zuließen, rannte der kleine Jack durchs hohe Gras des eingewachsenen Gartens des heimeligen Häuschens. Laut schreiend warf er sich auf den Ball und rutschte mit ihm vorwärts.

„Bapa Ball!", jubelte Jack und stürzte sich auf seinen Vater. Theo Rommels kullerte mit seinem Sohn durch die Wiese, um kurz darauf japsend auf dem Rücken liegen zu bleiben. Während Theo die ziehenden Wolken beobachtete, streckte Jack seine verschwitzten Füße in Theos Gesicht und drückte ihm einen schmutzigen Zeh auf die Nase.

„Weiterspielen!", forderte er. Wenn es ums Fußballspielen ging, wurde der Junge zur Rakete.

„Wann kommt Mama nach Hause?", fragte die zehnjährige Ravina und in ihrem Gesicht leuchteten Sommersprossen auf, die durch die zurückliegenden Sommertage zahlreicher geworden waren und aussahen, als hätte ein Maler jede einzelne kunstvoll mit einem dünnen Pinsel an die exakt richtige Stelle getupft. Sie lümmelte entspannt in einem der bunten Liegestühle, wie immer mit einem Buch in der Hand.

Theo richtete sich auf und legte den Arm um seine Tochter. Er wusste genau, sie genoss jeden einzelnen Ferientag, und doch konnte sie es kaum erwarten, dass der Herbst begann, denn dann würde für sie eine neue Schulzeit anfangen, der Wechsel auf das Gymnasium. Für sein kluges Mädchen eine heißersehnte neue Herausforderung.

„Mama ist in einer Stunde zu Hause!", antwortete ihr Theo. Lilly hatte Musikprobe. Sie übten für eine anstehende Vorführung im Staatstheater.

Theos Handy klingelte. Ohne hinzusehen, wusste er, wer dran war: Anton, sein bester Freund.

„Hast du einen Heimplatz für deine Mama gefunden?", fragte Theo.

„Du weißt doch, sie will nicht!" Ein Stöhnen tönte aus dem Hörer.

„Du hast keine Wahl. Du kannst sie nicht allein lassen und auch nicht ewig freinehmen. Dein Chef steigt dir bald aufs Dach. Was ist nun mit dem Marien–Heim?"

„Da ist schon in zwei Wochen etwas frei. Soll ich das machen?"

„Es hat ihr doch gefallen, als du mit ihr dort warst. Sag den Platz auf keinen Fall ab!"

„Ist wohl besser so." Es entstand eine kurze Pause. „Ich verspreche ihr auch, sie ganz oft zu besuchen."

„Mach das, Anton, ich helfe dir, ihr Zimmer schön einzurichten. Ihre gewohnten Möbel, ihre Fotos, der Fernseher."

Jack zupfte an seiner Hose.

„In Hose biselt", war die klare, aber kurze Info und Theo sah, wie sich bei seinem Jüngsten ein nasser Fleck vom Hintern bis in die Turnschuhe ausbreitete.

„Du hast es gehört, Anton. Jack und ich müssen kurz eine dringende Männerangelegenheit regeln. Wir sehen uns!", sagte Theo, legte auf und machte sich dran, seinen Sohn aus den nassen Klamotten zu schälen. Es war warm und er konnte gut einige Minuten nackt im Garten umherspringen. Seit einigen Wochen weigerte sich Jack, eine Windel zu tragen, vergaß den Toilettengang aber beim Ballspielen regelmäßig.

Antons Mutter war bei der Geburt ihres einzigen Kindes schon dreiundvierzig Jahre alt gewesen. Vielleicht war das der Grund gewesen, weswegen sie ihn so sehr bemutterte und ihm nur wenig Freiheit ließ, vermutete Theo. Derzeit schritt ihre Demenz im großen Maße voran und gerade die alltäglichen Aufgaben entwickelten sich zur Gefahr für sie: kochen, waschen, aufräumen. Erst letzte Woche hatte sie sich eine Badewanne eingelassen und war währenddessen auf der Wohnzimmercouch eingeschlafen. Anton kümmerte sich um den Wasserschaden.

Theo redete Anton seither ins Gewissen. Er musste handeln. Beim nächsten Mal würde es vielleicht der Herd sein oder eine Kerze. Sich gegen seine Mutter durchzusetzen, fiel seinem besten Freund schon ein Leben lang schwer. Doch der Abstand konnte Anton nur guttun, vielleicht würde er dann endlich ein eigenes Leben finden.

Theo legte das Handy beiseite und sah sich nach seiner ältesten Tochter Mariella um, die wie so oft mit ihrem Handy zippend auf der Terrasse herumhing. Er wollte Mariella ein Vorbild sein und nicht zu viel Zeit am Handy verbringen.

Apropos. „Nur noch fünf Minuten Handyzeit!", rief Theo Mariella mit einem Augenzwinkern zu.

Die 13-Jährige stöhnte auf. „Wenn du mir sagst, was man in dem Kaff sonst tun kann."

Sie wohnten auf dem Land. Lilly hatte das Haus von ihren Eltern geerbt, mit einem schönen großen Garten für die Kinder.

„Lesen!", schlug Theo besserwisserisch vor.

„Nicht dein Ernst, oder?" Demonstrativ verrutschte Mariella ihren Stuhl und drehte Theo den Rücken zu.

Achselzuckend registrierte Theo das und holte für Jack frische Klamotten aus dem Haus.

„Ach, Papa, übrigens", eine Minute später kam Mariella lächelnd auf ihn zu, umarmte ihn kurz und legte los: „Dankeschön für die Badebarbie, die du mir mitgebracht hast."

„Gefällt sie dir?" Theo freute sich. Er hatte schon überlegt, ob das noch altersgemäß war, doch als er Mariella betrachtete, sah er immer noch sein verspieltes kleines Mädchen vor sich.

„Toll, ja, das pinke Oberteil und der Glitzermeerjungfrauenschwanz."

Meinte sie das jetzt ernst oder hörte er hier einen sarkastischen Unterton? Jetzt war sich Theo bei seiner Geschenkeauswahl nicht mehr so sicher.

„Anderes Thema. Du bist doch mit meinen schulischen Leistungen zufrieden, oder?", fragte sie freundlich weiter.

„Ja, Schatz, dein letztes Referat in Religion war einsame Spitze, wobei du in Englisch wieder Wörter wiederholen könntest", antwortete Theo eifrig. Er wusste, sie musste hart um jede Note kämpfen, und so hatte er im letzten Schuljahr öfter mit ihr gelernt.

„Weißt du, eine Sprache lernt man am besten durch praktische Übung." Mariella schielte ihn von der Seite an.

„Wie meinst du das?" Irgendetwas an ihrem Tonfall machte Theo stutzig.

„Ich habe entschieden, das nächste Schuljahr in Kanada zu verbringen. Auslandsaufenthalt sozusagen", platzte Mariella selbstbewusst heraus. „Ich habe auch schon eine Schule ausgesucht", ergänzte sie schnell. „Ihr müsst mich nur noch anmelden."

„Mariella, du bist erst dreizehn und du kennst doch niemanden in Kanada", entfuhr es Theo entsetzt. Bei ihm schrillten alle Alarmglocken. Mühsam zwang er sich, seinen Tonfall zu mäßigen.

„Stimmt nicht. Ich kenn dort Liam." In Sekundenschnelle zückte Mariella ihr Handy und hielt Theo ein Bild aus einem Chatverlauf unter die Nase. „Seine Eltern haben bestimmt nichts dagegen, wenn ich bei ihnen wohne. Ist er nicht süüüß?", schwärmte sie.

Theo blieb der Mund offenstehen. „Aha", war alles, was er hervorbrachte.

„Sprichst du mit Mama?" Jetzt kam der gekonnte Augenaufschlag. Theo war überzeugt, dass sie ihn schon stundenlang vor dem Spiegel geübt hatte.

Einerseits wollte er am liebsten laut losbrüllen, anderseits juckte es unter seiner Haut: Beinahe hätte er sich vor Lachen geschüttelt und es bereitete ihm schmerzhafte Muskelkrämpfe, ernst zu bleiben. Theo betrachtete das Bild. Gutaussehender Junge. Schwarzes, dauergewelltes Haar, coole Sonnenbrille.

„Woher kennst du den?", er versuchte beiläufig zu klingen.

„Na, man kennt sich eben. Außerdem brauchst du dir keine Sorgen um mich zu machen, er ist ja schon zweiundzwanzig."

„Meinst du, Mama hält das für eine gute Idee?" Auch er konnte taktisch sein. *Ist bei Teenagern hin und wieder nötig.*

In Theos Kopf entstand ein Bild: Seine Mariella umgeben von Jungs, die meinten, schon Männer zu sein und er mit der Fliegenklatsche, mit der er einen um den anderen mit lautem Patschen verjagte und dabei alles andere als zimperlich vorging. Doch sie waren aufdringlich und viel zu viele – eine richtige Plage. Finster zog er seine Augenbrauen zusammen, kurz darauf besann er sich.

„Wird wohl nichts, meine Süße", sagte er liebevoll. „Wenn du achtzehn bist, reden wir weiter."

Wütend sprang Mariella auf. „Das ist ja wie im Gefängnis. Wenn ich volljährig werde, zieh ich noch am selben Tag aus."

„Dann bin ich aber froh, dass wir dich bis dahin noch haben", erwiderte Theo freundlich.

Mariella zog eine Schnute, wollte schon ins Haus stürmen, kehrte aber zurück, packte ihre Meerjungfrauenbarbie und giftete Richtung Ravina, die mit begehrlichen Blicken auf das Spielzeug starrte: „Das ist meine, denk nicht mal dran." Sie warf ihr langes Haar nach hinten und machte mit hoch erhobenem Kopf einen filmreifen Abgang.

Theo seufzte und zwinkerte Ravina zu. Morgen würde er mit ihr eine Barbie aussuchen.

Vom ersten Tag an waren die beiden Mädchen für Theo seine eigenen Kinder gewesen. Ihr Vater starb schon vor vielen Jahren bei einem Verkehrsunfall und Theo hatte sich nicht nur in Lilly, sondern in die ganze Familie verliebt. Kurz nach ihrer Hochzeit hatte er die Mädchen adoptiert und bald darauf war Jack zur Welt gekommen.

„Weißt du überhaupt, auf was du dich da einlässt?", hatte er Lilly am Tag ihrer Hochzeit gefragt.

„Ich befürchte ja, aber das ist meine Entscheidung und nicht deine", war ihre Antwort gewesen.

Theo stand treu an Lillys Seite. Er war überzeugt, etwas Besseres als seine Frau und seine Kinder hätte ihm im Leben nie passieren können. Insgeheim ahnte er, dass Lilly der Boden unter seinen Füßen war. Sie war wundervoll lebenslustig und es gab keinen Tag mit ihr, an dem er seine Entscheidung bereute.

All diese Gedanken gingen Theo durch den Kopf, als er Jack beim Anziehen half. Wieder trocken kuschelte sich der Kleine seufzend in Theos Arm und ließ sich wie ein Baby hin und her wiegen.

Theo genoss es, Vater zu sein. Er diskutierte oft und viel mit den Kindern. Da war er wie sein Vater Rob. Er hätte Rob gerne noch so viel gefragt. Theo ahnte, er hatte sein zu Hause bei Lilly und den Kindern gefunden. Wie war das bei seinem Vater gewesen? Gab es das in Vaters tiefsten Gefühlen überhaupt? Theo erinnerte sich an manche Erzählung von Rob, über seinen Geburtsort, Kubicka. Vielleicht hatte Vater jegliche Heimat schon vor vielen, vielen Jahren als kleiner Junge in einem eiskalten Winter verloren?

ROBS GESCHICHTE

1945 BÖHMEN

Es platschte, als der fünfjährige Rob Steine in den Tümpel warf, der die Mitte des Dorfes Kubicka bildete. Er kannte nur diesen einen Ort. Die Schule, in der der Lehrer die Dorfkinder aller Altersstufen unterrichtete und der kleine Laden, in dem er für ein paar Münzen einen Kaugummi kaufen konnte. Durch Kubicka zog sich eine breite Straße, an der sich die gepflegten Häuser, eines neben dem anderen, anreihten. Eines davon gehörte Robs Familie, ein Bauernhof mit zwölf Hühnern, zehn Ziegen, sieben Kühen und sogar zwei Pferden. Bei ihnen wohnten und arbeiteten die Knechte Josef und Karl und eine Magd, Waltraud.

Neben dem Weiher stand eine kleine Kirche mit Turm, darin hing eine Kupferglocke, der ganze Stolz der Dorfbewohner. Sie hatten Geld gesammelt und dem Pfarrer gegeben und der hatte die Glocke gekauft. Erst vor einigen Monaten hatte ein Pritschenwagen die neue Glocke gebracht. Sie hatten es mit Mühe geschafft, sie auf den Turm zu bringen, und dann wurde ein großes Fest gefeiert! Die älteren Kinder stemmten sich von da an vor der Messe mit vollem Körpereinsatz gegen ein langes Seil und brachten die Glocke so zum Klingen.

Obwohl Rob noch nichts anderes gesehen hatte, liebte er Kubicka, diesen verwunschenen Ort. Stundenlang spielte Rob mit den anderen Kindern im Freien auf den staubigen Wegen mit Steinen, Hölzern und den Kreiden, die ihm sein Vater geschenkt hatte.

Heute musste Rob wie die meisten Kinder sofort nach der Schule bei der Feldarbeit mithelfen: Zuckerrüben hacken, das war mühsam und kräftezehrend. Danach wuschen die Kinder die schmutzigen Füße im Weiher. Mutter kochte eine Klößchensuppe, Rob war schon hungrig.

Während er die Füße im vom Herbstwind abgekühlten Wasser baumeln ließ, sprach er leise mit den Fischen. Rob war sich sicher, sie waren seine Freunde.

Als er so dasaß, hörte Rob aus einem der geöffneten Fenster des angrenzenden Hofs das Radio. Es war das Haus vom alten Rudolf, der drehte das Gerät stets zu laut auf, denn er war schwerhörig. Rob schnappte Wortfetzen auf, es war die Rede von Stalin und Aussiedlung und von der Roten Armee. Rob hatte gemerkt, dass etwas passiert sein musste, denn seit Tagen lief ununterbrochen das Radio. Wahrscheinlich, so hatte ihm Mutter erklärt, kehrten die Männer bald ins Dorf zurück.

„Vater ist auf einer großen Reise, vielleicht kommt er jetzt und bringt mir etwas mit", teilte er einem dicken Karpfen mit, der gemächlich an der Wasseroberfläche vorbeizog.

Mutter hatte ihm außerdem erzählt, dass der Krieg vorbei wäre. Darüber freute sich Rob, doch der alte Rudolf, der nur noch mit einem knorrigen Stock laufen konnte und den ganzen Tag auf der Bank vor dem Nachbarhaus verbrachte, hatte gesagt, dass ein Stalin wolle, dass sie von zu Hause weggingen. Nur für einige Zeit wahrscheinlich. Wohin, hatte er nicht erzählt.

Rob hörte vom Krieg, doch weder seine Mutter noch die anderen Dorfbewohner wollten seine Fragen darüber beantworten. Jedes Mal, wenn er mehr wissen wollte, sah er in erschrockene Gesichter.

Vielleicht war der Krieg eine dunkle Höhle oder ein steiniger Berg, auf den Vater steigen musste, oder es war da besonders heiß oder kalt. Vermutlich lebte es sich hier in Kubicka angenehmer. Aber Vater war dort, in dem Krieg, und er sehnte sich nach ihm. Bevor Vater gegangen war, hatte er ihn und seine Schwester Jana hoch in die Luft geworfen und wieder aufgefangen, und Rob hatte gejauchzt und gejubelt und sich in seine starken Arme gekuschelt.

Hier in Kubicka konnte es auch anstrengend werden, beispielsweise wenn die Nervensäge Jana trotzig war und brüllte. Mutter sagte, kleine Kinder seien eben viel wütend. So viel, dachte Rob, müsste aber auch nicht sein. Außerdem war da auch das Baby Anni, seine jüngste

Schwester, die erst vor drei Monaten auf die Welt gekommen war. Ihre zarte Haut war weich und ihr flauschiges Haar roch stets nach Sommer.

Die warmen Monate waren vorbei und Vater noch nicht nach Hause zurückgekehrt. Oft brausten Autos die staubige Straße entlang und Soldaten sprangen heraus und sprachen mit den Anwohnern. In den letzten Tagen waren sie weniger geworden, doch jetzt, als er so am Wasser saß und auf das Abendessen wartete, sah Rob eine Staubwolke näherkommen und er hörte Motorengeräusche. Aufgeregt sprang er auf und auch die anderen Kinder versammelten sich beim See.

„Jetzt kommen die Väter zurück!", meinte der Enkel vom alten Rudolf und lachte. Alle standen abwartend vor ihren Häusern.

Mutter trat aus dem Haus, sie schaute ernst und winkte ihm zu. „Robert, komm sofort her!", forderte sie.

Freut sie sich nicht, dass Papa heimkehrt?, dachte Rob, als er ihre strenge Stimme hörte. Bald darauf erkannte auch er, dass die Männer eine andere Uniform trugen als sein Vater, sie sprachen auch nicht Deutsch. Mutter und die wenigen dagebliebenen Alten verhielten sich seltsam still.

Da sprangen die Männer aus ihren Wägen, sie riefen sich laut zu, Rob hörte den Namen Stalin und sie liefen herrisch umher. Rob konnte sie nicht verstehen, aber er fürchtete sich vor ihnen. Ein Mann mit wildem Bart las im gebrochenen Deutsch einen Text vor.

Rob verstand so viel wie: „Morgen weg sein, kommen wieder, keine Gnade."

Dann verteilten sich die Männer und betraten zielstrebig die Häuser. Ein Dicker und einer mit einem hässlichen Bart gingen auch in Robs Haus. Mutter nahmen sie mit, sie wollte nicht, wehrte sich, zappelte mit den Füßen. Sie sah Rob angsterfüllt an, es kam jedoch kein einziger Ton über ihre Lippen. Andere Frauen kreischten. Da schrie Rob, er wollte zu Mama rennen, sie beschützen, doch der alte Rudolf packte ihn am Kragen.

„Keine Angst. Daran stirbt sie nicht", sagte er und drückte ihn an sich. Rob hasste ihn dafür, schlug um sich, fing an zu beißen. Er musste zu Mama, vielleicht brauchte sie ihn. Doch der Rudolf hielt ihn mit eisernem Griff fest. Rob wurde es kalt ums Herz, er fing an zu weinen, so große Angst hatte er um Mama. Für ihn blieb die Zeit stehen. Wäre er ein großer, starker Mann wie Papa, würde er den Rudolf umhauen und zu Mama laufen. Er erschrak, denn es kam ihm ein schrecklicher Gedanke: Das Baby, Anni, war auch im Haus!

Nach einer Viertelstunde kamen die Männer wieder raus. Rob riss sich vom Rudolf los und rannte an den Männern vorbei, so schnell er konnte zu Mama. Sie saß in der Stube auf einem Stuhl und sagte nichts. Er lief zu Anni, sie schlief ruhig in ihrem Bettchen.

Das Haus war durchwühlt, in der Küche fehlten die guten Würste, die sie an einer Stange zum Räuchern aufgehängt hatten. Rob hörte ein Schluchzen, es kam von dem samtigen roten Vorhang, der im Wohnzimmer die Fenster einrahmte. Mamas ganzer Stolz, sie hatte ihn selbst genäht. Hinter dem schweren Stoff fand Rob Jana. Er war erleichtert, es ging allen gut, auch wenn Jana diesmal besonders lang brüllte. Ihr Kopf lief knallrot an. Erfolglos versuchte Mutter, sie zu beruhigen.

Da kam der alte Rudolf und sagte, sie sollten packen. Er erklärte Rob, sie würden auf eine Reise gehen. Rob widersprach, das gehe nicht, sie müssten auf Vater warten, doch Mutter versicherte, er käme bestimmt nach. Jetzt lief Mutter hektisch durchs Haus und suchte Kleidung und Lebensmittel zusammen. Auch Rob sollte eine Tasche mit den wichtigsten Sachen packen. Er wollte sein Lieblingsbuch mitnehmen: „Helden der Antike“. Das hatte ihm sein Vater vom letzten Fronturlaub mitgebracht. Er war im Krieg in einem fernen Land namens Griechenland gewesen. Da gab es viele Könige und Götter. Das Buch war Robs heiliger Schatz.

Mutter inspizierte seine Tasche. „Nur das Wichtigste: Kleidung und eine Decke!“ Das Buch legte sie rasch zu Seite.

Rob besaß sonst nicht viel: eine zweite Hose, Unterwäsche, drei Pullover, Socken, eine Jacke und eine Decke.

„Zieh dir mehrere Unterhosen drüber und eine Hose über die andere. Alles, was du anziehen kannst, trägst du so am Körper!", ordnete Mutter an.

Rob schwitzte erbärmlich und jammerte, als er eine Stunde später mit Mutter, Jana und dem Baby das Haus verließ. Hinter sich her zogen sie einen hölzernen Handwagen, bis zum Rand gefüllt mit Gepäck und Lebensmitteln.

„Es ist nicht für lange. Wir gehen einige Wochen weg und kommen danach wieder", beruhigte Mutter ihn.

„Wie soll uns Papa finden, wenn er zurückkommt?" Das war Robs größte Sorge. „Ich will nicht weg, Mama." Die Menschen um sie herum, ihre Nachbarn, Freunde, alle standen mit Koffern und Taschen da und sprachen aufgeregt durcheinander, mehrere Kinder schrien. Da nahm der alte Rudolf seinen Stock und humpelte vorwärts.

Rob versuchte seine Tasche hochzunehmen, doch sie war zu schwer. Jetzt kamen ihm die Tränen und er wollte sich wegdrehen, weil er sich dafür schämte. Da merkte er, dass auch andere traurig aussahen, sogar die alten Männer, die nicht mit in den Krieg gegangen waren. Sie griffen sich an den Händen und betrachteten ihre Häuser wehmütig.

„Wir müssen los!", drängte Mutter, als sie, das Baby um den Leib gebunden, den schweren Leiterwagen hinter sich herzog. Gemeinsam mit den anderen Leuten aus dem Dorf traten sie eine Reise ins Ungewisse an.

„Bis bald!", rief Rob den Fischen zu, drehte sich ein allerletztes Mal um, winkte ihnen und sah, wie der Wind die Blätter durch den Hof ihres Hauses trieb. Kubicka. Sein Dorf, seine Heimat.

PORTRÄT

Theo stand in der Küche, um das Abendessen zuzubereiten, Ravinas und Lillys Lieblingsspeise: Apfelpfannkuchen. Er mochte es, für die Familie zu kochen. Wenn dann alle um einen Tisch saßen und schwatzten und lachten, war die Welt für ihn in Ordnung.

Er begann, die rotbackigen Äpfel zu schälen, da klingelte es. Theo legte den Schäler zur Seite und wusch sich die Hände unter dem fließenden Wasser. Als er kurz darauf die Tür öffnete, stand niemand davor. Nur ein Kuvert lag auf dem Fußabstreifer. Theo nahm es mit in die Küche. Nachdem er den Herd eingeschaltet und Butter und den vorbereiteten Teig aus dem Kühlschrank geholt hatte, öffnete er das Kuvert mit einem Messer.

Mit drei Kindern muss man Multitasking-fähig sein, hatte Lilly gesagt. Das gelang Theo selten und doch, als er in das Kuvert schielte, schaltete er geistesgegenwärtig zuerst die Kochplatte aus und schob die Pfanne beiseite, bevor er das Blatt Papier herauszog.

Ungläubig starrte er auf das, was er da in Händen hielt.

Vaters Gesicht!

Was nun passierte, kam einem Zusammenbruch nahe. Schlagartig verließ seinen Körper jede Kraft. Das Kuvert rutschte ihm aus den Fingern und klatschte auf den Boden, seine Gesichtsmuskeln zuckten unkontrolliert. Theo verlor das Gleichgewicht, er versuchte noch, sich mit einer Hand abzustützen, wobei er auf den heißen Herd griff, die Pfanne anrempelte und schreiend auf den Küchenboden sackte. Die leere Pfanne folgte scheppernd. Er musste einen Höllenlärm veranstaltet haben, denn Jack lief auf seinen kurzen Beinchen, so schnell er konnte, zu ihm.

Der Schmerz holte Theo augenblicklich zurück. Er angelte sich mit der unverletzten Hand hoch, legte das Papier auf die Küchenablage und drehte den Wasserhahn auf.

Hinter ihm stand Jack, der ihn nur mit großen Augen anstarrte. Theo versuchte, die Nerven zu bewahren, aber es gelang ihm nicht. Jede Farbe wich aus seinem Gesicht, zitternd hielt er seine Finger unter den Wasserstrahl, er konnte keinen vernünftigen Gedanken fassen.

„Papa was ist?", rief Ravina aus dem Garten. Theo war nicht in der Lage, ihr zu antworten.

Das Bild. Plötzlich ergriff ihn ein Gedanke, der ihn zum Handeln zwang.

Die Kinder sollten Vaters Porträt nicht zu Gesicht bekommen. Er fühlte sich nicht in der Verfassung, ihnen zu erklären, wer darauf zu sehen war. Schnell trocknete er seine Hand ab, ignorierte den Schmerz und steckte Andres Zeichnung in den Umschlag. Danach verschloss er das Kuvert und schob es zwischen die Zeitungen. Weg von den Kindern.

Jetzt atmete er auf und setzte sich zu dem vor Schreck weinenden Jack auf den Küchenboden. Ravina eilte in die Küche und holte eine Brandsalbe aus dem Arzneimittelschrank hervor. Gleich darauf cremte sie ihm die verletzte Stelle ein und nahm ihn wortlos in den Arm. Theo hörte Lillys Auto in der Einfahrt. Die drei blieben am Boden sitzen, bis Lilly kam und sich um alle kümmerte.

Wenig später bat Theo seine Frau: „Lilly, ich brauch ein paar Stunden für mich."

„Nimm sie dir", antwortete Lilly, ohne näher nachzufragen und begann, die Pfannkuchen fertigzustellen.

Dankbar küsste Theo Lilly auf die Stirn. Eilig packte er einige Sachen zusammen, zog heimlich das Kuvert aus den Zeitungen und verschwand nach draußen.

In dieser Nacht verharrte Theo stundenlang fassungslos in seinem Auto vor der Bleistiftzeichnung, die Andre von Rob angefertigt haben musste. Vor seinen Augen erschien ihm sein Bruder, vor den Zeichnungen kauernd. Die Kreativität führte seinen Bleistift kratzend übers Papier.

Wo sind Andres weitere Zeichnungen? Wer um alles in der Welt hat mir diese zugeschickt? Der Mörder meiner Familie?

In Theo machte sich ein lang unterdrückter Zweifel breit.

Was, wenn es keinen Einbrecher gegeben hatte?

Alte Wunden platzten wie eitrige Beulen auf. Der 24. August, alles war da, als ob es gestern gewesen wäre.

AD AKTA

Marlene König musste nach der Besprechung mehrere Außentermine wahrnehmen. Bevor sie ihr gemeinsames Büro in der Dienststelle verließ, reichte sie ihrem Kollegen Quirin Seligman die angekündigten Akten über den Schreibtisch hinüber. Cold-Case-Fälle: fünf Einbrüche, einer mit Todesfolge. Opfer: ein stadtbekannter Bauunternehmer und sein Sohn. Vermutlich hatten sie den Einbrecher überrascht, so das Resümee des damaligen leitenden Beamten, Robert Stahlgruber.

Während Marlene sich zu den Terminen aufmachte, saß Seligman, wie immer, wenn er sich in einen neuen Fall einlas, gautschend in seinem Bürostuhl. Sein Schreibtisch war voll beladen, kreuz und quer verstreut lagen Akten und Papiere aufeinander. Marlene konnte sich im Traum nicht ausmalen, wie man unter solchen Bedingungen effektiv arbeiten konnte. Selbstverständlich herrschte an ihrem Platz akkurate Ordnung. Die schrullige Brille war Seligman ein Stück auf die Nase gerutscht und er wirkte tiefenkonzentriert. In solchen Momenten meinte Marlene, der Kollege schwebe geistig in einer anderen Welt. Sie teilte sich mit ihm ein Büro. Zu Anfangszeiten hatte er seine Füße locker auf dem Tisch drapiert, doch das hatte sie ihm gleich abgewöhnt. Sie war sicher, er traute sich das nicht mal mehr, wenn sie außer Haus war.

Geschlagene fünf Stunden später kam Marlene zurück ins Büro und fand Seligman exakt in der gleichen Haltung wie am Vormittag vor. Der Büromief im Zimmer verschlug ihr unwillkürlich den Atem. Wortlos ging Marlene zum Fenster und öffnete es weit.

„Und?", fragte sie.

„Moment", murmelte Seligman. Dann kam nichts.

Nach weiteren fünf Minuten fragte Marlene: „Heute schon was gegessen?" Sie beobachtete, wie er weiterlas und nochmal umblätterte.

„Fleischküchlesemmel." Keine weitere Reaktion.

Na gut, dachte Marlene. *Lassen wir ihn mal.*

Sie hatte das heute absichtlich so arrangiert und ihm die Fälle während ihrer Abwesenheit gegeben. Oft kamen bei seinen Gedankengängen erstaunlich neue Ansätze und Richtungen hervor. Gerade diese Fälle hatte sie ihm schon länger geben wollen, ohne ihm ihre Einschätzung mitzuteilen, um völlig unvoreingenommen seine Sichtweise in Erfahrung zu bringen. Marlene erinnerte sich an die zurückliegenden Tötungsdelikte. Stahlgruber war als Vertretung am Tatort eingesprungen. Am nächsten Morgen wurde sie in einen Autounfall verwickelt. Aquaplaning, ihr Wagen überschlug sich mehrmals. Sie musste am Bein operiert werden und fiel zum ersten und einzigen Mal während ihrer Polizeilaufbahn aus, das jedoch gleich für mehrere Monate. Und doch – der Tatort blieb in ihrem Kopf präsent, als wäre sie gestern dort gewesen. *Vater und Sohn.*

Marlene lebte damit, einen Fall nicht aufklären zu können, auch Polizisten waren schließlich nur Menschen. Eines stellte jedoch für sie ein No-Go dar: Wenn sie wusste, dass nicht alles Menschen-Mögliche und Notwendige für die Aufklärung getan worden war. Das Ganze wurmte sie daher enorm.

Das Chicago-Puzzle fiel ihr ein. Oft verband sie einen Fall mit dem Puzzle, an dem sie nachts arbeitete, während in ihrem Kopf ein Bild zum Tathergang entstand. Sie erinnerte sich, wie sie in der Mordnacht über den Wolkenkratzern gebrütet hatte. Hochhaus um Hochhaus bildete die Skyline. So wie eine Zeugenbefragung nach der anderen den Eindruck der Geschehnisse eines Tatortes formten. Aber genau diese Gespräche waren in diesem Fall entweder unzureichend geführt oder nicht korrekt dokumentiert worden.

Marlene setzte sich, schaltete den Computer an und loggte sich ein. Da hörte sie gegenüber, wie die Akten lautstark auf dem Tisch landeten, Seligman sich ruckartig aus seiner bequemen Position erhob und der Stuhl nach hinten rutschte. Er wirkte verwirrt, sein Haar war verstrubbelt und eine Franse hing ihm weit über die Augen. Es kam Marlene vor, als sei er aus seinen tiefsten Träumen erwacht.

Der Kollege fasste sich an den Rücken. „Autsch."

„Zwangshaltung, da bringt auch Ihr ergonomischer Arbeitsplatz nichts", warf Marlene besserwisserisch ein.

Seligman reagierte nicht auf ihren Kommentar, wütend donnerte es aus ihm hervor: „Ich sag's nur ungern, aber es wurde nicht sauber genug ermittelt." Herausfordernd blickte er sie an.

Ha, wie schätzte sie es, wenn er Dinge unmittelbar auf den Punkt brachte!

„Die Einbruchsfälle passen zeitlich und örtlich zu dem Mordfall, dennoch, ich sehe zu viele Unstimmigkeiten. Vermutlich wurde das zu schnell in Zusammenhang gesetzt", fuhr er fort.

„Welche Unstimmigkeiten?" Jetzt hatte sie ihn da, wo sie ihn haben wollte.

„Punkt eins: die Weinflasche. Nach Angaben der Ehefrau kam der Mann später nach Hause, der Fernseher war laut, sie nickte angeblich zuerst auf der Couch ein, der Sohn hielt sich in seinem Zimmer auf. So wäre es also möglich gewesen, dass sich ein oder mehrere Täter im Wintergarten zu schaffen machten. Die Frau sagt aber aus, dass sie es sich nicht vorstellen konnte, dass Sohn und Vater gemeinsam ein Glas Wein tranken, also muss der Wein zu einem anderen Zeitpunkt getrunken worden sein, oder – sie irrt sich. Es stellt sich die Frage – wer mit wem und wann? Der Haushalt wird als sehr aufgeräumt bezeichnet. Da lässt sie doch nicht den ganzen Tag eine Flasche Wein und zwei Gläser auf dem Tisch stehen. Sie gab an, sie konnte sich nicht mehr an die Weinflasche erinnern."

„Was noch?"

„Punkt zwei: Im Wintergarten ist nicht gerade zimperlich vorgegangen worden. Im Gegenteil, jemand hinterließ eine Verwüstung. Dennoch muss es unmittelbar im zeitlichen Zusammenhang passiert sein: Die Einbrecher betreten den Wintergarten, durchwühlen die Schubladen, werden jedoch nach kurzer Zeit vom Vater überrascht, ebenso zeitgleich betritt der Sohn den Wintergarten. Perfektes Timing. Eigenartig.

Punkt drei: Fingerabdrücke gab es auf der Waffe von beiden Toten, aber auch weitere, die niemandem konkret zugeordnet werden konnten! Täterin hätte auch problemlos die Frau sein können oder tatsächlich einer der Männer und sie ließ die Waffe verschwinden, weil sie nicht wollte, dass ihre Familie in Verruf gerät. Genug Zeit, um Handschuhe anzuziehen war für Frau Rommels sicher da. Beziehungskonflikt! Warum in aller Welt wurde diese Spur nicht weiterverfolgt? Das Haus wurde nicht mal gründlich durchsucht!"

Marlene ließ Seligmans Gedanken auf sich wirken. Ähnliches war ihr auch schon in den Sinn gekommen.

„Und: Wieso nur fand am nächsten Tag schon ein Pressegespräch statt? Der Begriff Pressekonferenz ist ja fast zu hochtrabend, immerhin war nur eine Journalistin anwesend. Seit wann ziehen wir Pressekontakte den Ermittlungen vor?"

Jetzt wirkte Seligman wie ein kleiner Junge, der die Welt nicht mehr verstand. Marlene schmunzelte.

Wir leben eben nicht immer an einem Ort der Glückseligkeit, wo alles läuft, wie es sein sollte. Das erfahren Sie doch jeden Tag, Herr Kommissar, dachte sie.

Marlene klärte ihn auf: „Der Stahlgruber mag Verdi. Die Journalistin war so freundlich, ihn an dem Abend des Mordes ins Staatstheater zu begleiten. Hat sich damit offensichtlich Vorzüge verdient."

Jetzt begann Seligmann, die Augen aufzureißen und unkontrolliert mit dem Kopf zu kreisen.

„Neeee - oder?", war alles, was er dazu hervorbrachte. Es dauerte eine geschlagene Minute, bis er sich wieder im Griff hatte. Sein Kommentar lautete schließlich: „Auch einen Kaffee?"

Schlussendlich streckte er die steifen Glieder und wackelte zur Kaffeeküche, um sich und seine Chefin mit einem Koffeinschub zu trösten.

FAHRSTUNDE

Theo standen kalte Schweißperlen auf der Stirn. Seit einer Dreiviertelstunde steuerte er mit der 50-jährigen Friseurin durch den abendlichen Berufsverkehr. Ein LKW-Fahrer hupte und scherte knapp vor ihnen ein und ein betagter Fahrer hing ihnen seit gut einer halben Stunde an der Stoßstange.

Kurz nachdem er Lilly kennengelernt hatte, hatte Theo sich zum Fahrlehrer weitergebildet.

„Bremsen!" Ruckartig trat er auf das Pedal auf der Beifahrerseite. Beinahe wäre sie dem LKW voll hinten auf die Heckseite gedonnert.

Haben Sie keine Augen im Kopf?, hätte er sie am liebsten laut angeschrien, aber Theo spürte, wie nervös die Frau war. Aus diesem Grund hatte sie sich bei ihm angemeldet. Sie kannte ihn durch seine regelmäßigen Friseurbesuche und fühlte sich anscheinend mit ihm als Fahrlehrer besser als woanders. Ihr Mann hatte sie für eine Jüngere verlassen. Sie zog nun die gemeinsamen Kinder groß und stand einige Zeit sogar ohne eigenes Einkommen, ohne Führerschein, ohne Job da. All das hatte sie ihm gestern erzählt, während sie ihm nach einer der Fahrstunden einen Haarschnitt verpasst hatte.

Grund genug, um eine Engelsgeduld an den Tag zu legen, beschloss Theo.

Er wies sie an, in ein weniger befahrenes Siedlungsgebiet einzubiegen. Während sie den Golf durch die schmale Straße, an einer Reihe geparkter Autos vorbeimanövrierte, bremste sie bei jedem Rechts-vor-links ruckartig ab.

„Etwas sanfter", bat Theo und gab sich Mühe, seine Fahrschülerin ermutigend anzulächeln.

Der Fahrschuljob war okay, eine berufliche Alternative sah Theo nicht. Das Jurastudium hatte er geschmissen, nicht weil es ihm zu schwer gewesen war, nein, im Gegenteil. Der Grund dafür war einfach: Er hatte nicht mehr gewusst, wieso er das machte und ob er das überhaupt wollte.

Jetzt weiß ich, wofür ich arbeite – ich verdiene Geld für meine Süßen.

Lange hatte das Theo gereicht, wenn er auch spürte, er konnte einiges mehr. Vielleicht war das der Grund, weswegen in der letzten Zeit seine Unzufriedenheit über seinen Beruf wuchs.

Bald hatte er Pause, nach dieser Fahrstunde.

Meine Zeit. Er schielte aufs Handschuhfach.

Aufatmend lotste er die Frau auf einen Park-and-Ride-Platz.

„Das wird schon. Die Stunde war bedeutend besser als die Letzte!", log er.

Er setzte sie ab und parkte das Fahrschulauto. Umgehend entfuhr ihm ein tiefer Seufzer. Theo klappte das Handschuhfach auf und zog die Zeichnung hervor. Im Kuvert war auch ein Zettel gewesen, er hatte ihn erst später entdeckt. Wieder und wieder las er die Forderung:

10.000 Euro bis morgen, dann schweigen wir über die Nacht des 24. August

Wer war wir? Irgendjemand musste das Bild die vielen Jahre seit dem Unglück aufgehoben haben und erpresste ihn nun. War das Bild ein Auslöser dafür, dass sein Vater und Andre in der Nacht heftig gestritten hatten? Was wollte der anonyme Schreiber? Gab es ein Geheimnis zu verraten? Theo hatte sich selbst schon hunderttausendmal gefragt, was in jener Nacht wirklich geschehen war. Doch egal was, er würde verhindern, dass seine Familie in den Dreck gezogen wurde. Gestern hatte er sich Geld besorgt. Er hatte es am Bankschalter abgehoben und in einer seiner Pausen war er in die Spielhalle abgebogen und das Geld hatte sich auf wundersame Weise vermehrt. Das machte Spaß und eine Schippe Glück war auch dazugekommen. Es war ihm sogar gelungen, das Geld, das er abgehoben hatte, ordentlich zu vermehren. Keiner aus seiner Familie würde etwas erfahren. Schließlich sollten sie sich keine Sorgen machen. Danach hatte er die Tasche mit dem Geld an dem angegebenen Ort hinterlegt. *Problem gelöst.*

Theo betrachtete die Zeichnung. Langsam wich der anfängliche Schock einer leisen Freude. Er hielt etwas von Andre und von Vater zugleich in Händen. Das Bild war ihm unendlich wertvoll. Die Erinnerung an eine längst vergangene Zeit hüllte ihn ein wie ein wärmendes und zugleich erstickendes Tuch.

Da schwebte Andre vor seinen Augen, mit seinen zartgliedrigen Händen und den flinken Fingern. Wie sie ein Heft füllten, während Andre still auf dem Boden seines Zimmers hockte, reglos, bis auf den Strom an Bildern, die aus seinem Kopf zu fließen schienen.

Vater jedoch hatte es gehasst. Wenn eine Probe in der Schule anstand, zwang er Andre, sich an den Küchentisch zu setzen und unter seiner Aufsicht bis spät in die Nacht zu lernen. Dennoch – die Noten blieben schlecht, eine Versetzung gefährdet.

„Mein Sohn ist kein Versager. Auch du nicht", pflegte er zu sagen. Das waren Momente, bei denen Theo sich für seine guten Noten schämte und seinem Bruder heimlich Süßigkeiten unter sein Kopfkissen schummelte. Eigentlich hätte Andre ihn hassen müssen, doch im Gegenteil. Sobald er zu Bett gehen sollte, um für die Prüfung ausgeschlafen zu sein, holte Andre Bücher und stahl sich heimlich zu Theo, um ihm bis weit nach Mitternacht vorzulesen.

Andre schmückte auch fremde Erzählungen oder Legenden mit seinen eigenen Bildern und Ergänzungen aus. Er hatte Theo mit seiner Lieblingsgeschichte gezeichnet: wie Midas, den Reichen, den Goldkönig. Von Andre war Theo auf Papier verewigt worden, golden von Kopf bis Fuß. Wie gerne hätte er die Kunstwerke seines Bruders in Erinnerung für ihn aufbewahrt.

Theos Handy klingelte. Aus seinen Gedanken gerissen zwang Theo sich, den Anruf entgegenzunehmen.

„Die Frau vom Heim hat mich angerufen, Mama kann ab Montag dableiben!", hörte er Antons Stimme durchs Telefon.

„Na, wenn das keine gute Nachricht ist! Wann wird sie aus dem Krankenhaus verlegt?", fragte er. Antons Mutter war gestürzt und danach, bis Anton von der Arbeit kam, mehrere Stunden allein auf der Haustreppe gelegen. Gott-sei-dank war es gerade Sommer und warm. Nach dem Krankenhaus würde sie sofort ins Pflegeheim verlegt werden, sie konnte keinen Tag mehr ohne Beaufsichtigung sein.

„Freitag. Ab dann bin ich daheim immer ganz allein", lautete die klägliche Antwort.

„Du gewöhnst dich schon dran, sonst besuchst du sie einfach. Außerdem hast du dich doch bei der Partnervermittlung angemeldet. Da bleibst du jetzt dran!", ermutigte Theo seinen Freund.

„Mach ich", versprach Anton. „Gehen wir die Woche auf ein Bier?"

„Klaro. Morgen um acht?"

„Ich hol dich ab. Servus", bestimmte Anton und legte auf.

Gleich würde Theo noch eine Fahrschülerin haben, erste Fahrstunde, ein 20-jähriges Mädel. Im Moment wäre ihm ein Junge lieber gewesen.

Die sprechen weniger und haben meistens vor der ersten Fahrstunde schwarz auf einem Waldweg geübt.

Die Anmeldungen für seine Fahrstunden waren meist lange vorab ausgebucht. Mutter behauptete, das läge an seiner charmanten Ausstrahlung. Der Job als Fahrlehrer brachte Vorteile, er konnte die Fahrstunden zeitlich flexibel vereinbaren und es ergab sich oft Zeit für seine Angelegenheiten, ein Stück Freiheit.

Schon öfter hatte er sich zwischendurch im Casino vergnügt, das half ihm, Druck abzubauen.

Er hatte sogar Mutter und Jana von seinem Gewinn erzählt, Vater war schließlich auch hin und wieder in ein Casino gegangen. Doch sie hatten ihm nur streng davon abgeraten, nicht mal das bisschen Spaß gönnten sie ihm.

Seine nächste Schülerin war zu spät, ärgerlich merkte Theo, dass er schon über zehn Minuten wartete. Er ließ das Fenster runter und beugte sich nach draußen, als erneut sein Handy vibrierte und ein Anruf einging.

„Hallo, Schatz, was planst du denn zum Abendessen?"

Theo lächelte, nachdem er Lillys wohlklingende Stimme hörte.

Auf meine Frau ist Verlass, ein gutes Essen vergisst sie nie.

Es heißt ja, Männer seien leicht um den Finger zu wickeln.

Bei Lilly gab es etwas, für das sie ihm zutiefst dankbar war: seine Kochkünste.

Wie jeden Tag freute er sich auch heute darauf, nach einem langen Arbeitstag mit seiner Familie zu essen, auf die Spiele mit den Kindern und die Stunden der Partnerschaft, wenn die Kinder in süßen Träumen versunken waren.

Theo drehte sich zum Beifahrersitz, die Zeichnung lag noch dort. Es schien, als blicke ihn Vater mit seinem scharfen Blick an. Andre war es gelungen, Vaters Charakter mit wenigen Strichen so einzufangen, wie es für Theo nur wenig greifbar war, so viel verstand er. Trotz der Härte in Vaters Gesicht, mochte er das Bild. Denn da war ebenso viel Schönes, Warmes. Nur was, das konnte Theo nicht benennen.

Er öffnete das Handschuhfach, um das Portrait zu verstauen. Andre hätte ihm eine Antwort geben können, er war feinsinnig gewesen, vermochte Dinge zu spüren, die andere nicht ausdrücken konnten.

Wer warst du, Vater? Was weiß ich überhaupt von dir und deinem Leben? Was hat dich so hart werden lassen?

1945 BÖHMEN
DER WÄCHTER KEREBOS

Alles war weiß, wohin man nur sah. Dicke Flocken schwebten vom Himmel und bedeckten jede noch so winzige Stelle des Weges. Kurz nachdem alle Bewohner aus Kubicka, Frauen, Kinder und alte Leute sich auf den Weg gemacht hatten, begann es zu schneien und die Temperaturen fielen und fielen, weit unter den Gefrierpunkt. Wintereinbruch. Und das im Herbst.

Die Karawane mit Pferden, den Anhängern und Leiterwägen voll Taschen und Koffern kämpfte sich nur mühsam vorwärts, dem kleinen Rob schmerzten die Füße vor Kälte und Anstrengung. Seine Schuhe waren schon alt und die Nässe drang durch das dünne Futter in seine Socken, sodass es bei jedem Schritt patschte. Mutter und er zogen den alten Leiterwagen und Jana hinter sich her. Mutter war keine kräftige Frau und der Leiterwagen blieb oft in Matsch und Schnee stecken. Immer wieder schoben sie ihn gemeinsam aus dem Dreck. Jana trug keine Handschuhe und ihre Hände waren rot mit weißen Flecken. Sie jammerte vor sich hin.

Irgendwann mussten sie einen Fluss überqueren. Diesen überzog eine glänzende Eisschicht, aus der die Betontrümmer der zerstörten Brücke ragten. Das Eis knackte bedrohlich. Der alte Rudolf warnte, das Wasser sei tief und die Eisschicht noch dünn. Doch es gab keinen anderen Weg und so hangelten sie sich vorsichtig drüber. Erst der alte Rudolf, danach Mutter mit dem Baby. Anschließend Jana und Rob und jetzt einer nach dem anderen, von der ganzen Gruppe. Zuletzt versuchte es sogar die Hermann-Bäuerin mit dem Pferd und dem Anhänger, doch dem Gewicht hielt die Eisschicht nicht länger stand. Das Pferd brach ein. Selbst mit vereinten Kräften gelang es ihnen nicht, das hilflose Tier aus dem eisigen Strom zu ziehen. Kämpferisch richtete sich das Pferd auf und warf sich laut wiehernd hin und her, doch die

Strömung riss ihm immer wieder die Beine weg und nachdem die Kraft nachließ, knickte es hilflos ein. Rob hatte Mitleid mit ihm. Er konnte es nicht fassen, dass alle einfach weitergingen, Mutter ihn mit sich zog und sie das sterbende Tier zurückließen. Er würde den merkwürdigen Glanz in den Augen des Pferdes nie vergessen: erdbraune, traurige Augen. Es verstand, dass es vorbei war.

Mittlerweile fror Rob fürchterlich, trotz der Jacken und seiner Strickmütze. Seine Füße wurden taub. Er zitterte, es fühlte sich an, als bebten seine Knochen vor Kälte.

„Ist es noch weit?", fragte er und versuchte, tapfer zu klingen.

Mama streichelte ihm über die Wange. „Hat Vater dir nicht von Odysseus vorgelesen? Dem Helden aus deinem Buch. Er war schlau, dennoch musste er viele Entbehrungen ertragen und war jahrelang auf Irrfahrt, bis er letztendlich in seine Heimat zurückkehren konnte."

„Nach Hause?", fragte Rob hoffnungsvoll und in seinem Kopf entstanden Bilder von blühenden Sommerwiesen, einer Horde spielender Kinder, ihrem hübschen Bauernhäuschen, in dessen Hof stets gackernde Hühner scharrten. Er erinnerte sich an das Plantschen im warmen Dorfteich, wo er hinter den Fischen herschwamm.

„Vielleicht", murmelte Mutter nur. Daraufhin ging ihr Blick ins Leere und verlor sich im Nirgendwo. So liefen sie Stunde um Stunde weiter, zeitlos, die Landschaft eine einzige frostige Eiswüste, zwischendurch ein Fluss, Wälder und Hügel, einen schleppenden Schritt vor den anderen.

Mutter sagte, er solle nicht in die Gräben am Rand der Straße sehen. Erst machte Rob das neugierig und er versuchte, heimlich zur Seite zu schielen, doch dann entdeckte er Füße und Arme, die sich nicht bewegten, blau angelaufen, wie vereist, und er richtete den Blick nur noch geradeaus.

Der alte Rudolf hingegen stieg in den Graben und als er wieder kam, hatte er Schuhe und Handschuhe dabei. Warm, mit flauschigem Fell. Er setzte Rob auf den Wagen, befreite ihn von den nassen Klumpen an seinen Füßen, holte Socken aus seiner Tasche und zog Rob Socken und Schuhe über. Die Schuhe waren rot und etwas zu groß, aber es war

Rob egal. Im hohen Bogen warfen er und der alte Rudolf die kaputten Schuhe in den Wald. Jana erhielt die Handschuhe.

Als sie weiterliefen, reichte Mutter ihm das Baby. Trotz des Gewichtes fühlte Rob sich besser, als er sie trug. Anni gluckste vor sich hin, sie war warm und schlief auf seinem Bauch ein.

„Ich pass auf dich auf", versprach er ihr und küsste sie auf den feinen Flaum, der unter ihrem Kopftuch hervorlugte.

Jetzt durchquerten sie einen weiteren Wald und der Wind blies nicht mehr so schlimm. Rob begann, die Eiskristalle an den Bäumen zu zählen. Sie funkelten wie Diamanten. Es dämmerte und sie fanden eine Holzhütte. Die Erwachsenen beschlossen, dass sie dort übernachten würden. Der alte Rudolf erzählte, sie seien jetzt vogelfrei. Das hörte sich gut an. Rob erklärte Jana, dass das toll wäre, frei wie ein Vogel zu sein, Anni eine weiße Taube, er ein Falke und Jana eine Amsel.

„Will nicht Amsel sein", wie immer hatte Jana etwas zu meckern.

Rob wartete, ob er, wie der alte Rudolf behauptet hatte, zum Vogel werden würde, aber nichts passierte.

Draußen war Merkwürdiges zu vernehmen, zuerst heulte ein Tier, danach knackte es. Von weitem hörten sie Motorengeräusche.

In der Hütte wurde es mucksmäuschenstill, nur die rasselnden Atemzüge des alten Rudolf unterbrachen die seltsame Ruhe. Viele der Dorfbewohner flüsterten sich etwas zu, Rob sah im Kerzenschein, wie sie sich im Arm hielten. Jetzt löschten sie alle Lichter. Der Rudolf blieb an der Tür sitzen und hielt seinen Stock fest in der Hand. Es knirschte draußen im Schnee. Waren da Schritte?

„Ich habe Angst", nuschelte Jana.

„Brauchst du nicht", antwortete Rob. „Schau den Rudolf an. In Wahrheit ist er der Wächter Kerberos, der griechische Höllenhund. Er hat mehrere Köpfe und niemand kommt ungestraft an ihm vorbei! Er ist unser Beschützer."

„Aus Papas Buch?", wollte Jana wissen und betrachtete den alten Mann ehrfurchtsvoll.

„Ja, er kommt aus Griechenland." Rob fühlte sich gescheit.

„Ist es weit bis dahin?"

„Vielleicht kommen wir da auf unserer Reise vorbei", fiel Rob ein und die Vorstellung beruhigte ihn. Gleich darauf bekam er ein schlechtes Gewissen. Er spürte den Rand des Heftes unter seinem Hemd am Rücken. Es kam ihm schwer vor. Vielleicht hätte er den dritten Pullover mitnehmen können, wenn er nicht das Heft reingestopft hätte.

Nun hörte man draußen nichts mehr. Viele der Dorfbewohner waren im Sitzen eingenickt. Mutter stillte Anni, als sie weinte, doch Anni krakeelte weiter. Mutter legte sie auf die Seite und beachtete sie nicht weiter. Das Baby hörte nicht auf, mit den Ärmchen zu rudern und zu brüllen, bis es heiser wurde.

„Baby soll leise sein", meckerte Jana.

Da nahm Rob Anni und hielt seine Schwester fest im Arm, unter seiner zu weiten Winterjacke. „Hör auf", sprach er auf sie ein, doch Anni plärrte weiter aus Leibeskräften. Zuerst wollte er sie Mutter zurückgeben, doch die schien das nicht zu kümmern. Mit stumpfem Blick saß sie neben ihm, seit Stunden sprach sie kein einziges Wort mehr. Jana gab er das Baby nicht. Sie war oft ungeduldig und wenn sie Anni hielt, hatte er Angst, sie könne runterfallen. Irgendwann, es war weit nach Mitternacht, war das Baby still. Erschöpft schlief Rob mit Anni im Arm ein.

AM GÄNSBÜHL

Die letzten zweihundert Meter bis zur Augsburger Kahnfahrt, laut Navi: „Am Gänsbühl", fuhr Quirin Seligman mit seinem Quad in gemäßigtem Tempo. Das linke Vorderrad machte
laut klackernd Lärm, weswegen er die neugierigen Blicke einiger Fußgänger auf sich zog. Quirin fluchte vor sich hin. Quadfahren war seine Lieblingsbeschäftigung, um das zu erkennen
brauchte er kein Mobilitätsprojekt. Heute, an einem Sonntag,
war er mit seinem Fahrzeug schon früh am Morgen beim Angeln gewesen, als ihn der Anruf wegen der Leiche erreicht hatte.
Und jetzt noch das: Etwas musste mit dem Reifen nicht in Ordnung sein! An der letzten Ampel hatte er zu spät bemerkt, dass
Glasscherben auf der Straße verstreut waren. *Mist.*

Es war ein schöner Frühlingsmorgen, die Bäume zeigten sich
in voller Blütenpracht und in der Luft lag ein Hauch von Ver-
gissmeinnicht, Tulpen und ersten Gänseblümchen. Ein Tag, an
dem verliebte Pärchen am Fluss an der Augsburger Kahnfahrt
romantische Stunden verbringen und Väter mit ihren Kindern
eine Bootstour unternehmen.

Quirin parkte im Halteverbot an der alten Stadtmauer. Vor
dem Eingang zur Kahnfahrt stand ein Großelternpaar mit ihrer
Enkelin, der ältere Mann schimpfte auf einen Polizisten ein, da
ihm dieser den Weg versperrte. Quirin drückte sich an ihnen
vorbei durch die Tür in der Stadtmauer.

Das Café, in dem sonst sonntags bereits frühmorgens jeder
Platz belegt war und oft Gäste für eine freie Sitzmöglichkeit an-
standen, war gespenstisch leer. Die Ruder- und Motorboote
schaukelten angeleint in den Wellen sanft auf und ab. Man hörte
fröhliches Vogelgezwitscher und die Turteltauben liefen erwar-

tungsvoll die Bootsanlegestelle entlang. Sonst fielen oft Brotkrumen oder Kuchenbrösel für sie ab, doch heute wurde nicht mit Geschirr geklappert oder Bier ausgeschenkt. Stattdessen traf die Spurensicherung soeben ein und die Kollegen begannen, alles zu inspizieren. Zwei Polizeitaucher glitten gerade in voller Ausrüstung ins Wasser.

Am Bootssteg wartete die König. Ihr Blick richtete sich auf ein einzelnes Boot, das unter einer Trauerweide trieb und sich in deren langen Ästen verfangen hatte. Die Zweige reichten tief ins Wasser und legten sich über das Boot, als wollten sie das Drama, das sich dort abgespielt haben musste, verbergen.

„Es ist gestern Abend oder in der Nacht passiert, der Wirt hat ihn so vorgefunden, als er am Morgen sein Café betreten hat", erklärte sie Quirin.

„Ein nächtlicher Bootsausflug, bei dem jemand dem Bootsherrn die Kehle durchgeschnitten hat."

„Das heißt, er ist hier eingebrochen, wollte einige schöne Stunden verbringen, vielleicht ist ihm jemand gefolgt oder aber er war in Begleitung."

Zwei der Polizisten stiegen in eines der Ruderboote und paddelten zum Boot mit der Leiche. Ein Bein und ein Arm des Verstorbenen hingen im Wasser, mit der anderen Hand hatte er das Paddel gepackt. Daran musste er sich vor seinem Tod festgekrallt haben. Quirin beobachtete, wie die Polizisten das Boot mit dem Leichnam Richtung Steg bugsierten.

Der Tote war ein Mann, mittleren Alters, mit kurzer Hose, blendend weißen Turnschuhen und einem Hemd aus glänzendem Satin. Quirin fiel sofort auf, dass der Verstorbene Schmuck trug. Zwei Ketten, zwei Ohrringe im linken Ohr, mehrere Armbänder. Nicht protzig, eher edel. Das cremefarbene Hemd war mit dunkelrotem Blut durchtränkt. Auch Gesicht und Vollbart glänzten in feuchtem Rot.

„Wahrscheinlich wurde von hinten die Schlagader mit einem Messer durchtrennt", vermutete Quirin spontan, als er den

Schnitt sah, der sich schräg von der linken Halsfalte bis zur rechten Schulter zog.

„Möglich", sagte die König und merkte an: „Durchtrainierter Körper."

Fitness-Junkie, sicher hat der sich täglich mehrere Pullen Aufbaupräparate eingeworfen, ging es Quirin durch den Kopf und er fühlte sich sofort ein paar Jahre älter. Das Opfer musste wohl überrascht worden sein, es gab keine Hinweise darauf, dass es einen Todeskampf gegeben hatte.

„Womöglich ist er beim Einsteigen getötet worden und das Boot trieb dann ab", stellte Marlene fest und deutete hinunter.

Quirin blickte zu Boden. *Stimmt. Hier am Steg zeichneten sich deutlich dunkelrote Spritzer ab.*

Vor Quirins Füßen tauchte ein Polizeitaucher auf. „Vielleicht etwas Brauchbares!" Er reichte Quirin eine triefende Geldbörse und ein durch das eingedrungene Wasser beschädigtes Handy.

Quirin entnahm dem Geldbeutel einen Ausweis und verglich das Bild mit dem Getöteten.

„Das ist er. Frank Hollezinsky!", las er vor, „Dreiundfünfzig Jahre alt."

„Oha", die König griff nach dem Ausweis. „Sagt Ihnen der Name Hollezinsky etwas?"

„Ihnen vielleicht?", wunderte sich Quirin. Er nahm von den Kollegen das Tau entgegen und sicherte das Holzboot, indem er es an einen der Pflöcke anband.

„Ein bekannter Augsburger Geschäftsmann. Seine Angestellten bezeichnen ihn als Mensch mit vielen Kontakten, beruflicher und privater Natur."

„Jemand also, der überall seine Finger drin hatte. Womöglich auch mehrere Feinde."

„Vielleicht, vielleicht auch nicht. Womöglich auch die falschen Freunde."

Marlene zog einen eckigen Gegenstand aus dem Boot. „Picknickkorb." Sie klappte ihn auf. „Champagner, Sushi, eine Decke.

Alles, was man für ein amouröses nächtliches Abenteuer braucht."

„Fehlt nur noch der Partner oder die Partnerin", ergänzte Quirin.

Während die Spurensicherung eifrig ihr Werk verrichtete, betrachtete er den Verstorbenen.

„Der Bootsverleiher hat von mehreren Einbrüchen in diesem Sommer berichtet", ergänzte Marlene. „Anscheinend macht sich da öfter jemand einen Spaß daraus, nachts mit dem Kahn zu schippern."

„Womöglich war das also nicht seine erste nächtliche Bootstour."

„Wir sollten unsere Kollegen hier vor Ort ihre Arbeit machen lassen und Herrn Hollezinskys Firma aufsuchen", schlug Marlene vor. „Er war offiziell Single, es sind also keine Ehefrau oder Kinder zu benachrichtigen."

„Sind Sie mit dem Dienstwagen da?", erkundigte sich Quirin und spürte selbst, wie ihm die Röte in die Wangen schoss. Verlegen druckste er herum. „Es gibt da", er schluckte, „technische Hindernisse."

„Ein Platten, habe ich Recht? Die Glasscherben vorne an der Kurve? Und das bei Ihrem geschätzten Quad!", bemerkte die König.

Der süffisante Unterton, der in ihrer Stimme mitschwang, war Quirin neu. Er musste grinsen. *Holla, so kenn ich sie ja gar nicht.*

„Vielleicht könnten Sie mich ein Stück mitnehmen, nur, sofern sie keine Verabredung haben", schoss er gekonnt zurück.

Quirin hatte mitbekommen, dass seine Chefin neuerdings datete. Bei ihrem letzten Fall hatte sie ihm offen und ehrlich mitgeteilt, dass sie gerne eine Beziehung hätte, anscheinend setzte sie das Beziehungsprojekt jetzt, planvoll wie sie eben war, in die Tat um.

Die König zog die Augenbrauen streng hoch, dann folgte ein scharfer Blick auf seine Stiefel. „Waren Sie im Urwald auf Expedition oder was erklärt sonst ihr ungepflegtes Schuhwerk?"

100 Punkte für die König! Quirin wusste, sie hasste Schmutz im Polizeiwagen. Seufzend ging er zu einer Grünfläche und versuchte vergeblich, die Dreckbatzen, die vom Matsch am Fischweiher stammten, im Gras abzureiben.

„Nach der Befragung fahre ich Sie nach Hause. Morgen in der Früh hole ich Sie wieder ab, Sie nehmen den Ersatzreifen mit und wir fahren nochmals zum Tatort!", verkündete die König. „Jetzt kommen Sie schon, ich habe Ihnen sowieso noch etwas mitzuteilen."

Sie ging hoch erhobenen Hauptes voraus und Quirin fühlte sich wie ein Schuljunge, als er ihr mit den nun noch schlimmer verschmierten Schuhen folgte.

Marlene König ließ über die Dienststelle die Telefonnummer der Sekretärin des Verstorbenen recherchieren. Sie wollte keine Zeit verlieren und so vereinbarten sie, sich mit ihr an den Büroräumen des Mordopfers zu treffen.

„Das Büro befindet sich in den höchsten Etagen des Hotelturms. Wenn das keine Aussage für die Lebensart Hollezinskys ist", äußerte Marlene, während sie eine halbe Stunde später im Aufzug auf die Etagen-Nr. 30 drückte.

„Sehr modern hier", bemerkte Quirin, als er das Büro betrat. Es war in schwarz-weiß gehalten, eine lange, bequeme Ledercouch reichte komplett über die Glasfront mit Blick über die Stadt.

Quirin zog die schmutzigen Stiefel aus und stellte sie im Eingangsbereich ab. Seufzend bemerkte er den Blick der König auf die selbst gestrickten Socken, dem ein süffisantes Grinsen folgte. Doch als sich ihnen die Sekretärin zuwandte, hatte sich seine Chefin schnell wieder im Griff.

Die Kommissare sahen sich in den Räumlichkeiten um.

„Herr Hollezinsky war sehr geschmackvoll", erklärte die Sekretärin, sie trug, obwohl es Sonntag war, Businessklamotten: Kostüm und hochhackige Schuhe.

Quirin musterte sie. Teure Garderobe, nahm er an. Aber eigentlich verstand er davon nicht viel. Er schätzte die Sekretärin auf fünfunddreißig oder älter. Die Haut erschien ihm unnatürlich glatt, die Lippen aufgespritzt. Sofort fühlte er sich wie ein Trampel in dem feinen Büro. Seine Füße mit den Hand-made-Socken schob er unauffällig weiter unter den Tisch.

„Es ist so unvorstellbar", die Sekretärin sank auf die Couch.

„Mord ist für normal fühlende Menschen nichts, was man sich erklären kann", entgegnete die König.

„Könnten Sie sich vorstellen, dass Herr Hollezinsky sich mit jemandem in der Kahnfahrt treffen wollte, vielleicht mit einer Frau?", fragte Quirin.

„Es gab da immer Frauen."

„Und Sie?"

„Er war in der Lage, Geschäftliches und Privates zu trennen." Mit einem Taschentuch tupfte sie sich die Augen. „Sie müssen wissen: Ich bin frisch verheiratet, sehr glücklich", sie reckte ihre Hand mit den top-manikürten, krallenähnlichen Nägeln nach vorn. Der Ring – ein Riesenklunker: aufgemotzt, in Übergröße.

Drei Brillis, erfasste Quirin die aufwendig eingearbeiteten, glitzernden Steine.

„Fertigen Sie bitte eine Liste der wichtigsten Kontakte von Herrn Hollezinsky an. Mit wem hat er sich in den letzten Tagen getroffen, wussten Sie von einer aktuellen Beziehung?"

Die Sekretärin schüttelte den Kopf. Es hatte ihr wohl die Sprache verschlagen.

Quirin vermutete anhand des blassen Gesichts und der zittrigen Stimme, dass sie unter Schock stand. „Wissen Sie, was er gestern und heute vorhatte oder mit wem er sich in der Kahnfahrt treffen wollte? Ist Ihnen etwas an ihm aufgefallen oder ist Ihnen jemand bekannt, der ihm schaden wollte?"

„Alles war wie immer. Ich weiß nichts", stotterte sie, um gleich danach hervorzustoßen: „Er hatte viele", sie schien das Wort abzuwägen. „Geschäftspartner."

„Ist es möglich, Unterlagen zu seinen Firmen einzusehen?", wollte die König wissen.

Die Sekretärin händigte ihnen mehrere Ordner und zwei Notebooks aus.

„Der Chef war Inhaber einiger Firmen. Das sind die wichtigsten Buchführungsunterlagen", sie stockte. „Frank hat uns alle gut behandelt. Das hat er nicht verdient. Finden Sie das Arschloch!"

Eine halbe Stunde später rangierte die König ihren Kleinwagen durch den Verkehr hinaus aufs Land zu Quirins Wohnort, einem kleinen Dorf am Stadtrand.

„Bekannte hatte er wie Sand am Meer. Er war ein Hans-Dampf in allen Gassen", meinte Quirin, während sie über die Landstraße fuhren. „Da macht man sich auch Feinde."

„Was für ein Hans?" fragte die König.

„Bayrisch, Redewendung", brummte Quirin. Seine Gedanken drehten sich um den Eindruck, den er in der Firma bekommen hatte: pompöses Büro, noble Karossen statt Dienstfahrzeugen, Sekretärinnen in Pumps. Alles eine Nummer größer als beim Otto-Normal-Verbraucher.

„Ich werde mich heute noch mit den Ordnern beschäftigen und die Firmenbeteiligungen eruieren", erklärte die König. Danach wählte sie beim Freisprecher eine Nummer und sprach ins Telefon: „Ich muss für diesen Abend leider absagen. Dienstlich."

Quirin hörte die Stimme eines Mannes an der anderen Leitung. Es klang anklagend. „Das ist schon das zweite Mal! Wenn es dir wichtig wäre…"

„Ich muss mich entschuldigen. Tut mir leid. Ich melde mich wieder!" Die König legte auf.

„Das mit den Ordnern hätte ich auch", begann Quirin und musterte seine Chefin aus den Augenwinkeln. „Stellen Sie nicht immer die Arbeit vor alles!", ergänzte er ruhig.

Im Auto herrschte Schweigen.

„Der Stahlgruber hat nun einige Fahrzeuge zugeordnet, wir beide sind vorerst im E-Roller-Team", wechselte Marlene das Thema nach einiger Zeit.

„In Ordnung." Quirin biss sich auf die Zunge. Gleich würde sie mit den Pferden anfangen. Doch sie wirkte auf der Heimfahrt nachdenklich. „Gerade bin ich sehr", Quirin bemerkte, wie sie mit den Worten rang, „zeitlich ausgelastet. Trotzdem, die Unterlagen sollten heute noch gesichtet werden. Vielleicht könnten Sie mithelfen und wir arbeiten bei Ihnen gemeinsam die Ordner durch?"

„Aber nur, wenn ich Sie anschließend auf ein Bier einladen darf", antwortete Quirin. Da war er kompromisslos.

Mittlerweile kannte er die König und wusste, dass sie ihn um Unterstützung gebeten hatte, bedeutete, dass sie es im Moment dringend brauchte. Eine höhere Auszeichnung von ihr gab es nicht.

Die König fuhr Quirin zu seinem Haus, einem renovierten älteren Bauernhof. Er führte sie durch die Räumlichkeiten auf die Terrasse. Die lag direkt neben dem Stall und sie äugte neugierig durchs Fenster ins Innere.

„Haben Sie mehrere Tiere?"

„Wenn bei Ihnen Mäuse, Ameisen, Fliegen, Hühner und ein Schwein dazugehören, ja."

„Sie sind hier aufgewachsen, oder? Daher das mit dem Pferd."

Quirin nickte. Niemand sonst im Amt kannte sein zu Hause. Mit der König war's okay. „Seit meinem dreizehnten Lebensjahr wohne ich bei meiner Großmutter. Sie war eine begeisterte Reiterin und hat mir alles beigebracht. Wie kamen Sie zum Pferd?"

„Oder besser: aufs Pferd? Meine Schwester wollte unbedingt in den Reitverein und ich musste mit. War dann aber eine wirklich gute Zeit."

Aus dem Stall rannte ein braunes Warzenschwein auf die Wiese.

„Es tut nichts", meinte Quirin.

„Das sagen sie alle", behauptete die König, doch sie sah amüsiert aus.

„Es heißt Glücksschwein, bekommt einen wunderbaren, freien Sommer und im Herbst heißt es dann Schnitzelschwein."

„Nach Dienstschluss wünsch ich mir eine Haus- und Stallführung", bemerkte seine Chefin. „Ordentlich ist es hier."

„Was hätten Sie denn gedacht?"

„Leben Sie allein?"

„Wird das jetzt ein Verhör? Meine Oma wohnt nebenan."

„Deshalb also", sagte sie leichthin und packte die Ordner aus.

Quirin zog irritiert die Nase hoch. „Wieso *deshalb*?"

„Die Balkonblumen."

Bei der König hatte er immer das Gefühl, sie wisse genau, wie er ticke. Das machte sie wahrscheinlich so gut in ihrem Job, doch ihm war's unangenehm. Er merkte, dass sie ins Haus schielte und ihren Blick auf die Töpfe richtete, die in der Küche standen. Da fiel ihm etwas ein: *Ob sie wohl auch weiß, dass Oma immer noch oft kocht?*

Ihm wurde heiß, fast so wie früher, wenn er in der Schule etwas vergessen hatte.

Ihre Brille rutschte nach unten, schon wieder sah sie ihn belustigt an.

Sie weiß es. Quirin seufzte und packte weitere Unterlagen aus. *Und wenn schon.*

Er saß vor seinem Laptop und tippte eine Übersicht der Firmenaktivitäten ein. Nach zwei Stunden rauchte ihm der Kopf. Er fand mehrere Gewerbescheine. „Das Opfer hatte nicht nur eine Firma. Es gab verschiedene Geschäftsmodelle: GmbHs, Beteiligungen, Patente."

„Finanzprofi eben. Sportlicher Job: Jonglieren mit Geld. Wie die Zahlen zeigen, war er durchaus erfolgreich", stellte die König fest.

„Sieht so aus. Hat aber vermutlich auch jedes Schlupfloch genutzt. Unternehmensformen, Kapitalgesellschaften mit möglichst wenig Eigenhaftung. Risikobereit war er offensichtlich nur mit dem Geld anderer Leute."

„Es würde mich nicht wundern, wenn das eine oder andere krumme Geschäft dabei wäre."

„Das lassen wir überprüfen. Wir brauchen einen Spezialisten für Steuerrecht." Sie klappte den letzten Ordner zu. „Konzentrieren Sie sich weiter auf seine Firmenaktivitäten? Somit würde ich im privaten Umfeld recherchieren."

„Einverstanden. Nach Aussage seiner Sekretärin gibt's privat einige Damen, vielleicht hegte eine Hoffnung auf mehr."

„Aus diesem Grund habe ich mir für morgen noch mal besagte Sekretärin ins Büro bestellt. Lassen wir's heute gut sein?"

Quirin holte zwei Bier und ließ sich entspannt in seinen Liegestuhl plumpsen, dann richtete er sich eilig wieder auf. Fast hätte er vergessen, dass seine Chefin hier war.

Glücksschwein war erst wie wild im Garten umhergesprungen und machte es sich nun gemütlich, streckte alle Viere von sich und schlief im Schatten eines Apfelbaumes ein.

„Wusste nicht, dass Schweine schnarchen", kommentierte die König das eigenartige Brummen. „Wie alt ist es?"

„Schon vier, das mit den Schnitzeln wird also nichts mehr. Ich droh es ihm nur regelmäßig an, wenn es abends nicht in den Stall will."

„Vorbildliche Erziehungsmethode", lachte sie, dann wurde sie ernst. „Die ländliche Umgebung tut gut." Sie lehnte sich ebenso zurück.

„Es hat auch den Vorteil, dass ich regelmäßig nach meiner Großmutter sehen kann, sie ist schon fast neunzig", erklärte Quirin.

„Oder sie nach Ihnen", bemerkte die König trocken. „Wo ist sie jetzt?"

„Haben Sie nicht vorhin die wackelnde Gardine im Haus gegenüber bemerkt?" Er freute sich, dass sie doch nicht immer alles im Blick hatte.

„Die Dame mit den Lockenwicklern also", antwortete sie.

Das hätte er sich denken können. Sicher war es eine äußerst hilfreiche berufliche Angewohnheit von ihr, das Umfeld aufmerksam wahrzunehmen.

Quirin resignierte. „Sie wünscht sich, dass ich öfter Damenbesuch hab, da möchte sie unter keinen Umständen stören. Sie hat mir aber einen Apfelstrudel mit Vanillesauce in den Kühlschrank gestellt. Das reicht auch für zwei."

Wenig später servierte er die Mehlspeise und Glücksschwein bekam ebenso seine Abendmahlzeit.

TANTE

Theo saß bei Jana an der Küchentheke und beobachtete, wie sie eine Flasche afrikanischen Wein öffnete. Seine Tante war vor einigen Tagen von einer Reise nach Hause gekommen und Theo hatte versprochen, sie heute nach der letzten Fahrstunde zu besuchen. Regelmäßig brachte sie Theo, der Wein liebte, ausgesuchte Flaschen von ihren Auslandsreisen mit.

An Jana war alles einfach, die Einrichtung ihrer Wohnung, ihre Kleidung. Im Gegensatz zu allen anderen Frauen, die Theo kannte, war Jana die Einzige, die noch nie ihre Frisur geändert hatte. Gut, die kurzen Haare waren irgendwann einem stumpfen Grauton gewichen. Trotz dieser spartanischen Art zu Leben – bei gutem Wein wurde seine Tante zum Genussmenschen und auch das Reisen, das vor ihrer Rente ihrem beruflichen Einsatz als Krankenschwester im Krisendienst bedingt war, setzte sie weiter fort.

„Was ist mit dir? Du wirkst gestresst!", stellte sie fest und schraubte mit einem Flaschenöffner den Korken hoch.

„Viele Überstunden."

„Und das ist wirklich alles?"

Nicken.

„Beim nächsten Mal bringst du wieder Lilly und die Kinder mit", forderte Jana.

„Gern, erzähl mir von deiner Fahrt", meinte Theo.

Jana schenkte sich und Theo ein Glas ein, klappte das Tablet auf und blätterte Bilder aus Mosambik durch.

„Mein früherer beruflicher Fokus lag dort auf HIV-Erkrankungen, ich war auf Station für die Behandlung bei fortgeschrittenen Stadien zuständig – wobei dort nach wie vor Malaria ein ebenso bleibendes Problem darstellt", erklärte Theos Tante.

„Vater hat deine Arbeit bewundert. Er wäre heute noch stolz auf dich", stellte Theo fest und sog genussvoll den aromatischen Duft des Weines ein, während er das Glas im Kreis schwenkte.

Jana wusch Trauben und platzierte sie mit etwas Brot auf der Anrichte.

„Deine Karriere war ihm wesentlich wichtiger. Er hätte gewollt, dass du dein Jura-Studium mit Bravour abschließt!", betonte Jana, ihre Mundwinkel verzogen sich missbilligend nach unten. Dann holte sie geschnittenen Käse aus dem Kühlschrank.

Theo stellte sein Weinglas ab. Bei dieser ewigen Leier verging ihm augenblicklich der Appetit. Er wusste genau, was nun kommen würde.

„Talent und Intelligenz vergeudet man nicht. Du hättest deinen Vater erleben sollen, als er in deinem Alter war. Er hat geackert, sich etwas aufgebaut. Und du hattest Spitzennoten. Richter, Top-Anwalt hättest du werden sollen!" Janas Augen glühten vor Eifer. „Theo - dafür ist es lange nicht zu spät. Häng deinen Gelegenheitsjob als Fahrlehrer an den Nagel und nimm endlich dein Studium wieder auf", forderte sie.

Vermutlich merkte Jana gar nicht, dass sie bei solchen Szenen regelmäßig theatralisch laut wurde.

„Vater kannte nichts anderes als die Arbeit. Er war ein Workaholic. Vermutlich hätte er noch mit achtzig sein Baugeschäft geleitet. Mit meinem ,Gelegenheitsjob' kann ich meine Kinder ernähren *und* für sie da sein", verteidigte sich Theo. Er hatte keine Lust zu schuften wie sein Vater und er genoss sein Leben mit Lilly und den Kindern. Das war mehr, als er nach dem Unglück zu träumen gewagt hatte. Doch in einem hatte Jana recht: Vater hätte es anders gewollt.

„Du könntest viel Geld verdienen und ein hohes Ansehen erlangen. Ein Talent wie deines wirft man nicht weg."

Jetzt brauchte Theo einen großen Schluck. Dabei nahm er das fruchtige Aroma des Weines nur am Rande wahr. Sein Ärger vermieste ihm den Genuss. Ein bitterer Geschmack setzte sich an seinem Gaumen fest. „Du hörst dich an wie Vater früher, wenn er wieder mal kein gutes Haar an Andre gelassen hat."

Sofort fühlte Theo sich schlecht, denn nach allem, was Jana für ihn getan hatte, sollte er ihr gegenüber Dankbarkeit zeigen. Vielleicht stimmte, was sie sagte, und ein Sohn musste unter allen Umständen den Willen des verstorbenen Vaters erfüllen.

„Er wollte nur das Beste für euch", sagte sie und fuhr eine Spur versöhnlicher fort: „Nun lass uns nicht streiten." Sie griff erneut zum Tablet. „Schau nur, die Strände von Vilankulo, paradiesisch! Früher hatte ich nie die Zeit, dort zu wandern. Mosambik ist ein schönes Reiseziel, hier gibt es noch viel unberührte Natur, fern ab vom Massentourismus", erklärte Jana und prostete ihrem Neffen zu.

Sie unterhielten sich weiter über die Reise, doch Theo drängte es bald zu gehen. Später schlenderte er allein durch die schon dunklen Gassen. Leichter Regen setzte ein. Seit der Erpressung mit der Zeichnung kamen unerwünschte Dinge in ihm hoch. *Wahrscheinlich hat Jana recht und so wie ich lebe verdiene ich Vaters Erbe nicht,* grübelte er. Ein anderer Gedanke setzte sich in seinem Kopf fest und ließ ihn fortan nicht mehr los: *Andre war älter, vieles von dem Erbe wäre an ihn gegangen. Es war seines! Ich bereichere mich am Tod meines Bruders.*

Zu profitieren von dem Unglück seines Bruders, war unbeschreiblich quälend, unerträglich.

Die Zeit mit seinem Bruder war Theo heilig gewesen. Wie oft hatten er, Andre und auch Anton miteinander gespielt: Tennis, Karten, als Kinder Verstecken.

„Manno, unser Spielkönig!", hatte sein Bruder geseufzt, als ihn Theo wieder mal im Schach abgezockt hatte. Andre und erst recht Anton waren bei logischen Spielen nie würdige Gegner gewesen, jedoch gute Verlierer. Theo zuliebe ließ sich Andre auf alle möglichen Spiele ein. *Kein Spielverderber eben.*

Waren das auch Spiele, was er in der Spielhalle hin und wieder machte? Es brachte ihm für wenige Minuten die Leichtigkeit vor dem Unglück zurück. Theo verriet das niemandem, aber wem schadete er schon? Bislang lief alles glänzend.

Wenige Minuten später trugen Theos Schritte ihn wie mit Geisterhand erneut an diesen verbotenen Ort. Von Weitem hörte er den klirrenden Klang des Gewinns. Das Adrenalin schoss in sein Gehirn und es glitzerten ihm bunte Lichter wie das Versprechen für die Sühne aller Schuld entgegen.

EIN MANN VON WELT

„Gibt es einen Grund, wieso Sie bereits eine Stunde vor unserem vereinbarten Termin hier sind?", fragte Marlene König die Sekretärin des Mordopfers, als sie die Frau im Wartebereich der Dienststelle abholte. Obwohl sie für neun Uhr dreißig einbestellt war, war diese schon um acht Uhr dreißig erschienen und harrte seither auf einem der unbequemen Holzstühle aus. Marlene nahm solche Umstände genau wahr, aus ihrer Erfahrung wusste sie, das konnte bedeuteten, dass der Sekretärin doch etwas eingefallen war. Oder aber sie hatte sich eine eigene Version der Geschichte zurechtgelegt, die sie schnell bestmöglich verkaufen wollte, bevor sie sich in Details verirrte.

Diesmal erschien die Büroangestellte in einem edlen Hosenanzug, kombiniert mit enger weißer Bluse und glitzernden Sandaletten. Trotz des perfekten Make-ups fielen Marlene sofort die tiefen Augenringe auf. Marlene stieg teures Parfüm in die Nase, während sie die Frau in eine der Verhörräume begleitete.

Schlecht geschlafen – gibt es dafür mehr als den Grund, dass der Chef verstorben ist?

„Aus jetziger Sicht sind sie die Person, die Herrn Hollezinsky am nächsten stand, abgesehen von seinem Vater, der im Pflegeheim lebt", warf Marlene provokativ in den Raum.

„Das stimmt so nicht. Frank, ich meine, der Chef hatte viele intensive Kontakte", sie holte ein Taschentuch aus ihrer Handtasche und tupfte affektiert ihre Wangen. Marlene erschloss sich der Sinn nicht, Tränen waren nicht zu erkennen.

„Ist Ihnen nun eingefallen, ob er an der Kahnfahrt jemanden treffen wollte?", bohrte sie weiter.

„Wollte er", die Sekretärin blickte Marlene unter ihren falschen langen Wimpern gefasst an. Dann platzte sie theatralisch hervor: „*Mich.*" Affektiert pausierte sie kurz, danach sprudelte es aus ihr heraus wie bei einem angestauten Fluss, bei dem sich die Schleusen öffneten: „*Er* und *ich.* Ich war später dran als er. Er wollte den Abend vorbereiten. Ich ging Richtung Anlagesteg, da ist mir jemand entgegengerannt. Komplett schwarz angezogen mit Maske, ein Messer in der Hand. Ich hatte tierische Angst!! Als die Gestalt weg war, habe ich den Chef gesucht, angerufen. Es war stockdunkel, aber das Handy klingelte. Mit der Handytaschenlampe habe ich ihn schlussendlich gesehen, im Boot, schaukelnd, seine offenen Augen, der blutige Hals. Panisch bin ich weggerannt."

„Warum rücken Sie erst jetzt damit raus?!" Marlene versuchte erst gar nicht, ihre Verärgerung zu verbergen. „Das ist Ihnen gestern entfallen, oder wie?"

„Ich habe in der letzten Nacht kein Auge zugetan, sah immer sein verunstaltetes Gesicht vor mir. Das hat der Chef nicht verdient! Aber mein Mann, wenn der etwas erfährt, er glaubt nicht an das Konzept einer offenen Beziehung! Was aus meiner Sicht menschlich ist, man geht eben seinen Bedürfnissen nach. Aber bitte sagen Sie meinem Schatz nichts", hauchte die Sekretärin.

„Das ist im Moment allein Ihr Problem. Ich sehe zwar keine Notwendigkeit, mit ihrem Mann zu sprechen, kann aber nicht ausschließen, dass er – von welcher Seite auch immer – von Ihrem Verhältnis erfährt. Apropos, was genau war Ihr Plan für den Abend?"

Marlene kannte das zur Genüge - *betrügen und betrogen werden.*

„Der Chef und ich wollten zur Insel rudern und hoch zu den Bäumen auf den Hügel klettern, da gibt es eine schöne Stelle."

„Lassen Sie mich raten. Sie waren mit ihm nicht zum ersten Mal dort." Marlene überlegte vielmehr, ob die Sekretärin Hollezinsky bei den körperlichen Zusammenkünften auch Chef genannt hatte. Vielleicht eine für beide anregende Besonderheit. „Wie lange geht Ihre Affäre schon?"

„Seit drei Jahren bin ich im Geschäft. Wissen Sie, Frank ist ein Mann von Welt, er braucht Abwechslung und mag anspruchsvolle, auch reifere Frauen. Da gibt's nicht nur mich, sondern auch Damen, die er in seinen weiteren Firmen beschäftigt. Er ist zu jeder seiner Angestellten sehr spendabel", jetzt senkte sie den Blick.

Puh, das verheißt viel Arbeit, dachte Marlene. *Eifersüchtige Partner, neidische Frauen, Geld, was auch immer.*

„Vielleicht hat er irgendwann *Ihren* anspruchsvollen Wünschen in finanzieller Art nicht genügt", warf Marlene in den Raum, verwarf die Theorie jedoch selbst gleich wieder.

Wer würde einem Goldbrunnen das Wasser abgraben?

„Sie meinen nicht wirklich, dass ich ihm die Kehle durchgeschnitten hab, oder? Das könnte ich nie. Außerdem war er nie geizig", widersprach sie sichtlich empört und ihre Stimme wurde schrill.

In Memoriam, sprich nie schlecht über die Toten, rasselte es in Marlenes Kopf.

„Können Sie mir das beweisen?", forschte Marlene nach. Sie konnte sich nicht vorstellen, dass die Sekretärin ihren Chef umgebracht hatte, aber Fakten waren besser als Eindrücke.

„Die Gucci-Tasche, Karten für ein Musical in Hamburg samt fünf Sterne-Hotel und der Weihnachtsboni!"

Marlene kippte fast vom Stuhl. „Ich meinte, ob Sie Ihre Unschuld beweisen können!" Dabei kam Marlene das Wort „Unschuld" nur schwer über die Lippen. Litt sie an einer Wortfindungsstörung oder vernebelten die aufdringlichen Brillis am Ring der Sekretärin ihr Gehirn?

„Kann ich nicht", wieder aufgeregtes Tupfen unter den Augen. Es fehlte nur, dass sie ein kokettes Hütchen mit schwarzem Schleier trug, fand Marlene. Selbstverständlich aus dem Luxus-Segment.

„Welche Angaben können Sie zu der Person machen, die sie gesehen haben?"

„Es war eine tiefschwarze Nacht." Die Befragte begann, mit ausfallenden Handbewegungen die Person zu beschreiben. „Die Gestalt war nicht komplett schlank, nicht klein und nicht groß. Außerdem nicht langsam."

So genau wollte ich es auch nicht wissen, dachte Marlene sarkastisch.

„Ich habe Sie nicht gebeten, zu beschreiben, wie die Person nicht war, sondern Merkmale der Person zu nennen."

Die Sekretärin druckste daraufhin herum. Marlene realisierte, es handelte sich um niemanden mit besonderen Auffälligkeiten. Die Angestellte konnte in der Dunkelheit nicht viel gesehen haben.

In der Mordnacht ist es bewölkt gewesen, außerdem haben wir gerade Neumond, überlegte sie. Mancher einer informierte sich über den Stand des Mondes, um die besten Zeiten fürs Wäsche waschen oder Holz schlagen herauszufinden. Auch Marlene kannte sich mit dem Mond aus. Insbesondere, wenn nachts Verbrechen geschahen.

„Hatten Sie das Gefühl, die Person wolle auch Ihnen etwas antun?"

Die Sekretärin schüttelte den Kopf. „Nein. Sondern möglichst schnell flüchten. Ein Fahrrad lehnte vor dem Eingang. Schwarzes Mountainbike oder so, älteres Modell, mein Mann fährt ein Ähnliches. Der Chef ist nie Rad gefahren."

Das konnte sich Marlene vorstellen. Die Garage des Mordopfers war mit edlen Fahrzeugen gefüllt, sie hatte Michael beauftragt, die Wägen genauer zu inspizieren, ein Fahrrad gehörte nicht zum Repertoire.

„Es ist aber nicht das Ihres Mannes gewesen?", fragte Marlene unwillkürlich.

„Mein Schatz weiß wirklich nichts", beteuerte die Sekretärin.

Viele hielten ihren Partner für dumm. Marlene hingegen war überzeugt, dass man es spüren musste, wenn einem der

Mensch, mit dem man seinen Alltag, seine Wohnung teilte, emotional entglitt.

Vielleicht schafften es andere aber auch, mehreren Menschen nah zu sein, überlegte Marlene. *Für mich zu kompliziert.*

„Haben Sie Zugriff zu den Personalakten? Zeigen Sie mir bitte die Gehälter der Angestellten", forderte Marlene.

Den Vormittag verbrachte Marlene damit, mit der Angestellten Gehaltstabellen, Personenlisten und Firmenunterlagen durchzugehen.

Erst Stunden später verließ die Sekretärin deutlich erleichtert das Präsidium.

Kurz vor Feierabend, nachdem der junge Kollege Paul, den Motorradhelm noch unterm Arm, zur Dienststelle zurückgekehrt war, traf sich das Team für eine kurze Fallbesprechung.

„Man kann nicht behaupten, dass er bei der Damenwelt unbeliebt gewesen wäre." Marlene saß stirnrunzelnd vor der von ihr erstellten Liste der engeren weiblichen Bekannten des Geschäftsmannes Hollezinsky.

Sie hatte Paul mit der Befragung weiterer Damen beauftragt.

„Trotzdem - er machte keinen Hehl daraus, dass er keine feste Beziehung wollte und seinen Spaß vorzog. Er spielte mit offenen Karten", erwiderte Paul. „Der Mann der Sekretärin ist gerade auf Geschäftsreise in Hamburg. Er ist Psychologe und hielt zur Tatzeit einen Vortrag über Ehrlichkeit in Beziehungen." Paul grinste.

„Wie passend", merkte Marlene heiter an.

Seit Neuestem trug Paul jeden Tag seine schwarz-glänzende Motorradlederhose. Mit dem Zweirad konnte er sich im Stadtverkehr zügig bewegen. Marlene merkte deutlich den Zeitgewinn, gerade bei Kurzstrecken und zu Stoßzeiten. Wie sich der junge Kollege durch den Verkehr schlängelte, wollte sie lieber nicht wissen.

„Die Frauen vergaßen seine Sprunghaftigkeit bei der Partnerwahl wohl schnell, wenn er seine finanziellen Unterstützungen fließen ließ", berichtete Paul „Das wird jetzt vermutlich die eine oder andere vermissen. Nur wirklich um ihn trauern tut anscheinend keine. Bislang konnte ich nicht in Erfahrung bringen, dass ein Partner sehr eifersüchtig reagiert hätte. Diskretion wurde großgeschrieben."

Marlene hatte gezielt Paul losgeschickt. Ihre Hoffnung, dass er mit seiner frischen, charmanten Art bei den Frauen sicher mehr herausbekommen würde, bewahrheitete sich. In der Zwischenzeit hatte sie die Gehaltsabrechnungen studiert: „Die Gehälter waren gerade für die Büroangestellten, übrigens ausschließlich Frauen, überdimensional. Dafür, so die Sekretärin, legte er großen Wert auf teure, gepflegte Kleidung." Sie wandte sich an Karla Berchtenbreiter. „Was gabs bei dir?"

Karla hatte mit Michael Herman Anwohner der Kahnfahrt befragt: „Einer hat das Rad stehen gesehen, das mit der Beschreibung der Sekretärin übereinstimmt. Weitere Beobachtungen wurden nicht gemacht."

Quirin Seligman, der sich stundenlang intensiv mit den Finanzgeschäften des Verstorbenen auseinandergesetzt hatte, brachte ebenso keine relevanten Neuigkeiten: „Der Hollezinsky beschäftigte mehrere Steuerberater und Rechtsanwälte, verfügte über ein Geflecht an kleineren und mittelgroßen Firmen. Er hatte wohl ein gutes Auskommen, allerdings war er der Mensch, der es auch mit vollen Händen ausgab. Unsere Juristen vertreten die Meinung, er hätte jedes Schlupfloch ausgenutzt, grenzwertig. Allerdings machte er sich auf den ersten Blick nicht nachweislich strafrechtlich schuldig."

„Wir haben also erst mal nichts", resümierte Karla Berchtenbreiter.

„Akkurate Polizeiarbeit ist gefragt. Was steht heute noch an?", wollte Michael Herman wissen.

Insgeheim musste Marlene schmunzeln. Seit er die Pension plante, kriegte sie den Eindruck nicht los, Herman wolle jeden Arbeitstag auskosten, als wäre es der Letzte. Er war schon immer ein motivierter Kollege gewesen, doch nun sprudelte sein Engagement regelrecht über. Im Gegensatz zu Karla, deren Ängstlichkeit sie in diesem Job häufig einschränkte. Mit Blick auf Karla ahnte Marlene, was kommen würde.

Karla bremste Michael aus: „Eines nach dem anderen!"

„Hast du einen Vorschlag, Michael?" wollte Marlene wissen.

Schon die Fragestellung, das war Marlene klar, drückte die Anerkennung seiner Kompetenz aus. Das gezielte Anwenden von Wertschätzung empfand sie als hilfreich und oft setzte sie es kommunikativ bewusst ein, um das Team positiv zu lenken. Überrascht bemerkte sie einen anerkennenden Seitenblick.

Seligman. Dem fällt so etwas also auf!

Michael Herman legte tatsächlich umgehend los: „Ergänzend zu seinen Finanzunterlagen und gegebenenfalls geprellten Anlegern würde ich gerne noch die Eintragungen im Handelsregister abfragen. Außerdem lass ich mir Kontenübersichten der betreffenden Kreditinstitute geben, vielleicht stoßen wir auf weitere Geschäftskonten. Mal sehen, welche Daten dem Finanzamt vorliegen."

„Sehr gut, Michael. Karla, könntest du Michael zur Hand gehen?" Die beiden funktionierten meistens wunderbar im Team, obwohl sie sich gegenseitig seit Jahren über die Eigenheiten des anderen beklagten und oft in die Wolle bekamen.

„Morgen ist auch noch ein Tag, habt ihr mal auf die Uhr gesehen?" Karla Berchtenbreiter hielt ihre Arbeitszeiten gerne akkurat ein. Marlene kannte sie schon lange und wusste, dass sie dies brauchte, um den psychischen Anforderungen ihrer Tätigkeit dauerhaft gewachsen zu sein. Karla warf Michael in letzter Zeit gnadenlos Übermotivation vor. Dennoch mischte Marlene sich da nicht ein. Karla und Michael verhielten sich seit Langem wie ein altes Ehepaar, freundschaftlich-zickig. Tatsächlich waren sie seit Jahrzehnten in derselben Abteilung. Vielleicht entwickelte sich das nach so langer Zeit in eine solche Richtung.

Marlene resümierte: „Karla, Michael, danke. Und Paul: gut gemacht mit den Befragungen. Bleiben Sie weiter dran und nehmen Sie sich die Partner vor. Wenn möglich unauffällig, ohne große familiäre Zerwürfnisse zu produzieren."

Innerhalb kurzer Zeit löste sich die Zusammenkunft auf, wie aus einem Bienenstock strömte jeder in eine andere Richtung.

Den Begriff „übermotiviert" gab es in Marlenes Wortschatz nicht.

VERLIEBT, VERLIEREN, VERGESSEN, VERZEIHEN

Stella Rommels warf einen Blick in den langen, antiken Spiegel, der direkt neben ihrer Garderobe hing. Sie betrachtete sich von Kopf bis Fuß. Gerade kam sie vom Friseur. Ihr Haar passte. Seit einigen Jahren trug sie einen kinnlangen Bob, der ihr gut zu dem zarten Gesicht stand. Sie strich ein paar verirrte Fransen aus der Stirn. Auch mit ihrer schmalen Figur war Stella zufrieden, selbst wenn die Jahre an ihr nicht spurlos vorübergegangen waren.

Rob fand mich schön. Das war, was zählte. Schließlich, und da machte sie sich keine Illusionen, war es das gewesen, was ihn zu ihr geführt hatte.

Vielleicht hatte er sich damals, als sie sich zum ersten Mal sahen, sofort in sie verliebt?

Stella wusste noch genau, als wäre es gestern gewesen, was sie bei ihrer ersten Begegnung vor vielen Jahrzehnten, gedacht hatte. Sie war eine junge Frau gewesen, als sie ihn unter dem verräterischen Schild: „Essensausgabe" entdeckt hatte. Verwitterte Buchstaben, die alle brandmarkten, die sich hier anstellten. Sie erinnerte sich an das Gebäude im Augsburger Stadtteil Oberhausen. Der Putz war an mehreren Stellen deutlich abgebröckelt, ein Fenster war eingeworfen und die Scheibe nur notdürftig mit braunem Klebeband geflickt worden.

Stella hatte sich fürchterlich geschämt. Wie ein Bettler, angewiesen auf Almosen, auf die Großzügigkeit von Menschen, um ihr Grundbedürfnis nach Nahrung zu stillen, reihte sie sich unter die Bedürftigen. Seit ihr Vater nach einem Arbeitsunfall seine Fahrerlaubnis für den LKW verloren hatte und nicht mehr seinem geliebten Truckerleben nachgehen konnte, versoff er regelmäßig die letzten paar Kröten, die Mutter als Haushaltshilfe verdiente.

Die, die hier angestanden waren, waren meist verarmte Rentner, Alleinerziehende, Kriegsveteranen oder Menschen, denen man im verhärmten Gesicht oder am Gang ansah, dass sie an einer Krankheit litten.

Menschen zweiter Klasse wie auch ich, wertete Stella.

Von der Ausgabe ertönte fröhliches Lachen, der Typ dort scherzte offensichtlich mit einem der Rentner. Seitdem der bei der Tafel mitarbeitete, war alles noch viel schlimmer geworden.

Ausgerechnet hier treffe ich auf so einen heißen Typen!

Sein smartes Lächeln hatte sich auf Anhieb tief bis in den letzten Winkel ihres Herzens eingeschlichen. Bei ihrem letzten Besuch hatte sie ihn beobachtet, wie er mit hoch gekrempelten Ärmeln schwitzend Kisten geschleppt hatte. Während sie so dastand, schwirrte ihr das Bild seiner muskulösen Oberarme unaufhörlich durch den Kopf.

Abrupt wurde Stella in die Realität zurückkatapultiert, als sie aufsah und merkte, dass sie an der Reihe war und er sie freundlich anlächelte.

„Hallo, Stella, ich habe extra für dich frisches Obst zur Seite gelegt", sprach er und seine tiefe Stimme schwang harmonisch in ihren Ohren wie ein sanft-wummernder Bass.

Stella wurde augenblicklich rot und senkte den Blick. Er musste beim letzten Besuch ihren Namen vom Ausweis abgelesen haben. Jetzt wünschte sie, hinter ihr ständen noch mehr ungeduldige Bedürftige und sie könne sich schnell verdrücken. Machte er sich etwa über sie lustig?

„Geben Sie mir einfach, was noch da ist", antwortete sie schnell, und beim Versuch, seinem Blick auszuweichen, starrte sie unbeabsichtigt auf seine Hände.

Maskulin, schön geformt. Hände, die anpacken können.

Stella zwang sich, zu den Lebensmitteln zu sehen.

„Ich habe gehofft, du würdest heute vorbeikommen, und daher etwas von den Trauben für dich aufgehoben", gestand er. „Ich heiße übrigens Robert, bitte nenn mich Rob." Er musste gemerkt haben, dass ihr die Situation peinlich war, denn er ergänzte leise: „Ich bin hier, weil ich Sozialstunden leisten muss."

„Was hast du denn angestellt?", entfuhr es Stella unwillkürlich und sie sah verwundert auf. Umgehend fühlte sie sich besser. Ein zaghaftes Lächeln umspielte ihr zartes Gesicht. Sie arm, er hatte etwas verbockt. Das stellte ein gewisses Gleichgewicht her.

„Hab eine Runde mit dem Motorrad gedreht. Ohne Führerschein. Aber weißt du was? Ich würds wieder tun. Schon allein, um dich hier zu sehen", grinsend zwinkerte er ihr zu.

„Ich hoffe, mein Anblick wars wert!", antwortete Stella mutig.

Flirten, das konnte sie damals auch. Noch heute schmeckte sie das Aroma der Trauben, die er ihr zugesteckt hatte. Vom ersten Tag des Kennenlernens an waren sie ein Paar gewesen.

In Gedanken daran stand Stella nun steif vor dem Spiegel und fragte sich, ob ihm das gereicht hatte, was sie im Spiegelbild sah. Er hatte sie schön gefunden. Aus Stellas Sicht war das genug für eine Beziehung. Und Stella hatte Rob immer aufrichtig bewundert, hatte sich um Kinder, Haushalt und Kosmetik gekümmert und war bei Partys mit seinen Geschäftsfreunden gerne die adrette, fürsorgliche Frau an seiner Seite gewesen. Und doch musste sie sich eingestehen, dass es während ihrer gemeinsamen Zeit auch eine andere Seite gegeben hatte, etwas, das sie gerne ausblendete. Alles war perfekt gewesen – wenn da nicht diese Momente gewesen wären, Augenblicke, wie jene an seinem 25-jährigen Firmenjubiläum. An diesem Abend feierte die ganze Firma ihren Mann. Stella erinnerte sich, dass sie für das Fest eine elegante, rote Robe, kombiniert mit schwarzen Pumps und glänzender Handtasche, gewählt hatte. Während sie sich mit seinen Geschäftsfreunden an einen Tisch setzte, lächelte sie, das war das, was Stella meistens tat, freundlich und hilfsbereit sein, sich jedoch möglichst nicht ins Gespräch einmischen.

Es wurde, wie so oft, über Geschäfte und Politik diskutiert.

„Sie müssen sich über den Erfolg ihres Gatten freuen?", fragte sie ein langjähriger Kunde von Rob.

„Ich bin aufrichtig stolz auf meinen Mann", antwortete Stella.

Wieder lächeln.

„Dennoch, vergessen Sie nicht, dass er in einer unsteten Branche tätig ist. Die steigenden Lohnkosten und die strukturellen Probleme im Baubereich, bereitet Ihnen das für Ihre Familie keine Sorgen?"

„Strukturell?", Stella wurde nervös.

Was verstand sie schon davon? Dabei spürte sie die Blicke des Mannes wie spitze Nadelstiche auf ihrer Haut.

„Sprechen Sie mit Ihrem Mann nie über die Geschäfte?", bohrte er nach und sah Stella sichtlich überrascht an.

„Meine Frau kümmert sich intensiv um die Erziehung unserer Söhne", antwortete Rob an ihrer Stelle. Stella ergriff dankbar seine Hand.

Nichts sagen, lächeln.

Schließlich wollte sie kein dummes Zeug reden. Sie hatte nichts gelernt und auch sonst keine besonderen Talente. Rob hatte sie wie so oft aus einer Situation gerettet, doch als sie ihn damals ansah, bemerkte sie einen geringschätzigen Zug um seine Lippen.

Solche Situationen wiederholten sich regelmäßig, auch wenn Robs Schwester Jana sie besuchte. Jana hatte schon damals selbst weder Partner noch Kinder. Von ihren weltweiten Einsätzen war Jana regelmäßig für Tage oder mehrere Wochen nach Augsburg in ihre Wohnung zurückgekehrt. Um dort nicht allein zu sein, verbrachte sie viel Zeit bei Robs Familie, saß dort am großen Küchentisch, spielte mit Andre und Theo Mensch-ärgeredich-nicht oder diskutierte stundenlang philosophische Themen mit Rob.

Eines Abends, nachdem Jana von einem Einsatz in Mali berichtet hatte, hörte Stella Rob und Jana im Hintergrund sprechen, während sie in die Küche ging und Brote, frisches Gemüse und Obst für das Abendessen zubereitete.

Jana wetterte laut: „Der Sozialismus mancher Länder nimmt es in Kauf, die Bevölkerung leiden zu lassen, immer mit dem Versprechen, dafür gehe es der künftigen Generation besser!"

Stella konnte sich ihre Schwägerin vorstellen, wie sie mit rotem Kopf auf den Tisch klopfte, während sie sich über die Ungerechtigkeiten der Welt monierte.

„Doch die kapitalistischen Bewegungen weisen entgegengesetzte Schwachpunkte auf", warf Rob ein.

„Was ist kapitalistisch?", hörte Stella den kleinen Theo wissbegierig nachfragen und Rob erklärte seinem Sohn ausführlich die unterschiedlichen globalen Wirtschaftsmodelle. Stella hörte den Stolz über seinen Sohn, der in Robs Stimme schwang.

Solche Szenen brannten sich in ihr Gedächtnis ein, denn Stella hatte sich in diesen Momenten strohdumm gefühlt. Allein die Begrifflichkeiten bereiteten ihr damals wie heute Schwierigkeiten. Bei solchen Gesprächen hatte sie meist so getan, als sei sie zu beschäftigt mit der Versorgung der Familie, damit nicht auffiel, dass sie absolut nichts zur Diskussion beisteuerte.

Hin und wieder kam Stella der Gedanke, dass sie nie richtig dazugehört hatte. Als konnte sie ihrem Mann zu wenig bieten. Nur wie und was er brauchte, da hatte sie keinen blassen Schimmer. Schließlich kümmerte sie sich zuverlässig um Haushalt und Kinder, so wie sie es von ihrer Mutter gelernt hatte.

Stella wischte das schlechte Gefühl schnell zur Seite. Wie früher befasste sie sich immer noch gerne mit der Einrichtung der Wohnung oder mit Kosmetik, das war, was sie konnte.

Gedankenverloren richtete Stella sich ihr Abendprogramm zurecht. Erdnüsse, ein Glas Wasser, heute ausnahmsweise einen

Piccolo, aus besonderem Anlass. Eine Konzertübertragung im Fernsehen.

Wenig später summte Stella inbrünstig mit. „Verliebt, verlieren, vergessen, verzeihen, verdammt bin ich glücklich, verdammt bin ich frei."

Wolfgang Petry. Was für ein Mann, was für eine Musik. Und der Song passte. Stella hatte Rob, den einzigen Mann in ihrem Leben aufrichtig geliebt, ihm hätte sie gänzlich alles verziehen!

Insgeheim war sie oft froh gewesen, dass die gescheite Jana, die stets alles im Griff hatte, viel beruflich unterwegs war. Denn ihr und den Jungs allein gehörten die besonderen Gespräche, in denen Rob von seinem Bauernhof in Böhmen erzählte. Die ganze Zeit über hatte sie sein Heimweh gespürt, doch Stella konnte nicht mit ihm darüber sprechen, sie hatte aus ihrem Elternhaus gelernt, dass man über Gefühle, die weh taten, besser schwieg. In ihren Träumen malte sie sich auch jetzt noch Robs Geburtsort Kubicka in den buntesten Farben aus.

Damals wie heute wäre sie ihm überallhin gefolgt.

ROB 1945
WAGGON NR. 7

Als sie am nächsten Morgen Richtung Marienbad aufbrachen, wollte der alte Rudolf nicht. Rob verlangte, dass er mit ihnen ging, beinahe hätte er angefangen zu weinen. Der Alte erklärte ihm, jemand müsse auf das Dorf und die Fische aufpassen. Er nahm seinen Stock und drehte um, humpelte zurück, Richtung Kubicka.

„Fische können auf sich selbst aufpassen!", rief ihm Rob hinterher, doch der Rudolf ließ sich nicht abbringen. Die anderen Leute drängten, sie müssten sich beeilen wegen Stalins Roter Armee.

„Wer ist Stalin und wieso sind die rot?", fragte Rob. Weil ihm keiner antwortete, stellte er sich vor, der Stalin sei ein großer Mann, hart wie Stahl, mit einer Clownsnase und einer Bommelmütze, alles in Rot.

Erneut liefen sie den ganzen Tag durch Eis und Schnee hindurch. Noch bevor es dunkel wurde, sahen sie die Stadt Marienbad vor sich. Sie wanderten an herrschaftlichen Villen und Schlössern vorbei, durch einfache Viertel und über Marktplätze. Hier waren die meisten Straßen asphaltiert und noch nie hatte Rob so viele Häuser an einem Fleck gesehen. Am Bahnhof wartete tatsächlich ein Zug auf sie. Mutter nannte es einen „organisierten Transfer". Rob freute sich riesig auf die Fahrt. Noch nie im Leben waren er und Jana mit der Bahn gereist. Er bewunderte die dampfende Lock. Alle drängten hektisch in die Waggons. Sie stiegen in einen Wagen mit der Nummer sieben ein.

„Jetzt fahren wir!", flüsterte er Anni zu, die sich wieder unter seine Jacke kuschelte. Anni war heiser und hustete.

Die Fahrt gestaltete sich nicht so aufregend, wie er gedacht hatte. Mit ihnen waren noch viele weitere Personen im Zugwaggon zusammengepfercht und es gab nur schmale Lüftungsschlitze an den oberen Seiten. Man konnte unmöglich nach draußen spähen. Rob sah nur

Beine, Jacken und Hände der Mitfahrer und die grauen Wände des Eisenbahnwagens. Er bekam schlecht Luft und nach kurzer Zeit wurde er von dem langen Tag hundemüde. Nur ab und zu hielt der Waggon an und die Passagiere durften für wenige Minuten aussteigen, ihre Notdurft verrichten und die steifen Glieder strecken.

Er und Anni kauerten seit unbestimmter Zeit neben Jana und Mama in einer Ecke am Boden. Zumindest war es wegen der vielen Menschen nicht mehr so kalt. Jetzt war Anni brav und lag friedlich in seinem Arm. Ihr Atem rasselte. Wieder und wieder strich er ihr über die weiche Stirn.

Irgendwann stoppten sie in einer Stadt, von der nicht viel mehr übrig war wie ein großer Haufen von Trümmern. Die Häuser waren löchrig und die Autos konnten wegen den Steinen nicht mehr über die Straßen fahren. Keiner wollte ihm erzählen, was dort passiert war. Hatte der Stalin-Clown mit seiner roten Armee die Stadt kaputt gemacht? Seither fand Rob Clowns unheimlich.

Mama stillte Anni, aber das Baby hatte nicht viel Hunger und Rob nahm sie wieder unter seine Jacke. Er war froh, als sich der Zug wieder in Bewegung setzte und sie diesen unheimlichen Ort verließen.

„Alles wird gut. Bald kann ich dir unsere Fische zeigen", versprach er dem Baby. Erschöpft lehnte Rob den Kopf an das kalte Eisen des Waggons. Annis Gesicht lag an seiner Schulter. Rob schlief bald ein, tief und fest.

Während der Zug am nächsten Tag anhielt und sie nach draußen gingen, schien die Sonne und der Wind hatte nachgelassen. Und doch schien es Rob, als sei es der kälteste Tag seines Lebens: Rob schlotterte am ganzen Leib – bis er merkte, woran das lag. Nicht er war kalt, sondern Anni. Ihm fiel auf, dass sie die ganze Nacht nicht geweint hatte, und auch jetzt verhielt sie sich merkwürdig still. Mama starrte immer noch vor sich hin, während er sie wild am Ärmel zupfte.

„Anni ist kalt", brachte er hervor.

Mit mechanischen Bewegungen nahm Mutter ihm das Mädchen ab und wickelte es sich um den Leib. Aus den vielen Tüchern und Decken ragte ihr Händchen, ihre kurzen, speckigen Fingerchen hatten sich wie ein Fächer geöffnet.

Die Berge hier glitzerten zauberhaft, so weiß wie Mutters Nusskuchen, mit einer Haube Puderzucker darauf. Sie waren in Füssen und die Stadt gefiel Rob, nichts war kaputt, die Häuser unversehrt.

Jemand zeigte ihnen, wohin sie laufen mussten und eine Stunde später kamen sie an einem Bauernhof an. Dort sollten er, Jana, Mama und Anni sich ein Zimmer teilen. Der Bauer schimpfte, sie brächten nur Dreck und Hunger, aber seine Frau machte ihnen eine warme Milch. Erst jetzt merkte Rob, dass er lange nichts gegessen hatte. Weil der Bauer nicht hinsah, steckte die Bäuerin ihm und Jana ein Stück selbstgebackenes Brot und einen Schnitz Käse zu. Rob genoss den frischen Duft des Brotes und der würzige Käse schmolz auf seiner Zunge.

Jetzt trug nur noch Mama ihr Baby.

Vielleicht wird es Anni dann wieder warm, dachte Rob.

Er wünschte sich plötzlich, Anni würde lauthals plärren und ihre Fäustchen in die Luft boxen.

Doch ihr wurde es nie mehr warm. Andere Leute, die mit ihnen im Dorf gelebt hatten, kamen und wollten sie Mama wegnehmen. Mama schrie und weigerte sich, Anni herzugeben. Alle redeten aufgeregt, manche weinten, daraufhin nahm Mama Anni, küsste sie auf die Stirn und reichte sie Rob. Die Bäuerin wickelte Mama in eine Decke und setzte sie vor den Holzofen. Anschließend kniete sie sich zu Rob: „Gib Anni den Frauen und geh mit ihnen, such deiner Schwester ein schönes Grab. Anni ist eingeschlafen, sie wacht nie mehr wieder auf."

Instinktiv wusste Rob, die Bäuerin hatte Recht. Sicher wollte Anni ihre Ruhe, vielleicht für immer. Rob lief mit den Leuten und als sie eine schöne Stelle an einem Bach fanden, scharrten sie dort den Schnee weg. Der Boden war gefroren und die Männer brauchten lange, bis sie mit einem Pickel ein Loch rausgehauen hatten.

„Träum was Schönes, Anni", flüsterte Rob ihr ins Ohr und küsste ein letztes Mal ihre weichen Haare. Dann legte er das Baby mit den anderen in die Kuhle und sie bewarfen sie mit Erde. Einer hatte ein

Kreuz aus Holz dabei. Mit einem schweren Hammer schlug er es in den Boden.

An diesem Nachmittag blieb Rob trotz der Kälte lange an Annis Grab. Die Herbstbäume spendeten Schatten und bedeckten mit ihren bunten Blättern das aufgelockerte Erdreich. Rob wischte den Schnee beiseite, ließ sich auf die Wurzeln eines Baumes nieder und redete mit Anni. Er erzählte ihr von dem Märchenschloss, das mit seinen Giebeln und Zinnen herrschaftlich über dieser Stelle auf den Bergen thronte. Eine schönere Stelle konnte er sich für seine Schwester nicht wünschen.

Es war die Bauersfrau, die ihn später abholte. Sie ging mit ihm zurück, heizte Wasser in einem Trog an und er durfte darin baden. Mit echter Seife. Dennoch fühlte er sich, als schwimme er in einem großen dunklen Trog unendlicher Traurigkeit. Danach roch Rob an seiner Haut, sie war warm und erinnerte ihn an Lavendel.

Doch den zarten Duft von Annis Haarflaum würde er nie vergessen.

PETER
FREIHEIT

Penibel räumte Peter Häusler, wie jeden Tag seit seiner Ausbildung im Finanzamt vor dreißig Jahren, seinen Schreibtisch auf. Kugelschreiber und Stempel in die gelbe Stiftebox, Notizblock in die zweite Schublade, Telefon auf AB umstellen, Computer herunterfahren.

Ah! Fast hätte er vergessen, den Aktenschrank zu versperren und den Schlüssel in der ersten Schublade ganz hinten zu verstauen. Aufgrund der Datenschutzrichtlinie gab es diese neue Anordnung. Er dachte nicht immer daran, aber egal, was er hier tat oder nicht tat, was sollte ihm nach den ganzen Dienstjahren schon passieren? Der Job war ihm genauso sicher wie der Tod und das Gehalt merzte nach einigen Höhergruppierungen die Langeweile ein Stück aus. Er verrichtete seine Tätigkeiten mittlerweile mit einer Routine, die so eingespielt und schwerfällig war, dass ihm auch kleinste Änderungen Kopfzerbrechen bereiteten.

Auf dem Gang tauschte Peter sich noch mit seinem Kollegen Herbert über die aktuellen Ergebnisse des FC Augsburg aus und verließ dann zur selben Zeit wie an jedem anderen Tag den Bürokomplex des Finanzamtes. An der Pforte murmelte er noch ein unwirsches „Tschüss", er hatte selten Lust auf Freundlichkeiten. Vielleicht war das der Grund, weswegen er im Amt nicht sehr beliebt war.

Doch das war Peter nicht wichtig.

Auf dem Weg zum Bahnhof herrschte wie stets zu dieser Tageszeit viel Verkehr, Fußgänger eilten zu den Zügen.

Wenige Minuten später stand er auf Gleis drei und wartete mit zahlreichen Pendlern auf den Zug, der ihn nach Hause bringen würde.

Angestrengt blinzelte Peter zur Tafel der elektronischen Ankunftszeiten. Nun, mit fünfzig Jahren, war es so weit. Peter hatte immer gut gesehen, doch erst kürzlich hatte ihm der Betriebsarzt eine Brille verordnet. Alterssehschwäche. Erste Anzeichen körperlichen Abbaus. Das Pendel der Lebenszeit tickte unaufhörlich.

Zehn Minuten Verspätung. Einige Passagiere stöhnten genervt auf.

Um sich die Zeit zu vertreiben, zippte Peter am Handy und las die aktuellen Nachrichten.

Flüchtlinge im Meer vor der spanischen Küste ertrunken.

Peter stellte sich die sengende Hitze in einem Schlauchboot auf dem Mittelmeer vor.

Alles, was meinen Alltag erschwert, ist eine Zugverspätung, dachte er. Eigentlich sollte er dankbar sein für sein sicheres Dasein, das versuchte sich Peter schon länger einzureden. Doch von Tag zu Tag, von Jahr zu Jahr, gelang ihm das weniger.

Auch ein bequemes Leben hat seinen Preis, sagte er zu sich und bemerkte selbst, dass seine Gedanken trotzig, rechtfertigend klangen. In den letzten Jahren kämpfte er zunehmend mit depressiven Schüben. Der triste, eingefahrene Alltag bereitete ihm keine Freude mehr. Er fühlte sich leer und wurde den Gedanken nicht los, dass ihm eigentlich mehr zustand.

Peter griff zum Handy, um seine Frau anzurufen. Er wusste, sie erwartete bei einer Zugverspätung sofort seinen Anruf. Angeblich, damit sie das Essen punktgenau zubereiten könnte. Seit einiger Zeit war in ihm jedoch der Verdacht aufgekeimt, sie wolle ihn kontrollieren. Oder aber sie hielt ihre Langeweile nicht mehr aus.

Peter hatte seine Frau während der Ausbildung kennengelernt. Dann, nach ein paar Jahren, heirateten sie wie die meisten ihrer Freunde und ihr Kind erblickte das Licht der Welt. Der Junge war bereits vierzehn, hatte längst eigene Interessen, seine Frau blieb dennoch zu Hause. Überlastet, psychisch angeschlagen.

Pflichtbewusst wollte er die vertraute Nummer wählen, da kam ihm spontan ein Einfall.

Was wäre, wenn ich-?

Öfter schon träumte Peter davon, von einem Moment zum anderen alles zu ändern. Bisher war es ihm nie als möglich erschienen, aber nun bohrte eine unheimlich verwegene Frage unaufhaltsam in ihm: *Warum eigentlich nicht?*

Er starrte auf sein Handy. Tausend Gedanken schossen ihm durch den Kopf wie Blitze bei einem stürmischen Gewitter. Plötzlich war er unheimlich aufgeregt. Peter zwang sich, ruhig durchzuatmen. Seine klammen Finger umschlossen das Telefon. Er spürte das kühle Metall und das Gewicht des Gerätes in seinen Händen.

Würde er den Mut aufbringen, seine Sehnsüchte in die Tat umzusetzen, seine Bedürfnisse, ohne lang nachzufragen, auszuleben? Sein Herz klopfte wild, als er die vertraute Nummer wählte.

„Hallo, Schatz." Die Begrüßung fühlte sich wie eine abgedroschene Floskel an und sein Gesicht nahm einen versteinerten Ausdruck an. „Ich wollte dir nur mitteilen, dass wir heute Abend noch eine Ausschussbesprechung haben. Kurzfristig anberaumt. Ich kann dir nicht sagen, ob ich überhaupt nach Hause komme. Vermutlich übernachte ich bei Herbert."

Das klang erst mal gut, bei Herbert war er schon öfters geblieben.

Nun begannen seine Hände zu zittern, unkontrolliert, immer stärker. Krampfhaft umklammerte er das Handy. Seine Coolness verschwand schlagartig, doch der Anfang war gemacht.

 Kurz herrschte Stille. Dann ertönt eine strenge, kalte Stimme: „Wir haben über Herbert und seine Eigenarten gesprochen, hast du das vergessen? Außerdem hast du keine Wechselkleidung dabei. Wenn ich das vorher gewusst hätte, hätte ich nicht…"

Aufgeregt ging Peter den Bahnsteig auf und ab. „Herbert leiht mir etwas. Die Verbindung ist schlecht, ich versteh dich nicht mehr. Mach dir keine Sorgen, ich leg jetzt auf", sprach er, ohne zu atmen, um ihr keine Möglichkeit zu geben, weitere Einwände zu bringen. Sofort beendete er den Anruf. Rote Taste. Auflegen.

Peter blieb stehen. Schwer schnaufend, als hätte er einen Marathon gelaufen, starrte er sekundenlang auf das Telefon. Jetzt fiel ihm siedend heiß etwas ein: Sie würde ihn zurückrufen! Garantiert! Gleich, immer und immer wieder!

Was sag ich da nur? Seine Hände versagten ihm fast den Dienst, als er fahrig den seitlichen Schalter am Handy betätigte.

Aus. Keine Rückfragen möglich.

Ein lärmendes Geräusch riss ihn jäh aus seiner Gedankenwelt. Peter drehte sich nach links und sah, wie der Zug einfuhr. Wie angewurzelt, unfähig sich zu bewegen, blieb Peter stehen und beobachtete die einsteigenden Leute, hektisch, als ob jede Minute zählen würde, die sie früher zu Hause bei ihren Familien wären. Nur er war diesmal nicht dabei und – was seine Frau nicht wusste – ihm aber mit jeder Sekunde klarer wurde: Nachdem nun der Anfang gemacht war, würde er nie wieder zu ihr nach Hause fahren. Der Pfiff ertönte und der Zug setzte sich wieder in Bewegung.

Ein zaghaftes Lächeln umspielte seine Lippen, sein Mund zuckte, bis er sich zu einem breiten Grinsen verzog. Heute hatte er es nicht eilig. Von nun an würde er tun und lassen, was er wollte.

Keine Kompromisse mehr, nie mehr Rücksicht nehmen!

Das Wort „Rücksicht" kam ihm fast vor wie ein Schimpfwort aus längst vergangenen Zeiten.

Peter war endlich - *frei*!

COLD CASE

Auch die König holt dich diesmal nicht aus der Scheiße, dachte Quirin Seligman unwillkürlich, als er das verlegene Dauerlächeln des Stahlgrubers bemerkte. Nach dem Austausch im Team beraumte die König eine Kurzbesprechung wegen der früheren Einbruchsfälle mit Stahlgruber und ihm ein. Es war primär Quirins Anliegen, trotz des neuen Mordfalls am vereinbarten Besprechungstermin festzuhalten, obwohl klar war, dass die weiteren Ermittlungen nun vorerst zurückgestellt werden mussten. Quirin beharrte darauf, diesen Fall nicht wieder in der Versenkung verschwinden zu lassen. Zu viel war ungeklärt, zu massiv verschiedene Unstimmigkeiten.

Sie hatten sich in Stahlgrubers Büro verabredet. Die König bestand aufgrund der laufenden Mordermittlung auf ein strenges Zeitlimit. Wenig später brüteten sie zu dritt vor dem Stapel Akten.

Quirin öffnete eine Akte, da lag das Bild der beiden toten Männer, die sich so sehr ähnelten und zugleich so unterschiedlich wirkten. Der Anblick berührte ihn sofort auf eigentümliche Weise. Betroffen legte er los: „Aus Zeitgründen müssen wir die heutige Besprechung kurz ansetzen. Ich habe jedoch Fragen zu den damaligen Ermittlungen ausgearbeitet und werde mich ab sofort laufend dahingehend an Sie wenden, Herr Stahlgruber."

Das hatte unwirsch geklungen, so war es nicht geplant gewesen. Es war kein Geheimnis, dass er und der Stahlgruber nicht miteinander konnten, trotzdem – auf Krieg hatte Quirin keine Lust. Er war kein Unruhestifter. In der Vergangenheit hatte das gut geklappt, da er und der Stahlgruber sich aus dem Weg gingen. Hauptsache, die König unterstützte ihn. Quirin schielte zu ihr. Seine Chefin fixierte die Akten mit zusammengezogenen Augenbrauen. Das verhieß nichts Gutes.

Quirin wartete ab, irgendwann hielt er es jedoch nicht mehr aus und preschte vor: „Verraten Sie mir heute schon eines: Nach dem damaligen Interview war die Meinung der Presse bereits ziemlich festgelegt. Erklären Sie uns doch welche Umstände Sie zu der Entscheidung bewogen hatten, das Gespräch so zeitnah anzusetzen." Umgehend stellte er sich auf das zu erwartende Donnerwetter ein. Vielleicht hätte er besser den Mund gehalten oder sein Anliegen anders formuliert. Wenn ihm das nur nicht so schwerfallen würde.

Diplomatie war eben nicht Quirins Stärke. Mittlerweile schaffte er es zumindest, Stahlgrubers Reaktionen vorherzusehen wie ein aufziehendes Gewitter.

„Es ist nicht an Ihnen!", kam die erwartete Retourkutsche.

„Robert. Die Zeit." Nüchtern. Keinen Widerspruch duldend. Entwaffnend. Die König war toll!

Danke, dass du mich nicht hängen lässt, hätte Quirin am liebsten herausposaunt und er überlegte, ob er sie gelegentlich auf eine Runde Quadfahren einladen sollte.

Stahlgruber seufzte. Dann wandte er sich in sachlichem Ton an Quirin: „Selbstverständlich stehe ich in diesem Altfall unterstützend zur Verfügung."

„Selbstverständlich", antwortete Quirin, bemüht freundlich.

Sichtlich irritiert musterte ihn der Stahlgruber, bis er fortfuhr: „Beim Überfall auf den Bauunternehmer gab es unsererseits personelle Schwierigkeiten, die eine unkonventionelle Herangehensweise erforderten."

„Ach ja." Quirin gab sich Mühe, verständnisvoll zu wirken. Er holte einen zerknitterten Zettel hervor. „Und um nach so langer Zeit eine neue Struktur in den Fall zu bekommen, habe ich Ihnen weitergehende Fragen dazu schriftlich zusammengefasst." Er legte die Liste auf den Tisch und versuchte das Papier ungeschickt mit einer Hand glatt zu streichen, was nur mäßig gelang. Das mit der Ordnung war und blieb für ihn ein unerreichbares Mysterium. Aber er ließ sich nicht einschüchtern. Quirin schob wortlos den Zettel über den Tisch.

„Der aktuelle Mordfall steht derzeit absolut im Vordergrund. Ich werde mich jedoch Ihrer Fragen zu einem späteren Zeitpunkt annehmen", sprach Stahlgruber, packte den Zettel und legte ihn hinter sich ins Regal.

Quirin bemerkte, wie der Stahlgruber außerdem an seinem Hemd nestelte, bis er endlich den obersten Knopf aufbrachte.

Hitzewallungen? Ob es dafür einen konkreten Grund gab?

„Übrigens!", schlagartig schien Robert Stahlgruber seine gute Laune wiedergefunden zu haben.

Themenwechsel also.

Da legte der Stahlgruber auch schon mit feierlicher Miene los: „Gratuliere! Ihren Mobilitätswünschen kann entsprochen werden. Ihre Reiterprüfungen wurden für ausreichend befunden. Zeitpunkt und Ort sind noch nicht klar, aber wir sind in der Planung für eine Hospitation in der Reiterstaffel für sie beide." Beifall heischend ruderte er mit den Armen. Sein Blick huschte von einem zum anderen.

„Das haben Sie ja wunderbar arrangiert", Quirin freute sich aufrichtig. Mochte sein, es war der Traum mancher Pferde-Mädchen, später mal bei der berittenen Polizei dabei zu sein. Seiner war's auch. Er konnte sich noch genau erinnern, als seine Oma mit ihm in München, sie mit Dirndl, er mit einer Lederhose, den Oktoberfestumzug besucht hatte. Pferdewagen, Polizisten in Reiterhosen, blank polierten Reitstiefeln und Helmen. Mit offenem Mund hatte er zugesehen, wie die Uniformierten auf glänzenden Wallachen vorbei Richtung Theresienwiese getrabt waren. Die Pferde trugen eine grüne Satteldecke, auf der das Emblem der Polizei eingestickt war.

Es klopfte und Michael Herman kam, ohne lange nachzufragen, herein.

„Hier ist die Aufstellung mit Hollezinskys Firmen, die aus meiner Sicht Priorität haben. Vielleicht könntet ihr?", er legte sie Marlene auf den Tisch.

„Wir starten gleich los. Was steht zuerst an?", fragte Marlene. Sie beugte sich über die Liste.

„Ist nach Priorität sortiert: Werbeagentur, Gaststätte, Spielothek und so weiter!"

Beim Letztgenannten richtete die König einen kurzen Seitenblick auf Quirin. Nur er bemerkte es. Er stand auf, warf sich seine grüne Vliesjacke, die er gewöhnlich zum Fischen trug, über die Schulter und ging wortlos voran.

Bis zum Ende des Tages führten sie zahlreiche Gespräche: mit Werbepartnern und Gaststättenbetreibern, auch eine Brauerei als Lieferant war dabei. Hollezinsky war als aalglatter Verhandlungspartner äußert unbeliebt gewesen. Stets, so beschrieb ein Geschäftspartner, musste man auf der Hut sein, um in Verträgen nicht abgezockt zu werden. Dennoch – es gab weder Hinweise auf Zahlungsschwierigkeiten noch war die Rede von sonstigen handfesten Konflikten.

Wegen der Öffnungszeiten der Firmen und der fortgeschrittenen Zeit mussten die Kommissare letztendlich weitere Besuche auf einen anderen Tag verschieben.

Quirin und Marlene befanden sich auf der Rückfahrt zur Dienststelle.

„Die Liste ist intensiv, morgen arbeitet jeder für sich einige Einträge ab, auch die Spielothek steht an", schlug Marlene vor.

Quirin hatte Marlene gegenüber vor einiger Zeit angedeutet, dass er ein Problem mit Glücksspiel habe, jetzt sah er sich genötigt, das weiter auszuführen. Er beeilte sich, das Unangenehme möglichst schnell hinter sich zu bringen. „Mein Vater war spielsüchtig, er verspielte jedes Geld, das er zwischen die Finger bekam. Ich musste ihn als Kind regelmäßig vom Spieltisch holen und kann deshalb nicht allein da rein", rasselte er sein Statement äußerlich emotionslos herunter.

Minutenlang sagte Marlene, die am Steuer saß, kein Wort.

Quirin hielt es nicht mehr aus, verunsichert fragte er: „Und – ist damit alles in Ordnung?"

„Verstehe ich. Dann eben gemeinsam", meinte sie trocken wie so oft, um eine Spur weicher zu ergänzen: „Ich kann mir nur vorstellen, dass es wichtig ist, dass sie dabei sind." Gekonnt lavierte sie das Fahrzeug durch den einsetzenden Berufsverkehr und merkte an: „Übrigens, ziehen Sie beim nächsten Termin eine Jacke über, morgen fahren wir mit dem E-Roller."

FAMILIENZEIT

„**K**icker-Hintern!", kicherte Jack und deutete auf seine Mutter, als Lilly Rommels mit Ravina und Mariella Richtung Eisstand lief. Theo und Jack lagen auf der Bademacke und blätterten ein Bilderbuch durch. Es war Spätnachmittag, die Sonne schien, und sie verbrachten noch einige Stunden am Autobahnsee.

„Das habe ich gehört! Außerdem heißt es dicker Hintern, aber ich habe einen schicken Hintern!", konterte Lilly und lachte fröhlich auf, nachdem sie mit einer Kugel Zitroneneis, Jacks Lieblingssorte, zurückkam und sich neben ihren Sohn ins Gras plumpsen ließ.

„Jaha, hab mich versagt!", korrigierte sich Jack und griff gierig nach der Eiswaffel. Seit ihr Jüngster im Kindergarten war, plapperte er nach, was er dort hörte, nur meist verstand er nicht mal die Hälfte. Was Lilly von ihm zu hören bekam, amüsierte sie oft königlich.

Lilly genoss die Sonnenstrahlen. Der Autobahnsee war auch heute wieder ein Treffpunkt für viele Familien. Manche badeten, viele Kinder kletterten und schaukelten am Spielplatz und ein paar Jugendliche schipperten mit einem Schlauchboot über den See.

Nachdem Jack sein Eis geschleckt hatte, setzte Lilly sich zu Theo und deckte Jack, der auf der Matte einschlief, mit seinem Handtuch zu. Er hatte den Daumen in den Mund gesteckt und seufzte leise vor sich hin.

Mariella verspeiste ihr Eis in Windeseile, platzierte sich mit ihrem Handtuch in zehn Metern Entfernung und telefonierte von nun an unablässig.

„Dein Rücken brutzelt wie ein Spiegelei in der Sonne", sagte Theo zu Lilly, griff nach der Sonnencreme und begann, sie sorgfältig einzucremen.

Lilly strich behutsam Sand aus Jacks blonden Locken. „Wollen wir was vom Italiener holen, wenn deine Tante und Mutter am Abend zu uns kommen?", meinte sie.

„Ich habe gestern schon eingekauft und koch uns heute was", widersprach Theo und Lilly warf ihm eine Kusshand zu.

„Was gibt's denn?", fragte sie und freute sich aufs Abendessen.

„Das bleibt ein Geheimnis", neckte Theo seine Frau. Er gähnte und streckte sich neben Jack aus. Lilly wusste, er war hundemüde. Jack war letzte Nacht in ihrem Bett herumgegeistert. In den letzten Wochen hatte ihr Sohn zu den unmöglichsten Zeiten Spiellaune und da musste meist Theo ran. Für Spiele jeglicher Art mit seinem Jüngsten war Theo sogar nachts zu haben.

Wie der Vater so der Sohn, schmunzelte Lilly.

Lilly drehte sich zu Ravina, die ein Kreuzworträtsel löste.

Steppentier mit sechs Buchstaben. Ah! Lilly nahm den Stift und trug die Lösung ein.

„Nee, Mama, G I R A F E geht nicht. Du schreibst das falsch, denk an den Bullenhai: Nach dem kurzen Vokal kommt ein Doppelkonsonant."

„Schlaumeier." Lilly grinste ihre Tochter an und radierte G I R A F E wieder aus.

„Weißt du, dass der Langnasen-Sägehai mit seiner Nase elektrische Felder am Meeresboden wahrnehmen kann?", fragte Ravina ihre Mutter, während sie H Y A E N E eintrug und weiter in Windeseile das Kreuzworträtsel ausfüllte.

„Ist das dein Lieblingshai?"

„Nein, ich wäre gerne ein Weißspitzen-Riffhai, dann könnte ich mich bei der Hitze am Meeresboden ausruhen", seufzte Ravina.

„Und ich freu mich, dass du zur Gattung der Menschen gehörst, sonst hätte ich dich ja nicht!", protestierte Lilly und kitzelte ihre Tochter zärtlich an den Fußsohlen.

Mariella beendete ihr Telefonat und schlenderte zu ihrer Mutter. Sie beugte sich über Theo und vergewisserte sich offensichtlich, dass ihr Vater schlief. „Er heißt Basti und besucht mich morgen", sprach sie leise und wie beiläufig zu Lilly.

Theo richtete sich umgehend auf. Plötzlich wirkte er hellwach. „Geht nicht, Mama und ich sind nicht zu Hause", platzte er heraus.

Lilly seufzte. *Also kein Mutter-Tochter-Gespräch.*

„Eben deshalb. Aber Theresa und Leonie kommen auch." Damit schien für Mariella alles erklärt zu sein.

„Wie? Das kannst du einem Jungen, der dich zum ersten Mal besucht, doch nicht antun?", warf Lilly schmunzelnd ein.

„Kann sie", widersprach Theo prompt.

„Das weiß der natürlich nicht, sie verstecken sich auf der Terrasse."

„Das ist meine Tochter!", grunzte Theo vor sich hin und zeigte mit dem Daumen nach oben, während er wieder seine Schlafposition einnahm.

Bald darauf verabschiedete sich Lilly, sie wollte noch mit Johanna, einer Freundin aus dem Orchester, ein paar Stücke üben. Johanna liebte Musik genauso wie sie, gemeinsam hatten die beiden Frauen ein kleines Ensemble gegründet. Lilly freute sich auf die nächsten Stunden.

Danke, flüsterte sie und drehte sich noch einmal zu ihrer Familie um. *Danke, dass wir uns lieben und gesund sind.*

Die Welt erschien ihr an diesem Tag so heil, unvorstellbar, dass der Wind sich auch drehen könnte.

PETER

Peter Häusler blieb minutenlang am Bahnsteig des Hauptbahnhofes stehen und beobachtete gedankenverloren die ein- und ausfahrenden Züge. Nach einiger Zeit nahm er seine Arbeitstasche und setzte sich mit einem wunderbar neuen Gefühl von Leichtigkeit in Bewegung. Seine Beine schwebten nur so über die Stufen, als er die Fußgängerunterführung ansteuerte.

Ich hab's geschafft!, jubelte er.

Entspannt schlenderte er aus dem Bahnhofsgebäude und lief Richtung Innenstadt. Leise pfiff er einen Song von Udo Jürgens vor sich hin.

„Ich war noch niemals in New York, ich war noch niemals auf Hawaii. Ging nicht durch San Francisco in zerrissnen Jeans." Schien ihm zur Situation zu passen.

Peter schaltete sein Telefon wieder ein, achtete nicht auf die eingegangenen Anrufe und schrieb eine E-Mail an die Verwaltungsmitarbeiterin der Personalabteilung: „Hallo, Katja, ich bin's der Peter. Ich habe starke Rückenprobleme und bin morgen krank. Ist so schlimm, könnte auch länger dauern!", teilte er mit und grinste aufs Display hinunter. Das passte, darüber hatte er früher schon geklagt. Peter war stolz darauf, mutig zu sein, den Absprung zu schaffen.

Ich werde mir in der Innenstadt ein schönes Hotel aussuchen, danach schau ich mal, was die Nachtclubs so zu bieten haben, überlegte er euphorisch.

Nach Hause würde er nie wieder gehen. „Nach Hause", er musste den Begriff ändern – seine neue Heimat würde er sich nun selbst nach eigener Lust und Laune schaffen. Womöglich eine Wohnung in der Max-Straße?

Vielleicht fliege ich ja mal mit dem Herbert nach Asien. Außerdem will ich andere Frauen daten. Vielleicht verliebe ich mich auch neu. Sie müsste lebenslustig sein und sexy, träumte er.

Genug Geld war schließlich da. Bereits vor ein paar Jahren hatte er begonnen, Konten anzulegen, von denen seine Frau nicht die geringste Ahnung hatte. Peter hob Geld ab und tätigte zwei weitere Telefonate: Hotelbuchung und Herbert. Schon öfter war er mit Herbert auf der Piste gewesen. Der kannte sich aus und wusste stets, wo der Bär los war.

Nachdem Peter im Hotel zu Abend gegessen hatte, startete er in die Stadt für sein Abendprogramm. Von Herbert hatte er den Tipp mit dem Etablissement für Massagen und mehr erhalten.

Als Peter das Hotel verließ, fiel ihm nicht auf, dass noch jemand dieselben Ziele wie er anpeilte, ein heimlicher Schatten, der ihm schon seit Stunden folgte.

Entspannt schlenderte er hin zu der Bar, die sich in einer der Altstadtgassen im Keller befand. Er suchte sich einen Platz an der Theke und studierte die Karte. Herbert hatte ihn vorgewarnt, der Abend würde nicht billig werden. 35 Euro für ein Glas Champagner und selbst der Preis für ein Pils lag schon bei 20 Euro. Erheblich waren erst recht die Kosten für die stundenweise Buchung einer Dame. Doch als Peter die Kleine mit den kurzen blonden Haaren, dem strammen Hintern und den vollen Brüsten beim Tanzen an der Stange begutachtete und sie ihn zuckersüß anlächelte, beschloss er spontan, dass Geld für ihn heute keine Rolle spielte. Er hatte immerhin seine Freiheit zu feiern! Sollte er die Bar künftig regelmäßig aufsuchen, würde er sich allerdings Geld sparen und, wie auch Herbert, ein Flat-Rate-Angebot wählen, Preis-Leistung sollten schließlich stimmen. Wer weiß, vielleicht brauchte er eine dauerhafte Versorgung mit solchen Angeboten.

In den nächsten Stunden buchte Peter die Blonde, schüttete Hochprozentiges wahllos in sich hinein und nahm auf niemanden und nichts mehr Rücksicht.

Als er das Lokal irgendwann nachts angetrunken, jedoch im Reinen mit sich selbst wie selten zuvor in seinem Leben, verließ, fing er lauthals an zu singen. Seine Stimme hallte von den alten Häusern wider und ein Anwohner ließ daraufhin ratternd die Rollläden herab. Mittlerweile war es stockdunkel und Peter lief durch die Gassen an einem der Stadtbäche entlang. Ein Restfunken Verstand sagte ihm, er müsse den Weg finden und er schaute orientierungslos, wie es Richtung Hotel gehen könne. Da tippte ihn jemand an der Schulter an. Unbedarft drehte Peter sich um.

„Bist du zufrieden? Hast du nun, was du möchtest?", fragte die Gestalt mit ruhiger Stimme.

„*Jawohl!*", grölte Peter. Der Alkohol tat seine Wirkung, sodass er nicht merkte, dass hier etwas nicht stimmte. „Bin schließlich ein freier Mann", lallte er und fing an zu kichern. Er kam sich ungemein verwegen vor.

Sie standen im Dunkeln der Häuser, die nächste Straßenlaterne ein gutes Stück entfernt. Selbst wenn er nüchtern gewesen wäre, hätte er das Gesicht seines Gegenübers nicht erkennen können.

„Wichtiger ist die Frage, was du falsch gemacht hast", lautete die Antwort.

„Alles steht mir zu! Mir! War voll drauf! Schöne Frau! Aber zu teuer, viel zu teuer, wenn du das meinst." Er kam sich gescheit vor, als er sein Gegenüber belehrte: „Musst Angebote vergleichen – glaubs mir."

Er wollte weitergehen, doch die Gestalt stellte sich ihm in den Weg.

„Du wirst nie mehr irgendetwas tun", wisperte die Stimme kalt und klar. Jetzt hörte er ein schnappendes Geräusch und plötzlich blitzte etwas Metallisches auf.

Peter spürte den unermesslichen Schmerz in seinem Hals, bevor sein vom Rausch verlangsamtes Denken merkte, dass es sich um ein Messer handelte.

Mit offenem Mund starrte Peter die Gestalt an. Er wunderte sich über die warme Flüssigkeit, die unaufhaltsam seine Haut hinablief und Hemd und Hose klebrig einnässte. Wie in Zeitlupe knickten ihm die Beine ein.

„Warum?", wollte er fragen, aber kein Wort drang aus seinem geöffneten Mund, während das Blut im Schwall aus der Halsschlagader spritzte.

Die Gestalt sah ihm schweigend zu, beobachtete für wenige Sekunden das Dahinsiechen und verschwand bald lautlos und ohne Eile in der Dunkelheit.

Peter prallte mit Nase und Wange auf das kühle Kopfsteinpflaster. Er war weder im Stande, um Hilfe zu rufen noch zu erfassen, was gerade geschah. Seine Augen schielten auf die sich ausbreitende Blutlache.

Gerade jetzt!, schrie es in seinem Kopf. *Sollte alles vorbei sein, noch ehe es begann?*

Die Realität verschwamm vor ihm, verzerrte sich in seinem Kopf zum reinen Wahnsinn, seine Lider wurden schwer und eine bleierne Müdigkeit breitete sich in ihm aus. Die Hoffnungslosigkeit, die ihn seit Jahren gelähmt hatte, machte sich wieder in ihm breit. Dankbar dafür, dass der Alkohol die schlimmsten Schmerzen betäubte, gab Peter Häusler sich dem Tod hin.

DER PLATZ IM BETT
NEBEN MIR

Müde machte sich Lilly Rommels fertig, um zu Bett zu gehen. Abends hatte sie noch zu Bachs Sonate in G Minor im Theater gespielt, ein Solostück für Oboe, für Lilly purer Genuss. Sie musste an die Worte ihrer Mutter denken: „Finde einen Beruf, der dich erfüllt, und dein Leben wird immer reicher."

Stimmt, Mama, dachte sie, als sie sich im Bad auszog und das Nachthemd überstreifte. Ihre Entscheidung, Musik zu studieren, hatte sie nie auch nur eine Sekunde bereut, dennoch war die Zeit, in der sie alleinerziehend zwei Kinder ernähren und betreuen musste, in Kombination mit ihrem Beruf, mühsam gewesen. Nur gut, dass sie von ihren Eltern das Haus geerbt und keine Miete hatte zahlen müssen.

Doch seit ihrem Leben mit Theo war vieles besser, glücklicher, einfacher geworden.

Lilly putzte ihre Zähne, benutzte Zahnseide und schlich barfuß ins Schlafzimmer. Nach einem Konzert hatte sie es sich zur Angewohnheit gemacht, sich zuerst ein bis zwei Minuten ans Bett zu setzen und ihrem Mann beim Schlafen zuzusehen. Theo lag da, nur in Boxershorts, die Decke über Beine und Hüfte gezogen. Sein Oberkörper war glatt und fest. Man könnte meinen, er verbringe Stunden im Fitnesscenter, dachte sie, während sie ihn wohlwollend betrachtete. Lilly mochte seine Hände: kräftig und unendlich weich. Die Tattoos zogen sich von seiner linken Hand über den Arm bis zu seiner Brust und auch noch den Hals hinauf. Ihr Blick wanderte über die kunstvollen Zeichnungen. Er sah fraglos heiß aus – und doch, für körperliche partnerschaftliche Aktivitäten fehlte ihr heute die Kraft.

Theo gehörte zu den Männern, die die Mehrzahl der Frauen, ohne mit der Wimper zu zucken, als ungemein attraktiv bezeichnen würden. Mit der reizvollen Zugabe, dass er überhaupt nicht eitel oder selbstverliebt war. Im Gegenteil, sie spürte stets seine Dankbarkeit für ihre Partnerschaft und die Familie.

Ich würde ihn auch mit einem kugelrunden Bierbauch nehmen, fiel ihr ein.

„Lieblingsmensch", hauchte Lilly und kuschelte sich in seinen Arm. Innerhalb kurzer Zeit schlief sie ein.

Wäre nicht das heftige Gewitter gewesen, Lilly hätte wie jede Nacht geruht wie ein Stein. Wegen einem dumpfen Donnerschlag schreckte sie auf, es schüttete in Strömen und Lilly fiel ein: Wahrscheinlich war noch das eine oder andere Fenster gekippt und es regnete ins Haus. Sie zwang sich, ihre Augen zu öffnen.

Das Bett neben ihr war zerwühlt, aber leer. Sie setzte sich auf und schlüpfte in ihre weichen Pantoffeln. Vielleicht hatte Jack Angst vor dem Gewitter bekommen und Theo beruhigte ihn. Lilly lief durchs Haus, schloss Fenster, steckte den Fernseher aus und sah nach den Kindern. Alle rührten sich kaum, als würde die Welt nicht gerade in einem polternden Chaos versinken.

Nur Theo war nicht da. *Wo bist du nur?*

Seine Turnschuhe waren weg und auch die Jacke. Warum ging er bei diesem Schmuddelwetter vors Haus? Lilly überlegte kurz, ihn anzurufen. Aber wieso? Er würde schon seine Gründe haben.

Es krachte erneut ohrenbetäubend. Kurz darauf setzte das Brüllen von Jack ein. Eine halbe Stunde später lümmelte Lilly im Sessel neben Jacks Bett, hielt Händchen mit ihrem Jüngsten und schlief bereits wieder tief und fest.

Als sie am nächsten Morgen schlaftrunken die Treppe runterwankte, stand ihre Lieblingstasse mit dampfendem Kaffee schon auf dem Tisch. Die beiden Mädchen waren auf dem Weg zur Schule und Theo bereitete Gemüse und ein belegtes Brot für den Kindergarten vor, während Jack sein Erdbeermarmeladebrot kaute.

Lilly rieb sich die Augen.

„Warst du nachts draußen?", fragte sie.

„Bei dem Unwetter?" Theo küsste sie, um gleich den Kindergartenrucksack einzuräumen. „Hast mal wieder geträumt, meine Schöne!"

Als Theo Jack zum Zähneputzen begleitete, fiel Lilly ein, dass sie noch Jacks Gummistiefel herrichten musste, im Kindergarten war Waldtag.

Theos Turnschuhe standen im Schuhregal.

Unter ihnen hatte sich eine Pfütze gebildet.

BLUTBAD

Um fünf Uhr morgens wurde Marlene König zu einem Einsatz gerufen. Heute war sie definitiv übermüdet, was weder an ihrer Puzzleleidenschaft noch an Schlafproblemen lag. Sie hatte sich gestern Nacht mit ihrem Date verquatscht. Zwar hatte sie nach den ganzen Firmenbesuchen nur noch wenig Lust gehabt, aber das war seit Jahren ihre Ausrede und sie ließ sie konsequent nicht mehr gelten. Es war, wie der Kollege Seligman meinte: Sie durfte nicht ständig den Beruf vorschieben, genau das war der Grund für ihr Dauersingle-Dasein, soweit verstand Marlene das.

Während Marlene in ihrem Mini zur Einsatzstelle fuhr, bereitete es ihren Augen Mühe, sich an die grellen Lichter der Straßenlaternen zu gewöhnen. Die Straßen waren wie leergefegt. Da kamen ihr Momente des gestrigen Abends in den Sinn. Ein stattlicher Mann, um die fünfzig, er hatte viel von seiner Tätigkeit erzählt. Er arbeitete als Hauptschullehrer und leitete neben der Theatergruppe auch noch den Schulchor. Es gab also gemeinsame Leidenschaften: Begeisterung für den Job! Sie hatten sich über eine Partneragentur verabredet, auf einen Nachtspaziergang getroffen und waren anschließend noch auf ein Glas Wein eingekehrt. Dankbar resümierte Marlene, dass das Gespräch gut im Fluss geblieben war. Man würde sich wieder treffen. Schmetterlinge flogen keine in ihrem Bauch, aber Marlene nahm sich fest vor, dranzubleiben.

Was nicht ist, kann ja noch werden.

Zügig parkte Marlene zwischen den Polizeiwagen, unmittelbar hinter Seligmans Quad in dem Altstadtviertel. Beim Aussteigen atmete sie die Nachtluft tief ein und fühlte sich gleich fitter.

Ein Bach rauschte und ein restauriertes Mühlrad verrichtete seinen Dienst, wie wahrscheinlich schon seit mehr als hundert Jahren. Marlene roch Rosenblüten. Eine in anderen Situationen beschauliche Ecke.

Auf der Dienststelle war ein Anruf von einem Hundebesitzer eingegangen, der nachts mit seinem inkontinenten Hund regelmäßig eine Runde drehte. Der Mann war buchstäblich in die Blutpfütze getreten und anschließend über den toten Körper gestolpert. Nun versorgten die Sanitäter den Passanten im Krankenwagen mit Beruhigungsmitteln.

„Erschrecken Sie nicht." Seligman zog Marlene zur Seite, als sie sich mit zügigen Schritten über das Kopfsteinpflaster dem Mordopfer näherte.

„Quirin, was soll das?" Jeden anderen hätte sie angefahren, sie leitete schließlich hier, doch ihn nannte sie sogar beim Vornamen. Die Nacht musste tatsächlich zu kurz gewesen sein.

„Langsam. Es ist so viel Blut." Erst jetzt merkte sie, wie vorsichtig er klang. „An so etwas gewöhnt man sich nie."

Marlene konnte sich nicht erinnern, dass sich je jemand dafür interessiert hatte, wie es ihr mit all der Gewalt, mit den Bildern, die sie seit der Ausbildung zu verarbeiten hatte, ging. Jeder war davon ausgegangen, sie sei durchgehend stark.

„Danke", murmelte sie aufrichtig, dennoch ging sie weiter, das war ihr Job. Der Kollege hatte nicht übertrieben. Der Tote badete in einer tiefroten Lache, aufgrund des leicht abschüssigen Geländes hatte sich ein Rinnsal gebildet, so dass die klebrige Körperflüssigkeit sich quer über die Straße ergoss und in den Ritzen des Kopfsteinpflasters einsickerte.

Seligman kniete sich auf eine blutfreie Stelle neben das Mordopfer und deutete auf den Hals. „Regelrecht abgestochen. Derselbe Schnitt wie bei Hollezinsky, vorstellbar auch, dass das Messer eine ähnliche Größe hatte. Chancenlos für ihn, er muss innerhalb kurzer Zeit verblutet sein."

Marlene betrachtete den toten Mann intensiv. Sie prägte sich das Bild des Toten ein: „Konservative Bürokleidung, ungeeignet für einen unterhaltsamen Abend. Nicht leger, nicht schick." Nun durchsuchte sie die Taschen des Opfers. „Geld- und Wertsachen fehlen."

„War betrunken, ist also vielleicht irgendwo hier eingekehrt. Der Alkoholfahne nach hat er dort extrem viel ausgegeben", ergänzte Seligman. „Also entwendete der Täter vermutlich Geldbeutel und Handy. Ein Raubüberfall?"

Nein, dachte Marlene sofort bei sich. *Den hätte man dafür nicht so abschlachten müssen.*

„Wegen des alkoholisierten Zustands war sein Reaktionsvermögen verlangsamt. Es wäre ein Leichtes gewesen, dem Angetrunkenen den Geldbeutel zu entreißen, ohne ihn auch nur zu verletzen", überlegte Marlene.

Seligman antwortete: „Anzunehmen. Deshalb also keine Blutspritzer, keine offensichtlichen Anzeichen für einen Kampf." Er betrachtete die Körperhaltung des Opfers und stellte, ohne Marlene anzusehen, beiläufig fest: „Sie sehen müde aus."

„Haben Sie schon mal auf die Uhr gesehen?", erwiderte Marlene verblüfft. „Eigentlich sind Sie doch der Morgenmuffel!" Bislang war der Kollege zu so einer Uhrzeit nicht ansprechbar gewesen. Es geschahen noch Zeiten und Wunder!

„Die Hühner. Meine Großmutter hat sie mit einem Gockel beglückt", stellte Seligman knapp fest.

Marlene lächelte. Obwohl sie jeden Tatort souverän meisterte, so eine menschliche Art erleichterte es ihr.

„Ich brauche sofort eine Einschätzung zur Tatwaffe", wandte sie sich an einen der Polizisten. „Ich möchte umgehend wissen, ob dieselbe Waffe beim Mordfall Hollezinsky verwendet worden sein könnte."

Seligman telefonierte. „Es gibt keine passende Vermisstenanzeige, wäre auch zu früh", teilte er Marlene anschließend mit.

Sein Blick schweifte über die angrenzenden Häuser. „Hier muss es nachts wegen der engen Gasse und den hohen Häusern stockfinster sein. Womöglich eine bewusst ausgesuchte Stelle für ein Verbrechen."

„Stimmt, es ist vorstellbar, dass ihm jemand gefolgt ist und hier seine oder ihre Chance gesehen hat."

In der nächsten Stunde inspizierten die Kommissare den engeren Tatort genau. Die umliegenden Büsche, die angrenzenden Bars. Um diese frühe Morgenstunde war alles geschlossen und so würden sie sich erst im Laufe des Tages auf die Suche nach Zeugen machen können. Nach einiger Zeit gingen sie zu ihren Fahrzeugen, um Weiteres im Präsidium zu besprechen.

Seligman sagte: „Ich hol unterwegs beim Bäcker ein Frühstück. Auch irgendwelche Wünsche, Marlene?"

Verwundert hörte Marlene auf. *Na ja,* beschloss sie, *gleiches Recht für alle, soll er mich beim Vornamen nennen.*

„Danke, nein, Quirin." Interessanter Name eigentlich und dass ein Quirin, ohne zu essen, nicht arbeiten konnte, das wusste sie ja bereits. Nach so einem Anblick brachte Marlene stundenlang nichts hinunter. Merkwürdig – noch nie war jemand der Gedanke gekommen, das könne auch für sie erschreckend sein. Sogar sie selbst war diesbezüglich immer gnadenlos mit sich umgegangen.

Sonst würde ich diesen Beruf nicht schaffen.

Später im Büro packte Quirin seine Schnitzelsemmel aus und nahm genussvoll einen ersten Bissen, als Paul die Bürotür aufriss. Schwungvoll warf Paul sich auf einen Drehstuhl und rollte durchs Büro. Quirin stoppte ihn, indem er aufsprang und den Stuhl an der Lehne packte.

„Der Verstorbene heißt vermutlich Peter Häusler", erzählte Paul. „Beamter, mittlerer Verwaltungsdienst. Seine Frau hat ihn soeben als vermisst gemeldet. Foto stimmt auch. Sie ist zu Hause erreichbar."

Als Paul weiter mit dem Stuhl vor und zurück rollte, wies ihn Marlene mit einem Schmunzeln zurecht: „Wir sind nicht auf dem Spielplatz."

„Das sehe ich genauso", bekräftigte Karla, die Paul gefolgt war und dem jungen Kollegen giftige Blicke zuwarf. „Ich habe soeben mit der Gerichtsmedizin gesprochen. Es ist durchaus möglich, dass es sich um dieselbe Tatwaffe handelt wie bei Hollezinsky", ergänzte sie. „Zumindest, was die Schnitttiefe betrifft."

„Trotzdem - bei einem Messer nur vage einzuschätzen", meinte Marlene.

„Dennoch fragt man sich nach einer möglichen Verbindung der beiden Opfer", stellte Quirin fest. Etwas kitzelte ihn in der Nase und er konnte sich ein lautes Niesen nicht verkneifen.

Karla wich einen schnellen Schritt zurück und fragte mit erhobenen Augenbrauen: „Sie schleppen jetzt aber keine Grippe an, oder? Sie sind ja ganz weiß im Gesicht."

„Keine Sorge, nur Pollen", beruhigte Quirin.

„Gut, mir reicht schon die Aktion mit dem Rad. Der Stahlgruber hat mich für heute fürs E-Bike eingetragen, ohne mich zu fragen. Wer braucht denn ein Mobilitätsprojekt? Gerade bei diesen Witterungsverhältnissen. Es war heute sehr windig draußen", beklagte sich die Kollegin, die ein wollenes Halstuch trug. Sie hatte gleich am Morgen die Nachbarn befragt, ohne Ergebnis, auch die Lokalbetreiber schliefen wohl noch.

Windig? Echt?, wunderte sich Quirin. Er war mit seinem Quad zur Arbeit gefahren. *Herrlich frische Luft, ideal für offene Fahrzeuge aller Art.*

Michael, der zum Gespräch hinzugekommen war, berichtete: „Apropos Rad, wir haben der Sekretärin von Hollezinsky mehrere Fahrräder gezeigt, eine Marke kann nicht zugeordnet werden. Ich vermute, es handelt sich um eine ältere Bauweise, vielleicht 15 Jahre alt."

Quirin wartete wie die anderen auch auf weitere Anweisung von Marlene. Die kam auch prompt.

„Karla, Michael, sucht bitte erneut die Lokale am Tatort auf. Wenn nötig versucht ihr zusätzlich, die Besitzer telefonisch zu erreichen."

„Wieder mit dem Rad?", fragte Karla kläglich.

„Ich muss auch in die Richtung und kann Sie gerne mit dem Motorrad mitnehmen", zwinkerte ihr Paul frech zu.

„Von meiner Seite gibt es zu der Benutzung der Verkehrsmittel keine Vorgabe, es sei denn, mit einem Fahrzeug müssten starke Verzögerungen eingerechnet werden. Das ist unter den gegebenen Umständen nicht möglich", stellte Marlene unmissverständlich klar.

„Auf geht's Karla, in der Altstadt sind wir mit dem Rad schneller unterwegs", argumentierte Michael. Die Beamten trugen keine Uniform und Michaels Kleidung ähnelte seit Tagen einem Fahrraddress. „Zieh dir noch eine Jacke drüber!", riet er ihr nach einem kurzen Blick aus dem Fenster und war schon unterwegs Richtung Fahrradständer. Maulend folgte Karla.

„Dann suchen wir Frau Häusler auf", nickte Marlene Quirin zu und griff zum Autoschlüssel. „Wenn möglich, begleiten wir sie gleich in die Pathologie."

ROB 1945
VON BÖHMEN
NACH FÜSSEN

In den nächsten Monaten half Mama von früh bis spät in der Landwirtschaft auf dem Bauernhof, in dem sie seit ihrer Ankunft in Füssen notdürftig untergebracht worden waren. Mit ihnen lebten auch andere Flüchtlingsfamilien im selben Haus. Jede Familie hatte ein Zimmer. Alles war eng und kalt, nicht so, wie ihr gemütlicher Hof zu Hause. Es gab viel Streit.

Beispielsweise, als Rob und Jana in den Wald zum Spielen liefen, um ein Baumhaus zu bauen. Der Wald war einige Kilometer entfernt und als sie zurückkamen, schimpfte Mutter sie aus: „Jeder von euch hat am Morgen zusätzlich ein Ei bekommen – was tut ihr? Ihr lauft das sofort wieder weg!"

Mutters Recheneinheit in dieser Zeit funktionierte eben in Eiern.

Doch als Mama sah, dass er aus Kubicka das Heft mit den griechischen Geschichten mitgenommen hatte, schimpfte sie nicht. Sie hielt es nur in Händen und ihre Augen wurden feucht. Dennoch plagte Rob das schlechte Gewissen: Vielleicht, wenn er stattdessen den dritten Pulli mitgenommen hätte, womöglich wäre es Anni nicht kalt geworden, dachte er.

Die finanzielle Not war in dieser Zeit ihr täglicher Begleiter. Um genug zu essen heranzuschaffen, schuftete Mutter von früh bis spät. Außerdem tauschten sie einige der Sachen, die sie besaßen, und weil es keine Seife mehr gab, wuschen sie sich die Hände mit Kastanien. Rob mochte diesen herben Duft der Natur.

Hier in Füssen lernten sie neue Dinge und Menschen kennen. Einmal, als er und Jana nach Füssen liefen, merkte Rob, wie Jana erschrak: Ein Mann kam freundlich auf sie zu und sprach mit ihnen. Seine Hautfarbe war braun, fast schwarz. Jana traute sich offensichtlich nicht, dem Mann die Hand zu geben, und als sie es doch versuchte, kontrollierte sie anschließend, ob sie Farbe an den Fingern hätte. Rob erklärte ihr, das sei ein Amerikaner, einige davon seien dunkelhäutig. Er mochte die Amerikaner, sie schenkten ihnen Schokolade oder etwas völlig Neues, mit dem man tolle Blasen pusten konnte: Kaugummi.

Unbehagen bereitete Rob hingegen der Bauer, bei dem sie untergekommen waren. Er konnte nicht glauben, dass der Mann überhaupt in der Lage war, in einem normalen Tonfall zu sprechen. Besonders seine eigenen Kinder schrie er durchwegs an. Rob beobachtete ihn einmal, wie er die Gürtelschnalle öffnete, den Gürtel kraftvoll aus der Hose zog und hinter einem seiner Kinder herrannte. An einem anderen Tag brüllte er besonders, Rob und Jana blieben auf ihrem Zimmer und wagten sich nicht heraus. Am nächsten Tag entdeckte Rob, dass eines der Kinder des Landwirts ein blaues Auge hatte, das andere dunkelrote Striemen an den Armen. Hinkte der älteste Sohn sogar? Im Nachhinein erfuhr er den Grund für den Ausraster. Der Sohn des Bauern hatte eine amerikanische Flagge gefunden und die Kinder hatten damit gespielt.

Mutter nannte den Bauern einen widerwärtigen Nazi. Rob fragte sie, ob Nazis schlecht seien, der alte Rudolf hätte doch gesagt, die Nazis seien stark und dass die Deutschen eine gehobene arische Rasse seien. Mutter erzählte, die Gedanken des Bauern seien vergiftet, genauso wie die Gedanken mehrerer Deutscher und jeder Mensch sei gleich viel Wert. Seither bedauerte Rob den alten Bauern trotz allem ein bisschen, wer wollte schon Gift in seinem Kopf? Gott-sei-Dank war Gift nicht ansteckend.

Jedes Mal, wenn Rob aus ihrem Zimmer ging, lauschte er vorab an der Tür. Er achtete darauf, dass er dem Bauern nicht im Flur begegnete. Deshalb war er erleichtert, als die Amerikaner den Bauern holten und erst mal nicht zurückbrachten.

Die Bäuerin schien sich ebenso zu freuen, genauso wie die Kinder. Ab dem Tag wurde es gemütlicher im Haus und sie saßen oft gemeinsam in der Bauernstube vor dem Ofen und spielten „Reise in die Ewigkeit". Bei dem Spiel erfuhr man, ob man geizig oder großzügig war.

Man würfelte und zog. Landete man auf dem Feld: „Naschen" wurde man mit „zurück auf Nummer 7" bestraft und bei „Sanftmut" mit „Vorrücken auf 81" belohnt. Es gab auch ein Feld, das führte direkt ins Fegefeuer als „Ort der Buße", da durfte man „6-mal nicht werfen". Jana war mit einer drei sogar schon in den Himmel gekommen, das galt als „Krone der Vergeltung".

Einmal, an dem Tag, als die Bäuerin den angesetzten Schlehenlikör aufräumte, erklärte sie beim Spiel kichernd, der Bauer sei hoffentlich auf Feld 47 in die Hölle gekommen, da gebe es „keine Erlösung". Das Feld war schwarz und rot, darauf stand: „Der Spieler tritt ab".

Zur Erleichterung aller tauchte der Bauer tatsächlich nicht wieder auf. Es hieß, er sei in einem Gefängnis. Vielleicht wegen dem vergifteten Kopf, überlegte Rob.

THEO

Bereits seit zwei Stunden beschäftigte Theo sich mit dem Einrichten des Schultablets für Ravina. Fluchend saß er am großen Küchentisch, umgeben von Tablet, Ladekabel, Kopfhörer und sah sich ein You-Tube-Video nach dem anderen an. Neben ihm lagen Schulbücher, Hefte und Stifte der Kinder. War er hier der Einzige, der regelmäßig aufräumte? Ungeduldig warf er einen Blick auf die Uhr, sie brauchte das Tablet schon morgen.

Ravina war neben ihm und las Jack ein Buch über Haie vor.

„Der Schwarzspitzenriffhai, sein lateinischer Name ist Carcharhinus melanopterus."

„Hinus Rus!", brabbelte Jack brav nach und deutete auf den Hai im Buch.

„Gut gemacht", lobte Ravina schulmeisterlich. „Er hat schwarze Spitzen an den Flossen. Siehst du?"

Theo steckte das Tablet an die Ladestation und begann, die Küche aufzuräumen, zwischendurch schielte er auf Unterlagen, die auf dem Küchentisch lagen. Neue Verordnung zur erweiterten Grundqualifizierung Führerschein Klasse CE. Für den Theorieunterricht an der Fahrschule musste er sich auf dem Laufenden halten. Lilly verbrachte einige Tage auf einer Konzertreise in Frankreich und so schmiss er die Kinderbetreuung, den Haushalt und seine Arbeit allein. Da war zu Hause viel los und Theo voll beschäftigt. Wenn keiner der Kinder aus der Reihe tanzte, was selten der Fall war, bekam er das dennoch hin.

Mariella erwartete Besuch. Theo fragte wie beiläufig: „Kommt wieder der Typ mit der Dauerwelle im Deckhaar und dem Tattoo im Nacken? Ist der jetzt dein Freund?"

Schlagartig errötete Mariella und wisperte: „Der Basti? Was denkst du? Neeiiiin!"

„Aber er ruft jeden Tag an, schaut dich an, als kämst du vom Himmel und neulich hat er dich geküsst."

„Hast *du* das gesehen?" Mariellas Backen glühten. „Okay, Basti kommt nachher. Aber mein Freund ist er nicht. Glaub ich zumindest. Weißt du, er hat mich noch nicht gefragt." Ihr Blick huschte zu ihren Fußspitzen.

Theo würde den Typ am liebsten zum Mond schießen, dennoch antwortete er: „Vielleicht denkt Basti, er ist dein Freund, auch wenn er dich nicht explizit gefragt hat, ob du mit ihm gehen willst."

„Wohin soll ich denn mit ihm gehen?" Theo freute sich, als er merkte, wie kindlich sie noch sein konnte. Sie würde immer seine Kleine bleiben. „Nirgendwohin, mein Schatz, das möchte ich klarstellen."

Sie wirkte so verletzlich und gar nicht mehr cool.

Sanft ergänzte er: „Das mit dem Gehen ist eine alte Redewendung."

„Meinst du, er will mit mir zusammen sein?" Ihre Lider flackerten aufgeregt.

Nun also Basti. Wenige Minuten später war Basti bei Mariella. Das bereitete Theo Kopfzerbrechen, denn in Mariellas Zimmer war es eindeutig zu still. Nach einer geschlagenen Stunde erst kamen sie zu ihm in die Küche. Theo nahm sich vor, den Typ genauer unter die Lupe zu nehmen.

Ihm entging nicht, wie Basti seine Unterarme entsetzt anstarrte. Dunkelrote Spritzer zogen sich quer über Theos Schlangen-Tattoo. Es sah aus, als käme er direkt aus einer Schlägerei.

„Schön, dass du uns besuchst, Basti." Betonung legte Theo auf „uns". „Was machen eigentlich deine Eltern beruflich und wie läuft's bei dir in der Schule?" Eiskalt ignorierte Theo Mariellas hochgezogene Augenbrauen. Wie beiläufig schenkte er ihnen je ein Glas Orangensaft ein. Theo versuchte gar nicht erst, locker zu wirken und seine Ohren waren gespitzt wie die eines Luchs.

Basti und Mariella saßen auf den hohen Barstühlen an der Küchentheke, während Theo Himbeeren aus einem Sieb in einen großen Topf füllte. Am Vormittag hatte er die Beeren im Garten gepflückt. Sie waren überreif und mussten zu Marmelade verarbeitet werden. Die Spritzer stammten vom Pürieren.

Amüsiert beobachtete Theo aus den Augenwinkeln ein Aufatmen bei diesem Basti. *Hat er's also gecheckt, schade eigentlich.*

Theo zerkleinerte weitere Früchte, gab Gelierzucker hinzu und rührte um, während die Masse köchelte. Zeitgleich erfragte er fast den kompletten Lebenslauf des Jungen. Als Mariella kurz ins Bad verschwand, nutzte Theo außerdem die Gelegenheit. Er wusch sich Hände und Arme, nahm das leere Päckchen Gelierzucker, reichte es Mariellas Gast und deutete auf die Kochanleitung auf dem Päckchen.

„Übrigens – schon mal was von der 3:1-Regel gehört, Sebastian?", absichtlich sprach er den vollen Namen des Jungen aus und zog ihn in die Länge. „Lies nach!", forderte er ihn auf, während er den Topf vom Herd nahm und die zähe Flüssigkeit in die vorbereiteten Gläser goss.

„Ich weiß nicht, wie das gemeint ist", Basti starrte auf die Zubereitungshinweise und runzelte sichtlich verwirrt die Stirn.

„Noch nie Marmelade gekocht, oder wie?", fragte Theo mit forschendem Blick.

Zufrieden registrierte er, wie Basti verschüchtert den Kopf schüttelte.

Sogleich setzte Theo nach: „Versteh das als Metapher, Junge." Seine Stimme nahm einen gutmütigen, väterlichen Ton an. „Deine Treffen mit meiner dreizehnjährigen Tochter haben das gleiche Mischverhältnis wie der Zucker und die Früchte. Drei zu eins. Du kommst drei Mal zu uns, bis sie wieder einmal zu dir fährt. Geholt und gefahren wird äußerst selten. Du hast ein Rad. Sie dagegen fährt nicht allein mit dem Rad."

Theo legte eine Pause ein und musterte den Jungen genau, um in deutlich langsamer Sprache fortzufahren, so als spreche er mit einem kleinen Kind. „Hast du's nun verstanden?"

„Über was sprecht ihr?", fragte Mariella, als sie wieder in die Küche kam.

„Marmelade", brach es aus Basti hervor und er rutschte sichtlich nervös von seinem Hocker.

„Drei Mal Frucht und einmal Zucker", Theo grinste verschlagen.

Als sein Handy klingelte, wischte er sich kurz die Finger am Geschirrtuch ab, griff nach dem Telefon und verschwand auf die Terrasse.

„Anton, wie geht's mit deiner Mutter?", eröffnete er das Gespräch. Eigentlich hätte er ihn fragen wollen, ob das Date geklappt hatte, zu dem Theo seinem Freund vor Kurzem mittels einer App verholfen hatte.

„Sie ist nicht gekommen."

Sofort wusste Theo, dass Anton nicht von seiner Mutter sprach. „Schade. Dann war sie es aber auch nicht wert." Die Frauen und Anton, das war eine Geschichte für sich. Theo seufzte. „Wir schnitzen dir eine Frau. Liebevoll, freundlich, lustig."

Schweigen.

„Was machst du heute noch?", fragte Anton.

„Hab leider keine Zeit", antwortete Theo.

„Sagst du grad öfter."

„Stimmt. Du brauchst eine Partnerin, dann biste nicht so einsam." Jetzt fiel Theo ein: „Schau morgen bei uns vorbei, Lilly kommt von der Konzertreise zurück und ich koch uns was."

„Meinst du, sie spielt was vor?", fragte Anton und Theo hörte einen hoffnungsvollen Seufzer. Theo wusste, sein Freund verehrte Lilly in höchstem Maße. Lilly quatschte gern mit ihm, nahm ihn viel zu ihren Konzerten mit, während Theo auf die Kinder aufpasste.

„Für dich sicher."

Nach dem Gespräch ging Theo wieder in die Küche, schaute aus dem Fenster und bemerkte Mariella und Basti. Die beiden machten sich gerade auf den Weg zur Bushaltestelle.

„Stopp!" Theo riss das Küchenfenster weit auf. „Ein Geschenk für deine Eltern." Er reichte ein Glas Himbeermarmelade aus dem Fenster. Vorsichtig hielt er es am Deckel, um sich nicht zu verbrennen.

„Drei zu eins, ich hab's verstanden", meinte Basti.

„Ist besser so, glaub es mir", Theo zwinkerte ihm freundschaftlich zu. Gelassen sah er, wie der Junge das Glas schnell in seine Tasche fallen ließ und die schmerzenden Finger pustete.

„Verbrenn dir nicht die Finger, ist zu heiß für dich", ergänzte er süffisant.

Nun würde er etwas Ruhe haben. Jack schlief und Ravina spielte in ihrem Zimmer. Theo mochte das volle Haus, die Kinder, Freunde, selbst Basti fand er auf den ersten Blick in Ordnung, gestand er sich ein, doch in den letzten Tagen fühlte er sich oft erschöpft, ausgelaugt.

Es gab dafür einen bestimmten Grund: Da war wieder einer der Briefe im Briefkasten gelegen.

Weißt du, was in jener Nacht geschah?
Wer wars: Vater oder Sohn?
Sicher eine interessante Schlagzeile.
10.000 bis morgen.

Auf der Rückseite standen wie beim letzten Mal Ort und Uhrzeit der Übergabe. Aus reinem Optimismus war Theo davon ausgegangen, dass nach dem ersten Brief kein weiterer folgen würde.

Wie naiv.

Er hatte recht behalten. Tatsächlich, da wollte jemand das Drama seiner Familie ausschlachten, und zwar für die Presse!

Vaters und Andres Ruf darf nicht in den Dreck gezogen werden!

Sein Vater war sehr bekannt gewesen. Bislang wurde das Verbrechen der damaligen Einbruchserie zugeschrieben, doch was wäre, wenn die Medien sich über der Geschichte zerreißen würden?

Theo sah die Schlagzeile schon vor sich:

Erweiterter Suizid: Wenn der Vater sein erwachsenes Kind mit in den Tod nimmt.

Oder andersherum.

Führten seelische Abgründe zur Verzweiflungstat des Sohnes?

Theo überlegte. Hatten die Briefschreiber recht mit: *Vater oder Sohn?* Sollte tatsächlich einer der Männer den anderen getötet und danach sich selbst hingerichtet haben?

Welche Ursachen konnte es für eine solche Tat geben? Litten Andre oder sein Vater an einer unerkannten psychischen Erkrankung? Theo hatte mal gelesen, manche Männer wurden von heute auf morgen zum Mörder, wenn sie das Gefühl hätten, der Boden unter ihren Füßen würde ihnen weggerissen werden. Das geschah beispielsweise bei einer Trennung oder wenn ihre Lebensplanung zerstört wurde.

War das der Fall gewesen? Wessen Lebensplanung könnte geplatzt sein? Hatte Andre andere Ziele, die Vater nicht zulassen wollte oder traf es Vater so sehr, falls Andre sich entschied, die Firma nicht zu übernehmen? Warum nur nimmt jemand die liebsten Menschen mit in den Tod?

Theo traute so eine Tat weder Vater noch Andre zu. Eine solche Handlung war doch menschlich gesehen eine komplette Bankrotterklärung. Aber wer weiß, vielleicht hatte er zu viel übersehen?

Seit langem brannte eine Frage unter seiner Brust: *Warum nur habe ich vorher nichts wahrgenommen, hätte ich etwas dagegen tun können?*

Will ich wirklich wissen, was passiert ist?, fuhr es ihm durch den Kopf.

Womöglich wäre es das Beste gewesen, umgehend zur Polizei zu gehen und von den Erpressungen zu berichten. Bei diesem Gedanken fiel Theo jedoch wieder ein, wie damals die Zeitung sofort nach dem Unglück die Geschichte ausgeschlachtete hatte. Fast so, als hätte die Polizei nichts Wichtigeres zu tun gehabt, als umgehend die Öffentlichkeit zu informieren. Es waren private Details zu lesen gewesen. Für Theo eine unerträgliche Situation.

„*Nein!*", schrie Theo. Erst zu spät fiel ihm auf, dass Ravina erschienen war und er das laut herausposaunt hatte, worauf Ravina fragte: „Papa, ist alles gut?"

„Schatz, du wolltest duschen."

„Ich war doch erst!"

„Letzten Donnerstag! Auf geht's."

Folgsam trottete Ravina ab.

Theo dachte an den Brief. Auf dem Computer geschrieben. Wer um alles in der Welt hatte die Zeichnung besessen und jahrelang aufgehoben? Sie zogen seine Familie in den Dreck, wenn er nicht zahlte, so viel war klar.

Am nächsten Abend, als Lilly wieder zu Hause war und Anton und den Kindern vorspielte, machte sich Theo auf den Weg, um zum zweiten Mal Geld zu übergeben. Die 10.000 Euro hatte er von seinem Erbe abgezweigt. Theo erzählte Lilly, er würde sich mit Arbeitskollegen zum Pizza-Essen treffen. Lilly wunderte sich, dass das an einem Sonntag stattfand, er argumentierte jedoch, an anderen Tagen hätte meist einer von ihnen eine Fahrstunde. Das war gelogen, wie gedruckt, daran würde Theo sich nie gewöhnen, und doch – es kam ihm schon leichter über die Lippen. Er konnte ihr nicht die Wahrheit erzählen, denn was in aller Welt würde eine Frau über ihren Mann denken, wenn sie wüsste, dass er aus einer Familie von Mördern stammte? Carolas höhnische Worte hatten sich in Theos Gehirn gebrannt. Wenn Lilly alles wüsste, würde sie ihn selbst dann noch wollen?

Es war schon dunkel, als er am Fünffingerlesturm in der Innenstadt unter einer Bank die Geldbündel deponierte.

Danach bog Theo ab, um einige Ecken, in die Spielhalle, nur für ein paar Minuten, nahm er sich vor. Sich amüsieren, Druck ablassen, erneut gewinnen. In der letzten Zeit lief es nicht gut, daher erhöhte er den Einsatz.

Lieber wäre er mit Andre um die Häuser gezogen oder mit dem Rad an den Lech gefahren, um dort wie früher heimlich eine zu rauchen. Stundenlang hätten sie gelacht, geschäkert.

Karten gespielt.

Doch heute wurde aus Spiel - *Ernst*.

EHEGLÜCK

Quirin Seligman und Marlene König standen vor dem gepflegten Reihenhaus von Peter Häusler, dem vermutlichen Mordopfer. Der Garten war akkurat gestaltet, weit und breit kein Unkraut zu sehen. Quirin hasste solche Gärten. Es gab nicht viel Grün, jedoch jede Menge Beton und Steine.

Natur kann nicht ordentlich sein, dann ist es nicht mehr Natur, war seine Einstellung.

Er ertappte sich, wie er Rückschlüsse auf die Bewohnerin des Hauses zog. War sie ein übertriebener Hausfrauentyp, eine, die Ordnung und Sauberkeit zur neuen Religion erklärte? *Schubladendenken,* schimpfte er sich selbst. *Das hat bei professioneller Polizeiarbeit nichts zu suchen.*

Frau Häusler öffnete und bat die Polizisten sichtlich aufgeregt herein. Vorab hatte sie angegeben, sie wünsche, dass der Dienstwagen nicht vor ihrem Hause parke. Der Nachbarn wegen.

Wenn Quirin im Garten die Natur vermisste, so erstickte er jetzt förmlich an der Dekoration des Hauses. Keramikpuppen mit seltsamen Gesichtern saßen auf den Fensterbrettern und in den Ecken baumelten Stoffclowns von der Decke. Der Boden im Wohnzimmer war gefliest und blitzblank, alles wirkte kalt und steril.

Klinisch rein, vermutlich kann man hier vom Fußboden essen, dachte Quirin. Unwillkürlich empfand er Unbehagen.

„Haben Sie meinen Mann ausfindig gemacht?", fragte Frau Häusler und ihre Lippen verzogen sich zu einem beherrschten Strich.

Sie passt hierher, fand Quirin.

Eine Frau, deren Alter nicht geschätzt werden konnte. Gepflegte Kleidung, unscheinbar gehalten, vermutlich, um die paar Kilogramm zu viel zu verdecken.

Akkurat, glatt und kühl, so wie die Perlen um ihren Hals.

„Seit wann vermissen Sie Ihren Mann?", fragte Marlene.

„Mein Mann war schon öfter mit seinem Kollegen Herbert unterwegs. Bislang kam er zum Frühstück um spätestens 8:00 Uhr pünktlich zurück."

„Wo verbringt er dann die Nächte, bei Herbert?", bohrte Marlene nach.

Jetzt rümpfte die Häusler die Nase. „Das versichert er mir. Ein bisschen Freiheit braucht ja jeder, aber zum Frühstück spätestens ist er normalerweise hier."

„Wie alt ist ihr Junge?", fragte Quirin, als er Familienbilder über dem Kachelofen studierte.

„Vierzehn", für einen winzigen Moment wurden ihre Gesichtszüge weich. „Für die Erziehung meines Sohnes bin ich zu Hause. Es ist mir wichtig, dass er nicht zu einem Schlüsselkind wird, wie das bei vielen Berufstätigen der Fall ist", betonte sie.

„Das heißt, Sie sind Hausfrau?", wollte Marlene wissen.

Frau Häusler nickte.

„Und nun ärgern Sie sich, weil er nicht zur gewünschten Uhrzeit eingetroffen ist", brachte es Quirin auf den Punkt.

„Machen Sie sich denn Sorgen um Ihren Mann?", fragte Marlene.

Es wirkt eher, als wolle sie ihm eines auswischen, stellte Quirin irritiert fest.

„Wenn Sie wüssten, wie der Herbert ist!", fuhr Frau Häusler auf.

„Erzählen Sie uns bitte, wie er ist, und teilen Sie uns seinen Nachnamen mit", forderte Marlene sie auf.

„Herbert Rückl. Er fährt regelmäßig nach Thailand oder auf die Philippinen, wenn Sie wissen, was ich meine. Und den Peter schleift er in die Augsburger Bars mit. Der Herbert ist schmierig, unanständig." Frau Häusler setzte sich auf einen Wohnzimmersessel. „Den müssen Sie aufsuchen."

Nach kurzer Überlegung begann Quirin: „Wir kommen, weil wir am Morgen einen Toten aufgefunden haben, in der Augsburger Altstadt. Ihre Beschreibung hinsichtlich Kleidung und Aussehen Ihres Mannes deckt sich mit der des Opfers."

Er musterte Frau Häusler. Ihr Gesichtsausdruck blieb versteinert. Keine Gefühlsregung war an der Oberfläche erkennbar, zubetoniert, wie jedes Stück Grün in der Einfahrt. Eine belastende Situation, jedoch womöglich aufschlussreich.

„Kann ich den Toten sehen?" Ihr Blick verlor nicht an Härte.

„Mein Sohn kommt erst um vier von der Schule." Sie räusperte sich.

Die Kommissare begleiteten sie zum Auto und fuhren mit ihr in die Gerichtsmedizin. Gemeinsam gingen sie zu dem abgedeckten Leichnam.

„Darf ich?", fragte Marlene.

Als Frau Häusler nickte, zog sie vorsichtig das Tuch über das Gesicht des Toten, den Hals ließ sie aufgrund der starken Verletzung bedeckt. Die Augen des Verstorbenen waren verschlossen, er wirkte friedlich, so, als schlafe er.

„Peter. Ja", sprach Frau Häusler in monotonem Tonfall. „Er ist es."

„Sollen wir draußen warten?", fragte Quirin behutsam.

Als Frau Häusler nicht antwortete, wollten Marlene und Quirin sich zurückziehen, die Ehefrau einige Minuten mit ihrem Mann allein lassen.

Doch was jetzt kam, damit hatten sie nicht gerechnet. Mit einem Ruck zog Frau Häusler dem Verstorbenen das gesamte Tuch weg. Quirin erschrak, als sie loswetterte: „Du musstest wieder nur dein Ding durchziehen, - hast du das gebraucht? Wo warst du die letzten Stunden deines Lebens?" Sie starrte dem reglosen Körper zwischen die Beine und wurde lauter. „Ein anderes Weib? Für einen schnellen Spaß warst du unterwegs. Wir haben dir nicht gereicht, oder?" Jetzt schrie sie durch die sterilen Räume, es hallte von den Wänden wider.

Quirin und Marlene versuchten, sie an den Armen zu packen und wegzuziehen. Aber nun geschah etwas, das Quirins Blut vollends zum Überkochen brachte: Die Häusler riss sich von den Kommissaren los, packte den Toten an den Schultern, schüttelte ihn durch und spuckte ihm ins Gesicht.

Quirin reagierte sofort. Mit eisernem Griff fixierte er die tobende Frau und schob sie von der Leiche weg.

„Auch ein Toter hat seine Würde!", fauchte er die Häusler an, als er sie nach draußen zerrte und an das eingetroffene Kriseninterventionsteam übergab.

„Das hat er sich selbst zuzuschreiben", erwiderte sie kalt, nun wieder Herr ihrer Sinne.

Jeder empfindet Verlust anders, versuchte Quirin sich einzureden. So eine Nachricht löste unweigerlich einen Schock aus. Und trotzdem, die Kälte, die Clowns, der betonierte Garten – er konnte die Fluchtgedanken des Mannes nur allzu gut nachempfinden.

Frau Häusler wurde von den Mitarbeitern der Krisenintervention auf eine Bank gesetzt.

Als sie sich etwas beruhigt hatte, atmete Quirin tief durch und versuchte nun, mehr zu erfahren. „Ihr Mann ist ermordet worden", begann er. Eigentlich war dieser Umstand deutlich an der Leiche sichtbar, deswegen sparte er sich weitere Erklärungen zu den Todesumständen.

„Was sagt denn Ihr Arzt? Hatte mein Mann in seiner Todesnacht Geschlechtsverkehr?", kam als Gegenfrage.

Offensichtlich hatte sie ihn nicht verstanden. Oder war das alles, was sie interessierte? Jetzt sah Quirin, wie sie zitterte. Wie war es, wenn man sein ganzes Leben nur auf Sicherheit gebaut hatte, Ehe, Festanstellung, Familie, Haus? Nichts drüber hinaus. Reichte das für das hoch gepriesene kleine Glück? Oder platzte die Bombe, wenn einer nicht mehr mitspielte?

„Kennen Sie Herrn Hollezinsky?", fragte Marlene unvermittelt und auch Quirin konnte sich sofort vorstellen, dass Frau Häusler in ihrer Wut zu vielem fähig war.

Frau Häuslers Nase kräuselte sich geringschätzig nach oben. „Wer kennt den nicht? War ja ständig mit einem anderen Flittchen in den Schlagzeilen."

„Wo waren Sie gestern Nacht?", wollte Marlene wissen.

„Da, wo jede Frau nachts hingehört: ins Haus ihres Kindes!", antwortete Frau Häusler hochtrabend. „Da geh ich jetzt wieder hin, eine weitere Aussage von mir gibt es nicht." Sie schüttelte die Sanitäter, die ihr ein Beruhigungsmittel verabreichen wollten, grob ab. „Aber den Herbert - den bring ich in die Hölle!", zischte sie, sprang auf und rannte nach draußen.

Die Sanitäter wollten ihr folgen.

Quirin stoppte sie. „Können Sie Frau Häusler zu Hause aufsuchen? Ihr Sohn wird wohl auch bald heimkommen."

Als sie das Gebäude verließen, hielt sie einer der Sanitäter aufgeregt auf. Die hintere Tür des Krankenwagens war sperrangelweit geöffnet und im Wagen herrschte ein heilloses Durcheinander.

„Sie muss in den unverschlossenen Krankenwagen eingedrungen sein", berichtete er atemlos. „Ein Passant hat sie gesehen, bevor sie weiterrannte."

„Fehlen Instrumente, mit der sie sich oder jemand anderen verletzten könnte?", fragte Marlene und ein schlimmer Verdacht machte sich in ihr breit.

Nachdem der Sanitäter die Ausrüstung des Krankenwagens überprüft hatte, bejahte er: „Eine spitze Schere."

„Sie hat es auf den Herbert abgesehen." Marlene meinte jedes Wort ernst. Frau Häuslers heiles Familienbild war zerstört. Vater, Mutter, Kind – da passte kein schmieriger Kollege dazu, der dem Gatten Flausen in den Kopf setzte. Sie hing bereits am Telefon, um die Adresse des Kollegen des Opfers ausfindig zu machen. Nach zwei Telefonaten war klar, dass er sich im Amt an seinem Arbeitsplatz befand. Ihren Kollegen im Schlepptau lief sie zum Auto, sie schlängelten sich im Eiltempo durch die Innenstadt und standen schon bald vor dem Bürogebäude des Finanzamtes. Wenn ihre Befürchtungen zutreffen würden, waren sie hoffentlich vor Frau Häusler da. Sollte sich die Häusler wirklich an dem Amtskollegen rächen wollen, hätte sie die Straßenbahn nehmen oder ein Taxi rufen müssen.

Geistesgegenwärtig veranlasste Marlene die Schließung der Behörde.

Es war zwar nur eine Vermutung, aber die Gefahr eines Anschlages durch die tobende, zu allem bereite Frau war ihr zu groß. Oft hatte sie im Job Menschen erlebt, die grausame Dinge taten, weil ihr Lebensplan zerplatzte.

Die schwere Eingangstür wurde versperrt und weitere Streifenwagen angefordert. Neugierige Blicke folgten ihnen, als die Kommissare über das weitläufige Gebäude die breite Treppe hoch drei Stockwerke nach oben hechteten. Mag sein, sie lagen falsch und Frau Häusler war nach dem Schock nach Hause gegangen, um sich darauf vorzubereiten, den Sohn über den Tod des Vaters zu informieren, doch wozu dann der Einbruch in den Krankenwagen? Marlene war das Blitzen in ihren Augen aufgefallen.

„Zimmer 324", wiederholte Quirin die Information der Pförtnerin.

„Hier sieht jede Tür gleich aus", bemerkte Marlene außer Atem. Die Gänge waren weiß und lang und die Türen in zartem Grün gestrichen. Das ganze Gebäude verfügte offensichtlich über einen quadratischen Rundgang.

Zweimal abbiegen und sie standen vor der Tür. „Herbert Rückl", stand auf dem Schild. Marlene legte den Zeigefinger an die Lippen. Sie öffnete, ohne anzuklopfen.

„Hallo, hallo, haben Sie keine Manieren?", tönte es sichtlich empört hinter einem hölzernen Schreibtisch. Der Mitarbeiter lümmelte in seinem Stuhl, anscheinend hatte er gerade aus dem Fenster gesehen.

Er wirkt, als hätte man ihn bei irgendetwas ertappt, fiel Marlene auf. *Bestenfalls beim Nichtstun. Worst Case beim Nasebohren.*

Unwillkürlich starrte Marlene auf seine Finger und verzog das Gesicht, ungepflegte Hände, ein widerlicher Schmutzrand unter den Nägeln.

„Herbert Rückl?", fragte Quirin.

„Wer will das wissen?"

„Kripo. König und Seligman", Marlene zückte ihren Dienstausweis. Als Quirin sich wie so oft auf die Suche nach seinem Dienstausweis machen wollte, schüttelte sie fast unmerklich den Kopf. Anscheinend verstand er, jedenfalls beschäftigte er sich nicht wieder damit, die nächsten zehn Minuten in seiner Tasche zu wühlen.

„Wie kann ich den Herrschaften von der Polizei behilflich sein?", jetzt leuchtete die Neugierde aus Rückls Gesicht.

Der spricht nicht erstmals und vielleicht auch nicht letztmalig mit der Polizei. Marlene konnte sich vorstellen, dass er einer war, der Dreck am Stecken hatte. Mag sein, sogar einer von der üblen Sorte, jemand, der nach außen hin den Saubermann markierte, aber die Abende in einem der Bordelle verbrachte, wo sich keine der Angestellten traute, über Zwangsprostitution oder Menschenhandel zu sprechen.

Von draußen waren Schreie und laute Stimmen zu hören. Marlene und Quirin eilten zum Fenster und schauten hinunter zum Eingang. Tatsächlich: Da war die Häusler mit einem Gegenstand in der Hand, mit dem sie wild fuchtelnd auf die Eingangstür zu rannte. Was es war, das konnte Marlene auf die Entfernung nicht ausmachen. Es dauerte einige Minuten, bis es den Polizisten gelang, die aufgebrachte Frau zu überwältigen und abzuführen.

Herbert Rückl war auch zum Fenster gegangen.

„Wissen Sie, was Frau Häusler von Ihnen wollte?", fragte Marlene.

Er grinste. „Das müssen Sie sie schon persönlich fragen."

„Sie fragt aber Sie", entgegnete Quirin unwirsch.

„Ihr Mann ist heute nicht zum Dienst erschienen. War schon einige Wochen nicht mehr krank, vielleicht macht er diese Woche blau." Der Rückl runzelte überlegend das Gesicht.

„Hat er sich bei Ihnen gemeldet?", wollte Quirin wissen.

„Ist das alles, was Sie wissen wollen? Ob mein Kollege mir von angeblichen Rückenproblemen erzählt? Welchen Grund gibt es wirklich, warum Sie mich persönlich besuchen?" Herbert Rückl nahm einen Bleistift und kaute auf dem Ende herum. Angewidert drehte Marlene den Kopf zur Seite, der Stift war schon halb abgenagt.

„Ihr Kollege wurde gestern Nacht Opfer eines Mordanschlags", berichtete Marlene.

„Waaaas? Der Peter? Warum sagen Sie das nicht gleich? Die arme Frau!" Er schlug unvermittelt laut krachend mit der flachen Hand auf den Tisch. Marlene nahm ihm sein vorgeführtes Mitgefühl keine Sekunde lang ab.

„Vielleicht können Sie uns sagen, wo er sich letzte Nacht aufhielt. Angeblich kennen Sie sich in der Szene gut aus", entfuhr es Quirin.

„Wer behauptet das?", kam die prompte Rückfrage.

„Laut Aussage der Ehefrau waren sie vermutlich die letzte Kontaktperson des Ermordeten. Ich muss Sie bitten, mit uns zu kommen. Während der Fahrt können Sie uns erzählen, wo sie die letzte Nacht verbracht haben", bestimmte Marlene.

„Aber gerne, wo Sie mich gerade so engagiert vor Selbstjustiz bewahrt haben."

Marlene konnte sich des Eindrucks nicht verwehren, dass die Umstände für den Rückl eine willkommene Abwechslung darstellten.

Er griff nach Jacke und Tasche und folgte den Kommissaren. Über die neugierigen Blicke, die er in den Gängen von Kollegen auf sich zog, musste er grinsen.

Marlene war angewidert: Wenn man bedachte, dass ein enger Kollege und Freund von ihm getötet worden war, wäre Betroffenheit eher angebracht.

IN NACHBARS
GARTEN

In den darauffolgenden Nächten schlief Lilly Rommels schlechter als sonst. Sie wurde das Gefühl nicht los, dass dunkle Wolken in ihr sonst so sonniges, warmes Leben zogen. Nur war sie sich nicht klar, aus welcher Richtung der Wind blies. Eine gewisse Unruhe begleitete sie und obwohl Jack die letzten Nächte durchschlief, wachte Lilly oft auf.

Es war keine Ausnahme, dass Theo nachts draußen war, bemerkte sie. Immer wieder blieb er für einige Stunden weg.

Machten das Männer, die eine Affäre hatten? Die hübsche blonde Sekretärin der Fahrschule womöglich? Quatsch, verwarf Lilly dieses Gedankenkarussell sofort. Das konnte sie beim besten Willen selbst nicht glauben.

Dennoch, bei einem Abendspaziergang durch die an ihr Haus angrenzenden Straßen sprach sie das Thema an. „Theo, regelmäßig bist du nachts weg, mal für eine Stunde, mal für zwei Stunden. Was tust du in dieser Zeit?", wollte sie wissen.

„Wenn ich kurz frische Luft schnappe, kann ich danach wieder besser einschlafen", antwortete Theo, hakte sich bei ihr unter, blieb stehen und betrachtete einen besonders gepflegten Garten einer der Reihenhäuser.

„Hast du Schlafprobleme?", fragte Lilly.

Theo nickte. „Ich möchte aber nicht, dass du deshalb aufwachst! Sieh nur, die Hortensien wachsen auch schon."

„Gibt es etwas, über das du viel nachgrübelst?", bohrte Lilly nach.

„Damit will ich dich nicht belasten. Die Kinder, der Job, der Haushalt, das kostet dich sowieso viel Kraft", wandte Theo ein.

Lilly fiel sofort auf, dass er sie nicht ansah. Wie ein versierter Botaniker inspizierte er die Nachbargärten.

Er will sich rauswinden, merkte Lilly.

„Bla, bla! Raus mit der Sprache: Was ist? Ich spüre doch, dass etwas nicht passt."

Zögernd gestand Theo: „Na ja, hast schon recht. Mit einer Fahrschülerin gibt es größere Probleme."

Lilly hörte sich die Erzählung über die ältere Fahrschülerin an. „Seit sich ihr Mann von ihr getrennt hat", so beklagte sich Theo, „ist sie auf mich fixiert. Sie schreibt mir Briefe, schickt Fotos oder ruft regelmäßig an."

Er stöhnte auf: „Ich habe sogar den Verdacht, dass sie absichtlich durch die Prüfung gerasselt ist, nur um weitere Fahrstunden zu erhalten."

„Du musst was dagegen tun!", forderte Lilly. „Gerade wenn dich das so belastet."

„Erst gestern hab ich Klartext mit ihr gesprochen. Ich denke, sie hat es verstanden und lässt mich nun in Ruhe. Nervig, aber sie tut mir trotzdem leid", erklärte er.

„Na hoffentlich kapiert sie das. Du hättest mit mir drüber sprechen können", stellte Lilly fest.

„Ist wahr", Theo nickte.

„Einfühlsam, charmant, gutaussehend, bist eben ein Prachtexemplar. Trotzdem, pass bitte auf dich auf", forderte Lilly und zog ihn von dem Garten mit den duftenden Rosen weiter. „Die anderen Gärten haben auch schöne Blumen", ergänzte sie augenzwinkernd. „Gepflückt wird allerdings nur in unserem."

Sie sahen sich an und mussten beide lachen.

Obwohl sie sich hin und wieder zofften, ihr Zusammensein erfüllte Lilly wie am ersten Tag mit einer einnehmenden Wärme, die sie bis in die letzten Winkel ihres Herzens spürte.

Für dich, mein Schatz, würde ich weit gehen –
wie weit, das kannst nicht mal du dir vorstellen.

STILL
LOVING YOU

Stella Rommels fuhr mit ihrem Opel Corsa die Landstraße entlang, vorbei an Getreidefeldern, Ortschaften und Waldstücken. Sie war beim Einkaufen in einem Dorfladen gewesen und wollte nun noch einen Abstecher bei Lilly und den Kindern machen. Aus Gewohnheit schaltete sie das Radio an. Der Moderator kündigte mehrere Stücke ihrer Lieblingsgruppe an, die Scorpions! Beim ersten Akkord erkannte sie sofort den Song, der jetzt kommen würde: *„Send me an angel"*. Stella summte mit. Sie spürte die Sehnsucht in jeder Strophe, fühlte den Schmerz, der sie seit dem Tod von Andre und Rob jeden einzelnen Tag begleitete. Ein Kind zu verlieren, das war, als reiße man einem das Herz bei lebendigem Leibe heraus. Das würde sie nie verkraften, auch heute noch, Jahre danach, weinte sie sich regelmäßig in den Schlaf, wenn sie an ihren Jungen dachte. Und sie vermisste ebenso ihren Mann und auch das sorgenfreie Leben, das Rob ihr geboten hatte. Aus einem inneren tiefen Gefühl war Stella sicher, beide seien nun an einem guten Ort und würden sie wie Engel durch ihr Leben begleiten.

Die Songs der Scorpions, das war damals ihre und Robs Musik gewesen. Träumerisch dachte Stella an ihre Hochzeit. Sie hatten sich erst einige Monate gekannt, als er ihr unterm Weihnachtsbaum ein besonderes Präsent überreichte. Einen silbernen Ring, filigran gearbeitet, gekrönt durch einen funkelnden Diamanten.

Mit glänzenden Augen war Rob vor ihr auf die Knie gegangen: „Sag, Stella, meine Schöne, willst du meine Frau werden? Ich wünsch mir ein Leben mit Dir und ich möchte eine Familie gründen. Ich verspreche dir, dich auf Händen zu tragen. Du wirst dich an keinem Tag mehr um dein Auskommen sorgen müssen. Ich bin für dich und unsere Kinder da und werde unsere Familie beschützen."

Jedes seiner warmen Worte hatte sich unwiderruflich in Stellas Herz gebrannt und sie hatte die Antwort gekannt, ohne nur einen Moment darüber nachdenken zu müssen.

„Nichts lieber als das", hauchte Stella mit tränennassen Augen, als er ihr den Ring an den Finger steckte.

Noch heute wusste Stella, das war der Moment ihres Lebens. „Still loving you", Klaus Meines markante Stimme, umrahmt von Gitarrensolos, steigerte sich in Stellas Herzen zu einer tiefromantischen Ballade. Ihr Verstand hatte ihr damals prophezeit, dass die Rettung in ein besseres Leben bevorstand. *Jackpot! Jackpot! Jackpot!*, schrie es in ihrem Kopf. Der Mann, den sie innig liebte, würde sie vor ihrem tyrannischen Vater, der leidenden Mutter, einem Leben in Armut und Dreck retten. Wie ein Prinz auf weißem Ross war er in ihr Leben getreten. Stella ahnte, ihr würde es für die Ewigkeit reichen, die Frau an Robs Seite zu sein.

Sechs Monate später, am Abend vor der Trauung, hatte Stella drei Flaschen Doppelkorn, Vaters Lieblingsschnaps, bei ihren Eltern in die Küche gestellt. Eine hundert Prozent sichere Idee, daran würde ihr Vater nicht vorbeikommen. Als Stella am Morgen zum Frühstück erschien, bemerkte sie, dass Mutter, die den Alkohol sonst immer versteckte, die Flaschen mitten auf dem Küchentisch platziert hatte. Das Glück war auf Stellas Seite, alles verlief planmäßig, am Vormittag lag Vater schon schwer atmend in seinem Bett. Mutter stellte ihrem Mann eine weitere Flasche aufs Nachttischkästchen, damit war klar, dass mit ihm in den nächsten zwölf Stunden nicht zu rechnen war. Sie half Stella mit ihrem Kleid und die Frauen gingen zum Friseur.

Stella hatte sich wunderschön gefühlt, mit den frischen Röschen im Haar und dem zartweißen Chiffonkleid, unter dem sich ein Babybauch abzeichnete, als sie mit Rob vor dem Altar stand.

Auch als ihre Söhne Theo und Andre geboren waren, hatte Rob all seine Versprechen gehalten. Für seine Firma ackerte er wie ein Pferd, Rob war sich für keine Arbeit zu schade, er investierte und stellte neue Mitarbeiter ein. Von fünfzehn Angestellten auf fünfundzwanzig, er kaufte moderne Geräte, Maschinen, baute eine weitere Halle. Das Geschäft blühte. Geld spielte irgendwann keine Rolle mehr. Rob war für seine Familie da, schon bald fand er ein passendes Haus. Die Zeiten des Angewiesenseins auf Almosen waren für Stella ein für alle Mal vorbei gewesen.

Trotz aller Erfolge war Rob seinem Stadtteil treu geblieben, hier war er aufgewachsen, zur Schule gegangen, mit seinen Freunden um die Häuser gezogen. Stella hatte nicht gewusst, dass es in Augsburg so schön sein konnte, geschätzt und verwöhnt als die Frau an der Seite eines einflussreichen Mannes.

Dass er oft streng zu seinen Söhnen gewesen war, stellte Stella nicht in Frage. Rob wusste sicherlich, weshalb.

In Gedanken an diese vergangene wunderbare Zeit drehte Stella das Radio lauter. Die Musik war alles, was ihr von damals geblieben war.

Es kam so unerwartet wie ein Tsunami, der im Affenzahn über eine Küste hinwegrollt. Zuerst war da der Lärm. *Ohrenbetäubend.* Ein Riesenkrach. Stella wollte die Musik abdrehen, dachte für den Bruchteil einer Sekunde, es käme von draußen, erst dann realisierte sie, was mit dem Auto geschah. Etwas riss sie mit starker Kraft nach vorne, der Corsa schlitterte in hohem Tempo zur Seite, weit weg von der Fahrbahn. Stella schrie, der Baum am Straßenrand kam näher. Sie streckte ihre Hände aus, als könne sie damit den Aufprall abhalten. Nun war sie nur noch einen halben Meter vom Stamm entfernt. Ihr Blick erfasste wie in Zeitlupe: Buche, glatte Rinde, Hartholz.

„Rob!", rief sie, als wäre er immer noch in der Lage, sie zu retten. Da rutschte der Wagen zur Seite, haarscharf am Baum vorbei. Das Auto überschlug sich und ihr Kopf wurde wie bei einem Ping-Pong-Spiel nach vorne katapultiert, um sogleich wegen des harten Aufpralls ruckartig nach hinten geschmissen zu werden. Blech verbog sich, ihr war, als würde das Auto sich wie ein Kaugummi in die Breite ziehen. Etwas knackte wie Holz, das bricht, als das Fahrzeug letztendlich im Gebüsch aufschlug. Nur – es war kein Holz. Es waren menschliche Knochen. Stellas Knochen.

Doch Stella hörte es nicht mehr.

RÜPELHAFT

Bereits auf dem Weg zum Verhörraum fiel Quirin Seligman der Kollege des Mordopfers Häusler, Herbert Rückl, unangenehm auf. Er drehte sich schamlos nach den jungen Kolleginnen auf dem Gang um, starrte ihnen auf den Hintern und murmelte: „Schicke Uniformen."

„Mäßigen Sie sich", wies ihn Quirin scharf zurecht.

Das war einer von der Sorte, die meinten, sie könnten sich alles erlauben.

„Wann hatten Sie zuletzt Kontakt zu Peter Häusler?", wollte er wissen und platzierte sich ihm im Verhörraum frontal gegenüber.

„Ich habe ihm nur ab und an einen Tipp gegeben, wie er auch mal vor die Tür kommt, ohne dass ihn sein Wachhund zurückpfeift", lautete die freche Antwort. Mit einem überheblichen Grinsen lümmelte der Rückl sich in den Stuhl.

„Sprechen Sie von Frau Häusler?", fragte Quirin.

„Die staubt doch in ihrem trauten Heim schon seit Jahren ein und von ihm verlangt sie, dass er jetzt schon lebt wie ein achtzigjähriger Pensionär", sagte er und schmatzte auf seinem Kaugummi wie ein Fünftklässler.

Dieser Part war für Quirin sogar nachvollziehbar. Genau das hatte er schließlich auch empfunden, nachdem er die Wohnung betreten hatte. „Wollen Sie damit andeuten, es gab Eheprobleme?"

„Weiß nicht. Er wollte eben raus. Manchmal mit mir und manchmal wollte er von mir nur", er stockte, „Tipps."

„Genauer!" Nun war es Quirin, der sich in seinem Stuhl zurücklehnte und damit demonstrierte, dass er alle Zeit der Welt hatte.

„Beispielsweise das Aquamarin, eine Bar. Gut, Tanzbar, Table-Dance, teils oben ohne, nette Damen. Kennen Sie sicher auch?"

Der Rückl warf Quirin einen hinterlistigen Blick zu.

„Kenn ich nicht", brummte Quirin. Um genau zu sein, war er auf so eine Idee nie gekommen. Irgendwelche abgefuckten Schuppen waren ihm zuwider.

„Hin und wieder eine ordentliche Kneipentour, da übernachtete der Peter bei mir, vergaß aber nie, den Wecker zu stellen. Wenn er nicht beim Frühstück auftauchte, gab's Ärger. Er war immer pünktlich." Während der Rückl von den alten gemeinsamen Zeiten berichtete, meinte Quirin, fast einen wehmütigen Ausdruck in seinem Gesicht zu erkennen.

„Und in der Todesnacht?", bohrte der Kommissar weiter.

„Hat er sich anders angehört."

„Jetzt lassen Sie sich nicht alles aus der Nase ziehen."

„Peter klang optimistisch, richtig aufgedreht. Wobei er tagsüber im Amt mega-miese Laune verbreitet hat. Der Peter war manchmal", er überlegte, „so ein bisschen depri eben."

Quirin sah den toten Häusler vor sich. An Selbstmord war nicht zu denken. Keine Spur, die er weiterverfolgen würde.

„Und Sie haben ihm das Aquamarin für einen schönen Abendausklang empfohlen." Quirin wusste bereits von Marlene aus der Befragung der Kollegen, dass das Mordopfer dort die Nacht verbracht hatte. Seine Chefin saß gerade im anderen Verhörraum und befragte eine Tänzerin, die sich mit dem Häusler für einige Stunden in ein Separee zurückgezogen hatte.

Rückl legte nach: „Er hat auch nach einer Pension oder einem Hotel gefragt. Ein Zimmer. Vielleicht wollte er ausziehen – seine häuslichen Ketten von sich werfen!" Jetzt schüttelte er sich. „Er tat mir leid, mit der Alten. Ich wollte ihm helfen."

„Das heißt, Sie haben ihn aus reiner Nächstenliebe in einen Sexklub ausgeführt."

„Ob Sie's glauben oder nicht, das Aquamarin ist kein Sexklub und ich habe ihn gestern – after work – nicht getroffen, wir haben nur telefoniert."

„Wann war das?", wollte Quirin wissen.

„Gegen sieben. Hab grad die Füße hochgelegt. Im Ruheraum." Er zog einen Beleg aus seinem Geldbeutel. „Sauna, da war ich gestern mit'n paar Kumpels."

Quirin ließ sich von Herbert Rückl noch eine genaue Zusammenstellung der familiären und freundschaftlichen Beziehungen des Toten erläutern. Ziemlich isoliert, das Opfer. So falsch war die Aussage mit dem Wachhund anscheinend nicht.

Es klopfte und Paul trat ein. „Ich sollte zur Überprüfung der gestrigen Kontakte kommen?!"

An Rückl gewandt, forderte Quirin: „Nennen Sie meinem Kollegen Ihre Saunabegleiter." Danach erläuterte er Paul: „Bitte klären Sie später an der Kasse der Saunalandschaft, ob man sich an den Herrn erinnert." Beim Begriff „Herrn" kratzte es merkwürdig in Quirins Hals.

Er erhob sich, denn er wollte noch die Befragung der König mit anhören. Aus einer plötzlichen Eingebung heraus drehte Quirin sich kurz um und ergänzte: „Ach ja, Paul, lassen Sie sich noch die genauen beruflichen Aufgabengebiete des Opfers im Finanzamt erklären."

„Glücksspiel", warf der Rückl in den Raum.

Abrupt blieb Quirin im Türrahmen stehen. Plötzlich lief es ihm kalt den Rücken hinunter. Er hörte Paul fragen: „So was wie Vergnügungssteuer? In welchen Fällen wird diese in Bayern abgeführt?"

Der Rückl belehrte die Kommissare: „Nee, laut Umsetzung Glücksspielgesetz gibt's für uns in Bayern lediglich die Online-Glücksspielsteuer und Lotteriesteuer. Das heißt der Kauf von Losen. Vergnügungssteuer? Gibt's in drei Bereichen, aber Gott-sei-Dank nicht für unser schönes Alpenland: Kartensteuer aus Eintrittsgeldern, Prostitutionssteuer für…"

„Das brauchen Sie nicht weiter zu erklären", fuhr in Quirin an.

„Dann haben Sie bei der Polizei anscheinend selbst so viel Fantasie", spottete der Rückl.

Quirin zwang sich, ruhig zu bleiben. Gepresst fragte er: „War der Häusler für die staatlichen Spielbanken, für American Roulette, Black Jack, Poker zuständig?"

„Auch falsch. Sein Bereich war die Betriebserlaubnis für Spielhallen nach der Gewerbeordnung: Werbebeschränkung, Gewährleistung von Jugend- und Spielerschutz, Aufklärung über Suchtrisiken, Einhaltung Mindestabstand zu anderen Spielhallen", leierte der Zeuge in einem Tempo herunter, bei dem Paul sichtlich Mühe hatte, mitzuschreiben.

Quirin hörte den Ausführungen des Befragten wie versteinert zu. Lautstark rastete die Tür ein, als er wortlos den Verhörraum verließ. Er brauchte Luft, Marlene sollte ihre Befragung allein durchführen. Ihm reichte es auf voller Linie.

Scheißdreck. Die aktuellen Ermittlungen brachten das Thema immer wieder auf den Tisch. *Nimmt das denn nie ein Ende?*

Marlene erkundigte sich telefonisch nach dem Befinden von Frau Häusler. Nach dem Zugriff vor der Behörde war sie mit einem Krankenwagen in die psychiatrische Klinik eingeliefert worden. Dort behandelte man sie mit Beruhigungsmitteln. Nach jahrelanger Ehe den Mann verstümmelt in der Rechtsmedizin aufzufinden, war vermutlich nicht leicht zu ertragen und konnte Auslöser für ihre extreme Reaktion sein.

Nun stand das Gespräch mit der Tänzerin an, die in der Nacht Kontakt zum Mordopfer hatte. Michael und Karla hatten sie ausfindig gemacht und Marlene Bilder der Tänzerin aus der Kellerbar gezeigt.

Darauf trug sie ein aufreizend kurzes Kleid mit tiefem Ausschnitt. Marlene wartete zuerst auf Quirin, aber der war weit und breit nicht zu sehen. Nach zehn Minuten begann sie ohne ihn die Befragung. Sie platzierte sich gegenüber der Frau, die auf der Dienststelle leger in Jeans und Schlabberpulli erschienen war.

„Stimmt es, dass Peter Häusler am gestrigen Abend mehrere Stunden in Ihrer Gesellschaft verbrachte?", begann Marlene.

Die Frau sah weder besonders jung noch aufreizend aus, nicht so, wie man sich klassischerweise eine Bartänzerin vorstellte. Im Gegenteil, am helllichten Tag wirkte sie ziemlich solide.

„Er hat lediglich die Bar besucht."

„Lediglich – heißt das, er war nicht explizit mit Ihnen zusammen?"

„Das gibt es bei uns nicht. Also, wissen Sie, wegen dem Geld."

Bei Marlene fiel der Groschen. „Es geht nicht um Schwarzarbeit. Wir sind in einer Mordermittlung", klärte sie die Frau über den Sachverhalt auf.

„Oh mein Gott!" Der Tänzerin blieb der Mund offenstehen, sie richtete sich auf und berichtete bereitwillig: „Ich habe ihn angesprochen, als er sich an die Bar setzte. Er trank viel, sah mir beim Tanzen zu. Danach haben wir uns für zwei Stunden zurückgezogen."

„Wann genau?" Marlene war es gewohnt, Befragungen zielführend am Laufen zu halten.

„Etwa von zwölf nach Mitternacht bis zwei Uhr früh." Sie gestand: „In einem Separee, nur wir beide."

„Was kostet eine Stunde?", fragte Marlene, um in Erfahrung zu bringen, wieviel Geld der Häusler in der Nacht in der Bar gelassen hatte.

„Nicht mehr als fünfzig."

Dass das gelogen war, sah Marlene sofort an dem schuldbewussten Blick.

„Er war großzügig", ergänzte die Tänzerin.

„Über was hat er mit Ihnen gesprochen oder war dafür keine Gelegenheit?", wollte Marlene wissen.

„Im Gegenteil", antwortete die Tänzerin ernst. „Er wollte reden und trinken, trinken und reden, sonst gar nichts. Um ehrlich zu sein, wäre ich beinahe eingeschlafen. Er hat gesoffen wie ein Loch und hat zugegeben eine Menge Kohle dagelassen."

Marlene glaubte ihr. Die Obduktion hatte ebenfalls bestätigt, dass der Mann vor seinem Tod keinen Geschlechtsverkehr gehabt hatte. Sie war sicher, von den hunderten von Euro würde man in der Buchhaltung der Bar nichts finden. Dennoch, das war nicht ihr Thema, sie wollte, dass die Frau sich offen mitteilen konnte.

„Über was hat er gesprochen?"

„Ach, die ewige Leier der Männer: Frauen, Liebe, Leben und sein Thema des Abends – Freiheit. Ein neues Leben. Das kam sicher in jedem zweiten Satz vor." Sie schmunzelte. „Soll ich Ihnen mal was sagen? Wenn die Herren der Schöpfung meinen Alltag mit Kindern, Schule, Haushalt und Geldproblemen kennen würden, würden sie den Begriff ‚Freiheit' neu definieren."

Marlene lächelte. Das war vorstellbar.

„Glauben Sie mir, ich gehe wirklich nur zum Tanzen. Ein Nebenjob, wenn mein Mann abends zu Hause bei den Kindern ist. Es macht mir Spaß und erlaubt uns hin und wieder einen schönen gemeinsamen Urlaub."

Marlene hatte Respekt vor der Frau. Wer konnte schon wissen, welches Leben sinnerfüllend war? Wohl eine individuelle Entscheidung.

„Wie verlief der Abend weiter?"

„Ich bin geblieben, er ist gegangen, na ja, mehr getorkelt, mit Hilfe unserer Security. Die haben ihn vor die Tür gesetzt, sonst hätte er das selbst nicht mehr hinbekommen."

Die Türsteher waren von Michael Herman bereits befragt worden, ohne weiteres Ergebnis.

„Als er aufgefunden wurde, trug er keine Wertsachen mehr bei sich!", konfrontierte Marlene die Frau.

Die überlegte. „Wenn ich ehrlich bin, vermute ich, dass er nicht mehr viel in seinem Geldbeutel hatte. War nicht billig, der Abend."

Jetzt senkte sie den Blick.

„Ich danke Ihnen für Ihre Offenheit", sagte Marlene aufrichtig. „Bitte halten Sie sich für weitere Fragen zur Verfügung."

Nach dem Gespräch machte Marlene sich auf die Suche nach dem Kollegen. Sie entdeckte Quirin im Hof in der Raucherecke, als er sich eine Zigarillo anzündete. Es regnete draußen und es war empfindlich kühl. Quirin stand da im dünnen T-Shirt, ihn schien das nicht zu kümmern.

„Sie rauchen?" Marlene kannte ihn nun schon einige Monate und hatte ihn noch nie mit einer Zigarette gesehen.

„Selten", knurrte er. Dann schoss es aus ihm heraus: „Der Häusler war beruflich für die Erlaubnis zum Betrieb einer Spielhalle zuständig."

„Aha." *Daher die Zigarillo.*

Die Packung lag auf dem Stehtisch, der extra für Raucher aufgestellt worden war. Ohne zu fragen, griff Marlene danach und nahm sich eine.

„Sie auch?", fragte Quirin.

„Noch seltener. Aber - da besteht definitiv ein Zusammenhang zwischen den beiden Fällen, dem wir Priorität geben müssen."

Es war schon spät, doch Marlene spürte, sie waren an etwas dran, und sie brauchte Quirin gerade wegen seiner Erfahrung im Glücksspielbereich. Allerdings wollte sie ihm eine Diskussion im Team ersparen. Niemand wusste von seiner Familiengeschichte.

„Paris", murmelte sie vor sich hin. Erst dann fiel ihr auf, dass sie laut an ihr Puzzle gedacht hatte.

„Genau", antwortete Quirin ebenso unpassend.

Marlene schenkte ihm einen schiefen Blick. Er war wohl völlig neben der Spur. Sie überlegte kurz. „Ich nehm Sie mit, das Bier bekommen Sie heute bei mir daheim, wir gehen dort die Fälle noch mal durch und dann fahr ich Sie nach Hause. Okay?"

„Gut." Ohne weitere Kommentare trottete er ihr brav hinterher, griff im Büro zu Jacke und Arbeitstasche und blieb ihr fortan dicht auf den Fersen.

Marlene amüsierte dieses Verhalten. In ihrem Job hatte sie viele Leute kennengelernt, die laut, aggressiv und gewalttätig wurden, sobald sie überfordert waren. Sie war durchsetzungsstark und kam damit spielend zurecht. Das Verhalten ihres Kollegen hingegen brachte sie zu irrationalen Spontanentscheidungen. Bislang hatte es für sie eine klare Grenze gegeben: kein Kollege mit nach Hause. Ein Spezialfall erforderte jedoch auch neue Handlungsoptionen. So beim Kollege Quirin. Wenn's dem zu viel wurde, wurde er fromm wie ein Lamm.

1946 FÜSSEN
VATER?

Es kam der Tag, als an dem Bauernhof in Füssen ein handgeschriebener Brief für Mutter eintraf. Der Absender: Robs Vater.

Robs sehnlichster Wunsch erfüllte sich! Tag für Tag hatte er vor dem Einschlafen gebetet, Vater würde wiederkommen, und nun hatte er sie tatsächlich gefunden! Schon morgen würde Vater mit dem Zug in Füssen ankommen. Am nächsten Tag schlug Rob das Herz bis zum Hals. Mutter suchte ihr schönstes Kleid aus, steckte Jana eine Blume ins Haar und schickte Rob zweimal zum Händewaschen. Obwohl der Krieg schon seit zehn Monaten zu Ende war, hatte es lange kein Lebenszeichen des Mannes gegeben. Alle freuten sich riesig, das Glück schien zurückgekehrt!

Aus dem Zug dritter Klasse stiegen mehrere Männer. Ihre Kleidung hing abgetragen an ihnen herab, sie wirkten allesamt erschöpft. Rob suchte das vertraute Gesicht, das herzliche Lachen, von dem er so oft geträumt hatte, den großzügigen Mann und gutmütigen Vater. Da kam jemand auf ihn zu, zuerst war Rob nicht in der Lage, ihn zu erkennen. Sollte das wirklich Vater sein? Er hatte ihn anders in Erinnerung. Das Gesicht dieses Mannes war ausgemergelt, die Haare hingen dünn herunter. Seine Augen hatten einen stumpfen Ausdruck angenommen, ihren spitzbübischen Glanz verloren. Es war, als sei die Lebensfreude in ihm abgestorben wie die Blätter einer vertrockneten Pflanze.

Ob Odysseus nach seinen Irrfahrten auch so ausgesehen hatte? Auf den Schiffen gab es sicherlich nicht so viel zu essen. Papa war ja in Sibirien gewesen. Da soll es kalt sein.

Mutter ging zögerlich auf den Mann zu. Dann umarmte sie ihn, vorsichtig, als sei er zerbrechlich wie ein alter Mann, küsste ihn auf die Stirn und nahm ihm seine wenigen Habseligkeiten ab.

Jana hingegen rannte ihrem Vater entgegen und warf sich schwungvoll in seine Arme.

„Das ist also meine Jana!", rief der hohläugige Mann und Rob freute sich über den vertrauten Klang in der Stimme. Vater nahm Jana hoch, wollte sie in die Luft werfen und wieder auffangen, wie sie es früher gemacht hatten, als sie draußen im Garten miteinander spielten. Doch selbst die zarte Jana war zu schwer oder sein Vater zu schwach für dieses Spiel und so entglitt sie dem Heimkehrer, plumpste halb auf den Boden und fing an zu weinen.

„Mein Gott, bist du schon groß", stammelte der Vater. „Hör auf mit dem Geheule, es gibt sehr viel Schlimmeres, dort, wo ich herkomme."

Rob grüßte Vater, er gab ihm höflich die Hand und versuchte seine Enttäuschung zu verbergen.

In den nächsten Monaten fragte sich Rob oft, ob der Mann, der nun mit ihnen unter einem Dach wohnte, wirklich Vater war. Er war so fremd, nicht der lustige, liebevolle Mann, dem er nachgeweint hatte, als er in diesen dämlichen Krieg gegangen war. Einmal wollte Rob von Mutter wissen, ob Vater auch Gift in seinem Kopf habe, doch als er von Mutter eine Ohrfeige bekam, schämte er sich für seine Fragerei.

Am meisten hasste er das gemeinsame Essen. Nicht, dass sie zu viel gehabt hätten, aber mit Jana gab es immer Probleme, denn sie war dünn und aß nicht gerne. Der Arzt hatte ihnen ans Herz gelegt, Jana müsse unbedingt mehr zu sich nehmen. Rob beobachtete, wie Vater und Mutter auf eine größere Portion verzichteten und stattdessen Jana mehr zuschoben. Auch Rob gab ihr regelmäßig von seinem Stück frisch gebackenen Nusszopf ab, den die Bäuerin ihm zusteckte, wenn er ihr half, die Kühe auf die Weide zu treiben.

Aber Jana wollte oft nicht essen – was für Rob völlig unerklärlich war. Er könnte leicht doppelte Portionen von dem vertragen, was er bekam. Papa jedoch war streng. Er saß mit Jana so lange vor dem Teller, bis sie den letzten Krümel verzehrte. Rosenkohl, Sellerie, alles, was auf dem Feld wuchs und was sie sich durch harte Arbeit verdienten.

Jana hasste Rosenkohl. Einmal würgte sie während des Essens und musste sich übergeben. Vater schimpfte sie aus. Essen war wertvoll! Danach stopfte Jana den restlichen Rosenkohl unter Mutters Aufsicht in sich hinein. Jana wurde ganz weiß im Gesicht und rannte nach draußen, sie bekam keine Luft mehr. Ihre Gesichtsfarbe erinnerte ihn an Anni, als es kalt war. Warum verstand Jana nicht, wie wichtig Essen war und dass es Mutter und Vater nur gut meinten?

PARIS

Quirin Seligman wollte sich nicht aus der Verantwortung stehlen. Gerade in so einem Fall, beschloss er, konnte jemand mit Eindrücken aus der Glücksspielszene sicher auch zur Klärung beitragen. Dennoch, das Thema machte ihm massiv zu schaffen. Während er im Auto mit zu Marlenes Wohnung fuhr, stiegen alte Bilder in ihm hoch: seine Mutter, wenn sie ihn fragte, ob er Geld aus der Haushaltskasse genommen hätte, obwohl sie die Antwort genau kannte. Die Momente, in denen sie weinend vor dem leeren Kühlschrank stand und er hungrig ins Bett gehen musste. Monatelang hatte er für ein eigenes Fahrrad in seiner schönen Motorradspardose, die ihm Oma geschenkt hatte, gespart. Nachdem er einmal von der Schule nach Hause kam, lag sie in Scherben und geleert am Boden seines Zimmers. Vater hatte sich nicht mal die Mühe gemacht, sie unten zu öffnen, er musste die Dose einfach auf den Boden geworfen haben.

Dennoch hatte Quirin nach wie vor Respekt vor seinen Eltern, auch vor seinem Vater, obwohl er zu ihm schon seit Jahren keinen Kontakt mehr pflegte. Sein Vater war ein hoch intelligenter Mensch, introvertiert und einfühlsam. Zu sensibel für seinen Beruf als Manager im Automobilbereich. Alle Freunde bewunderten ihn, Top-Verdiener, er hatte es geschafft. Nur Oma hatte ihre Zweifel geäußert. „Bub, mach nur, was dir guttut. Nicht du musst zu deinem Beruf passen, sondern er zu dir", hatte sie ihm gesagt. Doch Vater wollte es nicht hören, zu hoch war der Status, zu groß die Privilegien. Und umso steiler der Absturz.

In seiner Teenagerzeit hatte Quirin gewusst, wo Vater verkehrte, nur dort war dieser ein anderer Mensch. Aus dem herzlichen, freundlichen Mann wurde inmitten greller, blinkender

Lichter ein Zombie: grob zu seiner Familie, weggetreten, jemand, für den nichts mehr zählte außer gewinnen.

Wie ins Gedächtnis eingebrannt war Quirin der immer schlimmer werdende Streit mit der Mutter und der Tag, an dem Quirin seinen Rucksack packte, sich ohne Fahrkarte in den Zug setzte, zu seiner Oma fuhr und nie mehr in sein Elternhaus zurückkehrte. Die beste Entscheidung seines Lebens. Das Klagen der Mutter hörte er trotzdem noch heute.

Unsanft wurde Quirin aus seinen Gedanken gerissen. Er spürte einen leichten Rempler in der Seite.

Hat jemand etwas gesagt?

Marlene hatte das Auto in der Tiefgarage eines Mehrfamilienhauses abgestellt und wartete offensichtlich darauf, dass er ausstieg.

Nun geht's also zur Chefin!

In Quirin stieg die vage Hoffnung hoch, mit der Unterstützung von Marlene könne er den Fall durchstehen. Nach drei Stockwerken, oben vor der Wohnung angekommen, packte ihn etwas anderes, das ihn umgehend ablenkte und seine quälende Gedankenschleife stoppte: die Neugierde. Professionell, wie sie gewöhnlich war, war er gewiss der Erste, der sie begleiten durfte, vermutete Quirin, und aus einem für ihn unerklärlichen Grund fühlte er sich geehrt.

Marlene trat vor ihm ein und schaltete das Licht an. Während Quirin Jacke und Schuhe auszog, verschwand sie in der Küche, ging zum Kühlschrank, holte ihm ein Bier und kochte sich einen wärmenden Tee. Quirin nutzte die Gelegenheit und sah sich ungeniert im Wohn- und Esszimmer um. Er hätte eine ordentliche und funktionale Einrichtung erwartet, aber was er hier sah, überraschte ihn. So distanziert seine Chefin im Dienst war, so viel Neues verriet ihm nun ihr Zuhause.

Schon allein die Farben!

Das Esszimmer war in verschiedenen Brauntönen gehalten, wohingegen sich das Wohnzimmer mit tiefen Rot- und leichten

Cremetönen abwechselte. Seine Füße, die in warmen Wollsocken steckten, streiften über einen flauschigen Teppich. Gedämpftes Licht, das aus verschiedenen Ecken leuchtete, hüllte den Raum ein und verbreitete eine heimelige Atmosphäre.

Quirins Blick fiel auf den Esszimmertisch. Edles Eichenholz, eine Spur rustikal und doch einladend, um an gemütlichen Abenden bei Kerzenlicht mit Freunden stundenlang zu quatschen. An der Wand entdeckte er verschiedene Souvenirs, die auf Reisen um die ganze Welt hinwiesen.

„Ich kann mich erinnern, Sie hatten mal behauptet, in Ihrem Leben wäre neben der Polizeiarbeit zu wenig passiert", stellte Quirin verwundert fest, als Marlene mit dem Tee ins Zimmer trat. Beim letzten gemeinsamen Fall hatte sie sich zu der Bemerkung hinreißen lassen. Er hatte es nicht vergessen.

Marlene lächelte. „Nicht in jeder Hinsicht. Ich reise beispielsweise regelmäßig in die USA und nach Kanada." Sie folgte seinem Blick. „Das hier ist ein Totem von einem kanadischen Naturvolk, ein persönliches Geschenk, es stellt einen zauberkräftigen Helfer dar, der ein Leben lang erhalten bleiben soll." Sie verwies auf eine kunstvolle Holzschnitzerei mit bunten Verzierungen und fuhr fort: „Meine Schwester lebt in Kanada auf einer Ranch. Sie lernte ihren Mann, einen Tierarzt, dort im Praktikum kennen und ist geblieben."

Auf einem breiten Fensterbrett entdeckte Quirin Familienbilder.

„Eine Zwillingsschwester?" Jetzt war er baff. Man arbeitete Tag für Tag stundenlang zusammen und kannte nichts vom Leben des anderen. Dennoch - *Vermutlich weiß ich dreimal so viel wie die anderen Kollegen.* Unbewusst fasste er sich an die Nase. *Liegt an meinem neugierigen Riechorgan.*

„Eineiig", sagte Marlene, ihre Stimme vibrierte in einem warmen Ton. „Sie wohnt in Toronto." Ihre Hände strichen über ein weiteres Bild. Zwei Mädchen. „Meine Nichten. Ich besuche sie mindestens einmal im Jahr."

Marlene stellte die Kanne auf dem Tisch ab und goss sich eine Tasse Roibos ein. Fröstelnd zog sie ihre Jacke enger.

„Es war die letzten Tage warm, deshalb habe ich die Heizung nicht aufgedreht." Sie überlegte, nahm ihre Tasse und schlug vor. „Setzen wir uns in den Wintergarten, da können wir den Ofen anschüren."

Gespannt folgte ihr Quirin. Er hatte in seiner Arbeit schon viele Einrichtungen gesehen und gelernt, aus dem, wie jemand lebte, Schlüsse zu ziehen auf die Persönlichkeit, den Selbstwert, die Kreativität und vieles mehr. Quirin war sich bewusst, dass er solche Eindrücke für sich behalten würde, als Ermittler würde ihn damit sicher niemand ernst nehmen. Doch er glaubte, dass es an dem Ort, wo jemand ganz für sich sein konnte, Schwingungen, sozusagen die Kernessenz dessen gab, der dort lebte. Diese Energie war für ihn etwas, dem er sich nicht entziehen konnte. Manche Wohnungen, wie die der Häusler, drehten ihm gerade darum den Magen um. Diese hier war der komplette Gegenentwurf, sie faszinierte ihn zutiefst und er war begierig darauf, jede Ecke zu erkunden.

Halt dich zurück, das ist die Chefin, schalt er sich selbst, aber eigentlich waren ihm Hierarchien sowieso egal und Zurückhaltung funktionierte bei ihm selten.

Der Wintergarten war der heimeligste Raum. Mehrere Sessel, Pflanzen, ein dunkler Holzboden, der bei jedem Schritt leicht knarrte und große, weiße Fenster im Landhausstil, oben rund geschwungen. In der hinteren Ecke eine quadratische Eckbank mit einem runden Tischchen in der Mitte.

Ohne lang nachzufragen, kniete Quirin sich vor den offenen Kamin, schichtete Holz auf und entzündete ein Feuer.

„Danke." Marlene sah ihn verwundert an.

„Für den Winter wäre es gut, wenn Sie auch noch Buchenholz hätten, das Hartholz gibt nachhaltiger Wärme ab." Er legte noch ein Scheit dazu und entfernte mit dem Besen die herausgefallene Asche. „Wenn Sie wollen, bring ich ein paar Ster für den Ofen. Zu meinem Hof gehört ein Waldstück."

„Dann gehen Sie also regelmäßig ins Holz", stellte Marlene fest. „Hat Ihr Quad überhaupt einen An-

hänger?", fiel ihr ein, ihre Brille rutschte ihr auf die Nase, darüber hinweg inspizierte sie ihn aufs Genaueste.

„Traktor. Alter Fendt, in die Jahre gekommen, aber dafür reicht's." Quirin setzte sich auf ein Kissen an die Eckbank. Tatsächlich hatte er die leidigen Arbeitsthemen fast vergessen. Nun nahm er seinen Laptop aus der Tasche und wollte ihn auf der Mitte des Tisches platzieren.

„Achtung!", herrschte ihn Marlene an.

Überrascht schreckte Quirin zurück. Vorsichtig entfernte Marlene das Tischtuch. Er erkannte, was auf dem Tisch lag: über tausend Puzzleteile.

„Paris. Oder was hatten Sie vorhin verstanden?", schmunzelte Marlene, nahm ihm das Notebook ab und legte es auf die Eckbank. „Lassen sie uns unkonventionell beginnen", schlug sie vor. „Wir sammeln Gedanken. Dazu brauchen wir keine Aufzeichnungen. Vielleicht finden Sie aber währenddessen", sie deutete auf eine Randstelle am Puzzle, die asymmetrisch wirkte, „eine Lösung hierfür. Daran knoble ich schon seit Tagen."

Quirin runzelte die Stirn. *Gleichzeitig denken und puzzeln?* Was wollte die jetzt von ihm? Er beschloss, das Puzzle einfach zu ignorieren. „Verbringen Sie so Ihre Abende?"

„Wenn ich einen Fall zu lösen habe, schon", Marlene schob mehrere Teile zu sich und begann, rasch auszuprobieren. Der Blumenteppich am unteren Rand nahm zügig Form an.

„Ein erster Anhaltspunkt zwischen beiden. Nichts Konkretes, nur das Thema: Spielhalle", begann sie. „Ich habe recherchiert, eine Spielhallenerlaubnis ist gebunden an eine konkrete Person und an bestimmte Räume. Dreimal dürfen Sie raten, wer bei Hollezinskys Spielothek den Job übernahm."

„Der Chef persönlich?"

„Yep. Vielleicht profitierte der von gemeinsamen krummen Absprachen hinsichtlich der Genehmigung."

„Sie meinen da ist Geld geflossen und der Häusler hat somit das eine oder andere Auge zugedrückt?"

Quirin versuchte verkrampft, nicht auf das Puzzle und ihre flinken Hände zu achten. Konzentriert richtete er seinen Blick auf die lodernden Flammen. „Oder aber einer hat verloren. Fühlt sich ausgetrickst, um sein Geld betrogen. Vielleicht genau in Hollezinskys Spielhalle Womöglich war auch der Häusler dort öfter Gast. Vielleicht war er nur zufällig zur falschen Zeit am falschen Ort und hat hin und wieder ausgerechnet in Hollezinskys Lokal aus Langeweile ein bisschen gezockt, nicht mehr."

„Eine dritte Person, die sich deswegen an beiden rächt?"

„Die Spielhallen der Gegend kannte der Häusler aus seiner Arbeit im Amt hinlänglich. Da hätte er nicht mal den Rückl um einen Ausgehtipp fragen müssen", sprudelte es aus Quirin hervor.

Dass man an diesem Platz im Wintergarten gut nachdenken konnte, galt anscheinend ebenso für ihn. Auch das Thema Glücksspiel war hier gut aufgehoben. Quirin spürte keinerlei Anspannung mehr. „Ein Spieler ist ein Mensch, der nicht rational denkt. Er ist nicht nur ein Meister der Lüge gegenüber seinem persönlichen Umfeld, im Grunde belügt er sich laufend selbst. Oder aber der Fall liegt ganz anders und der Häusler selbst hat Haus und Hof verspielt und suchte dafür einen Schuldigen."

„Sie meinen, er selbst war spielsüchtig?", Marlene kniff skeptisch die Augen zusammen.

Quirin zuckte mit den Schultern. „Glücksspiel verschafft keine roten Nasen oder gebrochenen Arme, höchstens Augenringe wegen durchzechter Nächte. Trotzdem, ne, es gibt dafür keine Anhaltspunkte. Außerdem ist nicht jeder, der ein solches Lokal besucht, süchtig."

„Nicht zu vergessen, dass er in seiner Todesnacht keine Spielhalle, sondern ein anderes Establishment bevorzugte."

„Wir müssen die beruflichen Außentermine des Häuslers in Erfahrung bringen."

Quirin zuckte unwillkürlich zusammen, als ein schwarzer Schatten um seine Beine strich.

„Ist nur halb so gefährlich wie Glücksschwein", sagte Marlene, ohne von ihrem Puzzle aufzublicken.

„Heißt aber nicht Agatha Christie oder Sherlock Holmes oder so? Ich mein nur, wegen der Berufsehre", gab Quirin bissig zurück.

Ein wohl genährter schwarzer Kater kam zum Vorschein und sprang auf die Eckbank.

„Nelson Mandela."

„Oha, so sehen also die Vorbilder unserer Welt aus." Quirin kraulte den laut schnurrenden Kater an den Nackenhaaren.

Sie diskutierten weitere zwei Stunden die Fälle durch und entwickelten einen Plan, den sie am nächsten Tag dem Team vorstellen wollten.

„Die Häusler steht im Fokus der Ermittlungen, weiterhin die persönlichen Kontakte und Firmen des Hollezinskys, insbesondere auch Zusammenhänge bezüglich der Spielothek!", resümierte Marlene.

„Für heute reichts." Sie hielt sich die Hand vor den Mund, als sie gähnen musste.

Während Marlene dem Kater in der Küche Milch einschenkte, legte Quirin blitzschnell einige der Paris-Puzzleteile am Rand um. Alles passte auf Anhieb.

Das habe ich auf den ersten Blick gesehen!, frohlockte er. Er war unbändig stolz auf sich.

Als er sich beim Gehen seine Schuhe anzog, sang Quirin bestens gelaunt: „Aux Champs-Elysees, aux Champs-Elysees. Au soleil, sous la pluie."

Sichtlich argwöhnisch inspizierte ihn Marlene. „Können Sie das lassen? Ihre französische Aussprache bereitet mir Kopfschmerzen, Quirin!"

Mittlerweile wusste Quirin meistens, wann es genug war, und verstummte. Schließlich war er darauf angewiesen, nach Hause gefahren zu werden.

STELLAS TRAUM

Bin ich tot? Wo ist Rob? Holt er mich ab und begleitet mich auf eine Reise, wohin es auch gehen mag? Stella Rommels befand sich im Niemandsland. Alles war schwarz, doch sie fühlte sich leicht, schwebend.

Erste Umrisse entstanden wieder vor ihren Augen. Das Auto, verbeult in einem uneinsichtigen Straßengraben, eingenommen von Hecken und Büschen. Daneben der Baum, dessen Ast durch die Windschutzscheibe den Beifahrersitz aufspießte.

Stella lag auf einem weißen Kissen, dem Airbag. Etwas Feuchtes, ein blutiges Rinnsal, lief ihr von der Stirn über das rechte Auge bis den Hals hinunter.

Blut, sie konnte doch kein Blut sehen!!

Doch diesmal wurde ihr nicht übel, nein, merkwürdigerweise fühlte sie sich wunderbar, leicht. Aber was war das? Stella betrachtete ihr Bein. Nüchtern besah sie sich die komische Verrenkung. Die Knochen standen eigenartig ab.

Sie wollte raus aus dem Wagen, doch irgendwie wusste sie, dass sie kein Fenster öffnen musste, ihren verletzten Körper hierlassen konnte. Sie schwebte einfach durch die Scheibe hinaus zu der Buche. Was für ein schöner Tag, die Sonne schien, die Blumen strahlten und sie hörte das Zwitschern der Vögel. Sie blickte zum Baum empor und da bemerkte sie es: Es sah zuerst aus wie ein winziger heller Punkt, bald eine goldene Kugel, es wurde größer und strömte Wärme aus. Stella öffnete den Mund, sie wollte darauf zugehen, danach greifen. Sie meinte, einen nie vergessenen Duft wahrzunehmen, vertraute Stimmen zu hören.

Sind das die beiden Engel, die ich mir gewünscht habe?

Eine tiefe Sehnsucht trieb sie, sich einfach hinzugeben, alles sein zu lassen und Frieden zu finden.

Doch Stella zwang sich eisern, da zu bleiben. Ihr Blick richtete sich weg von dem Punkt, hin zu ihren Händen. Sie waren gepflegt, weich. Hände, die nicht verlebt aussahen, so wie bei ihrer Mutter, als sie in ihrem Alter gewesen war, nicht so wie bei den Frauen, die in der Nachkriegszeit das Land wiederaufgebaut hatten. Stellas Händen sah man vieles nicht an. Sie streichelte sie. Konzentrierte sich nur noch auf sie.

Meine Hände sind hier noch nicht fertig.

Stella wagte nicht mehr, nach oben zu sehen, die Umrisse der geliebten Gestalten wahrzunehmen, die auf sie warteten. Sie ahnte, wenn sie auch nur einen weiteren Blick wagen würde, gäbe es kein Zurück mehr. Deshalb drehte sie sich um, schwebte zurück zum Auto, erneut durch die Scheibe.

Als Stella erwachte und nach Luft japste hörte sie von weitem das Martinshorn. Sie konnte nicht richtig sehen, vertrocknetes Blut verklebte ihre Augen. Wehmut erfasste sie, sie hatte sich so gut gefühlt, es war unbeschreiblich schön gewesen. Kurz darauf spürte sie nur noch eines: ihr Bein.

Stella schrie sich die nächsten Minuten die Lunge aus dem Leib, so lange, bis sie vom Notarzt ein starkes Beruhigungsmittel bekam und in einen dämmerigen Schlaf abtauchte.

Wenige Tage später befand sie sich im Krankenhaus. Eine Krankenschwester schob einen Servierwagen mit einem beigen Behältnis herein. Der Geruch von Bratensauce zog durch das in hellblau gestrichene Krankenzimmer.

Seit Tagen schon lag Stella im Bett, dankbar für jede Ablenkung. Als sie im Krankenhaus aufgewacht war, hatte es sich angefühlt, als erwache sie aus einem tiefen Dornröschenschlaf. Hatte sie denn geträumt? Sie wusste nichts mehr. Da war nur so ein Gefühl. Etwas, das mit ihren Händen zu tun hatte.

„Lust auf Gulasch mit Reis?", fragte die Krankenschwester.

„Gibt es dazu auch Pommes? Oder besser: Kartoffelbrei?" Reis schmeckte Stella nicht.

„Morgen. Da verwöhnt sie unsere Küche mit Schnitzeln mit Pommes", antwortete die Krankenschwester.

„Aber hoffentlich Putenschnitzel. Schweineschnitzel sind mir zu fettig." Dieses Krankenhausessen setzte bestimmt unheimlich schnell an. Die Zeichen der Zeit waren an Stellas Äußerem nicht spurlos vorbeigegangen, doch ihre zierliche Figur hatte sie sich bewahrt, darauf war sie stolz und das sollte auch so bleiben.

Die Krankenschwester ignorierte ihre Sonderwünsche. „Wer isst, muss sich auch bewegen. Ab heute können Sie Ihr Essen am Platz einnehmen." Sie stellte die Schüsseln auf den Tisch, der einige Meter entfernt am Fenster stand, und öffnete die Deckel.

„*Stopp*, Sie fahren mir das Essen sofort ans Bett!", rief Stella der Krankenschwester hinterher, die mit einem lauten Ruck die Zimmertür schloss.

Stella ärgerte sich. Diese dominante Pflegerin forderte genauso wie der penetrante Physiotherapeut seit Tagen, dass Stella das Bett verlassen und einige Schritte gehen solle. Nur – Stella war feige. Sie konnte sich nicht vorstellen, wie die eingesetzten Schrauben ihren Knochen halten würden, so verbogen wie der ausgesehen hatte. So weigerte sie sich entschieden, aufzustehen. Sie wurde grantig. Ihr Hunger machte sich mit einem lauten Magenknurren bemerkbar. Verhalten schielte sie zu ihrer Bettnachbarin. Die schlief. Sollte sie die Musik aufdrehen und hoffen, dass die aufwachte und ihr das Essen brachte? Schließlich war sie nur am Arm operiert worden und zu Fuß bestens unterwegs. Oder aber sie würde Theo, Lilly oder Jana anrufen und fragen, wann sie heute vorbeikämen. Mist, vermutlich war das Essen bis dahin kalt. Vor sich hin maulend, drehte Stella sich zur Seite und setzte vorsichtig den gesunden Fuß auf den Boden. Sie verlangten alle entschieden zu viel von ihr.

Wie sie es dann bis zum Tisch schaffte und das Essen samt Pudding-Nachspeise hinunterschlang, wusste sie anschließend selbst nicht. Das Bein hielt und fortan würde sie es vielleicht allein auf die Toilette schaffen. Die Bettpfanne empfand sie als ziemlich entwürdigend.

Es klopfte und Lilly und Ravina traten ein.

„Dein Zimmer ist hellblau wie das Meer und im Meer wachsen Pflanzen", erklärte Ravina und stellte einen frischen Gartenstrauß auf den Tisch.

„Schön, dass ihr endlich da seid. Danke, Süße", freute sich Stella. „Jana war heute Vormittag hier, aber Theo hat mich bislang nur einmal kurz besucht", beklagte sie sich.

„Nur einmal? Aber er hat doch gesagt?" Lilly stockte.

„Er muss sich endlich um die Angelegenheit mit der Versicherung kümmern. Der Autofahrer, der in meinen Corsa gefahren ist, nimmt glücklicherweise jede Schuld auf sich. Rob hätte das umgehend erledigt. Als er noch am Leben war."

„Kann nicht Jana das mit der Versicherung klären?"

Lilly klang genervt.

„Du siehst abgearbeitet aus, Lilly", fiel Stella auf. „Geh wieder mal zur Kosmetik, das entspannt." Es war wichtig, dass man sich um sich selbst und sein Äußeres kümmerte.

„Mein Leben ist nicht wie deines." Lillys Antwort klang leise, aber schroff.

Überrascht hörte Stella auf. *Wie meinte sie das jetzt?*

Stella dachte kurz daran, beleidigt zu sein. Aber sie verwarf den Gedanken wieder, schließlich wollte sie mit den beiden einen schönen Nachmittag verbringen.

Draußen setzte Regen ein, erste dicke Tropfen klatschten gegen die Scheibe. Ravina holte Kartenspiele aus ihrer Tasche.

„Uno, Uno-Uno!", rief Ravina, als sie gewann.

JOHANNA

Beschwingt nahm Johanna Bergmann zwei Stufen auf einmal, als sie die Treppen zum Proberaum hocheilte. Fröhlich pfiff sie ein Musikstück aus „Fluch der Karibik" vor sich hin. Die Leidenschaft zur Filmmusik rauschte ihr wie eine tosende Brandung durch die Ohren. Vor ihrem Auge erschienen grausige Piraten auf einem gegen die Sturmflut ankämpfenden Schiff. Sie blieb kurz vor der Tür stehen. Nun kam ihr Solo. Johanna schloss die Augen und summte ergriffen die mitreißende Melodie.

Bereits seit fünfzehn Jahren spielte Johanna Fagott und sie mochte das Instrument, seit sie es im Alter von zehn Jahren ausprobiert hatte. Das ging so weit, dass sie sich beruflich für ein Fagott-Studium entschied. Bereits während ihrer Studienzeit half sie im Staatstheater aus. Johanna war die geborene Orchesterspielerin. Wenn sie ihr Instrument in Händen hielt, vergaß sie die Welt um sich. Das stundenlange Proben störte sie weder, noch fand sie es anstrengend. Ihr persönlicher privater Höhepunkt der Woche war das kleine Ensemble, alles Top-Musiker, die sich aus Lust und Liebe zur Musik regelmäßig trafen und zu Benefizkonzerten auftraten.

Da saß jeder Ton, jedes Crescendo, jeder schnelle Lauf.

Man war aufeinander eingespielt. Selbst wenn neue Stücke geprobt wurden, klang es harmonisch. Johanna fühlte sich in der Gruppe angekommen, inmitten von geschätzten Menschen, die ihre Leidenschaft teilten.

In einer Stunde würde die Probe des Ensembles beginnen. Sie sperrte den Orchestersaal auf, schlenderte zu ihrem Platz in der ersten Reihe und stellte ihren Fagottkoffer auf den Stuhl. Gedankenverloren baute sie den Notenständer auf und legte die Notenblätter darauf. Da klingelte ihr Handy, sie schaute aufs Display und ging ran.

„Mama?", fragte Johanna. „Ist bei dir alles in Ordnung?"

„Mir ist schwindlig. Was soll ich tun?"

Ihre Mutter hatte im Alter von zweiundfünfzig Jahren einen schweren Fahrradsturz erlitten. Zusammen mit ihrem Vater kümmerte sich Johanna um sie. Gesundheitlich müsste es ihr nach ärztlicher Einschätzung längst besser gehen, doch seither plagten ihre Mutter laufend Ängste vor einem erneuten Unfall. Es war schlimm, mit anzusehen, dass ihre Mutter nicht mehr allein bleiben konnte. Sie hatte Panik, wenn niemand mit im Haus war und selbst einen Gang zum Bäcker traute sie sich nicht mehr ohne Begleitung zu. Johanna nahm das jede Luft zum Atmen. Eine Odyssee von Arzt zu Arzt war das Ergebnis, doch niemand fand die Ursache für die Verhaltensänderung.

„Leg dich hin. Wenn es morgen früh nicht besser ist, gehst du mit Papa zum Arzt. Ich komme nach der Probe heim", erklärte Johanna.

Wegen des Unfalls der Mutter war Johanna trotz ihres Alters von fünfundzwanzig Jahren noch nicht von zu Hause ausgezogen. Dabei sehnte sie sich nach Eigenständigkeit und Ruhe.

Johanna seufzte auf. „Wir sehen uns später Mama. Bis dann." Sie legte auf.

Einmal im Monat kam sie eine Stunde vor den anderen zur Probe, um die Buchhaltung des Musikvereins durchzuführen. Nur weil sich niemand anders für diese Aufgabe fand, hatte sie sich bei der letzten Vorstandswahl ehrenamtlich als Kassiererin zur Verfügung gestellt. Johanna verstand das, andere im Ensemble hatten Familie, Kinder, da war keine Zeit mehr für Ehrenämter vorhanden.

Da vor zwei Wochen eine Serenade mit Verköstigung des Publikums stattgefunden hatte, wollte sie jetzt abschließend die Ein- und Ausgaben abrechnen.

Johanna ging in das Nebenzimmer des Proberaums, tippte bei ihrem Handy auf die Spotify-App und steckte die Kopfhörer in die Ohren. Während Freddy Mercury ausgelassen seine Welthits schmetterte, stellte sie eine Tasse bereit, drückte auf die Kaffeemaschine und wartete, bis sich diese mit der duftenden, braunen Flüssigkeit füllte. Danach holte sie zwei Ordner mit Quittungen aus dem Schrank, zog die aktuellen Rechnungen aus der Tasche, klappte ihr Notebook auf und setzte sich vor den Papierberg. Konzentriert arbeitete Johanna einen Beleg nach dem anderen ab, trug die Beträge in die Excel-Tabelle ein, setzte ihr Zeichen unter die Quittungen und heftete sie im Ordner ab.

Irgendwann nahm sie genervt die Kopfhörer raus. Zum dritten Mal schon rechnete sie die gleichen Belege durch und tippte die Zahlen in den Taschenrechner ihres Handys. Es ging um Rückerstattungen, einige ihrer Musikerkollegen hatten das Catering organisiert und waren in Vorkasse gegangen.

Johanna stöhnte auf. Die Kosten waren doppelt so hoch wie im Vorjahr! In der Vorstandssitzung hatten sie lange über den Wechsel zu einem qualitativ hochwertigeren Cateringunternehmen diskutiert, das erklärte sicher eine Erhöhung. Aber machte das so viel aus?

10.273 Euro für Wein, Baguette und Käseplatten für hundert Personen. Vielleicht hatten sie sich für einen zu kostspieligen Wein entschieden? Würde es das erklären? Ein ungutes Gefühl grummelte in ihrer Magengegend.

Sollte sie Fehler in der Kalkulation gemacht haben? Johanna fühlte sich plötzlich schlapp und ihr wurde heiß. Sie war für die Finanzen verantwortlich! Ein Musikverein kämpfte stets mit Geldknappheit. Fehler wollte sie sich daher nicht erlauben! Sie zog ihre Strickjacke aus, hängte sie über den Stuhl und starrte angestrengt auf den Bildschirm. Nein, das konnte nicht sein. Um sich abzusichern, hatte sie die gesamte Vorkalkulation in der Vorstandssitzung mit ihren Kollegen durchgesprochen. Wein, Baguette und Käse – dafür waren höchstens 8000 Euro eingeplant gewesen. Johanna klickte sich durch ihre Dateien. Tatsächlich: 7970 Euro!

Jemand musste überhöhte Kosten in Rechnung gestellt haben! Umgehend tippte sie die Nummer des Catering-Unternehmens in ihr Handy, als ihr Blick auf eine Rechnung fiel. Johanna stoppte den Anruf. Vermutlich lag es an der schlechten Kopie des Belegs. Sie säuberte ihre Brille, schaltete die Schreibtischlampe an und hielt das Schriftstück unter das Licht.

Augenblicklich dachte sie, das Herz müsse ihr stehen bleiben.

Mit offenem Mund registrierte sie die Veränderung: Aus einer Sechs war eine Neun geworden und aus einer Eins eine Sieben. Etwas, das nur bei genauem Hinsehen auffiel.

„Jemand hat beschissen!", flüsterte sie entsetzt und ihre Gedanken begannen sich wie lauter Karusselle unheimlich schnell im Kreis zu drehen.

Wer hat die Rechnung eingereicht? Niemandem würde sie das zutrauen! Es waren doch alles Freunde! *Vielleicht doch ein Tippfehler? Bitte, Gott, nein, das darf nicht sein.*

Johanna versuchte sich zu erinnern. Da fiel ihr ein, wie ihre Musikerkollegin Lilly mit ihrem Mann die Weinkartons vom Hänger geladen hatte. Schnell zog sie weitere Rechnungen hervor, die Lilly eingereicht hatte. Ähnliche Ausbesserungen!

Lilly hat betrogen!!!! Sie musste die Rechnungen manipuliert haben und versuchte nun tausende Euro zu viel abzukassieren. Unvorstellbar! Ausgerechnet Lilly! Sie kannten sich seit Jahren. Jeder mochte Lilly. *Ich liebe es, wenn sie spielt. Und ich mag sie. Für Lilly hätte ich meine Hand ins Feuer gelegt.*

Johanna konnte nicht anders, sie packte alle Unterlagen zusammen und verließ eilig und mit Tränen in den Augen den Musikraum. Zum allerersten Mal erschien sie unentschuldigt nicht zur Probe.

60 - ER JAHRE
AUGSBURG

Robs Familie siedelte sich in Augsburg an, weil Vater eine Stelle in einer Metallfabrik bekam. Die Arbeit war in Ordnung, obwohl Vater nicht mehr in der Lage war, wie früher als Schichtführer zu arbeiten. Mutter fand eine Beschäftigung im Textilbereich.

Robs Eltern schufteten genauso hart wie alle Menschen hier. Die Stadt war im Zweiten Weltkrieg, weil sie Sitz wichtiger Rüstungsunternehmen gewesen war, mehrmals bombardiert worden. Historische Denkmale wie die Fuggerei oder das Rathaus waren schwer beschädigt worden, doch die Bürger gaben nicht auf und das gefiel Rob. Es gab die sogenannten Trümmerfrauen, die Stein für Stein die Überbleibsel der Häuser wegschleppten. Jeder hier baute und renovierte, auch sein Vater richtete ein Haus im Stadtteil Oberhausen für sich und die Familie her.

Rob mochte das Mauern, Feilen und Hämmern und Vater lobte ihn, denn er half ihm und stellte sich äußerst geschickt an. Mutter träumte davon, nicht mehr arbeiten zu müssen und nur noch den Haushalt zu versorgen. Die Männer, die mehr verdienten, ermöglichten das ihren Frauen.

Augsburg veränderte sich, wurde wieder schön. Anscheinend dachte niemand aus seiner Familie mehr an die alte Heimat Kubicka. Rob fragte sich, wo jetzt sein Zuhause sei. Mit seinen Eltern konnte er darüber nicht sprechen, sie redeten nicht mehr über die Vergangenheit. Obwohl die Erinnerung mehr und mehr verblasste, Rob wusste immer noch von ihrem Dorf.

Ist meine Heimat hier in Augsburg oder in dem Dorf bei den Fischen? Vielleicht auch auf dem engen Bauernhof in den Bergen? Er vergaß nicht, dass Mutter gesagt hatte, sie würden in ihr Dorf zurückkehren.

In der Schule war für Rob und Jana der Anfang schwer. Zu Beginn sprachen sie einen auffallenden Dialekt. Rob hielt sich zurück und saß in der Klasse neben dem Tomes, der stammte aus Italien und war daher auch ein bisschen anders. Robs Vater erklärte: „Der Tomes ist freiwillig gekommen, wegen der Arbeit des Vaters ist seine Familie von Italien hierhergezogen." Das sei anders als bei ihnen, Deutschland sei für die italienische Familie eine Wahlheimat, Tomes ein Auswanderer.

Der Tomes verstand anfangs die Sprache gar nicht, Rob unterstützte ihn beim Lernen und der Tomes half ihm beim Raufen, weil Rob klein war und der Tomes einen Kopf größer. Den Mädchen gefiel der Tomes wegen seiner Augen, die stahlblau glänzten.

Jana fand keine Freundin. Einige der Jungs schubsten sie auf dem Schulhof und schimpften sie „doofer Flüchtling".

Da erklärte der Tomes Rob so etwas wie: „Niemand beleidigt Familie. Familie ist alles, muss man schützen." Damit sprach er Rob aus der Seele und so rauften Rob und Tomes mit den anderen Jungs, als ginge es um ihr Leben. Als letztendlich alle Jungen gemeinsam mit blauen Flecken und Schrammen zum Angeln an den Bach gingen, erläuterte Rob den Einheimischen den Unterschied zwischen Flüchtlingen und Vertriebenen und Tomes fügte im gebrochenen Deutsch hinzu, was Auswanderung und Wahlheimat bedeutet. Von da an war das Eis gebrochen, Rob wurde schnell bei allen beliebt und ihn und Tomes verband von da an eine Freundschaft wie Pech und Schwefel. Auch Jana wurde nun in Ruhe gelassen, doch sie blieb weiter schüchtern. Vielleicht lag das daran, dass Mutter sagte, Jana solle sich anpassen und nicht besonders auffallen, das sei für ein Mädchen sicherer. Außerdem behauptete Mutter, die Flüchtlinge müssten besser sein als die anderen um etwas zu schaffen und so verbrachte Jana viel Zeit, um für die Schule zu lernen. Ansonsten rannte sie Rob und Tomes hinterher, wobei Rob sie manchmal beobachtete, wie sie den Tomes heimlich anhimmelte. Sie sprach nur in den höchsten Tönen von ihm. Vielleicht, dachte Rob, war sie ihm dankbar, dass er sich für sie geprügelt hatte.

Aus Holz, Steinen und allem, was Rob draußen an der Wertach oder im Gebüsch fand, konnte er wunderbare Dinge bauen: Autos, Boote,

Figuren, Spiele. Das gefiel den anderen und sie wollten mit ihm zu-
sammen sein.

Vor Tomes hatten sie Respekt und Angst vor seiner Faust, den To-
mes beleidigte man nicht. Rob verstand seinen Freund, er wusste, der
kannte nichts anderes. Schließlich kam der Tomes oft mit blauen Fle-
cken zur Schule und erzählte Rob vom Gürtel seines Vaters. Tomes
und ihn verband daher noch ein anderer Umstand: Sie waren nicht
gern daheim.

Im Haus hielt Rob es nicht lange aus. Sein Vater würde ihn nie
schlagen, allerdings war er immer auf hundertachtzig und regte sich
über jede Kleinigkeit auf. Vater war wie ein Kessel heißes Wasser, das
jeden Moment überkochen konnte. Wenn er mit anderen Leuten dis-
kutierte, beschwerte er sich über dies oder jenes, und wenn Rob etwas
von sich erzählen wollte, hörte Vater selten zu. Der Krieg ist vorbei,
du kannst dich wieder beruhigen, hätte Rob ihm am liebsten ins Ge-
sicht geschrien.

Obwohl in Deutschland längst Frieden herrschte, entwickelte Rob
ein Gefühl dafür, was Kampf bedeutete. Seine Eltern waren für sich
genommen liebe Menschen, doch wenn sie zusammen waren, herrschte
entweder Sprachlosigkeit oder es begann das Hauen und Stechen. Ob
am Essenstisch oder auf dem Weg zur Kirche. Der Krieg hört in unse-
rer Familie nie auf, dachte Rob. Das einzige Gespräch, das sie führten,
war über Vaters „Aufregungen", wie er es nannte, über den neuen
Pfarrer, die Arbeit des Stadtrates, das Wetter. Rob bemerkte zuneh-
mend Mutters kalten Blick, das Nicht-Aussprechen, die Verachtung
für das, was Vater nicht geworden war, ein selbständiger Landwirt
oder zumindest Schichtführer im Betrieb, und vielleicht für die Liebe,
die sie in dieser Ehe nicht mehr fand.

Niemand trauerte um Anni, nur Rob. Er vermisste das Baby, sie
war so mollig warm gewesen, roch so gut, er hatte gerne mit ihr geku-
schelt. Mama und Papa kuschelten nicht, nicht mit den Kindern, nicht
gegenseitig. Sie hatten ihn nie gefragt, wo Anni begraben war. Ver-
mutlich wussten sie es. Wenn Rob sich allein fühlte, dachte er an Anni.
Sie war sicher auch einsam, dort unter den weißen Zuckerbergen. Wer

sollte sie besuchen? Eine andere Frage plagte ihn zunehmend: Was, wenn er den Platz nie mehr finden würde?

Hin und wieder träumte Rob vom griechischen Gott Morpheus, ein Gestaltwandler, der die Menschen im Schlaf besuchte. Einmal erschien Rob der Gott, er hatte das Baby auf seinem Arm und reichte es ihm. Im Traum spürte Rob ihr weiches Haar an seinen Fingerkuppen. Als er aufwachte, hatte Rob Annis Duft in der Nase. Er konnte mit niemandem darüber sprechen und schämte sich für seine Träume, die ihn auch begleiteten, als er älter wurde. Rob war darauf bedacht, dass seine sentimentale Seite niemand zu sehen bekam.

Die Jahre gingen ins Land, Rob bemühte sich in der Schule. Mutter wollte, dass sie viel lernten. Rob verstand das, schließlich blieb an Besitz manchmal nur das, was man im Kopf behielt.

Tomes hingegen hasste den Unterricht, er zog lieber um die Häuser oder saß nachts mit den Männern seiner Familie in deren Kneipe. Manchmal besuchte Rob ihn dort, obwohl das Gerücht umging, Tomes' Familie, die Konstanzas, das seien harte Jungs.

Nach einer Lehre zum Zimmermann lernte Rob in der Abendschule, machte Abitur und studierte Bauingenieurwesen. All das finanzierte er sich durch harte Arbeit auf dem Bau. Rob wusste, wie stolz seine Eltern auf ihn waren, ebenso wie auf seine Schwester Jana, die eine Ausbildung zur Krankenschwester begann.

Bereits nach einigen Jahren Berufserfahrung gelang es ihm, eine eigene Firma zu gründen.

GUTE VORSÄTZE

„Ravina, das ist schon dein drittes Stück!", mahnte Jana, nachdem ihre Großnichte sich erneut Torte auflud.

„Die Torte ist eben mega-lecker!", besänftigte Lilly und lächelte Jana spitzbübisch an.

„Lass uns das bisschen Hüftgold, Tantchen", meinte auch Theo und streckte ebenso seinen Teller vor. Im Alter wurde Jana zunehmend strenger und manchmal regelrecht unerträglich.

Theo hatte sich auf das Picknick mit Mutter, Lilly, Jana und den Kindern gefreut. Sie waren für Stellas Geburtstag ins Allgäu in die Rehaklinik gefahren, um sie zu besuchen. Theo hatte ihr wie in jedem Jahr ihre Lieblingstorte, eine Marzipankirsch, gebacken. Es war Sonntag, heute standen keine Behandlungen an und sie veranstalteten ein Picknick am See. Die Sonne wärmte die blanken Steine und ein sanfter Wind blies ihnen um die Nase.

Stella hatte am Morgen die Sendung „Frauentausch" gesehen und erzählte: „Deren Ofen müsstet ihr sehen, bestimmt hat sie ihn seit einer Woche nicht mehr gereinigt."

Theos Blick suchte Lilly, er grinste. Mit Sicherheit dachte sie dasselbe wie er. Wie lange lag die Reinigung ihres Ofens zurück?

Nun jammerte Stella über die Haushaltsführung, die mit Krücken sicher „die Hölle" bedeuten würde. „Jana, organisier mir eine Haushaltshilfe. Ich brauche unbedingt Unterstützung."

„Die Ärzte haben gesagt, du kannst wieder alle Tätigkeiten verrichten", unterbrach Jana sie.

„Aber mein Bein ist noch -"

„Im Gegenteil, die Bewegung wird dir guttun", Jana bedachte Stella mit einem strengen Blick.

„Besser als nur auf der Couch zu sitzen", unterstützte Theo, wobei ihm Mutters beleidigter Blick nicht entging.

Jack lag zusammengerollt auf der Decke und döste vor sich hin. Währenddessen sammelte Theo mit Ravina und Mariella flache Steine, warf sie aus dem Handgelenk ins Wasser und beobachtete, wie sie leichthin über die Wasseroberfläche tanzten.

„Ich habe dich am Sonntagabend in der Stadt gesehen, so um neun, wo warst du denn?", fragte Jana, nachdem Theo sich wieder zu ihnen setzte.

„Mit Kollegen beim Essen", kam es wie aus der Pistole geschossen. „Musste nur mal neu nachlegen bei der Parkuhr." Er wunderte sich selbst, wie schnell er mittlerweile eine Ausrede parat hatte.

„Mutter, konntest Du alles Organisatorische wegen der Reha klären", lenkte Theo das Gespräch geschickt in eine andere Richtung.

„Da fällt mir ein, für die Krankenkasse musst du etwas ausfüllen. Theo, kommst du nächste Woche, wenn ich wieder zu Hause bin, vorbei?", fragte Stella und begann, Jacks nackte Füße zu massieren.

„Ich habe Zeit. Ich komm zu dir", bestimmte Jana. „Theo hat gerade genug zu tun."

„Meinst du?", fragte Lilly und Theo bemerkte ihren verwunderten Blick, der ihm umgehend Bauchschmerzen bereitete.

„Übrigens, Lilly, Anton kommt morgen Abend nicht zu uns, er geht mit seinem Nachbar wieder in den Tanzclub", kratzte Theo beim Gespräch im letzten Moment die Kurve.

„Schön!", reagierte Lilly. „Ist das dort, wo man die Telefonnummer hinterlegt und wenn einem jemand gefallen hat, kann man sie erfragen und sich anschließend wegen einem Date melden?", wollte sie wissen.

„Genau, ich würde es ihm wünschen, dass das klappt!", stellte Theo fest.

Da gesellten sich die Mädchen wieder zu ihnen und Ravina griff zu einem Buch.

„Das viele Lesen unterstützt sicherlich Ravinas Fertigkeiten bei den Deutsch-Aufsätzen. Von Ravina habe ich gehört, dass sie den Wechsel aufs Gymnasium mit Bravour geschafft hat", stellte Jana fest und strich dem Kind anerkennend übers Haar, um sich danach an Mariella zu wenden: „Wie waren deine letzten Noten?"

Alter Kontrolletti, ging es Theo durch den Kopf.

„Sie sind alle gut, wir sind mit unseren Kindern sehr zufrieden, Jana." Theo versuchte, sich seine Aggression nicht anmerken zu lassen. Mariella hatte in der letzten Mathe-Schulaufgabe eine fünf geschrieben und das, obwohl sie stundenlang mit ihm gebüffelt hatte. Laufend fragte Jana sie nach ihren Noten. Dabei wusste Theo genau, wie traurig das seine Tochter machte.

Jana zog nur die Augenbrauen hoch und warf Mariella einen wissenden Blick zu, um sich dann Lilly zuzuwenden. „Und wann beginnt für Jack die Vorschule?"

„Aber, Jana, Jack ist erst zwei! Das kleine Latinum muss noch warten!" Lilly lachte herzlich auf und griff zum Kuchen. Amüsiert beobachtete Theo, wie sie Jana frech das schönste Stück mit der Marzipanrose auflud und auch den anderen ungefragt noch eines auf den Teller legte.

In den nächsten Tagen war Theo mit seinen Fahrstunden, dem Haushalt und den Kindern beschäftigt. Er ging mit ihnen zum Schwimmen, las Jack lange vor und half Mariella beim Lernen. Einmal traf er sich mit Anton auf ein Bier. Theo gönnte sich sonst keine freie Minute. Er achtete streng darauf, nicht allein zu sein. Vor kurzem hatte er eine staatliche Spielbank aufgesucht und dort eine höhere Summe gelassen, das sollte nicht wieder passieren.

Nur nicht auf dumme Gedanken kommen.

Er hatte schließlich alles, was er brauchte. Aber es ließ sich nicht verhindern. Im Briefkasten lag erneut eine Nachricht, eine von vielen, die er in den letzten Wochen von den Erpressern erhalten hatte. Diesmal stand nur ein Wort darauf:

„Schweigegeld".

Dahinter eine schwindelerregende Summe, 40.000 Euro und auf der Rückseite Uhrzeit und Übergabeort.

Schweigen - wofür?

In Theo kamen alte Erinnerungen hoch. Vater hatte ihm einmal berichtet, dass er für Notfälle eine Waffe im Haus aufbewahrte. Nicht registriert. Er hatte sie Theo nie gezeigt. Was, wenn Robs Waffe zum Mordwerkzeug wurde? Wenn er sie zuerst gegen seinen Sohn und danach gegen sich richtete oder womöglich Andre damit hantierte?

Stopp, nein! Theo ertrug seine eigenen Gedanken nicht mehr. All das durfte nicht wahr sein. Und doch, vielleicht gab es einen Zeugen, jemanden, der wusste, was passiert war, zur Tatzeit am Ort gewesen war und die Zeichnung mitgenommen hatte. Eine andere Möglichkeit erschien nicht logisch. Theo drehte den Brief in seinen Händen. Weißes Papier, fette schwarze Buchstaben.

„Die wollen mehr, immer mehr", flüsterte er und fühlte, wie jede Energie aus seinem Körper wich. Diese Erkenntnis erstickte seine anfängliche Hoffnung, alles in den Griff zu bekommen im Keim. Unaufhaltsam. Er hatte ihnen schon horrende Summen vom Erbe gegeben. Diesmal wusste er nicht, wie er das noch zahlen könnte. In den letzten Wochen hatte er mehrmals an seinem Lieblingsautomaten, dem des Königs Midas, seinen Einsatz erhöht Doch der König hatte ihm kein Glück gebracht. Der Einsatz am Automaten war außerdem in den regulären Spielhallen limitiert. Theo reichte das nicht mehr. Er brauchte Alternativen.

Wie wenn das nicht schon genug wäre - der miese Abend setzte dem Tag die Krone auf, denn mit dem Anruf seines Kollegen rechnete er nicht. Ausgerechnet, während Lilly Hausarbeit erledigte und ans Telefon ging. Ein Anruf aus der Fahrschule. Offen wie Lilly war, quatschte sie mit dem Anrufer und es dauerte nicht lange, bis ihr klar wurde, dass Theo sich nicht mit seinen Kollegen getroffen hatte. Sein Alibi für den Abend löste sich innerhalb von wenigen Sekunden in Luft auf.

„Sag mir einen Grund, warum du mich anlügst!", schrie sie ihn an, sofort, nachdem sie den Hörer auf die Telefonstation geknallt hatte.

„Nach den Tagen mit den Kindern – ich brauchte etwas Zeit, Luft für mich", stieß er hervor. Es klang dünn, seine Ausreden waren schon besser gewesen.

„Und? War das je ein Thema?" Lillys Stimme zitterte. Sie musterte ihn vorwurfsvoll. Noch nie hatte er sie so erlebt. Schuldbewusst schüttelte Theo den Kopf.

Lilly sah ihn lange an. Sie war traurig, das spürte er.

„Es gibt etwas, das wertvoll ist zwischen uns, kostbar. Das nennt sich Vertrauen." Sie hatte Tränen in den Augen. „Zerstör das nicht", murmelte sie leise und kurz darauf war sie für die nächsten Stunden in ihrem Zimmer verschwunden.

Theo wusste, er musste sie jetzt allein lassen. In solchen Momenten war sie zu keinem weiteren Wort mehr fähig. Er schämte sich unendlich. Lange stand er in dieser Nacht auf der Terrasse und betrachtete den Mond und die Sterne.

Eine Frau wie Lilly war das Wertvollste in seinem Leben und sie verdiente nur das Beste. Was, wenn sie wüsste, wie fertig er wirklich war? Lange dachte er nach, doch er kam zu dem Schluss, dass er sogar ihr nicht die Wahrheit beichten konnte. Zwar hatten sie über das Unglück seiner Familie gesprochen, aber sie ging immer noch von einer Einbruchsserie aus, wie die Polizei auch. Wie würde Lilly zu ihm stehen und über seine Familie urteilen, wenn herauskommen würde, was wirklich geschehen war? Was, wenn sie wüsste, zu was Theo noch fähig war, mit was für einem Menschen sie es zu tun hatte?

Liebe hat Grenzen, so viel war Theo klar.

Auch zur Polizei würde er nicht gehen. Es war anzunehmen, dass sie den Tod seines Bruders und Vaters anhand der Briefe mit anderen Augen beurteilen würden. Wie lange würde es dauern, und die Presse wäre über die Einschätzung eines Familiendramas informiert?

Ihm wurde kalt, er schnappte nach Luft.

Die Angst, Lilly zu verlieren, schnürte ihm den Atem ab.

In den nächsten Tagen sprachen sie nur wenig miteinander. Theo litt unendlich. Lillys verletzter Blick war für ihn unerträglich, er wollte sie trösten und doch, es fiel Theo nichts ein, was er zu seiner Verteidigung vorbringen konnte. Lilly war schließlich nicht dumm.

Es fühlte sich an, als habe er keinen Boden mehr unter den Füßen. Was, wenn er alles verlieren würde, seine Familie, seine Heimat?

An einem Sonntag-Vormittag hielt er es nicht mehr aus. Er verließ das Haus und zog rastlos durch die Stadt. Seine Schritte führten ihn vertraute Weg, in die schmutzigsten Ecken, bis ihn die bunten Lichter verführten.

Gewinnen ist besser als verlieren!

Alles, was Theo besaß, glitt ihm aus den Händen.

Loser.

KRANKENSCHWESTER

Es war Abend und schon längst dunkel. Jana plante noch nach draußen zu gehen, es hatte geregnet und roch bestimmt angenehm frisch. Da dachte sie daran, wie nervös Theo bei ihrem letzten Treffen gewirkt hatte.

Jana Rommels erinnerte sich genau an den Tag der Geburt ihres Neffen Theo. Mitten in der Nacht war die hochschwangere Stella ins Krankenhaus eingeliefert worden. Es war eine schwierige Geburt gewesen, Stella hatte Stunden in den Wehen gelegen und wollte nur noch eines: schlafen. Rob hingegen musste sich um Andre kümmern. Der Kleine hatte die Windpocken und litt an hohem Fieber. Er war nur schwer zu beruhigen und durfte dem Baby wegen der Ansteckungsgefahr nicht nahekommen. So kümmerte sich Jana an den ersten Tagen um Theo und Stella. Sie hielt ihren Neffen im Arm und streichelte über seinen zerknautschten Kopf. Wäre Jana Mutter geworden, sie war sicher, ihr Kind hätte genauso ausgesehen. Noch fast keine Haare, weiche, duftige Haut, herrlich zart. Theo strahlte, als käme er direkt aus dem Himmel. Vom ersten Tag an war klar, Jana würde immer für ihren Neffen, ihr Baby, da sein.

Jana übte sich schon in ihrer Kindheit im Umgang mit Verbänden und Pflastern. Nachdem Vater aus dem Krieg gekommen war, war sie es gewesen, die sein schmerzendes Bein täglich mit einer speziellen Schmerzsalbe eingerieben hatte. In diesen Momenten war Vater ruhig geblieben und hatte Jana gelobt.

In ihren späteren beruflichen Einsätzen im Ausland half Jana, wo sie nur konnte. Sie verabreichte Medikamente, versorgte Wunden, legte Verbände an, setzte Spritzen und vieles mehr. Außerdem nahm sie sich die Zeit und tröstete insbesondere die

Kinder und nahm sie in den Arm. Sie war prädestiniert für diese Aufgabe.

Janas Beruf war das Helfen. Als Theo und Andre klein waren, überkam sie das Gefühl, sie müsse sich mehr um die Kinder kümmern. Sie bewarb sich für eine Tätigkeit am hiesigen Krankenhaus, aber sie gab die Anstellung nach einigen Wochen auf. Nach der jahrelangen weltweiten Tätigkeit war sie eine andere Arbeitsweise gewohnt. Zielgerichteter, schneller. Vielleicht, so gestand sie sich ein, war sie für den Einsatz unter diesen luxuriösen Bedingungen nicht geeignet. Sie kehrte an ihren alten Arbeitsplatz im Krisendienst zurück.

Jetzt freute sich Jana, dass sie von ihrer Rente leben und sich somit ganz der Familie widmen konnte.

Mit Theo stimmte etwas nicht, sie spürte es wie einen dicken Kloß im Hals. Es war selbstverständlich – Jana, die Gute, die Krankenschwester, sie würde ihm helfen.

Jana seufzte auf. Sie zog sich ihre Regenjacke über und ging trotz des einsetzenden Nieselregens noch nach draußen.

WEGGESPERRT

„Die Spielothek öffnet um 16:00 Uhr, Quirin und ich statten ihr nachmittags einen Besuch ab", informierte Marlene König das Team während ihrer regulären Morgenbesprechung. Außerdem wusste sie, Quirin würde sich nach Möglichkeit für andere Ermittlungstätigkeiten melden, deshalb war es besser, ihn vor vollendete Tatsachen zu stellen. „Vorab suche ich Frau Häusler in der Psychiatrie auf."

Nicht nur sie und Quirin Seligman hatten weiterrecherchiert. Mit sichtlichem Stolz berichtete Michael Herman: „Im Handy des Verstorbenen waren für die Tatnacht zahlreiche Anrufe, Sprachnachrichten und WhatsApp-Messages seiner Ehefrau aufgezeichnet. Sie hat ihn damit regelrecht bombardiert. Er stellte das Handy wohl lautlos. Aber eine Funktion war weiterhin aktiviert: GPS! Es besteht also die Möglichkeit, dass sie seinen Standort ausfindig gemacht und ihn nachts aufgesucht hat."

Für Marlene war es ein Albtraum, an Michaels Pension zu denken. Bei dem Engagement, das er an den Tag legte, brachte er die Ermittlungen entschieden vorwärts.

Karla Berchtenbreiter ergänzte: „Sie gibt zwar an, bei ihrem Sohn gewesen zu sein, aber meine Befragung hat ergeben, dass er die ganze Nacht schlief. Er erzählt, er schlafe grundsätzlich gut, was bedeutet, dass er auch nicht mitbekommen hätte, wenn seine Mutter für ein paar Stunden verschwunden wäre."

Ihr junger Kollege Paul resümierte: „Sie kommt also durchaus als Täterin für den Mord an ihrem Mann in Frage. Doch gibt es Fallzusammenhänge zu Hollezinsky?"

„Was sollte die Häusler für ein Motiv haben, den Hollezinsky zu töten? Moralische Bewertung? Sehr weit hergeholt!", überlegte Marlene.

„Ich suche erneut den Helmut Rückl auf, mich interessieren die Außentermine des Häuslers", schlug Quirin vor. An Marlene gewandt ergänzte er: „Also ich mein", Quirin verhaspelte sich, „nur jetzt, am Vormittag. Bin rechtzeitig wieder zurück."

Während sie weiter diskutierten, öffnete sich die Bürotür, Robert Stahlgruber trat ein, sein Gesicht strahlte. „Ich störe Sie nur kurz bei Ihrer Ermittlungsarbeit", wandte er sich entschuldigend an Marlene. „Die Nachricht duldet jedoch keinen Aufschub." Beifall heischend strahlte er in die Runde, als er feierlich verkündete: „Jetzt geht's los!"

„Robert, um was geht es?" Marlene war verärgert. Sie standen an einem wichtigen Punkt, da hasste sie jede Unterbrechung. Erst jetzt merkte sie, dass er etwas hinter seinem Rücken verbarg.

„Tada!" Zwei Reitwimpel kamen zum Vorschein. Blau und Rot. „Für ein Spiel des FC Augsburg mit dem FC Bayern in vier Wochen in der WWK Arena wird unsere Pferdestaffel gebucht. Frau König und Herr Seligman, Sie sind für die Veranstaltung im Reiterteam integriert, allerdings müssen Sie vorab an einem Training und an einer Einweisung in München teilnehmen. In diesem Zuge kann mit Hilfe Ihrer Erfahrung überprüft werden, ob solche Einsätze, bei denen die Pferde von München hierher transportiert werden, dauerhaft mit diesem logistischen Aufwand für Augsburg angedacht werden könnten und in welchen Bereichen dies sinnvoll erscheint. Der Tag beginnt mit dem Kennenlernen des zugeteilten Pferdes, das Pferd muss auch vor- und nachbereitet werden."

„Striegeln, putzen, satteln?", fragte Quirin und sein Gesicht strahlte. Marlene amüsierte sich über seinen kindlichen Eifer.

„Ja, was denn sonst?", fragte der Stahlgruber.

Feierlich überreichte er Marlene den blauen und Quirin den roten Wimpel. Nun stutzte er kurz, zog beide Wimpel zu sich zurück und händigte diese vertauscht wieder aus.

Aha, rot für Fräuleins und blau für die Herren, registrierte Marlene amüsiert. *Ordnung muss ein.*

„Ach und übrigens: Melden Sie sich bitte beide baldmöglichst zur Anprobe. Die Einkleidung wird über Frau Busch organisiert. Sie benötigen für Ihren Reiteinsatz eine Ausrüstung." Stahlgruber wandte sich an Marlene. „Das dürfte bei Ihnen unproblematisch werden." Daraufhin beäugte er Quirins schlaksige Körpermitte näher. „Bei Herrn Seligman muss sicher genauer Maß genommen werden. Darf ich das Ihnen anvertrauen, Frau Busch?"

„Den Kollegen ausmessen? Er ist bei mir in besten Händen!", Frau Busch zwinkerte Quirin freundlich zu.

Der Ärger über Stahlgrubers Unterbrechung war bei Marlene wie weggeblasen. Sie freute sich auf den Einsatz. „Der Traum Ihrer Jugendzeit wird also wahr!", raunte sie Quirin schmunzelnd zu, als der Stahlgruber Frau Busch genauere Anweisung für den organisatorischen Ablauf gab. Danach wandte sie sich an ihren Vorgesetzten: „Robert, vielen Dank für die Bemühung. Wir führen das gerne durch, vorausgesetzt, dass wir es zu dem Zeitpunkt auch mit den laufenden Ermittlungen zeitlich vereinbaren können."

„Selbstverständlich", bestätigte Stahlgruber.

„Selbstverständlich", wiederholte Quirin.

Marlene bemerkte, wie der Stahlgruber Quirin offensichtlich mit einer Mischung aus Misstrauen und Missbilligung beäugte, um dann Marlene freundlich zuzunicken. Kurz darauf war er wieder verschwunden.

Marlene kannte das Bezirkskrankenhaus, doch die geschlossene Abteilung suchte sie äußerst ungern auf. Für sie ein grauer Käfig für Menschen, eher ein Bunker, Kontrolle für die Patienten bei jedem einzelnen Schritt. Sie ging schneller, weil es regnete, als sie die Stufen zur Klinik nahm. Wie war es, wenn man weggesperrt wurde, weil man eine zu große Gefahr für andere oder sogar für sich selbst bedeutete? Wie wirr mussten die eigenen Gedanken sein, um an einem solchen Punkt anzugelangen?

Als sie durch die Gänge lief, verharrten an den Seiten apathische Menschen, so, als hätten sie nichts anderes zu tun, als hier zu sitzen. Manche sprachen wahllos vor sich hin, andere starrten Marlene mit glasigen Augen an.

Der Tod eines nahen Angehörigen wurde als „kritisches Lebensereignis" betrachtet. Vielleicht litt die Häusler von je her an psychischen Problemen. Nun war sie nach Aussage der Ärzte in eine akute schwere Depression gestürzt. Mehr als verständlich, wenn man den Menschen verliert, mit dem man jahrzehntelang ein Haus, ein Bett, eine Familie teilte. Oder aber wenn man selbst zum Mörder geworden war. War man dann über seine eigene Tat so schockiert, dass es in den Ausnahmezustand führte?

Marlene traf Frau Häusler im Aufenthaltsraum. Dort lungerte sie in einem breiten Sessel und starrte zum Fenster raus. Da sie allein im Raum war, nahm sich Marlene einen Stuhl und schob ihn zu ihr.

„Ihrem Jungen geht es gut, die Nachbarin kümmert sich um ihn", erklärte Marlene.

„Gut", Frau Häusler blickte weiter nach draußen ins Nirgendwo. Von der ursprünglichen Aggression war nichts mehr zu merken. Wahrscheinlich erhielt sie starke Medikamente. „Wenn er mich verlassen hätte, nichts hätte mehr Sinn gemacht", sagte sie. „Mein ganzes Leben hat sich nur um ihn und den Jungen gedreht."

Vielleicht ein bisschen viel Last auf den Schultern von Mann und Kind, dachte sich Marlene.

„Sie haben gewusst, wo er in der Nacht war, oder?" Für Marlene bedeutete ihre fehlende Reaktion eine Zustimmung. Spontan wagte sie einen Schuss ins Blaue: „Hat er gemerkt, dass Sie ihn regelmäßig übers Handy kontrollierten?"

Marlenes Rechnung ging auf, die Häusler schüttelte den Kopf. „Ist ihm nicht aufgefallen."

„Wenn jemand ein Motiv hatte, ihn zu bestrafen, dann Sie", bohrte Marlene weiter.

„Bestrafen darf man jemanden, wenn der etwas verbrochen hat. Sagen Sie's mir: Hat er das denn?" Die Häusler wandte Marlene den Kopf zu und es kam Marlene vor, als blicke die Frau durch sie hindurch.

„Was heißt für Sie verbrochen?", hakte Marlene nach.

„Verrat!" Der harsche Tonfall verriet Hass, Frustration.

„Sie hatten einen gemeinsamen Lebenstraum, stimmt's?", fragte Marlene.

„Haus, Kind, Glück. Anfangs waren wir verliebt, wir schwebten in den Wolken. Wir waren ein schönes Paar!", schwärmte Frau Häusler. „Aber mit der Zeit - irgendwann war jeder Tag gleich."

„Und trotzdem wollten Sie, dass er bleibt." Marlene konnte sich die Starre zwischen dem Paar vorstellen. Erdrückend. Ihr fielen die von der Decke baumelnden Clowns ein. Wenn einer dem anderen für sein eigenes Unglück die Verantwortung gab, eine solche Beziehung war der größte Albtraum.

„Sich von einem Mann zu trennen, bedeutet Ungewissheit. Wo geht es hin, allein mit Kind? Neue Wohnung, neue Kontakte. Lerne ich wieder jemanden kennen oder bleibe ich allein? Wie soll finanziell alles klappen?", erklärte Frau Häusler.

„Und das war Ihnen zu riskant", wollte Marlene wissen.

„Da war auch die Hoffnung, alles würde wieder werden wie früher."

Marlene beschloss, in die Vollen zu gehen. „Waren Sie es, haben Sie Ihren Mann erstochen? Aus Wut, Rache?" Gespannt wartete sie ab.

Frau Häuslers Blicke schweiften quer durchs ganze Zimmer. Von den Staubweben im hinteren Eck des Aufenthaltsraumes bis zum vertrockneten Efeu auf dem Fensterbrett und zurück.

„Sagen Sie es mir, bitte! Ich sehe es in Bildern an mir vorbeiziehen, der Schnitt im Hals, sein starres Gesicht. Es bereitet mir Genugtuung, mir vorzustellen, ich wär's gewesen. Dann wieder will ich ihn aus seinem tiefen Schlaf wachküssen. Hätte ich denn einen Grund gehabt? Gab es eine andere Frau?"

Marlene wollte keine Antwort aus Frau Häusler pressen. Was würde ihr das nutzen? Zu deutlich merkte sie, dass die Frau phantasierte, sich in einem Modus befand, der zwischen Realität und Wahn hin und her pendelte.

„Die gab es", antwortete Marlene ehrlich. Sie stand auf. Sie würde wiederkommen, für heute war es genug. Fairerweise, schließlich war er nicht fremdgegangen, ergänzte sie: „Nur nicht so, wie Sie denken."

Sie ging nach draußen in den Park. Die Regenwolken waren zarten Sonnenstrahlen gewichen. Marlene setzte sich für einen Moment auf eine Bank. Sie betrachtete die psychiatrische Klinik. Der Putz bröckelte ab und die hölzerne Eingangstür könnte dringend einen frischen Anstrich vertragen. Im Erdgeschoss waren die Fenster vergittert. Doch schlimmer als dieses äußere Gefängnis war vermutlich die innere Trostlosigkeit, wenn man es nicht mehr schaffte, mit sich selbst zu leben.

Da rannten zwei Kinder an Marlene vorbei. Sie spielten Pferd, eines sprang voraus, mit einem Strick um den Bauch, das andere hielt das „Halfter" und trieb es mit lautem „Hüh, hüha!", an. Marlene musste lachen.

Wurde uns die Lebensfreude nicht eigentlich in die Wiege gelegt?

Sie genoss die wenigen Minuten in den Grünanlagen und griff zum Handy. „Sehen wir uns heute Abend?", schrieb sie.

„Gerne, auf einen schönen Spaziergang?", lautete die Antwort.

Sie warf einen Blick auf die Uhr. „Wenn möglich nicht vor acht."

„Geht klar. Ich freu mich."

Marlene war zufrieden mit sich. Sie wollte dranbleiben. Eine Beziehung musste man sich erarbeiten und sie würde das jetzt durchzuziehen, obwohl sie es im Moment als anstrengend empfand. Vielleicht war es der Fehler gewesen, dass sie angenommen hatte, eine Beziehung müsse leicht sein, gäbe Kraft und Geborgenheit. Das kam womöglich noch. Ihre Zwillingsschwester war wegen der Liebe bereits vor zwanzig Jahren nach Kanada gezogen. Dort lebte sie seither mit Kind und Kegel. *Friede, Freude, Eierkuchen.* Anstrengend sah das nie aus. Vielleicht bekamen die einen Dinge geschenkt und andere mussten sie sich hart erarbeiten. So wie sie ihre Schwester und ihre Nichten geschenkt bekommen hatte.

Marlene vermisste sie so sehr.

STREIT

Heute war für Theo ein mega-mieser Tag. Vor einer Stunde war er bei der Bank gewesen, jetzt saß er in seinem Fahrschulwagen in der Garage ihres Hauses. Sie würden ihm den Kredit nicht aufstocken. Dabei brauchte er das Geld dringend.

„Nicht ohne die Mithaftung, die Unterschrift Ihrer Frau", hatte ihm die Bankmitarbeiterin in ihrem mausgrauen Kostüm eröffnet.

Mit ihrer Unterschrift könnte er eine Grundschuld auf Lillys Haus eintragen lassen. Doch woher sollte er die Unterschrift nehmen? Lilly war kein Mensch für Schulden. Sie würde ihr Haus, das Dach über dem Kopf ihrer Kinder, niemals aufs Spiel setzen. Dabei sollte das nur kurzfristig sein, er könnte die Summe sicher schnell wieder zurückzahlen! Was, wenn er ihr einen triftigen Grund auftischte? Vorerst blieb ihm jedoch auch die Möglichkeit, das Kreditkartenlimit auszuschöpfen.

„Scheiß Schufa", fluchte Theo vor sich hin.

Da fiel Theo ein, dass sein Chef sich noch wegen einem Fahrschüler melden wollte. Er aktivierte die Freisprechanlage in seinem Auto und fuhr das Auto aus der Garage. Die wichtigsten Nummern waren eingespeichert, auch die von Jana. In der letzten Zeit schrieb sie ihm ständig Nachrichten. Theo hasste das, er fühlte sich unter Beobachtung, von ihr gegängelt. Diesmal kamen von ihr kurze Zeilen, die keinen Widerspruch duldeten: Ruf an!

„Was heißt, du willst mit mir sprechen?", brauste Theo auf, als er sie pflichtbewusst anwählte, während er den Wagen Richtung Innenstadt lenkte. „Hör auf, Probleme zu wälzen, entspann dich!"

„Reiß dich zusammen. Du hast Probleme, das merk ich doch!", herrschte sie ihn an und setzte eindringlich fort: „Denk an Lilly und die Kinder!"

„Ich denk an nichts anderes", log Theo. Theo schluckte und atmete tief ein. Er zwang sich, ruhig zu klingen: „Entschuldige, Jana, ich wollte dich nicht so anfahren. Ein Fahrschüler hat mir den letzten Nerv geraubt. Stell dir vor, er konnte Rechts und Links nicht unterscheiden."

Passable Geschichte, lobte Theo sich selbst. Dabei hasste er sich für jede Lüge ein Stück mehr, aber was blieb schon anderes übrig?

Theo setzte den Blinker. Diese Straße kannte er genau. Die nächste Fahrstunde würde erst in einer Stunde stattfinden und Theo wusste, wo er die Zeit bis dahin verbringen würde. Einmal nach links in die schmale Straße abbiegen.

„Es geht uns gut, übermorgen ist eine Feier an Ravinas Schule", versuchte er das Thema zu wechseln. Obwohl ihm nicht nach Lächeln zu Mute war, verzog er das Gesicht zu einem angestrengten Grinsen. „Komm doch auch und bring Mutter mit."

Am anderen Ende der Leitung herrschte einen Moment Stille. Kurz darauf erklang Janas monotone Stimme: „Trinkst du wieder?"

Irgendwie musste durchgesickert sein, dass er zwischendurch nachts nicht nach Hause kam.

Weibertratsch.

Einerseits war Theo froh, dass sich Jana, Stella und Lilly gut verstanden, andererseits fühlte er sich dadurch unfrei.

Überwacht.

Was in manchen Nächten oder in Hinterzimmern schmuddeliger Kneipen geschah, davon wusste Theo oft selbst nichts mehr. Längst hatte er Lokale gefunden, die die gesetzlichen Schutzmaßnahmen augenscheinlich nicht kannten.

Hoffentlich machte Jana nicht wieder ein Riesenaufheben und stachelte Lilly an. Seit ihrem Streit war vieles anders und Lilly hielt mit ihrer Meinung nicht hinter dem Berg. Sie fragte nun misstrauischer nach. Irgendetwas war zwischen ihnen zerbrochen, doch Theo hatte nicht den Kopf frei, um sich damit auseinanderzusetzen. Er musste Geld auftreiben. Für den Erpresser, für sich, für die Familie, für was auch immer.

Und wenn schon! Das bisschen Spielen, redete er sich ein. Alkohol konsumierte er immerhin tatsächlich nur selten.

„Ich trink nicht. Mach dir keine Sorgen", sagte Theo. „Wenn du möchtest, komme ich heute nach der Arbeit bei dir vorbei", versuchte Theo, seine Tante zu beschwichtigen. So wüsste sie, dass er an diesem Abend nichts anderes vorhatte, und würde keine unangenehmen Schlüsse ziehen.

Einige Stunden später zeigte er Jana Bilder von den Kindern. Auf einem Bild stand Mariella in einem etwas kurzen Sommerkleid vor ihrem Haus.

„Der Rock ist zu knapp. Ihr dürft ihr nicht so viele Freiheiten lassen", bemängelte Jana.

„Außerdem könnte sie in ihrem Alter schon einen Nebenjob ausüben." Theo beschloss, Janas Kommentare zu ignorieren und blätterte weiter. Sie lachten über Jacks Sandkastenaktion und bewunderten Ravinas konzentrierten Gesichtsausdruck bei ihrer Fahrradprüfung.

„Die Kinder sind toll", stellte Jana fest und strich sichtlich gerührt über ein Foto, auf dem die drei in einer großen Netzschaukel dahinflogen und fröhlich lachten.

„Aus irgendwelchen Spelunken möchte ich dich nie wieder rausholen", sagte Jana bittend, während er sich zum Gehen wandte. „Als ich dich neulich in der Stadt gesehen habe, kamst du da gerade aus einer Spielhalle?"

„Blödsinn. Kenn ich gar nicht. Heutzutage spielt man sowieso nur über Apps!", behauptete Theo.

Auf dem Heimweg stiegen brennende Schuldgefühle in ihm hoch. Er entwickelte sich zu einem Meister der Geschichten. Theo war überzeugt, Jana glaubte ihm. Manchmal wusste er selbst nicht mehr zwischen Wahrheit und Lüge zu unterscheiden.

Am nächsten Tag reichte Theo den Kreditvertrag mit Lillys Unterschrift bei der Bank ein. In geschwungenen Buchstaben stand dort ihr Name: Lilly Rommels. Der Kreditbetrag wurde aufgestockt.

Zu Hause küssten ihn seine drei Lieblingsdamen links und rechts auf die Wange und Jack wartete schon mit dem Fußball unterm Arm auf ihn. Ein echter Glückstag! Den Kredit würde er spielend von seinem nächsten Gewinn zurückzahlen können, davon war Theo überzeugt. Alles wäre wieder gut. Seine Lilly würde nichts davon erfahren.

Den Vertrag mit ihrer Unterschrift hatte sie noch nie zu Gesicht bekommen.

JOHANNA

„Johanna, wie schön!". Ihre langjährige Freundin Lilly umarmte Johanna Bergmann, während sie mit den Unterlagen unterm Arm deren Haus betrat.

Die liebevolle Begrüßung löste in Johanna ein Wechselbad der Gefühle aus: Vertrautheit, die vergessen lässt, aber auch Abwehr, nach dem was sie nun wusste.

Oft schon war Johanna in Lillys Haus gewesen, als Musiklehrerin für die Mädchen oder ohne besonderen Grund. Gemeinsam mit der Familie hatte sie hier am Tisch gesessen oder mit Lilly und mit einem Glas Wein im Garten geratscht. Stets hatte Johanna sich hier wohl gefühlt, nur heute nicht. Das offene Haus, Lillys Herzlichkeit, womöglich hatte sie alles viel zu lange durch eine rosarote Brille betrachtet, von der sich nun die Farbe wie schwerer, klebriger Schleim löste. Etwas stimmte nicht. Was, das war für sie nicht vorstellbar. Dennoch – instinktiv spürte Johanna etwas Diffuses, Bedrohliches.

Es war Johanna zutiefst zuwider, Lilly mit dem Betrugsvorwurf zu konfrontieren. Tagelang hatte sie mit sich gerungen, ob sie sofort die Vorstandschaft informieren oder zuerst mit Lilly reden sollte. Johanna entschied sich für den zweiten Weg.

Sie standen in der Küche, Lilly schenkte ihr eine Tasse Kaffee ein. „Was wolltest du mit mir besprechen?", fragte Lilly und goss Milch dazu.

„Die Abrechnung der Serenade. Es gibt Unstimmigkeiten", begann Johanna mit steifer Stimme.

„Kann ich dir helfen? Brauchst du jemanden, der nachrechnet?" Lilly verrührte die Milch mit einem Löffel.

War Lilly wirklich so arglos, wie es den Anschein machte, oder gab es eine zutiefst ausgekochte Seite an ihr?

„Ich hab mich gefragt", Johanna zwang sich fortzufahren, „ob du Probleme hast. Vielleicht finanzieller Art, Schulden?"

Lilly stellte die Tasse klirrend auf der Küchenoberfläche ab und fixierte Johanna mit fragendem Blick. „Was willst du damit sagen?"

Am liebsten hätte Johanna sofort auf dem Absatz kehrtgemacht und wäre wieder ins Auto gestiegen, aber nun war bereits der Anfang gemacht. „Du hast drei Kinder zu unterhalten und musstest dich lange als alleinerziehende Mutter durchkämpfen. Dein Mann arbeitet als Fahrlehrer, da ist der Verdienst sicher nicht so hoch." Johanna schluckte, sie hörte selbst, wie billig die Ausflüchte und Entschuldigungen, die sie sich für die Freundin zurechtgelegt hatte, klangen.

Keiner sagte etwas, nur Johannas Worte standen im Raum und Lilly sah sie wortlos an. Ihre sonst so warmen Augen nahmen einen argwöhnischen Glanz an.

Im angrenzenden Esszimmer tobten Jack und Mariella. Mariella kitzelte ihren Bruder und Jack schrie. Stella und Jana kamen in die Küche und holten Sprudelwasser und Gläser.

„Alles in Ordnung? Ihr seid so still", wunderte sich Stella.

„Lasst uns ein paar Minuten", bat Lilly ernst und schob die beiden zu den Kindern.

„Johanna, willst du mir gerade verklickern, dass ich manipulierte Rechnungen eingereicht habe?" Lillys Worte nahmen einen hölzernen Klang an.

Johanna atmete tief durch, denn sie merkte, wie ihr die Situation entglitt. „Von mir aus muss niemand etwas davon erfahren." Sie zwang sich, Lillys Blick standzuhalten. Sie würde nicht einlenken. Schließlich wusste sie, was sie wusste. „Wir können miteinander eine Beratungsstelle aufsuchen."

„Wie lange kennen wir uns?" fragte Lilly leise. Ihre Stimme zitterte. „Noch nie hat mir jemand das unterstellt, was du mir vor die Füße wirfst. Du glaubst nicht allen Ernstes, ich würde den Verein betrügen, oder?"

Johanna nickte nur und sah ihre Freundin stumm an.

„Warum denkst du nur so über mich!" hauchte Lilly.

Johanna merkte, wie Lillys Lippen bebten.

Lilly sagte: „Ich dachte, wir wären Freunde."

Johanna wurde sofort unsicher, sie hatte gehofft, Lilly schäme sich für ihr Verhalten und sie fänden miteinander einen Weg. Doch Lilly machte keine Anstalten, sich die Belege anzusehen, im Gegenteil! Sie gab ihr die Schuld!

Lilly drückte ihr grob die Tasche mit den Ordnern in die Hand, dabei verfing sich der Tragegurt in der Kaffeetasse und riss diese mit sich. Das Geschirr zerbarst mit lautem Klirren auf dem Küchenboden in tausend Teile. Die braune Brühe lief über die Theke und ergoss sich tropfend auf den Boden.

Ravina erschien in der Tür und schaute ihre Mutter fragend an.

Jana folgte ihr. „Ravina, du hast mir versprochen, mit mir zu spielen!" Jana zog das Mädchen sanft mit sich und schloss die Küchentür. Keine Sekunde zu früh.

Die Stimmung im Raum war eisig, Johanna zu keinem weiteren Wort mehr fähig.

„Geh besser", verlangte Lilly und als Johanna versuchte, die gröbsten Scherben vom Boden aufzuheben, stieg ihr Lillys blumiger Duft aufdringlich in die Nase.

Johanna drehte auf dem Absatz um, die Tasche unterm Arm stolperte sie, so schnell sie konnte, nach draußen, nur weg von diesem Haus, ihrer einst lieben Freundin, der angeblich so heilen Welt. Sie hörte hinter sich Lillys Schritte, als sie die Außentreppe nach unten eilte. Aber Lilly rief nicht nach ihr, wahrscheinlich stand sie im Türrahmen und wartete, dass Johanna sich umdrehte, sich entschuldigte, sie würden sich aussprechen und Johanna würde alles auf sich nehmen. Doch Johanna lief schnurstracks weiter. Sie konnte nicht vergessen, was sie an den Rechnungen bemerkt hatte, und sie würde sich auch keine Lüge auftischen lassen.

Tränen flossen über ihre Wangen. Sollte sich eine jahrelange so geschätzte Freundschaft, wegen Geld, innerhalb einer Minute in nichts auflösen? Draußen zog ein Wind auf. Johanna schlang ihre Jacke um ihren Oberkörper. Für so ein Wetter war sie zu dünn gekleidet. Sie fing an zu zittern. Es waren nur wenige Schritte zu ihrem Auto.

Die Dunkelheit kaschierte die schwarzen Wolken, die am Himmel aufgestiegen waren. Ein Donner unterbrach grollend die Stille. Vereinzelt fuhren Autos vorbei. Die plötzlich aufkommende Brise kündigte unheilvoll das Unwetter an. Schwere Tropfen klatschten vereinzelt auf den aufgewärmten Asphalt.

Ein Auto fuhr hinter ihr, langsam. Johanna fühlte sich unwohl. Verfolgte der sie etwa? Johanna zwang sich, sich nicht umzudrehen, sondern zügig zu ihrem Auto zu laufen. Da überholte der Wagen sie und hielt an. Ein Fahrschulauto, Theo Rommels stieg aus.

„Johanna, hallo, möchtest du nicht zum Abendessen bleiben?", fragte er freundlich.

Johanna antwortete nicht. *Wer ist Freund und wer ist Feind?*

Konnte man sich so in einem Menschen irren? Log Lilly ihr eiskalt ins Gesicht? Verwirrt stieg Johanna in ihren dunkelgrünen Fiat 500. Ein Spruch ihrer Mutter fiel ihr ein: *„Selig, die Unwissenden."* War das aus der Bibel, Matthäus, oder nur eine Redewendung? Sie sehnte sich zurück in die Zeit, in der die Rommels für sie Freunde gewesen waren und ihr Haus ein Platz des Wohlfühlens. Warum nur hatte sie sich für das Amt des Kassierers breitschlagen lassen?

Da war ich wieder mal zu gutmütig, das hab ich nun davon!, schalt sie sich. Johanna fühlte sich gedemütigt und gleichzeitig war da diese Trauer.

Das Gefühl etwas Wertvolles unwiederbringlich verloren zu haben.

80ER-JAHRE
SOZIALSTUNDEN

Obwohl es draußen schon dunkel war, blieb Rob Rommels noch in seinem Büro und führte letzte Abrechnungen durch. Obwohl es in der Baubranche gute und schlechte Zeiten gab, sein Geschäft florierte. Rob konnte sich Aufträge aussuchen, weil er über zahlreiche Kontakte verfügte.

In seinem Leben gab es immer wieder Frauen, mit denen er eine gewisse Zeit eine Beziehung führte, aber nichts war von Dauer, über kurz oder lang fand er bei romantischen Vergnügungen wie Spazieren gehen, Kinobesuchen oder Essen gehen keine Entspannung mehr. In seiner Freizeit zog er lieber mit Geschäftskollegen um die Häuser, meist jedoch arbeitete er bis zum Umfallen.

Rob besuchte seinen Freund Tomes seltener in seiner Kneipe, aber der Kontakt brach nie ganz ab. Tomes gründete eine Familie und seine Frau gebar ihm ein Kind nach dem anderen. Seine Brüder zogen ebenso aus Italien nach Augsburg, es gab Gerüchte über die Familie Konstanza, sie wurden verschiedener Verbrechen bezichtigt. Rob wusste nicht, was an den Vorwürfen dran war. Er und Tomes waren aus dem gleichen Holz geschnitzt: energiegeladen, anpackend. Nur, dass Rob mit den Leuten redete und sich so Respekt verschaffte, der Tomes hingegen erledigte das offensichtlich immer noch gerne mit der Faust, so war er eben.

Dann kam das Jahr, in dem Robs Eltern verstarben. Seltsam fand es Rob, dass seine Mutter einen Monat nach dem Tod seines Vaters ein Herzversagen erlitt und einschlief. Im Grund hatten die beiden all die Jahre eine Schicksalsgemeinschaft gebildet. Rob vermutete, dass sie die schlimmen Kriegserlebnisse nie hinter sich gelassen hatten. In ihrer Beziehung und auch in der Art, mit dem Leben klarzukommen, fanden sie keinen Frieden, bis zuletzt lebten sie in einer Art Kriegszustand.

Das waren Dinge, die er nicht verstand, über die er aber auch nicht weiter nachdenken wollte. Dennoch, nachdem beide bestattet waren, drängte sich ihm eine Frage auf, die sich nicht ohne weiteres wegwischen ließ: Wenn einmal alles vorbei sein sollte, was blieb in seinem Leben?

Zuerst versuchte Rob die Sinnkrise, in die er schlitterte, durch mehr Arbeit zu kompensieren. Das gelang nur bedingt, denn noch aktiver zu werden war zwar sein gewohntes Verhalten und es hielt tagsüber das Grübeln fern, dafür drehten sich nachts die Gedankenschleifen. Er wusste immer weniger: Für wen schuftete er?

Letztendlich hatte er Glück im Unglück. Mit einem alten Motorrad seines Freundes drehte Rob einige Runden in den Straßen Oberhausens – leider ohne Führerschein. Jana schalt ihn wie einen Schulbuben und er erhielt eine Geldstrafe. Zu Recht. Es ging ihm nicht ums Geld, aber Rob merkte, dass er Lust empfand, seine Strafe abzuarbeiten. Das war so seine Art.

Drei Tage später half Rob zum ersten Mal bei einer Augsburger Essensausgabe für Bedürftige mit. Nach den abgeleisteten Sozialstunden blieb er. Es gefiel ihm, von seinem Erfolg, seinem Reichtum, an andere weiterzugeben, für Menschen vor Ort, für seinen Stadtteil. Auch er war vor vielen Jahren für ein Stück Brot dankbar gewesen. Als Selbständiger konnte sich Rob seine Arbeitszeit einteilen und die paar Stunden Ehrenamt in der Woche übte er gerne aus.

Schon in der ersten Zeit fiel ihm eine junge Frau, fast noch ein Mädchen, auf. Obwohl sie wesentlich jünger als er sein musste, zog sie ihn magisch an. Sie hieß Stella, war besonders hübsch, aber auch sehr eingeschüchtert. In Rob keimte unwillkürlich das Bedürfnis auf, sie zu beschützen. Als er bald nach der Heirat mit ihr Vater wurde, bedeuteten seine Söhne für Rob die ganze Welt, er trug die Babys stundenlang auf seinem Arm, er spielte mit ihnen, las ihnen vor.

Sie rochen wie Anni.

Wenn Rob, wie an diesem Abend, arbeitete, tat er das von nun an für seine Jungen. So ging ein gutes Jahr um das andere ins Land. Rob war präsent, er war für seine Kinder da. Sie sollten es gut haben, etwas

schaffen. Es war draußen schon dunkel, als er noch Rechnungen aus-
druckte und verschickte. Die Kinder erfüllten sein Leben mit Sinn.

SPIELOTHEK

Auf dem Präsidium, in ihrem Büro, packte Quirin all seine Überredungskünste aus, um seine Vorgesetzte nicht in die Spielothek begleiten zu müssen: „Wir sollten uns auch nachmittags aufteilen. Ich möchte dringend noch zu weiteren Firmen im Fall Hollezinsky recherchieren."

Marlene beobachtete, wie er geschäftig in irgendwelchen Akten blätterte und akkurat, als hätte er einen Besen verschluckt, an seinem Arbeitsplatz saß.

„Lieber Quirin, das wird jetzt kein Rückzieher, oder?", sagte sie einfühlsam. Marlene hatte damit gerechnet und war gewappnet.

„Ich könnte die Ermittlungen behindern oder ausfällig werden", seine Stimme überschlug sich, Marlene hatte ihn noch nie so aufgeregt erlebt. Dann machte er seiner angestauten Aggression Luft: „Glauben Sie mir, ich habe einen Einundzwanzigjährigen kennengelernt, der hat einmal 10 Euro eingesetzt und 800 gewonnen. Seither war er Jahre lang Stammgast und hat sein letztes Hemd verspielt, dabei sollte ein junger Kerl sich doch draußen mit Freunden treffen und nicht die Abende in so einem Schuppen verbringen. 80% des Umsatzes wird in solchen Lokalen von 20% der Kunden erwirtschaftet – das sagt alles, oder?"

„Ich versteh Sie ja. Aber gerade wegen Ihrer Vorerfahrung darf und will ich nicht auf Sie verzichten." Marlene ergänzte: „Bitte."

Er würde das schon schaffen, da war sie überzeugt. Wer innerhalb so kurzer Zeit die kniffligste Stelle in ihrem Paris-Puzzle managte, war auch zu anderem in der Lage, sicher auch, sich seinen Dämonen zu stellen, gerade in ihrer Begleitung.

Es dauerte nicht lange und sie machten sich mit den E-Rollern auf den Weg zu Hollezinskys Spielhölle.

„Wissen Sie, dass es in Augsburg ungefähr neunzig Spielhallen gibt?", wollte Marlene wissen, als sie das Gebäude mit den verdunkelten Scheiben betraten.

„Neunzig zu viel", brummte Quirin mürrisch, holte seinen Schnupftabak hervor und zog sich ungeniert vor seiner Chefin eine Brise rein. Marlene verkniff sich einen Kommentar.

„Dachte nur, in Zeiten von Onlinespielen und Apps."

„Wenn man will, findet man diese oder eine andere Möglichkeit." Mehr wollte Quirin offensichtlich nicht dazu sagen und für Marlene war es aufgrund der schaurigen Lichtverhältnisse nicht möglich zu erkennen, in welcher Verfassung er sich befand.

Marlene sah sich im Lokal um. Neonfarben, hohe Automaten, einzelne Sitzgelegenheiten davor. Der klassische einarmige Bandit stand neben anderen Spielgeräten, Lichter blinkten auf und die Walzen drehten sich unablässig, als gebe es keinen Anfang und kein Ende. Daneben eine Theke, an der man Getränke holen konnte.

„Alles in Ordnung?" Marlene drehte sich zu Quirin. Er stand dicht hinter ihr.

Nachdem sie keine Antwort bekam, erzählte sie: „Ich habe mal gelesen, die kaufen extra bequeme Sitze. Damit man auch beim stundenlangen Zocken keine Kreuzschmerzen bekommt und länger bleibt."

Quirin murmelte etwas wie: „Alles Taktik."

Marlene studierte den Betrieb. Sie hätte erwartet, dass erst abends mehr Gäste eintrudeln würden, und wunderte sich, dass die Spielhalle bereits halb voll war. Von den Menschen, die an den Geräten spielten, sah sie nur die Rücken. Konzentriert bearbeiteten sie Tasten, Hebel, Touchpads. Die einen in Businessklamotten, die anderen in ausgebeulten Jogginghosen. Münzeinwurf, Annahme von Banknoten oder von Geldtickets, Karten, es gab jede Möglichkeit, zu investieren. Marlene bemerkte die angespannte, erwartungsvolle Körperhaltung der Spielenden, die konzentriert die sich rollenden Walzen verfolgten. Es gab keine Unterhaltung. Jeder war nur für sich hier. Sich selbst der Nächste.

Einsame Menschen, dachte sich Marlene. *Auf so eine Freizeitbeschäftigung hätte ich keine Lust. In einem muffigen Lokal die Abende zu verbringen und stupide auf das große Geld zu warten.*

Auch wenn's nicht so wirkte, sie hätte das ihrem Kollegen gerne erspart, dennoch: *Sollte der Fall tatsächlich mit diesem Thema zusammenhängen – ich werde Quirins Einschätzung brauchen.*

Marlene konzentrierte sich auf einen Mann. Trotz der schlechten Lichtverhältnisse kam er ihr bekannt vor. Sie konnte sein Gesicht nicht richtig erkennen, aber die Körperhaltung kam ihr bekannt vor. Marlene hatte über die Jahre eine gute Merkfähigkeit trainiert. Dabei ging es nicht nur um Eigenschaften oder das Gesicht einer Person. Oft konnte sie jemanden anhand seines Körperbaus, der Größe und der Art, sich zu bewegen, erkennen. Doch diesmal wollte der Groschen nicht fallen.

An wen erinnert er mich nur? grübelte sie.

Der Mann, hatte eine sportliche Figur, er war gutaussehend und gepflegt gekleidet. Konzentriert stand er vor einem einarmigen Banditen und starrte auf die rotierenden Symbole. Sie beobachtete, wie er eine Nummer eintippte, vermutlich die seines Spielerkontos und den seitlichen Hebel betätigte. Er wirkte, als hätte das Gebäude um ihn herum einstürzen können und er würde weiterspielen.

War das die Hoffnung auf das große Glück?

Mit ihrem Kollegen im Schlepptau steuerte Marlene die Theke an. Nachdem sie sich und Quirin vorgestellt und ihren Ausweis gezeigt hatte, bat sie den Servicemitarbeiter um ein Gespräch.

„Kommt es hier öfter zu Auseinandersetzungen?", wollte Marlene wissen, als sie sich in eines der Hinterzimmer verzogen.

„Regelmäßig. Es fällt keinem leicht, zu verlieren", äußerte sich der Mann gelassen. „Damit muss man umgehen können. Kommen Sie wegen dem Chef?"

„Ja, es geht um den Betreiber des Lokals, Herr Hollezinsky. Er wurde vor kurzem Opfer einer Gewalttat."

„Schlimm. Ich hoffe, Sie finden das Arschloch, das das getan hat, bald. Was ist mit Ihrem Kollegen? Heute nicht sein bester Tag?", fragte der Barmann, da sich Quirin am Tisch auf beide Ellenbogen stützte.

Quirin sah aus, als wäre er im Delirium und als er sich angesprochen fühlte, hob er den Kopf, hatte jedoch sichtlich Probleme, sich zu artikulieren. „Hau-, Haupt-, Hauptkommissar Seligman." Wie wirr suchte er seine Jacke nach seinem Polizeiausweis ab.

Marlene sprach ihn betont langsam an: „Quirin, keinen Ausweis!"

Der Angestellte schüttelte nur den Kopf. „Hat der was geraucht? Wenn die Polizei schon so drauf ist!"

„Nicht Ihr Problem. Bitte bleiben Sie bei der Sache. Wann hat Herr Hollezinsky das Lokal zuletzt betreten und waren Sie Zeuge irgendwelcher Konflikte mit ihm?", wollte Marlene wissen.

Quirins Reaktion hatte sie nicht in dieser Heftigkeit erwartet. Es überraschte sie, was so ein Ort in einem Menschen auszulösen vermochte.

„Nee und wenn: Für Konflikte bin ich der richtige Mann", der Angestellte grinste, hob seine Arme und ließ die Muskeln spielen.

„Dacht ich mir", sagte Marlene unbeeindruckt. „Wenn Sie mit der Vorführung Ihrer Muskelmasse fertig sind, hätte ich gerne eine Liste der Angestellten dieses Lokals mit Telefonnummern.

Sie senden mir das bitte innerhalb der nächsten Stunde an folgende E-Mail-Adresse." Sie händigte ihm ihre Karte aus. „Sagt Ihnen der Name Häusler etwas?", wollte Marlene noch wissen.

Der Barmann schüttelte den Kopf: „Hier nennen die meisten nicht ihren Namen."

Marlene zeigte ihm ein Bild des Häuslers, der Angestellte runzelte die Stirn. „Mag schon sein, ich bin nicht sicher."

Das klang aufrichtig. „Wie ich in Erfahrung gebracht habe, dürften sich die Buchhaltungsunterlagen der Spielothek in diesen Räumlichkeiten befinden", führte Marlene fort. „Zeigen Sie mir diese bitte."

Der Angestellte führte sie in einen Nebenraum, der offensichtlich als Büro genutzt wurde. Ein Laptop und mehrere Ordner standen in Regalen und auf dem Schreibtisch.

„Die Akten werden morgen abgeholt", ordnete Marlene an und packte den Laptop ein.

Während Marlene ihren Kollegen auf dem Weg durch die Spielhalle nach draußen schleifte, sah sie sich nach dem jungen Mann um. Er war verschwunden.

„Vierzehn", brummte Quirin, während sie das Lokal verließen.

„Was meinen Sie?", fragte Marlene.

Schwer atmend blieb Quirin draußen stehen. Er stemmte die Arme in die Hüften und ließ den Kopf nach unten baumeln.

„Vierzehn Automaten. In der Ecke hinter der Bartheke standen noch zwei. Zwölf sind erlaubt", ertönte es von unten.

„Quirin, sind Sie überhaupt fahrtüchtig?", wollte Marlene wissen. „Es grenzt an ein Wunder, dass Sie zählen können. Sie sehen aus, als wären Sie drei Tage ohne Wasser und Brot durch die Wüste geirrt."

Quirin musste grinsen, was sichtlich zu einer Verbesserung seines Zustandes führte. „Apropos Brot, ich brauche einen Abstecher zum Mittagessen."

Aha, auch der Appetit kommt schneller als gedacht zurück, resümierte Marlene. „Ich kann Ihre Aussetzer aufgrund Ihrer Vorgeschichte gut nachvollziehen. Nur eines – bitte bewahren Sie Ihren Dienstausweis künftig so auf, dass Sie ihn nicht erst zehn Minuten suchen müssen." Da das nicht das erste Mal war, nervte Quirins Unordnung sie zunehmend.

Jetzt kehrte auch die rote Farbe in Quirins Gesicht zurück. „Dabei war ich sicher, ihn heute Morgen eingesteckt zu haben", versicherte er. Als er abermals begann, seine Taschen zu durchsuchen, schwang sich Marlene auf den Roller und fädelte Richtung Polizeipräsidium in den Verkehr ein.

Die Begegnung mit dem Unbekannten ging ihr durch den Kopf. Sie stoppte an einer roten Ampel. *Wer war er?*

Lockere, sportliche Haltung. Jetzt fiel es ihr ein! Der Fall des Bauunternehmers! Jawohl! Der jüngere Sohn! War er spielsüchtig? Oder stimmte es, was Quirin behauptet hatte? Kann jemand zwischendurch nur mal so zum Vergnügen ein paar Runden in die Spielhalle gehen? Doch auch, wenn man sich im Griff hatte, zu empfehlen war so ein kostenintensives Hobby sicher nicht. Warum traf sie gerade diesen jungen Mann dort? Zufall? Oder mehr?

Auch das mit den zu viel aufgestellten Geräten würde sie weitergeben. Vielleicht war in der Spielhalle doch nicht alles so sauber, wie es auf den ersten Blick schien.

Jemand rüttelte an ihrer Schulter. Quirin. Jetzt hörte sie lautes Hupen. Die Ampel war auf Grün gesprungen. Zügig fuhr sie weiter. Marlene fiel ihre Abendplanung wieder ein, sie war für heute verabredet.

Wird sicher ein schöner Abend werden, versuchte sie sich zu motivieren.

ANTON

„Triffst du dich später mit Theo und Andre?" Für Antons Mutter war ihr Junge seit der Demenz wieder fünfzehn Jahre alt und radelte mit seinen Freunden an den Lech.

„Ich war am Wochenende bei Theo und Lilly", antwortete Anton und dachte an Lillys wundervolle Musik. „Andre lebt nicht mehr!", fügte er hinzu und merkte, wie ihn dieser Satz auch nach all den Jahren noch traurig stimmte.

Täglich besuchte er Mama pflichtbewusst direkt auf dem Heimweg im Pflegeheim, schließlich wartete zu Hause niemand auf ihn.

Anton hatte ihr ein Einzelzimmer organisieren können und mit Theos Hilfe ihren alten Bauernschrank, einen Teppich und ihren Lieblingssessel hierher transportiert. Für mehr war neben dem Bett in dem kleinen Zimmer kein Platz. Dennoch, mit den Familienbildern an den Wänden und den Blumen, die Anton regelmäßig mitbrachte, strahlte das Zimmer Gemütlichkeit aus.

„Anton, habe ich die Blumen heute schon gegossen?" Die alte Frau schlurfte zum Fensterbrett. Ihre Orchideen und Kakteen standen bis zum oberen Rand des Übertopfes im Wasser, zeigten bräunliche Flecken und würden so sicher nicht mehr lange gedeihen. Anton nahm sich vor, ihr Neue zu kaufen.

Trotz ihrer geistigen Einschränkungen liebte Anton seine Mutter. Sie verhielt sich nach wie vor freundlich und fürsorglich zu ihm und legte Wert auf ihr Äußeres. Ihr Haar hatte deutlich an Fülle eingebüßt, doch sie frisierte es täglich selbst und schätzte es, dass Anton sie einmal wöchentlich zum Friseur begleitete.

Dora Meier war eine taffe Frau gewesen, jahrelang mit ihrem Dorf verbunden. So hatte sie früher täglich den Dorfladen aufgesucht, im Frauenbund für den jährlichen Adventsmarkt gebastelt und stundenlang mit den Nachbarinnen getratscht. Die Ehe mit Antons Vater war friedlich und harmonisch abgelaufen. Er brachte das Geld nach Hause, sie sorgte für Ordnung in Haushalt und Garten. Sie waren bereits beide über vierzig Jahre alt gewesen, als Anton zur Welt gekommen war. Leider verstarb Antons Vater kurz darauf nach einer Krebserkrankung. Seine Mutter wollte keinen anderen Mann und so wuchs Anton allein bei ihr auf.

„Mama, du hast die Blumen bereits gegossen." Anton besuchte seine Mutter gern. Trotzdem, es wurde ihm zunehmend bewusst, dass andere den Feierabend mit einer eigenen Familie verbrachten, vielleicht ein Spiel spielten oder gemeinsam fernsahen, mit Kindern und mit einer Partnerin.

So, wie bei Theo und Lilly.

Die einzige Frau in Antons Leben war Mutter. Die Wahrheit war, Anton fühlte sich einsam und wusste oft nicht, wie er seine Zeit verbringen konnte. Dabei gab es in seinem Leben schon andere Zeiten. Er hatte schon mal eine Freundin gehabt und die Beziehung hielt tatsächlich ein volles Jahr! Das war die schönste Zeit in seinem Leben gewesen. Sie erzog drei halbwüchsige Jungs allein. In ihrem Haus am Stadtrand gab es viele Diskussionen, Streitigkeiten, aber auch jede Menge Unterhaltung und Zusammenhalt. Anton war mittendrin gewesen. Meist sagte er nicht viel, war einfach dankbar, sie zu haben. Er half im Haushalt, spielte den Chauffeur für die Jungs und freute sich auf schöne Nächte mit ihr. Bis es vorbei war. Warum, verstand er nicht. *Sie hat gesagt, sie bräuchte kein weiteres Kind.*

Er war verlassen worden, der Familienanschluss weg, die Nächte abermals einsam. Theo und Lilly sprachen in dieser Zeit viel mit ihm, riefen ihn an. Er kochte mit Theo, begleitete Lilly zu Konzerten oder spielte mit den Kindern. Wenn Mutter nicht mehr war, würden Theo, Lilly und die Kinder seine Familie sein. Ein tröstlicher Gedanke.

„Mama, hat dir der Gottesdienst gefallen?", fragte er, um eine Unterhaltung in Gang zu bringen.

Die alte Frau lächelte und nickte emsig, etwas Speichel floss ihr aus dem Mund. Achtsam tupfte Anton ihn mit einer Serviette ab.

Sie kamen gerade von der Abendandacht in der Hauskapelle. Heute hatte wieder diese Frau, Carmen, etwa in seinem Alter, Mutters Zimmernachbarin begleitet. Anton wartete jedes Mal darauf, sie zu sehen. Diesmal war sie tatsächlich genau zwei Reihen vor ihm gestanden. Er hatte einen freien Blick auf ihren gelben Seidenrock werfen können. Der Rock war ein bisschen zu knapp gewesen und hatte sich eng um ihre ausladenden Hüften geschmiegt. Für Anton musste eine Frau nicht gertenschlank sein und so führte der Anblick dieser weiblichen Formen zu Gedanken und Fantasien, die es ihm während der Messe unmöglich machten, der Predigt des Pfarrers zu folgen. Er wusste genau, in dieser Nacht würde ihm ein Bild den Schlaf rauben, heute würde er von einem gelben Rock träumen. Eine Spur zu eng, ausladend, weiblich.

Als seiner Mutter im Zimmer das Abendessen gebracht wurde, fiel es ihm immer noch schwer, sich auf ein Gespräch mit ihr zu konzentrieren.

„Es ist Freitag. Da isst man kein Fleisch!", reagierte die ältere Dame unwirsch, als eine Pflegerin mit einem Teller voller Wurstbrote ins Zimmer trat.

„Mutter, heute ist Montag, da darfst du essen, was dir schmeckt", beruhigte Anton sie.

Sollte er Carmen noch mal einen Brief schreiben oder sie anrufen? Vielleicht ging sie mit ihm aus, oder sie würden sich zu einem kleinen Plausch im Garten des Heimes treffen?

Anton hatte ihr schon mehrere Briefe geschrieben, bislang jedoch ohne Erfolg. Ja, sie sprach ihn an, aber nur, um ihn darauf hinzuweisen, dass er ihr nicht mehr schreiben solle.

Vielleicht ändert sie ihre Meinung?

Später würde er sich mit Theo treffen, sein Nachbar, der Horst, war auch dabei, sie nannten das ihren „Männerabend" und er genoss die Gesellschaft. Wenn ihn Horst begleitete, ging er hin und wieder zum Tanzen aus. Theo riet ihm, er solle mehr unternehmen, vielleicht würde er dann jemanden kennenlernen.

„Gehen wir raus in den Garten", Antons Mutter kaute beim Sprechen an ihrem Wurstbrot.

„Ja, Mama, wenn du mit dem Essen fertig bist."

Antons Handy vibrierte. Gleich checkte er die neue Nachricht. Diesmal kam sie nicht von seinen Freunden. Beinahe fiel ihm das Handy aus der Hand. Die Nachricht stammte von einer unbekannten Frau:

„Anton, du bist mir beim Tanzen am letzten Samstag aufgefallen. Es gefällt mir, wie du dich bewegst. Ich würde dich gerne kennenlernen. Möchtest du mich zum Frühstück in ein Café begleiten?"

„Anton, gehen wir?"

„Gleich, Mama, gleich. Ich muss nur noch eine Nachricht beantworten. Es ist wichtig." Aufgeregt trat er mit seinem Handy auf den Balkon. Er musste allein sein. Dort las Anton die Nachricht, wieder und wieder. Er war tatsächlich letzten Samstag beim Tanzen gewesen und es hatte da mehrere unbekannte Frauen gegeben. Wer wollte, trug beim Tanzen eine Nummer und hinterlegte vorab Telefonnummer und Namen bei der Anmeldung. So konnte dies dort später erfragt werden, falls Interesse an weiteren persönlichen Treffen mit einer bestimmten Person bestand. Es war also klar, sie meinte wirklich ihn!

Anton war in seinem Beruf als Postbote stets zuverlässig und pünktlich, doch an einem der kommenden Tage würde die Post ausnahmsweise eine Weile warten müssen. Gleich nach dem gemeinsamen Frühstück würde er sich dran machen und die Briefe im Ort verteilen.

Eine Frau interessiert sich für mich!

Alles würde anders, besser werden.

Es war, als ginge die Sonne in seinem Herzen auf.

MÄNNERFREUNDSCHAFT

Der Kontakt zwischen Rob Rommels und Tomes Konstanza verlor sich von Jahr zu Jahr mehr. Rob war beschäftigt, mit dem Betrieb und der Unterstützung seiner Söhne, die schon fast zu Männern herangewachsen waren. Außerdem hatte sich für ihn ein neuer Freundeskreis gebildet, aus Nachbarn, Mitarbeitern, Geschäftsfreunden. Dennoch war es Rob wichtig, die Freundschaft nicht ganz einschlafen zu lassen, gerne erinnerte er sich an seine eigene Schulzeit mit dem wilden Tomes, oft erzählte er Theo und Andre davon.

Ein Jahr lang hatte Rob Tomes schon nicht mehr in seiner Kneipe aufgesucht und bei Jana musste das letzte Treffen mit Tomes eine Ewigkeit her sein. Stella besuchte an diesem Abend mit ihrer Mutter eine Tupper-Party, so hatten Rob und Jana kurzfristig beschlossen, endlich wieder mal in Tomes Biergarten eine Kleinigkeit zu essen.

Es wehte ein warmer Wind, als Rob mit Jana und seinen Söhnen den Biergarten von Tomes Kneipe betrat.

„Die Alte Bahnkneipe" im Wertachviertel war ein unscheinbares Haus, grau gehalten, die alten Holzfenster klapprig, alles etwas heruntergekommen. An einer verrosteten Wäschestange waren provisorisch bunte Glühbirnen montiert, sie warfen ein gedämmtes Licht auf den eingewachsenen Garten.

Die wenigen Gäste saßen draußen vor ihrem Bier oder einer Brotzeit. Rob vermutete, die meisten der Anwesenden gehörten wahrscheinlich zumindest über einige Ecken zur Familie.

Es gab viele negative Gerüchten um die Konstanzas, aber Rob ließ sich davon nicht einschüchtern. Sollten die Leute behaupten, was sie wollten, er bildete sich grundsätzlich gern seine eigene Meinung.

Rob und Jana betraten wie in früheren Zeiten den Gastraum, während die Jungs draußen unter einer Kastanie einen Platz suchten.

„Alter Freund!", Tomes, der inmitten seiner Brüder vor einem Weißbier saß, stand sofort auf und klopfte Rob auf die Schulter. „Und Jana, meine Teure!" Er deutete eine kleine Verbeugung an. „Seid mir willkommen!" Er grinste breit wie ein Nilpferd, so wie früher.

„Tomes!" Rob berührte freundschaftlich seine Schulter. „Wir wollten mal wieder nach dir sehen. Wie geht es dir?", Robs Blick schweifte durch den Gastraum, der im Stil einer Dorfkneipe eingerichtet war: ältere Möbel, einfach, aber sauber. Seit er hier als Junge zum ersten Mal war, hatte sich nicht das Geringste getan. An den Tischen saßen ausschließlich Männer, aus der Küche hingegen hörte Rob weibliche Stimmen lachen. Klare Geschlechtertrennung, daran würde sich bei Tomes nie etwas ändern.

„Gut, gut, und euch?" Tomes Blicke streiften seine frühere Schulkameradin Jana und blieben an ihrer Hand hängen. „Noch kein Ehering? Sag nur, da dürfen wir Männer noch hoffen!", warf er plump in den Raum.

Rob rechnete fest mit Janas Zurechtweisung. Doch im Gegenteil. Jana lachte auf. Sollte seine sonst so taffe Schwester immer noch an den eisblauen Augen hängen?

„Ah, Theo und Andre sind auch draußen!", stellte Tomes mit einem Blick aus dem Fenster fest und ging einen Schritt Richtung Küche.

„Sarah", brüllte er. Kurz darauf erschien ein Mädchen im Teenageralter. Ihre zurückhaltende Mimik und ihr scheuer Blick drückten Schüchternheit aus.

„Geh zu Theo und Andre nach draußen, und bring den beiden zu Essen und zu Trinken. Geht aufs Haus!"

„Ich helf ihr", ein Junge stand auf, Rob hätte ihn fast nicht wiedererkannt, so hatte er sich seit ihrem letzten Treffen verändert.

„Marco?", fragte Jana, anscheinend ebenso verwundert. Tomes Sohn war nicht nur in die Höhe geschossen, sondern hatte auch den muskulösen Oberkörper seines Vaters bekommen. Erste Bartstoppel zierten sein Kinn.

„Er ist dir wie aus dem Gesicht geschnitten", bemerkte Rob. Die stahlblauen Augen strahlten ebenso legendär wie die seines Vaters.

Als Marco frech grinste, lachte Rob: „Jetzt noch mehr."

*„Und gegen dich hat Vater früher auf dem Schulhof ausgeteilt?",
wollte Marco wissen.*

*„Nein, auch beim Raufen waren wir ein Team. Wir gegen die ande-
ren", stellte Rob fest.*

*„Wir waren damals schon gefürchtet", Tomes zwinkerte Rob zu.
„Das hätte Sarah schon selbst geschafft", wandte er sich an seinen
Sohn, als der seiner Schwester ein Tablett mit geräuchertem Schinken
abnahm.*

*Während Marco und Sarah sich zu Theo und Andre nach draußen
gesellten, schenkte Tomes ihnen ein Bier ein und Rob und Jana nahmen
an der Eckbank Platz.*

*Ein Fußballspiel lief im Fernseher, zuerst plauderten sie über die
aktuellen Ergebnisse des FCA, Minuten später waren sie in ein hitzi-
ges Gespräch verwickelt.*

*„Unsere Kinder werden erwachsen. Irgendwann stellt sich für uns
die Frage, was wollen wir für uns und unser Leben noch!", begann
Rob nach dem dritten Bier redselig und damit drückte er ein Thema
aus, das ihn zunehmend beschäftigte.*

*Tomes widersprach umgehend: „Du und ich, Rob, wir haben viel
erreicht. Trotzdem. Alles immer für die Familie. Wir sind die Anführer
und es zählt nicht, was wir wollen, denn wir haben weiter unsere Ver-
pflichtungen gegenüber der Familie!"*

*Rob fiel die Wanduhr im Wintergarten ein, sie stellte die Kontinente
dar, seine Söhne hatten sie ihm zum letzten Geburtstag geschenkt. Für
ihn ein Symbol für Träume und Wünsche.*

*Ich hab schon so viel gearbeitet, manchmal will ich völlig neu den-
ken und anders leben.*

*Ferne Länder sehen, gestand sich Rob ein. Ich weiß nur noch nicht,
wie das funktionieren soll.*

*Jana stimmte Tomes unwillkürlich zu: „Andererseits, es ist auch
Zeit, dass die Kinder ihres erfüllen. Sie müssen das Beste aus sich ma-*

chen, schulisch und beruflich mein ich, nur was man im Kopf hat, gehört einem wirklich. Letztendlich ist das Leben ein Kampf und die Besseren werden gewinnen."

Tomes beugte sich nach vorne und lächelte Jana zustimmend an.

Rob rieb sich die Augen.

Hab ich vom Bier Wahrnehmungsstörungen oder schielt der Tomes da etwa in Janas Ausschnitt?

„Du warst schon immer eine kluge Frau, Jana", säuselte Tomes und wandte sich an Rob: „Und ich sag dir eines: Meine Söhne werden Männer! Auch mich haben die Schläge meines Vaters nicht zugrunde gehen lassen, nur härter gemacht!"

Rob konnte nicht glauben, was er da hörte. „Blödsinn, Tomes. Ehrlich – ich weiß noch, wie du dich nicht mehr nach Hause getraut hast", widersprach Rob sofort.

Jetzt klang Tomes überheblich: „Weißt du was, Rob. Dein Problem war schon immer, dass du deinen Söhnen zu viel Freiheit lässt. Apropo - Was macht die Schule?"

Vor einiger Zeit hatte Rob mit ihm über Andres Schulprobleme gesprochen.

Rob gestand: „Ist ein Dauerbrenner. Ich mach ein Kreuzzeichen, wenn er sein Abitur hat. Beim Bauingenieursstudium muss er noch eine Schippe drauflegen."

Tomes schlug mit der flachen Hand lautstark auf den Tisch. „Du musst ihn härter anpacken!"

Stimmt nicht, wollte Rob widersprechen. Er war wahrscheinlich eher zu streng, ja zugegeben, er hatte sich oft nicht im Griff, schrie auch mal, aber das waren Seiten, die er an sich verabscheute.

Unwillkürlich hatte Rob Marco vor Augen. Er war Rob gleich sympathisch gewesen. Aber was verstand Tomes unter „hart anpacken"? Ging es um Schläge mit dem Gürtel so wie damals als Tomes regelmäßig von seinem Vater verprügelt wurde?

In Rob kochte langsam die Wut hoch. Wenn jemand wusste, wie sich Gewalt anfühlte, dann doch der Tomes!

„Mit vier Kindern hast du sicher viel Verantwortung!", Jana lächelte Tomes bewundernd an.

War es damals schon so schlimm gewesen und Jana wurde neben Tomes zu einem anderen Menschen? Was verkörperte er für sie?, fragte sich Rob irritiert.

Trotzdem – Rob sah sich selbst vor Augen, wie oft er im letzten Jahr wegen der Hausaufgaben geschrien hatte. Das war sicher auch entwürdigend für seine Söhne.

„Es ist falsch seine Kinder zu schlagen!", widersprach Rob deutlich. Er fing an, es zu bereuen, hierher gekommen zu sein. Hatte er wirklich gedacht, er und Tomes hätten noch eine Verbindung zueinander?

„Das lass mal meine Sorge sein und misch dich nicht in meine Familienangelegenheiten", antwortete Tomes und seine Lippen verzogen sich zu einem schmalen Strich. Rob fröstelte plötzlich beim Blick in dessen Augen. „Marco führt nach mir die Familie. Meine Aufgabe ist es, ihn zu einem Mann zu machen, den jeder ernstnehmen wird. So wie mich."

In Rob drehte sich gerade alles, er fühlte sich alles andere als hart. Ja, auch er wollte, dass seine Söhne leistungsstark werden würden, aber unter dem Einsatz von Gewalt?

„Ich will auf jeden Fall nicht, dass sie misshandelt werden und später straffällig." Rob schluckte und sah seinem Schulfreund geradlinig ins Gesicht. „Es gibt Gerüchte, um dich, Geschichten mit Drogen und Gewalt. Was ist da dran, Tomes?"

Rob war noch nie feige gewesen.

„Sagen wir es mal so, Rob." Tomes stand auf und sein Stuhl rutschte quietschend nach hinten. Rob blickte zu dem bulligen Mann hoch, er fühlte sich wie damals, als Schuljunge, als ihn Tomes um einen Kopf überragte.

Tomes gab ihm glasklar zu verstehen: „Es gibt Dinge, die sollten auch alte Freunde nicht wissen und ich rate dir, nicht alles zu hinterfragen!"

Auf einen Schlag war die gute Stimmung beim Teufel.

264

Körperverletzung, Geldwäsche, Drogenhandel, all das warf man Tomes vor. Bislang hatte Rob die Gerüchte abgetan. Doch heute merkte er, der Tomes war nicht mehr derselbe wie früher. Er war hart geworden und hinter seinen freundschaftlichen Worten drang eine Kälte durch, die Rob Angst bereitete. Der Junge, den früher sein Vater windelweich verprügelt hatte, würde sich heute von niemandem mehr etwas bieten lassen.

Rob wollte nur noch von hier weg. „Ich muss morgen früh an einer Baustelle sein, lass uns gehen!", forderte er Jana auf und erhob sich.

Jana kicherte. „Ich hab aber frei." Offensichtlich hatte sie tatsächlich ein Bier zu viel getrunken.

„Du kommst jetzt mit", ordnete Rob an. Auch er konnte dominant sein. Er würde seine Schwester garantiert nicht allein hierlassen.

Tomes verzog seinen Mund zu einem Lächeln, das jedoch seine Augen nicht erreichte. „Wir sehen uns!", verabschiedete er Rob. „Und beim nächsten Mal besprechen wir ausschließlich die letzten Ergebnisse des FCA." Tomes nickte Jana zu. „Komm wieder Jana!" Süffisant ergänzte er: „Aber nur, falls es dein Bruder erlaubt."

Draußen holten sie Theo und Andre ab, sie waren in ein Gespräch mit Marco vertieft. Als sie Jana an ihrer Wohnung abgesetzt hatten, unterhielt Rob sich mit seinen Jungs noch auf den letzten paar Metern bis zu ihrem Haus.

„Marco nennt seinen Vater nur den Chef. Außerdem sagte er, Tomes habe Geld wie Heu. Marco soll mal werden wie sein Vater", berichtete Theo.

Wie kam Tomes zu viel Geld? Die Familie war nie reich gewesen, wusste Rob. Er erwiderte: „Es wäre besser, kein Zweiter wird wie Tomes und Marco nähme sich ein anderes Vorbild."

Andre bemerkte: „Ich denke nicht, dass er werden will wie sein Vater! Aber Marco meint, das zählt nicht."

Zu Hause angekommen, holte Rob den Haustürschlüssel hervor und hielt kurz inne.

„Ich hab auch darüber nachgedacht, was ich mir für eure Zukunft wünsche." Rob fiel auf, wie aufmerksam seine Söhne ihm plötzlich zuhörten. Heute gab es keinen Streit wegen Schulangelegenheiten und er genoss diesen seltenen Moment der Verbundenheit.

„Tut mir den Gefallen und werdet glücklich, was immer in eurem Leben passiert!", platzte es aus Rob heraus und er wusste nicht, warum er in so verwunderte Gesichter blickte.

„Wieso?", war alles, was Theo dazu einfiel.

„Weil ich euch liebe", brachte es Rob auf den Punkt.

Als die beiden schon vor ihm ins Haus gegangen waren, murmelte er: „Werdet glücklicher als ich." Und er ahnte selbst noch nicht, wohin ihn diese Erkenntnis führen würde, nur eines kam ihm in den Sinn.

Ich wünsche mir einen neuen Frühling!!

PERFEKTE MAßE

Quirin Seligman gab sich Mühe, ruhig zu stehen, während Frau Busch im Büro neben seinem Schreibtisch das gelbe Band um seine Körpermitte schlang. Danach maß sie sein Bein ab. „Einen Meter zwölf!" Sie stieß einen leisen Pfiff aus. „Bei Ihrer Beinlänge erblasst jede Frau vor Neid."

„Charmant, charmant", lachte Paul, der ins Büro gekommen war, sich neben Quirin stellte und sein Bein provokativ nach vorn streckte, als wolle auch er, dass von ihm Maß genommen wurde.

„Nehmen Sie sich ein Beispiel an Ihrem älteren Kollegen. Er ist immer noch in der Verfassung, ein Pferd zu führen", erklärte Verena Busch, warf Paul einen koketten Blick zu, schwang das Band wie ein Lasso und tänzelte mit ihren Riemchensandalen weiter.

„Übrigens, Herr Seligman, der Stahlgruber lässt ausrichten, er wäre heute vormittags verfügbar", erklärte sie beim Gehen.

Das war für Quirin der Startschuss. „Danke, Frau Busch, das passt mir!" Quirin sprang auf, schnappte sich eine Akte, eilte zwei Bürotüren weiter, klopfte beim Stahlgruber und platzierte sich, ohne lange zu fragen, ihm gegenüber.

„Guten Morgen, schön, dass Sie Zeit gefunden haben, besprechen wir nun die offenen Fragen im Fall Rommels?", begann er enthusiastisch.

Da bemerkte Quirin, dass sein verknitterter Zettel mit den Fragen zum Fall im Regal lag. Genau dahin hatte ihn der Stahlgruber beim letzten Gespräch gelegt. Quirin atmete tief durch und versuchte, sich seine aufkeimende Wut nicht ansehen zu lassen.

Da war wohl nichts passiert. Uff.

Trotzdem, er würde dranbleiben und den Stahlgruber nicht rauslassen.

„Eigentlich dachte ich, Sie hätten im Moment genug mit laufenden Ermittlungen zu den aktuellen Mordfällen zu tun. Sind Sie sicher, dass Sie Ihre Prioritäten richtig setzen?", hakte der Stahlgruber ein. Mit dem nach oben gestelltem Drehstuhl und seiner massigen Körpergröße thronte er hinter dem wuchtigen Eichenschreibtisch, als herrsche er wie ein König über die Polizeidienststelle.

„Bin ich! Womöglich besteht ein Fallzusammenhang mit der aktuellen Thematik", deutete Quirin an. Das war zwar frei erfunden, aber immerhin schließlich auch nicht ausgeschlossen.

Dich lass ich nicht so schnell von der Angel, beschloss Quirin und sofort dachte er sehnsüchtig an seinen fürs nächste Wochenende geplanten Ausflug an den Fischweiher.

Mit Blick auf den im Regal liegenden Zettel rief er sich seine Fragenübersicht im Kopf ab.

Hilft dir nichts, die heiklen Fragen werden gestellt, jede Einzelne, beschloss Quirin kämpferisch. Und ballerte grantig heraus: „Offen gesagt, es gibt aus meiner Sicht bei den damaligen Ermittlungen massive Fehleinschätzungen."

„Fehleinschätzungen? Aus Ihrer Sicht also?" Jetzt wurde der Stahlgruber beinahe höhnisch und baute sich in seinem Schreibtisch zur vollen Größe auf.

Die Zeiten, wo ich mich von dir runterputzen lasse, sind vorbei, dachte Quirin. Er hasste es, wenn man ihn von oben herab behandelte. Trotzdem war Schlagfertigkeit leider nicht seine Stärke und oft wusste er nicht, wie er dagegenhalten konnte. Heute trug er ein Baumwollhemd, das er auch gerne zum Angeln anhatte. Ihm wurde unter dem kuscheligen Stoff plötzlich zu warm, doch das sah man ja vorteilhafterweise nicht. Quirin fiel Marlene ein, wie würde sie kontern?

Verdammt cool - da war er sicher.

„Das Pressegespräch – es wurde bereits am nächsten Tag durchgeführt, mit nur einer Journalistin, die das exklusiv für sich verwendet hat. Das entspricht überhaupt nicht unserer üblichen Vorgehensweise und hat den Fall vorschnell der Einbruchsserie zugeordnet. Gab es hierfür einen konkreten Grund?" Sachlich und scharf geschossen – innerlich applaudierte Quirin sich selbst. Und es wirkte. Täuschte er sich oder wurde sein Gegenüber blass um die Nase?

Der Stahlgruber hüstelte und griff zu einem Glas Wasser. Nach einem Schluck begann er in deutlich freundlicherer Tonlage: „Herr Seligman, es liegt unbedingt in meinem Bemühen, auch Altfälle kritisch zu betrachten. Wie Sie wissen, schätze ich Ihre Ausdauer und auch Ihr Denken über den Tellerrand hinaus, was sich in vielen Fällen schon als konstruktiv erwiesen hat."

Quirin versuchte, ruhig durchzuatmen. *So ein Schleimer.* Er glaubte kein Wort von dem, was er hörte.

„Ich gebe zu, das mit dem zeitnahen Interview ist", es war Stahlgruber anzusehen, dass er um die richtige Formulierung rang, „im Zuge des überraschenden Ausfalls von Frau König und des damit verbundenen personellen Drucks, unter dem wir zu dem Zeitpunkt standen, etwas unglücklich verlaufen. Schade, dass es auch solche Episoden in unserem Alltagsgeschäft geben muss."

„War das nicht eine Bekannte von Ihnen, die das Exklusivinterview erhielt?" Auch Quirin konnte betont freundlich sein. Für einen kurzen Moment bemerkte er, wie seinem Gegenüber die Gesichtszüge entglitten, bis der sich wieder im Griff hatte.

Stahlgruber verzog den Mund zu einem flehenden Lächeln. „Können wir uns darauf einigen, dass der Fall von der ermittlungstechnischen Seite aufgegriffen wird und wir das Thema mit dem Interview", jetzt rutschte der Stahlgruber von einer Pobacke zur anderen.

„Unter den Tisch fallen lassen?", ergänzte Quirin den Satz und fügte hinzu: „Eine professionelle Polizeiarbeit hält Distanz zu persönlichen Interessen."

Nun kriegt er es mit der Angst zu tun, merkte Quirin. Dennoch - er hatte null Interesse, den Stahlgruber öffentlich vorzuführen. Aber die Warnung war verdient. Nach einer kurzen Pause erklärte Quirin: „Wir sind an dem Fall lediglich aus fachlicher Sicht dran. Es geht uns also nicht um die damalige Pressearbeit. Für uns steht im Fokus, Zusammenhänge zu den jetzigen Fällen zu sondieren. Welche Indizien sprachen dafür, dies der damaligen Einbruchsserie zuzuordnen??"

Stahlgruber wirkte für einen kleinen Moment schüchtern wie ein Schuljunge. Kurz darauf war er wieder ganz der Alte: „Ich stimme Ihnen zu. Es ist zu bezweifeln, dass es sich um ein Einbruchsdelikt handelte, nach den neuen Erkenntnissen könnte es auch auf eine völlig andere Fallkonstellation hindeuten."

Neue Erkenntnisse? Von was spricht er nur?, fragte sich Quirin. Dieses verbale Gewurschtel strengte ihn an und bereitete ihm Kopfschmerzen.

„Frau Rommels befand sich in einem schockähnlichen Zustand", informierte Stahlgruber. „Sie faselte wirres Zeug von Kunstwerken, die abhandengekommen waren. Der Besitz solcher Vermögensgegenstände war aufgrund der finanziell gut situierten Lage der Familie durchaus denkbar. Erst nach einigen Tagen stellte sich im Gespräch mit Theo Rommels heraus, dass es sich nicht um wertvolle Gemälde, sondern lediglich um Zeichnungen ihres verstorbenen Sohnes handelte."

„Also kein relevantes Diebesgut. Dennoch – blieben die Zeichnungen verschwunden?"

Stahlgruber nickte.

Eines ließ Quirin keine Ruhe: „In der Akte gab es einen Randvermerk, dieser deutete darauf hin, dass Robert Rommels über eine Waffe verfügte."

„Tatsächlich wurde eine Hausdurchsuchung erst drei Tage später durchgeführt. Erst, als Gerüchte um einen möglichen Waffenbesitz auftauchten. Es wurde jedoch nichts gefunden. Ein Waffenhändler gab an, er habe Robs Vater viele Jahre zuvor eine Waffe veräußert, allerdings gab es keine Unterlagen mehr dazu, er konnte sich nicht mehr an den Typ erinnern."

„Sollte sich also doch ein Familiendrama abgespielt und Stella Rommels beteiligt gewesen sein? Was, wenn die aufgefundene Waffe nicht einem Einbrecher gehörte, sondern dem Hausherrn?" Quirin schluckte. Er war heilfroh, dass der Stahlgruber aufgrund seiner derzeitigen Position keine Ermittlungsarbeiten mehr leitete.

„Womöglich", Stahlgruber hustete und berichtete bereitwillig: „Eine Gruppe Junkies wurde hinsichtlich der Einbruchsserie in den Fokus genommen. Sie bestreiten bis heute, den Rommels-Mord begangen zu haben und konnten dahingehend nicht überführt werden."

Quirin nickte. Das war ausnahmsweise ordentlich dokumentiert worden. „Stella Rommels ist laut Polizeiakte ein unbeschriebenes Blatt", fuhr Quirin fort. „Etwas, was man von ihrem Vater nicht behaupten kann."

Stahlgruber erwiderte: „Alkoholkrank. Er wurde auffällig, seine Frau rief zweimal wegen häuslichen Übergriffen die Polizei, nahm dann jedoch die Anzeige gegen ihren Mann schnell wieder zurück. Es hieß, er habe seine Tochter in Ruhe gelassen. Und was Rob Rommels oder seine Söhne betrifft: Alle mit blütenreiner Weste, Konflikte und Feindschaften waren nicht bekannt. Dennoch, es gab Kontakte zu einer stadtbekannten Familie, den Konstanzas. Jedoch kein Indiz dafür, dass die Rommels-Männer mit den Konstanzas in gemeinsame Geschäfte verwickelt waren."

„Diese Kontakte wurden in der Akte mit keinem Wort erwähnt!", warf Quirin verwundert ein.

Stahlgruber hämmerte mit seinen Fingern auf die Tischplatte. „Da sehen Sie mal, Herr Seligman! Wie ich immer predige und wie uns dieser Fall modellhaft vorführt", jetzt schraubte er seine Stimme empört nach oben und klang wie in einem seiner theatralischen Vorträge: „Aktenführung ist das A und O präziser Polizeiarbeit! Im Fall Rommels vom damaligen zuarbeitenden Beamten völlig unzufriedenstellend durchgeführt!"

Hä? Selbst den größten Mist produzieren und dann Verantwortung auf Untergebene abwälzen?

Quirin wusste für einige Sekunden nicht mehr, wo vorne und hinten war, bis er sich mühsam zwang, sich weiter auf das Fallgespräch zu konzentrieren: „Gab es Anzeichen für innerfamiliäre Konflikte?? Wie war das Verhältnis mit dem jüngeren Sohn? Und auf die derzeitigen Fälle bezogen: könnte es einen Zusammenhang zum Glücksspielmilieu geben?"

Quirin wusste, was er da ansprach. Schließlich hatte Stahlgruber über einen früheren Vorgesetzten von seinen Problemen mit Spielhallen gehört, wenn auch nichts Konkretes. Von Beginn an kontrollierte der Stahlgruber ihn daher misstrauisch und es hatte auf Wunsch des Stahlgrubers zeitweise eine Auflage gegeben, dass er sich in psychotherapeutische Behandlung begeben solle. Eines musste er dem Stahlgruber dennoch lassen: Er hatte dichtgehalten, es gab keinen Flurfunk, niemand auf der Dienststelle hatte von seiner Problematik erfahren. Quirin hatte Marlene selbst davon erzählt.

„Gerade Sie werden von Frau König mit diesem Thema betraut?" Jetzt fehlten offensichtlich dem Stahlgruber die Worte, er sah Quirin nur mit zusammengekniffenen Augen skeptisch an.

„Ein Angehöriger hatte damals Probleme, nicht ich." Es tat gut, das klar anzusprechen. Jahrelang waren ihm die Themen seines Vaters in die Schuhe geschoben worden. Als ob er nicht schon genug darunter gelitten hätte! Selbstbewusst hielt er

Stahlgrubers Blick stand: „Ich kann sicher mehr zu dem Fall beitragen, als", Quirin rang um eine passende Formulierung, um anschließend hervorzupressen: „Unbeteiligte."

„Möglich." Stahlgruber nickte und warf einen Blick auf seine Armbanduhr. „Und – einverstanden. Ich mache mir noch in Ruhe ein Bild über die damalige familiäre Situation." Stahlgruber drehte sich schwungvoll in seinem Stuhl und griff mit seinen langen Fingern nach dem zerknitterten Zettel. „Jetzt muss ich allerdings zu einem Termin." Er steckte den Zettel ins Seitenfach seiner ledernen Aktentasche, stand auf und reichte Quirin die Hand. „Ich werde mich baldmöglichst auf Ihre Fragen konzentrieren und Ihnen dann weitere Rückmeldung erteilen." Eine Spur lockerer fügte er hinzu: „Danke für das offene Wort."

WASCHTAG

Nach dem Gespräch mit dem Stahlgruber begab sich Quirin direkt zurück ins Büro. Marlene wartete bereits ungeduldig, um ihren direkten Teamkollegen über ihren Besuch in der Psychiatrie auf dem Laufenden zu halten und den weiteren Tagesplan mit ihm abzusprechen. Nachdem sie die Eindrücke des Besuchs bei Frau Häusler in der Klinik geschildert hatte, erklärte sie: „Die behandelnden Psychiater bestätigen, dass sich Frau Häusler in einem Ausnahmezustand befindet. Im Moment ist nur schwer einzuschätzen, zu welchen Taten sie imstande ist."

Quirin erwiderte: „Der Schnitt an der Halsschlagader war präzise, tödlich gesetzt. Falls sie ihm gefolgt war und bemerkt hat, wie er aus der Tabledance-Bar gekommen ist, ist sie wahrscheinlich von einem Seitensprung ausgegangen. Wäre sie in einer solch emotionalen Extremsituation in der Lage, so überlegt zu reagieren?"

Unwahrscheinlich, fand auch Marlene. Genauso wie ihr Kollege dachte Marlene daran, wie aufbrausend sich Frau Häusler gegenüber dem Rückl verhalten hatte.

„Und wenn doch, ist sie wirklich so krank, dass sie auch den Hollezinsky nur wegen einer aus ihrer Sicht liederlichen Lebensführung nachts verfolgt und getötet hat?", fragte Quirin weiter.

„Es ist im Moment sinnvoll, andere Ermittlungsansätze vorzuziehen", stellte Marlene pragmatisch fest. „Von der Häusler droht momentan sowieso keine Gefahr, sie wird noch einige Wochen untergebracht sein." Vor ihren Augen erschienen die hohen, doppelt versperrten Türen der Psychiatrie.

„Marlene," Quirin druckste herum: „Ich sage es nur ungern, aber wir sollten uns auf das Glücksspielthema konzentrieren."

Marlene presste unbewusst die Lippen aufeinander und antwortete: „Moralisch motivierter Mord? Ein Spieler, der sich rächen will? Oder ein Angehöriger eines Süchtigen? Das eine Mordopfer erteilt die Spielhallengenehmigung, das andere führt eine eigene Spielothek und umgeht womöglich den Spielerschutz." Sie dachte an die versteckt aufgestellten Automaten. „Sollten die beiden Delikte zusammengehören, gäbe es dahingehend derzeit keinen ersichtlichen Grund, warum nun mit dem Töten Schluss sein sollte." Sie seufzte auf. „Und ich weiß auch, wo wir weitersuchen."

Die Kommissarin berichtete ihrem Kollegen von der Begegnung in der Spielhalle. Marlene wollte den jüngeren Sohn des vor Jahren ermordeten Bauunternehmers befragen. Zugegeben, ein Zusammenhang war weit hergeholt, doch Zufällen ging sie grundsätzlich nach. So hätten sie Gewissheit und könnten sich nach Klärung wieder auf andere Richtungen konzentrieren. Marlene und Quirin machten sich umgehend auf den Weg zu Theo Rommels.

Bereits eine halbe Stunde später parkten sie vor seinem Haus. Theo Rommels stand im Garten und hängte trockene Kleidungsstücke von einer Wäschespinne ab. Marlene und Quirin gingen durch das offene Gartentürchen, direkt auf ihn zu.

„Guten Tag, Herr Rommels. Ich weiß nicht, ob Sie mich noch kennen. Beim Unglück Ihrer Familie leitete ich für kurze Zeit die Ermittlungen! Das ist mein Kollege Kommissar Seligman", begrüßte ihn Marlene.

„Hallo, Frau König, richtig? Gibt es denn neue polizeiliche Erkenntnisse?", wollte Theo Rommels wissen und legte kleine T-Shirts, auf denen Traktoren, Tiere und Feuerwehrmänner abgebildet waren, zusammen.

„Im Moment nicht, wir sind jedoch dabei, den Fall nochmal aufzurollen. Können wir mit Ihnen darüber sprechen?", fragte Marlene behutsam.

Theo Rommels zuckte mit den Schultern. „Meine Frau und die Kinder müssten jeden Moment vom Schwimmen kommen, ich will nicht, dass die Kinder etwas mitbekommen. Die älteren beiden wissen über das Unglück zwar Bescheid, aber ich möchte ihnen Details ersparen."

Dann ist doch jetzt der ideale Zeitpunkt für ein Gespräch, dachte Marlene optimistisch. Wie sie von ihren Nichten wusste, waren die meisten Kinder Wasserratten und nur schwer vom See, Strand oder aus dem Freibad zu bekommen.

Ihr Blick fiel auf die übervolle Wäschespinne. Eine Socke an der anderen, in allen Größen, die Kleinsten kunterbunt, die mittleren Socken in Blau gehalten, modische Tennissocken und jede Menge weißer Sneakers.

Marlene schlug vor: „Es dauert sicher noch, bis Sie die Wäsche im Korb haben. Wenn es für Sie passt, sprechen wir währenddessen miteinander."

„In Ordnung. Nur glaub ich nicht, dass ich Ihnen weiterhelfen kann. Wie Sie wissen, bin ich damals erst nach Ihnen in meinem Elternhaus eingetroffen." Fahrig zog er eine Ringelsocke von der Leine und suchte sichtlich ungeduldig nach dem Gegenstück.

Quirin, der sich bislang nicht ins Gespräch eingemischt hatte, hob die fehlende Socke vom Boden auf, reichte sie ihm und meinte: „Ist heute Waschtag?"

Jetzt lächelte Theo: „Mit drei Kindern ist jeder Tag ein Waschtag."

Gut gemacht Quirin, dachte Marlene. *Smalltalk ist als Eisbrecher nicht zu unterschätzen.*

Sie begann behutsam: „Interessieren würde mich, ob es zwischen Ihrem Vater und Bruder oder auch mit Ihrer Mutter Probleme gab." Wie aus der Pistole geschossen kam es zurück: „Nein, wir waren eine sehr harmonische Familie."

Aus Marlenes Sicht war die Antwort etwas zu schnell und jetzt wirkte er irgendwie abwesend, so als denke er an etwas komplett anderes als an ihre Frage oder zusammenpassende Fußbekleidung. Sein Blick fiel ins Leere. Marlene musterte Theo Rommels aus den Augenwinkeln. Er sah immer noch so sportlich und durchtrainiert aus wie früher. Nur irgendwie reifer, vielleicht machte das der Drei-Tage-Bart aus. Er gehörte zu den Männern, die, auch wenn sie das mit der Körperpflege mal nicht so ernst nahmen, attraktiv waren. Sie beschloss, erneut einen Vorstoß zu wagen. „Wissen Sie etwas von einer Waffe, die ihr Vater besessen hatte?"

„Hören Sie, wenn Sie behaupten, mein Vater hätte etwas mit dem Tod meines Bruders zu tun, liegen Sie falsch. Mein Vater war ein charaktervoller Mensch." Jetzt legte er im Akkordtempo die blauen Handtücher zusammen.

„Machen Sie sich keine Sorgen, wir glauben gar nichts!", beruhigte ihn Marlene. Sie hatte Mitgefühl. Das, was er erleben musste, sollte keinem jungen Menschen widerfahren und es berührte ihn anscheinend immer noch sehr.

„Er hat mal etwas von einer Waffe gesagt", äußerte er leise. „Ich habe nie eine gesehen." Seine Hände zitterten als er zum nächsten Wäschestück griff.

Marlene spürte, da war noch etwas an ihm, etwas Krankes, wie ein vernichtender Sog, ein schwarzes Loch. Eine Seite, die im Gespräch kontrolliert unter der freundlichen Oberfläche schlummerte. Die angespannte Körpersprache, die unruhig huschenden Augen. Es war, als würde es ihn enorme Kraft kosten, die Kontrolle zu behalten.

Theo hievte die Wäschekörbe hoch, trug sie auf die Terrasse und stellte sie auf den Tisch.

„Suchen Sie häufiger Spielhallen auf?", fragte Quirin, der ihm gefolgt war und sich ans Terrassengeländer anlehnte.

Theo murmelte: „Unsinn, außerdem, was hat das damit zu tun??"

Marlene fiel sofort auf, dass er sich über die Frage nicht mal zu wundern schien.

„Auf den ersten Blick wenig", antwortete Quirin.

Marlene konnte einen Blick durchs Fenster ins Wohnzimmer werfen. Gemütliches Chaos, fiel ihr spontan ein und: Musik, wohin man sah. In der einen Hälfte des Raumes stand eine große Couch, in der anderen ein Instrument am anderen, Blockflöten, eine Gitarre, ein Cello und verschiedene Instrumentenkoffer, die Marlene nicht zuordnen konnte, dazu mehrere Notenständer. Sie stellte sich die Kinder an den Instrumenten vor. Eine Musikerfamilie eben.

„Dennoch würde mich im Zusammenhang mit Spielhallen interessieren, ob Sie eine der Personen kennen." Quirin legte Fotos von Hollezinsky und Häusler auf den Terrassentisch.

Rommels studierte die Bilder nur kurz. „Keinen."

„Wobei Sie in der Spielothek von Herrn Hollezinsky gesehen wurden", schob Marlene nach.

„Ich hab doch gesagt, ich kenn die nicht. Stehen diese Menschen im Zusammenhang mit dem Unglück?" Marlene merkte, dass irgendetwas sein Interesse entfacht hatte. Hatte er Vermutungen, was den früheren Fall betraf? Damals war sein Alibi lupenrein gewesen. Außerdem schielte er immer wieder fahrig auf seine Armbanduhr.

„Haben Sie Kenntnisse, ob Ihr Vater oder Bruder an dubiosen Geldgeschäften beteiligt waren?", wollte Quirin wissen.

„Nein", kam die einsilbige Antwort. „Sind diese beiden in Erpressungen verwickelt?" Er deutete auf die Bilder, beugte sich nochmal darüber und inspizierte die Männer genauer.

Erstaunt fragte Marlene: „Wie kommen Sie denn auf die Idee?"

„Spielhalle, Geld, das ist irgendwie naheliegend."

Plötzlich hörte man fröhliche Kinderstimmen, Fahrräder wurden in den Garten geschoben.

„Zu einem späteren Zeitpunkt werden wir versuchen, Ihre Mutter zu erreichen, vielleicht könnten Sie ihr das schon mal ausrichten", fügte Quirin schnell hinzu, bevor sich die Kommissare wie vereinbart verabschiedeten und zügig durchs Gartentürchen verschwanden.

Marlene sah von der Straße aus, dass Theo wie versteinert stehen blieb, als sein kleiner Sohn ihn stürmisch umarmte.

Auf Vorschlag Quirins warteten sie noch im Auto. „Er ist süchtig. Kein Gelegenheitsspieler. Seine Gedanken kreisen ausschließlich ums Spielen. Er wollte los, deshalb der ständige Blick zur Uhr. Suchtdruck. Ein Spieler achtet nicht auf andere Menschen. Warten Sie, er kommt gleich und fährt in eine Spielhalle oder Kneipe", behauptete der Kommissar.

Und tatsächlich, nach zwei Minuten kam er aus dem Haus und sprang in sein Fahrschulauto. Die Kommissare folgten ihm im Auto bis zur nächsten Spielhalle in einer engen Seitenstraße.

„Sie haben recht", bestätigte Marlene. „Was ich mir nicht erklären kann, ist, wie er auf den Gedanken der Erpressung kam. War nicht naheliegend und hat ihn zusätzlich aufgewühlt. Wer sollte wen erpressen? Kennt er den Mörder seiner Familie und erpresst ihn, um an Geld zu kommen und seine Sucht zu finanzieren? Oder war er an der Tat beteiligt, anders als ursprünglich angenommen, und es gibt einen Mitwisser, der nun von ihm Geld einkassiert?"

Marlenes Uhr piepste. Sie hatte sich einen Zeitalarm eingestellt.

„Setzen Sie mich drei Straßen weiter an einem Restaurant ab?", fragte sie Quirin. Eigentlich hatte sie vorab noch nach Hause fahren und sich frischmachen wollen. In Gedanken an das gepflegte Erscheinungsbild ihres Dating-Partners wäre das angebracht gewesen. Marlene erlaubte sich nicht den Gedanken, ob sie sich auf das Treffen freute. Sie zog ihren Beziehungsplan eisern durch. Tatsächlich hätte sie heute Abend vorgezogen, sich in ihren Wintergarten zurückzuziehen, zu puzzeln und weitere Schlüsse für ihre Ermittlungsarbeit zu ziehen, vielleicht auch mit ihrem Kollegen.

Quirin bog nach Marlenes Anweisungen ab. Er schien ihre Unruhe zu spüren. „So wie es aussieht, brauchen Sie wieder mal meine Hilfe bei Paris, sonst kommt es zu Bauverzögerungen und der Eiffelturm wird erst im nächsten Jahrhundert fertiggestellt", bemerkte er trocken.

Marlene lachte. „Gerne. Im Notfall muss Frankreich wohl auf Ihre Puzzle-Qualitäten zurückgreifen."

Sie griff in ihre Handtasche, klappte einen Handspiegel aus und trug zumindest Lippenstift auf.

PAKT
MIT DEM TEUFEL

„Warum hat sie beim Tanzen nicht gleich nach deiner Nummer gefragt?", wollte Theo von Anton wissen. Er wünschte sich für Anton eine Beziehung, dennoch war er vorsichtig. Eine weitere Enttäuschung, und sein Freund würde ganz die Hoffnung verlieren.

„Ich habe einige Frauen zum Tanzen aufgefordert, vielleicht war sie dabei und schüchtern", berichtete Anton.

„Hat dir denn eine gefallen?" Zischend öffnete Theo seinem Freund ein Bier.

Anton zuckte mit den Schultern. „Schon, ja, ich weiß nicht."

Der Schweinebraten köchelte im Ofen vor sich hin, die Nudeln waren abgeschreckt, nur noch das Gemüse für den Salat musste vorbereitet werden. Anton half ihm heute beim Kochen und sie nutzten die gemeinsame Zeit, um in der Küche in Ruhe miteinander zu quatschen.

„Du musst mir aber gleich nach dem Date Bericht erstatten!", verlangte Theo, während er ein Schneidebrett und Messer herrichtete.

Anton schnippelte Gemüse und Theo bereitete das Salatdressing vor.

Später saßen sie mit Lilly und den Kindern beim Essen, sogar Mariellas Freund Basti war dabei.

„Mike, Ketchup geben!", rief Jack fordernd, woraufhin Ravina sofort zu kichern begann.

„Jack, das heißt ‚bitte' und das ist doch nicht Mariellas Ex-Freund Mike. Dieser hier heißt Basti", klärte Lilly ihren Sohn auf.

„Wer ist Mike?" Basti warf einen Blick von Mariella zu Ravina.

„Freund Riella. Immer Lego spielt!", behauptete Jack.

„So ein Quatsch. Du bist dumm, Jack!", brauste Mariella grob auf.

„Jack ist nicht dumm. Er kann sich nur genau erinnern, wie Mike mit ihm ein Legohaus gebaut hat!", entrüstete sich Ravina, streckte ihre Zunge raus und ignorierte den giftigen Blick ihrer Schwester.

„Hat die Marmelade geschmeckt?", versuchte Theo an Basti gewandt, das Thema zu wechseln.

Bast nickte gehorsam. „Meine Mama möchte mir beim nächsten Mal auch eine für euch mitgeben. Sie kennt die 3:1-Regel."

Theos Augen verwandelten sich in zwei Schlitze, als er Basti fixierte. Was so viel hieß wie: *Wag es ja nicht, frech zu werden!*

Nach dem Essen klingelte es an der Tür und Jana und Stella kamen, um Jack und Ravina abzuholen. Sie hatten den beiden einen Tag im Zoo versprochen. Als Lilly den Kindern die Rucksäcke packte, machte sich Anton ans Gehen, seine Mutter wartete sicher schon auf ihn.

„Aaahhhhhhhhhh!", Anton stolperte über die Schuhe, die wie oft kreuz und quer im Eingangsbereich standen. Sein Arm schrammte an der Kommode vorbei und er landete mit seiner Nase in einem Sneaker.

Lachend rappelte er sich hoch, während Ravina mit ihrer Erste-Hilfe-Box angerannt kam und den Kratzer konzentriert mit einem Trostpflaster mit Marienkäferaufdruck versorgte.

Theo fiel auf, dass sich Lilly heute eigenartig still verhielt. Gestern hatte sie ihm von einem Streit mit Johanna erzählt, doch Theo hatte nur mit halbem Ohr zugehört, da waren die Kommissare zu Besuch und sein Kopf zu voll gewesen. Er nahm sich vor, später mit ihr nochmals zu sprechen.

Heute war er ruhiger als sonst, Theo genoss den Sonntag. Das war inzwischen der einzige Tag, an dem er einigermaßen entspannen konnte.

Sonntags kommt keine Post.

Es war anstrengend, jeden Tag die Fahrstunden so zu legen, dass er die Post abfangen konnte. Kurz nach Hause, Briefkasten leeren. Damit Lilly die Rechnungen, Mahnungen, aber auch die Erpresserbriefe nicht zu Gesicht bekommen würde.

Den letzten Brief dieser Arschlöcher hatte er einfach zerknüllt, in die Feuerschale im Garten gelegt, angezündet. Theo sah sich nicht in der Lage, an die Folgen zu denken. Längst war das Erbe weg.

Und morgen der Banktermin.

Er hasste die Bank samt der aufgetakelten Belegschaft. Überheblichkeit pur. Schon allein dieses pompöse Gebäude! In dem großen Saal mit den goldenen Säulen fühlte er sich wie der letzte Versager.

Genau das bekam er zu spüren, als er am darauffolgenden Tag um acht Uhr nervös vor der Beraterin, Frau Schuster, stand.

„Die letzte Baufinanzierungsrate wurde erneut nicht beglichen."

Mit strafendem Blick blinzelte die Bankmitarbeiterin Theo durch ihre Brille hindurch an. Er hatte zwar die Umschuldung bei der anderen Bank erreicht, doch auch dieses Geld war verschwunden.

Wohin auch immer.

„Die Geschäftsleitung kann ich nicht weiter hinhalten. Wenn der Ratenrückstand nicht umgehend bis morgen Abend beglichen ist, werden wir eine Rechtsanwaltskanzlei einschalten, die für uns die Zwangsversteigerung Ihrer Immobilie einleitet. Wir haben Ihnen das schriftlich mitgeteilt!"

Sofort brannte Theo eine Frage unter den Nägeln. „Auf dem normalen Postweg?"

Fragend musterte ihn Frau Schuster. „Einschreiben." Sie hüstelte.

Das Gespräch ist ihr unangenehm, mir noch viel mehr. In ihren Augen bin ich der totale Versager. Vermutlich drückt sie außerdem ein schlechtes Gewissen, sie hat mir eine zu hohe Kreditlinie genehmigt und muss sich nun intern verantworten. Nie im Leben darf Lilly erfahren, dass ihre Existenz, das Haus, auf dem Spiel steht!

Sie würde ihm nichts mehr glauben und ihn umgehend verlassen.

„Das können Sie nicht machen. Sie wissen doch, ich hab drei Kinder. Mit dem nächsten Gehalt bekomme ich auch Urlaubsgeld, da kann ich alles bezahlen."

„Das versprechen Sie mir seit drei Monaten!", brauste Frau Schuster auf.

Sie bedauert meine Situation, bemerkte Theo, sonst würde sie nicht so emotional reagieren. *Da geht noch was.*

In Sekundenschnelle filzten Theos Augen Frau Schuster heimlich. *Markenklamotten, vermutlich Stadtwohnung in gehobener Gegend, neues Wohnmobil, Lebensgefährte Versicherungsmakler, Tochter im Gymnasium,* fantasierte er. *Und: sie hat Herz!*

„Ich werde Überstunden machen. Seit der Krebserkrankung meiner Frau musste ich oft für die Kinder da sein. Außerdem ist ihr Gehalt von heute auf morgen weggebrochen. Ich habe schon mit meinem Chef geredet."

Fast hätte Theo seine Ausreden selbst geglaubt. Allein bei dem Gedanken, Lilly könnte schwer krank sein, stiegen ihm die Tränen in die Augen, was ihn sofort glaubwürdiger erscheinen ließ.

„Eine Woche. Sieben Tage, kein Tag mehr", flüsterte Frau Schuster.

Als Theo das Bankgebäude verließ, sah er sich noch einmal um.

„Kein Tag mehr", frotzelte er, bevor er wie ein Betrunkener nach draußen wankte. Von außen kickte er mit dem Fuß gegen die Mauer des herrschaftlichen Gebäudes. „Scheißladen."

Aus früherer Zeit an der Brücke wusste Theo, was es hieß, obdachlos zu sein. Er würde es nicht überleben, wenn Lilly und seine Kinder kein Zuhause mehr hätten.

In dieser Nacht besuchte Theo eine Kneipe, deren Ruf im Milieu die Runde machte: die „Alte Bahnkneipe" im Wertachviertel. *Tomes Kneipe.*

Theo erinnerte sich an den Besuch der Kneipe, mit Vater vor einigen Jahren, seither war er nicht mehr da gewesen. Im Biergarten konnte man draußen sitzen, doch dort war alles ziemlich verwildert, der Efeu hatte längst den Kampf um das Gebäude gewonnen, er kletterte über die gesamte Fassade. Einige der wahllos herumstehenden Plastikstühle waren kaputt oder der Wind hatte sie umgeworfen.

Bei seinem letzten Spielhallenbesuch hatte er ein Gespräch von zwei Männern mitbekommen, die behaupteten, dass in den Hinterzimmern bei Tomes auch anderes vor sich ging.

Wer hierherkam, kam selten, um sich zu unterhalten. Außerdem – Tomes war Vaters Schulfreund gewesen – der würde ihm vielleicht helfen!

Theo setzte sich an einen der Tische. Verhalten huschte sein Blick umher. Im Raum waren drei Spielautomaten aufgestellt. Einer angeblich ohne den Einsatz von Geld. Das entsprach auf den ersten Blick den gesetzlichen Vorgaben. Theo konnte sich jedoch vorstellen, dass immense Ein- und Auszahlungen schlicht und einfach unter den Tresen stattfanden.

Er beobachtete den breitschultrigen Mann mit kahl geschorener Glatze, der bediente und jetzt an der Getränketheke stand. Zwei der Besucher sprachen kurz mit ihm. Der Glatzköpfige nickte den beiden Männern zu und schob die beiden in einen der hinteren Räume.

Illegale Pokerrunde, vermutete Theo. Er hatte gehört, dass man hier schnell aus wenig Geld viel machen konnte. Er winkte den Kellner zu sich.

„Ich kenn den Tomes, ist ein alter Freund und ich brauch Geld!", würgte Theo hervor.

Der Mann betrachtete ihn kalt von oben bis unten. Das Herz rutschte Theo in die Hose, er bezweifelte keine Sekunde, zu was der fähig war, doch es gab keinen anderen Weg. Der Typ filzte ihn bis auf die Knochen. Wollte seinen Namen wissen. Dann verschwand er ohne Theo. Nach fünf Minuten kam er wieder. Er öffnete die unscheinbare Tür hinter dem Tresen und deutete mit einer Kopfbewegung darauf. Theo verstand und folgte ihm.

Dahinter musste er umgehend ein Husten unterdrücken, Rauchschwaden von Zigarren hingen in der Luft, sodass er die Männer, die um den Pokertisch saßen, nur schwer erkennen konnte. Da waren auch die beiden, die er vorab gesehen hatte, verschanzt hinter den Karten.

Der Kellner nickte einem Alten zu und stellte sich breitbeinig vor die verschlossene Tür. Theo bemerkte, wie ihn der Alte betrachtete, aufstand und langsam zu ihm herüberschlenderte.

Jetzt erst erkannte er den Tomes. Stahlblaue Augen wie Fenster aus Eis musterten ihn abschätzend. Ihm quollen die Brusthaare wild aus dem weit aufgeknöpften Hemd.

Er wirkte überrascht. „Theo, welch Glanz in unserer Hütte." Dann tätschelte der Tomes seine Wangen väterlich. Ohne weitere Umschweife holte der Alte ein Bündel Geldscheine aus seiner Westentasche hervor und überreichte es Theo. „Im Gedenken an meinen alten Freund Rob. Rückzahlung innerhalb von zwei Wochen. Du weißt, was Vertrauen bedeutet, Theo?", fragte er und lächelte.

Doch das war kein echtes Lächeln, es erinnerte ihn an den Blick einer schwarzen Mamba.

Konnte es sein, dass der Tomes der Schlimmste von allen war?

Sofort bereute Theo, hierhergekommen zu sein. Augenblicklich wusste er, dass dies das Ende bedeuten könnte. Die Schlinge um Theos Hals zog sich enger.

Der Preis ist zu hoch.

Zehn Minuten später stand Theo wieder auf der Straße. Er rannte so schnell er konnte zur Bank, steckte das Geldbündel in ein Kuvert mit seiner Konto-Nummer drauf und warf es hektisch in den Briefkasten.

Nur nicht auf dumme Ideen kommen.

Seine Hände zitterten, Theo schnaufte wie nach einem Zehn-Kilometer-Lauf. Eine Minute später juckte es ihn bereits in den Fingern, aber der Zaster war weg. Von allen Seiten inspizierte er den Briefkasten der Bank, versuchte dran zu rütteln. Er war fest in die Wand eingebaut. Da war nichts zu machen.

Geschafft. Da werde ich nicht mehr drankommen.

Doch die Erleichterung, die nächsten Baufinanzierungsraten gezahlt zu haben, war nur von kurzer Dauer. Wenn nur nicht schon das Einschreiben zu Lilly unterwegs wäre. Die normale Post abzufangen, war aufwendig genug. Und nun ein Einschreiben! Die aufkeimende Angst drohte ihm die Luft abzuschnüren.

Theo dachte an den Alten, an Tomes, mit seinem eisigen Blick. Ihn grauste und es wurde ihm speiübel.

Da fielen ihm Vaters Worte nach ihrem letzten Besuch bei Tomes ein: „Er hat sich verändert. Manchmal wird ein Opfer später selbst zum Täter."

Heute Nacht hatte er einen Pakt mit dem Teufel geschlossen, doch wie hoch der Preis sein würde, ahnte er noch nicht einmal ansatzweise.

JOHANNA

Unmittelbar nach dem Streit mit Lilly erkrankte Johanna Bergmann an Grippe. Sie lag fiebrig im Bett, ihre Glieder schmerzten. Ihre Mutter brachte Kamillentee und setzte sich stundenlang neben sie.

Johanna kam sich wie ein kleines Mädchen vor. Mit Mitte zwanzig wohnte sie immer noch zu Hause, wer weiß, vielleicht würde sie hier nie rauskommen. Nur zu gerne hätte sie ihre Ruhe gehabt, im Gegensatz zu Mutter, die dankbar und froh um ihre Anwesenheit war. Zumindest konnte so Vater die eine oder andere Stunde Auszeit von seiner Frau genießen, versuchte Johanna es sich schön zu reden, doch es half nicht.

Dann noch die Anrufe und Nachrichten. Drei Mal hatte Lilly ihr geschrieben. Sie wisse nicht, was los sei, und sie könne nicht verstehen, warum sie ihr misstraue. Johanna sah sich die Abrechnungen wieder und wieder an.

Ich lass mich nicht für dumm verkaufen!

Es war zu eindeutig, um sich einreden zu können, es handle sich um versehentliche Unsauberkeiten. Sie fühlte sich trotzdem unsäglich schuldig und zudem gedemütigt.

Dabei habe ich nichts getan! Es ist doch meine Aufgabe, die Belege zu kontrollieren! Warum nur fühle ich mich wie das größte Ungeheuer aller Zeiten?

Der trockene Husten plagte Johanna ebenso wie die vier Wände um sie herum, der Kinderzimmerschrank, der Schulschreibtisch, die Poster – alles schien ihr die Misere ins Gesicht zu schreien.

Stündlich brachte Mutter ihr eine Tasse Kamillentee. Johanna hasste dieses scheußliche Gebräu. Am dritten Krankheitstag eskalierte die Situation. „Mama, geh endlich aus meinem Zimmer!

Ich brauche meine Ruhe!", schrie Johanna, so laut es ihre Stimme eben zuließ.

„Nicht so laut, dein Hals", säuselte Mutter.

„Du hast mich nicht verstanden", setzte Johanna harsch nach. Genau das war seit Mamas Fahrradunfall das Problem! „Ich will allein sein." Für Johanna klang das unheimlich hart und dennoch – seit Tagen versuchte sie, geduldig zu sein und nicht an die Decke zu gehen, bei all der Fürsorge.

„Ich bin ganz leise, du wirst mich fast nicht bemerken!" Mutter setzte sich erneut neben ihr Bett und schlug ihr Buch auf.

„Wann ist dein Termin beim Neurologen?"

„Morgen eigentlich, aber den werd ich absagen", Mutter begann zu lesen.

„*Wieso?!*" Johanna fuhr ruckartig hoch, es wurde ihr schwindelig, das Kinderzimmer drehte sich vor ihren Augen wie ein buntes Karussell.

„Jetzt, wo du krank bist, brauchst du mich doch."

Mit letzter Kraft stand Johanna auf, sie hielt sich am Schrank fest.

„Aber Kind!", jetzt klappte ihre Mutter das Buch zu.

Johanna hustete, nahm ihren Rucksack, Autoschlüssel und Handy, schlüpfte in Schuhe und Jacke. Bevor sie das Zimmer verließ, drehte sie sich noch mal um. Vor dem Sturz war Mutter anders gewesen: lustig, herzlich. Ihre Eltern waren viel unterwegs gewesen, hatten Besuch von Freunden bekommen. Johanna biss sich auf die Lippen, sie antwortete knapp: „Mama, es geht mir gut. Ich muss nur etwas erledigen, dann komm ich zurück."

Ihre Mutter nickte, setzte sich und nahm das Buch wieder zur Hand.

Johanna verließ das Haus. Sie brauchte mehrere Anläufe, um den Autoschlüssel ins Schloss zu stecken. Nichts wie fort. Weg von ihrer Familie, ihrem Kinderzimmer und auch von der guten

Freundin, mit der sie gemeinsam bei Proben gelacht und anschließend fröhlich gefeiert hatte.

Johanna fing an zu schluchzen. Fahrig legte sie den ersten Gang ein. Als sie zur Hofeinfahrt rausfuhr, sah sie, wie ihre Mutter die Haustür öffnete und ihr winkte. Sie winkte zurück. Dann drehte Johanna das Radio voll auf: Jonas Kaufmann – theatralisch, eine Spur abgefahren, laut. Alles, was sie jetzt wollte, war, weit weg zu kommen. Sie würde sich beruhigen, über alles nachdenken und die Vorstandschaft informieren. Danach würde sie zu ihrem Bruder fahren, einige Tage bei ihm verbringen und sich eine Wohnung suchen. Er hatte ihr das angeboten und sie hielt es in ihrem Elternhaus einfach nicht mehr aus. Wie gewohnt nahm sie die Abkürzung durch den Wald. Normalerweise fuhr Johanna langsam, um die Tiere nicht zu stören, und auch, weil der steile Abhang an der holprigen Straße bei Nässe oft schmierig war und sie mit ihren Alljahresreifen leicht ins Rutschen geriet. Doch heute nahm sie darauf keine Rücksicht, im Gegenteil, sie drückte aufs Gas.

Die anfangs zögerlichen Regentropfen verwandelten sich innerhalb kurzer Zeit in ein sinnflutartiges Herunterplatschen.

„Wien, Wien, nur du allein", tönte es aus den Boxen. Einer Gewohnheit nachgebend, begann Johanna mitzusingen. Ihre emotionale Stimmung übertrug sich auf ihre Stimme. Erst leise und weinerlich, schnell wurde sie kräftiger, bis sie ihre Wut voll hinausbrüllte. Krächzend, trotz Husten und Halsschmerzen.

„Dort, wo die alten Häuser stehen, dort, wo die lieblichen Mädel gehen." An dieser Stelle kam die scharfe Rechtskurve. Der Regen verwandelte die Straße in einen fließenden Bach. Nun sah Johanna trotz der starken Scheinwerfer fast nichts mehr. Das Auto fing an zu schlittern.

Runter vom Gas. Bremsen!

Erschrocken realisierte sie die Gefahr. Mit voller Kraft drückte Johanna die Bremse durch, doch da kam fast nichts. Im

Gegenteil, das Auto wurde schneller und schneller. Mit rasendem Tempo rollte es den Berg hinunter. Sie riss das Lenkrad herum, das Auto rutschte, aber sie blieb auf der Fahrbahn. Es schlingerte und gewann an Tempo. Geistesgegenwärtig zog Johanna die Handbremse. Nichts geschah!

Warum nur funktionieren die Bremsen nicht?

In der nächsten Kurve riss die Fliehkraft sie von der Straße und sie schoss über unwegsames Gelände weiter bergab.

Für einen Moment ließ der Regen nach und Johanna sah, wie sie mit Karacho auf ein Waldstück zuraste. Sie zog und drückte an beidem gleichzeitig, Fuß- und Handbremse. Da – sie spürte endlich einen leichten Zug an den Bremsen. Dennoch war es vergeblich, der Schwung war zu stark und sie schoss in hohem Tempo nach vorne.

Gegenlenken!, befahl sie sich mit letzter Hoffnung.

Verzweifelt riss sie das Lenkrad herum, doch die Frage war, wohin. Ein Baum reihte sich an den nächsten. Chancenlos sauste Johanna auf die dicken Holzstämme zu.

In den letzten Sekunden schloss sie ihre Augen.

„Zu jung!", hauchten ihre Lippen.

BEGEGNUNG

Nur in den ersten Jahren nach seiner Heirat war Rob abends daheim bei seiner Frau geblieben. Im Laufe der Zeit bürgerte es sich ein, dass er, wie in den Zeiten vor seiner Ehe, sobald die Kinder im Bett waren, mit Freunden und Geschäftspartnern um die Häuser zog. Es war ihm schlicht und einfach zu langweilig, mit Stella stundenlang fernzusehen.

Mittlerweile waren Andre und Theo schon junge Männer, wenn auch Andre wegen der Schule noch zu Hause wohnte, sie hatten ihre eigenen Freunde. Manchmal wünschte Rob sich, die beiden wären klein geblieben. Sie hatten ihm einst so nahgestanden. Nun kamen sie ihm oft fremd vor oder er vermisste sie und sie hatten anderes zu tun. Wenn die Kinder flügge wurden, unternahmen in befreundeten Familien die Paare mehr miteinander, aber Rob und Stella lebten in unterschiedlichen Welten. Er konnte sich für die Themen Haushalt und Kosmetik nicht erwärmen. Rob hatte versucht, andere Gesprächsinhalte einzubringen. Aber da kam nichts zurück, er gelangte zu der schmerzhaften Überzeugung, ihr Horizont reiche nicht weiter. Rob musste sich eingestehen, dass sie sich außer zu den alltäglichen Dingen, die zu organisieren waren, nicht mehr viel zu sagen hatten. Die liebevolle Zärtlichkeit, die er in ihren ersten gemeinsamen Jahren genossen hatte, war ebenso auf der Strecke geblieben. Seit Monaten hatten sie nicht mehr miteinander geschlafen, doch er sah auch keinen Weg, mit ihr darüber zu sprechen. Die Kluft zwischen ihnen wurde stetig größer. Stella schien das nicht zu bemerken, sie war offenbar mit dem abendlichen Fernsehprogramm zufrieden.

Irgendwann kam die Zeit, in der er Paula kennenlernte. Rob hielt sich häufig in einer Kneipe in der Augsburger Altstadt auf. Dort kannte er den Wirt, außerdem konnte er drauf zählen, dass er am Abend stets auf einen seiner Freunde traf. In den letzten Monaten *suchte eine Frauengruppe regelmäßig das Lokal auf. Sie unterhielten sich, oft saßen Theo und seine Freunde mit den Damen an einem Tisch und quatschten über Aktuelles aus der Politik oder dem Weltgeschehen.*

An einem Abend saß eine Frau um die sechzig, Paula, neben ihm. Alle diskutierten über die Klimaerwärmung und Veränderungen an unserem Planeten. Zuerst verhielt Paula sich zurückhaltend. Sie stimmte zu, alles müsse getan werden, um unsere Welt für die Nachkommen zu erhalten. Bald darauf nahm das Gespräch jedoch eine völlig andere Richtung: Sie begann zu erzählen, von der Entwicklung der Erde, von unerbittlichen Jahrhunderten, Kometeneinschlägen, Asteroiden, den Eiszeiten.

Rob hörte zu. Während seine Freunde schon wieder in andere Gespräche verwickelt waren, bat er Paula, weiterzusprechen. Mit einem Lächeln erzählte sie von der explosionsartigen Entwicklung der Artenvielfalt vor über Millionen und Milliarden Jahren, was für ein Glück wir doch hätten, hier in dieser Zeit auf diesem Planeten weilen zu können, und welche Verantwortung dies für uns bedeute.

Rob beobachtete sie. Paula war einfach gekleidet, ein legeres Top und Jeans, die Haare trug sie in einem kinnlangen Bob, sie war ungeschminkt, doch beim Sprechen sprühten ihre Augen vor Begeisterung und ihre Wangen glühten. Ihre Ausstrahlung schlug ihn unwillkürlich in einen zauberhaften Bann.

Am nächsten Abend sah er sich in der Kneipe nach ihr um.

„Heute wieder viele Häuser gebaut?", fragte sie ihn, als er abgearbeitet und müde ankam und sich neben sie auf einen Stuhl fallen ließ.

„Heute viele Tiere gepflegt?", konterte Rob. Paula arbeitete als Tierpflegerin im Augsburger Zoo.

Sie erzählten sich gegenseitig lustige Anekdoten aus ihrer Arbeit. Von nun an ertappte Rob sich dabei, wie er sich Abend für Abend auf ihre Gesellschaft freute. Je mehr er sie betrachtete, umso schöner fand er sie, eine Frau wie Paula begeisterte ihn.

Rob begann, ihr von seiner Familie zu erzählen. Von den Schwierigkeiten mit Andre, der Entfremdung, die er seinen Kindern gegenüber empfand, und von Stella, von der er nicht mehr wusste, ob sie in seinem Leben eine Rolle spielte. Zunehmend fühlte Rob, wie einsam er die letzten Jahre gewesen war und wie er sich jeden Tag in die Arbeit flüchtete.

Es war ihm, als schmelze bei jedem Treffen mit Paula der Panzer aus Eis in seinem Herzen ein Stück ab. Er fühlte sich bei sich selbst, auch wenn sie ihm gnadenlos aufzeigte, wie hart er in den Jahren mit sich und seinen Kindern umgegangen war.

Zuletzt, als sie nach dem Kneipenbesuch einen Spaziergang durch die Altstadt machten, sprach er zum allerersten Mal in seinem Leben von Anni. Rob erzählte und Paula schwieg. Er wusste nicht, wie lange sie gegangen waren, nur, dass sie ihm Taschentücher reichte und ihn, nachdem sie sich auf eine Bank setzten, minutenlang im Arm hielt, bis sie sagte: „Du musst sie besuchen."

Sofort am nächsten Tag nahm sich Rob frei und stieg in den Zug Richtung Füssen. Er genoss den Blick auf die Bergkulisse, der er sich Minute für Minute näherte. Die Landschaft veränderte sich, innerhalb kurzer Zeit wurden aus den Äckern und Weizenfeldern saftige grüne Wiesen, blühende Büsche, Flüsse und Seen.

Bei der Ankunft kochten Gefühle hoch, Erinnerungen an eine Zeit des Verlustes. Er stieg aus dem Zug, wie damals vor vielen Jahrzehnten, als das Schicksal ihn auf die Suche nach einer neuen Heimat geführt hatte. Der Himmel zeigte sich türkis-blau, die Sonne strahlte zwischen den vereinzelten Wolken hindurch. Sein Blick wanderte zu den Bergen. Vereinzelt gab es Schneefelder an den Spitzen. Rob blieb am Bahnsteig stehen, atmete die erfrischende Luft ein. Hier hatte einst seine neue Heimat, Bayern, für ihn begonnen.

Wenig später fuhr er im Bus in Richtung des Dorfes. Der alte Hof stand nicht mehr, ein modernes Mehrfamilienhaus zierte stattdessen die Stelle. Rob hievte den Rucksack auf seine Schultern, automatisch fanden seine Füße den Weg, den er damals täglich zurückgelegt hatte. Zu Annis Grab.

Der Baum über ihrem Grab, eine Eiche, war mittlerweile groß und stark geworden. Wieder bedeckten dessen bunte Blätter die Stelle, an der sie begraben war. Es fühlte sich an, als sei es gestern gewesen, als er zuletzt hier gestanden hatte. Rob entnahm seinem Rucksack eine Schaufel, er grub ein kleines Loch, setzte das Rosenstöckchen, das er mitgebracht hatte, ein und bedeckte die Wurzeln mit Erde.

In der Nähe beobachtete er eine weiße Taube, wie sie mit ihrem Schnabel Essbares zwischen den Blättern suchte. Er ließ sich unter der Eiche nieder und sein Blick schweifte über Berge und Schloss. So wie damals, an ihrem letzten Tag, überzog auch heute die Sonne die Berge, bis sie glänzten wie kostbares Blattgold. Lange Zeit verharrte er dort in Zwiesprache mit sich und Anni. Irgendwann lief er zum Bach, um einen Becher voll Wasser zu holen und goss das Bäumchen.

„Anni, jetzt bin ich bald alt. Ich konnte dich damals nicht retten und ich kann auch niemand anderen retten, außer vielleicht mich selbst. Deshalb, das verspreche ich dir, beginn ich zu leben, ab heute, jeden Tag, jede Stunde." Nach diesen Worten stand er auf und machte sich auf den Rückweg. Es war eine lange Wanderung bis zum Bahnhof.

Rob war klar, er musste mit Stella sprechen. Obwohl er sich trennen würde, würde er für ihr finanzielles Auskommen sorgen.

Und da waren seine Söhne, Theo und Andre.

Er hatte etwas wiedergutzumachen.

FÖN

Am nächsten Morgen kreuzten zwei Männer vor der Fahrschule auf und erinnerten Theo an seine Zahlungsverpflichtung gegenüber dem Tomes. Der eine war der Mann aus der „Alten Bahnkneipe", der andere gefühlt noch einen Kopf größer mit Schultern so breit wie ein Schrank. Für die geliehene Summe forderten sie fünfzig Prozent Zins. Sie zeigten ihm ein Bild seiner Kinder, angeblich, um seine Zahlungsmoral zu stärken. Es wirkte, Theo gab ihnen seinen letzten Cent. Er war froh, als sie verschwanden. Hoffentlich hatte der Chef nichts bemerkt.

Heute wäre er mit Einkaufen dran gewesen, aber er konnte sich nicht mal mehr einen Laib Brot leisten. Das goss bei der sowieso schon angespannten Situation zu Hause Öl ins Feuer, was sofort klar war, als er einige Stunden später die Haustür öffnete.

„Der Kühlschrank ist leer und meine ec-Karte wurde gesperrt", zischte Lilly und sah Theo wütend an. „Wo ist unser Geld hin? Kannst du mir sagen, was wir für die Kinder kochen sollen? Und was bitte in aller Welt soll das?" Lilly wedelte vor seiner Nase mit einem Brief herum, auf dem in Zartrosa ein Postformular aufgeklebt war. Ein Bankbrief. Das Einschreiben war eigenhändig mit Rückschein versandt worden. Das hatte Theo befürchtet, denn so hatte er nicht verhindern können, dass Lilly das Schreiben bekam. Die Stimmung zu Hause war am Gefrierpunkt angelangt. Bislang hatte sich Lilly um finanzielle Dinge keine Gedanken gemacht, doch nun brannte ihr misstrauischer Blick wie Feuer auf seiner Haut. Das Vertrauen war längst mehr als angekratzt.

Was nur würde sie sagen, wenn weitere Mahnungen, womöglich bald der Brief mit der Zwangsversteigerung, eintrafen.

Theo wusste, da waren weitere Schreiben unterwegs, er würde dies nicht mehr aufhalten können.

„Warum hast du mir nichts von den Problemen erzählt?", wollte sie wissen.

„Du hast dich nie für unsere Geldangelegenheiten interessiert, unser Einkommen reichte eben nicht", versuchte Theo verzweifelt, den Kopf aus der Schlinge zu ziehen.

Ravina kam ins Zimmer, sie hatte geduscht und trocknete sich die nassen Haare mit einem Handtuch ab.

„Nicht streiten!", verlangte sie fordernd.

„Manchmal muss es aber sein", antwortete Lilly mit einem strafenden Seitenblick auf Theo, nahm die Haarbürste und kämmte Ravinas langes Haar. „Geh ins Bad und föhn dich", sagte sie zu Ravina und küsste sie auf die Stirn.

Als Ravina sie nicht mehr hören konnte, ließ sich Lilly in einen Sessel fallen. „Ich hätte mehr gearbeitet, ich dachte ..."

Entsetzt merkte Theo, dass Lilly den Tränen nahe war.

„Der Fön ist kaputt!", rief Ravina aus dem Bad.

Ist er nicht. So viel war Theo sofort klar. *Es war also so weit.*

Theo beobachtete, wie Lilly den Fön holte, den Schalter betätigte und versuchte, ihn anzumachen. Nun hielt sie inne, sah Theo mehrere Sekunden eindringlich an und tastete nach dem Lichtschalter. Das Licht ging nicht an. Dasselbe galt für den Herd. Es gab keinen Strom mehr.

Lilly rutschte der Fön aus den Händen, donnernd krachte er auf den Boden. Es tat Theo in der Seele leid, seine Frau so aufgelöst zu sehen.

„Ich regle das, bitte glaub mir", presste er hervor, schlüpfte in seine Jacke und flüchtete, so schnell es ging, aus dem Haus.

In den nächsten Stunden hetzte Theo wahllos durch die Stadt.

Was habe ich nur getan? Ist jetzt alles vorbei? dröhnte es in seinem Kopf. Er hatte keine Ahnung, wohin er lief. Einfach weitergehen, Schritt für Schritt.

Nach mehreren Stunden blieb er hungrig und durstig stehen. Die Gegend kam ihm bekannt vor. Theo rieb sich den Schweiß von der Stirn. Eine kleine Brücke. Hier war er schon gewesen, vor langer Zeit. Der Stadtbach plätscherte munter vor sich hin. Erinnerungen an die schlimmen Tage des Totalabsturzes stiegen in ihm ebenso auf wie das warme Gefühl das Angenommenseins, als ihn das Glück aus heiterem Himmel getroffen und er Lilly kennengelernt hatte. Theo sackte in sich zusammen. Die nächsten Stunden verbrachte er angelehnt ans Brückengeländer, in wirre Gedankenspiralen versunken.

Es fing bereits an zu dämmern, als er einen Entschluss fasste. Gleich morgen würde er seine Tante Jana aufsuchen.

KURZSCHLUSS

Jana Rommels ging ins Badezimmer. Dieser Raum entsprach ihren Bedürfnissen. Er war klein und weiß gefliest. Sie legte Wert auf Hygiene, dies konnte Krankheiten vermeiden und war nicht zu unterschätzen. Jana ließ die Badewanne volllaufen und fügte einen Badeschaum mit ätherischen Ölen dazu, das reinigt die Atemwege. Da klingelte das Telefon.

„Stell dir vor, Jana", berichtete Ravina der Tante ihres Vaters. „Ich wollte meine Haare föhnen, aber der Strom war weg. Ich vermute, das Kabel war defekt und Plus- und Minuspol sind ohne Widerstand aufeinandergetroffen. Das löste womöglich einen Kurzschluss aus!" Die Kleine wirkte aufgeregt.

„Der Fön war sicher schon sehr alt", antwortete Jana.

Jana war stolz auf Ravina, das Mädchen war wissbegierig und Jana zeigte ihr regelmäßig an ihren Stofftieren, wie man Verbände anlegte und Verletzungen behandelte.

„Weißt du was, ich besorge gleich morgen einen neuen Fön für dich", versprach Jana Ravina, ehe sie auflegte. Die süße Ravina. Und so intelligent!

Jana hatte in ihrem ganzen Leben noch nie über ihre Gefühle gesprochen und das würde sie weiter so halten. Dieses Fass zu öffnen, könnte sie nicht ertragen. Vielleicht war das der Grund, weswegen sie außer zu Theo, Stella und Lilly keinerlei Kontakte pflegte.

Sie war ihrem verstorbenen Bruder Rob dankbar für dessen Familie.

Außerdem war Jana überzeugt, die Heirat mit Lilly und die Adoption der Mädchen waren für ihre Familie und ihren Theo das Allerbeste gewesen.

Mit Kindern war alles leichter. Kinder konnte man aus freien Stücken lieben, die nahmen einen an, wie man war. Wenn sie früher, vor ihrem Ruhestand, im Ausland Tod und Elend erlebt hatte, waren es Robs Jungs gewesen, die ihr zu Hause wieder ein Lächeln auf die Lippen gezaubert hatten. Sie hatten ihr geholfen, die Bilder aus ihrem Kopf zu verbannen. Kinder waren Janas Anker.

Schon früh war Jana klar gewesen, dass sie niemals selbst Kinder haben würde. Dabei wäre es beinahe schon mal so weit gewesen. Niemand wusste das, diejenige, die es mal gewusst hatte, hatte das Geheimnis längst mit ins Grab genommen.

Jana erinnerte sich genau an den Tag, der ihr dieses Glück für immer nahm.

Sie war erst vierzehn gewesen und obwohl sie nur ein einziges Mal schwach geworden war und es keinen Freund in ihrem Leben gab, war es passiert. Ihre Tage blieben aus und da sie sich schon immer für Medizin interessiert hatte, deutete sie die Anzeichen, das Ziehen im Bauch und den flauen Magen, sofort richtig. Jana hatte nie Freundinnen gehabt, aus diesem Grund wusste sie nur eine einzige Person, an die sie sich wenden konnte: ihre Mutter. Sie erzählte es ihr während der Zubereitung des Abendessens. Mutters Reaktion hatte sich tief in Janas Gedächtnis eingebrannt. Jana schälte Kartoffeln, während Mutter den Salat wusch. Zitternd pressten ihre Lippen das Geständnis hervor. „Mutter, ich glaube, ich bin schwanger."

Mutter hielt in ihrer Bewegung inne. Jana wusste heute noch, wie ihre Hände in der Luft standen, als wären sie zu Stein erstarrt. Ansonsten verriet nichts an ihr ihre Erregung. So, als lese sie eine Kochanleitung vor, sagte Mutter: „Ein Kind in diese Welt setzen ist verantwortungslos. Du hast keine Ahnung, was Babys alles zustoßen kann. Morgen gehen wir zum Arzt."

„Gut", erwiderte Jana nur, gab die geschälten Kartoffeln in ein Sieb und wusch diese unterm fließenden Wasser ab. Schwangere Frauen gingen schließlich immer zum Arzt.

Am nächsten Morgen standen sie zur Praxiseröffnung vor der Tür eines Mehrfamilienhauses. An der Tür das Arztschild: Gynäkologie, Dr. Manfred Hopf.

Sie kamen auch sofort dran, Jana machte sich unten frei und legte sich auf eine Liege. Der Arzt grüßte freundlich und schüttelte Mutter die Hand, als diese ihm ein Kuvert überreichte. Jana wagte nichts zu fragen, so aufgeregt war sie. Würde er ihr sagen können, wann der Geburtstermin sein würde?

Doktor Hopf gab ihr eine Spritze. Jana wurde müde. Noch während des Einschlafens, träumte Jana. Sie hielt ihr Baby im Arm, schaukelte es sanft und küsste es liebevoll auf die weichen Bäckchen. Es duftete so gut und der Geruch erinnerte sie an jemanden, ein anderes Baby, das sie vor langer Zeit gemocht hatte.

Jana wusste nicht, wie spät es war, als sie wieder aufwachte, nur dass alles schmerzte. Ihr Kopf, ihr Unterleib, ihr Herz.

Verwirrt fragte Jana: „Mama, was ist los?"

„Du bist zu jung für ein Kind. Die Schwangerschaft ist jetzt erledigt", antwortete Mutter kurzerhand und strich ihr über die Stirn.

„Nein, ich will das nicht", protestierte Jana und sie versuchte, aufzustehen, sie wollte weg, doch es war zu spät.

Der Schmerz in ihrem Körper steigerte sich, schien in alle Organe weiterzufließen und ihr zartes Mädchenherz zu zerreißen.

Der Arzt reichte Mutter Schmerzmittel, aber Jana ahnte, für diesen Schmerz würde es nie ein Medikament gegeben.

„Dazu hatten Sie kein recht!", fauchte Jana den Arzt an.

Jana erhielt eine breite Binde, keiner sprach ein Wort, als sie sich zitternd anzog. Sie spürte, wie Mutter sich vor dem Arzt schämte. Und als sie draußen waren, brach es wütend aus ihrer Mutter hervor: „Stell dich nicht so an, früher war das nicht ein Spaziergang wie heute."

Jana wusste nicht mehr, wie sie den Heimweg geschafft hatte, nur, dass ein Bild vor ihren Augen aufgetaucht war, eine Erinnerung aus der Schattengalerie längst verdrängter Dramen: Eine blutige Stricknadel. Jana war von klein an gut im Verdrängen von Bildern.

Wenn Jana heute an ihr Kind, dass sie selbst im Leib getragen hatte, dachte, war es einfach. Dazu musste sie kein Bild verdrängen, denn von ihm gab es keines.

Jana kleidete sich aus und stieg ins duftende Badewasser. Spielerisch stupste sie eine besonders schillernde Seifenblase an. Sie zerplatzte. So war das eben im Leben, alles ging mal zu Ende.

Plus und Minus, wenn diese Pole aufeinandertrafen, konnte das zu einem Kurzschluss führen.

ZUFALL?

„Frau König, ich würde Sie gerne über einen Autounfall mit Todesfolge informieren." Der Stahlgruber stand wie aus dem Nichts vor dem Schreibtisch der Kommissare. Marlene hasste das, er verdeckte umgehend den Blick zum Fenster. Mit seiner Masse und Größe wirkte es, als sei im Raum eine Sonnenfinsternis im Gange.

„In welchem Zusammenhang?", wollte Marlene wissen.

Auch Quirin war sofort klar, dass der Stahlgruber die König nicht wegen eines gewöhnlichen Verkehrsunfalls ansprechen würde.

„Das verkehrstechnologische Gutachten hat ergeben, dass sowohl Hand- wie auch Fußbremse des Fahrzeuges manipuliert wurden. Eine junge Frau ist tödlich verunglückt."

Quirin spürte umgehend Bedauern. Was muss es für einen Menschen heißen, wenn er bei voller Fahrt plötzlich realisiert, dass er nur noch wenige Momente zu leben hat?

„Kommen Sie ebenso", der Stahlgruber räusperte sich, „Herr Seligman?"

Quirin und Marlene ließen alles stehen und liegen und folgten ihrem Vorgesetzten in sein Büro. Auf dem Computer zeigte er ihnen Bilder des Unfallwagens. „Der Unfallort ist zehn Minuten vom Eltern- und Wohnhaus des Opfers entfernt. Die Strecke führt durch den Wald. Nach Abtransport des Wagens stellte der Schadensgutachter die Manipulation fest. Alle Bremsscheiben und auch die Bremssättel waren mit reichlich Fett eingeschmiert. Die Bremskraft war wohl zuerst gar nicht und nach der Vollbremsung wieder mehr vorhanden.

Doch mit der rutschigen Fahrbahn und dem kurvigen Verlauf hatte sie keine Chance. Ein Täter dürfte also die mögliche Fahrtstrecke des Opfers gekannt haben", berichtete Stahlgruber.

Während Marlene zu den Bildern vom Unfallopfer und dem demolierten Wagen griff, wandte sich Stahlgruber an Quirin.

„Herr Seligman. Da ist noch etwas", der Stahlgruber ließ sich in seinen Stuhl sinken, „zum Fall Rommels. Beim Aktenstudium fiel mir eine Ergänzung ein." Er hüstelte. „Innerfamiliäre Konflikte zwischen dem älteren Sohn Andre und seinem Vater."

Ergänzungen? Wohl eher wichtige, relevante Informationen! Davon war in der Akte kein Sterbenswörtchen aufgezeichnet.

Quirin versuchte, sich sein Entsetzen nicht anmerken zu lassen. Er wollte die Bereitschaft des Stahlgrubers, Ermittlungsfehler einzuräumen, nicht schon im Keim ersticken.

„In welcher Art?", fragte er deshalb ruhig. „Laut Aktenlage bezeichnete Jana Rommels, die Schwester des Opfers, die Familie als harmonisch."

„Stimmt, dennoch verhält sich das konträr zu den Aussagen eines Nachbarn. Nach dessen Hinweisen hat der Vater den Sohn häufig angeschrien, es ging wohl um schlechte schulische Leistungen. Der Vater sei überstreng gewesen und habe ein rigides Kontrollsystem für den Älteren, Andre, durchgeführt. Dessen Bruder Theo sei in der Schule schon ein Überflieger gewesen und habe, laut Aussage des Nachbarn, dem Anspruch des Vaters entsprochen. Andererseits wurde Robert Rommels dennoch als liebevoller Vater beschrieben, angeblich hätte er sich viel um die Söhne gekümmert."

All das war in der Akte nicht im Mindesten aufgezeichnet, wusste Quirin. „Wer hat das Gespräch mit dem Nachbarn damals geführt?"

„Ich!", Die Stimme Stahlgrubers wurde dünn. „Der Nachbar ist bereits verstorben, wie ich soeben recherchiert habe."

„Also Anhaltspunkte für ein Familiendrama. Ich würde dazu gerne die Meinung der Mutter hören", meinte Quirin versöhnlich.

„Ich habe Ihnen außerdem eine Übersicht des Freundeskreises zusammengestellt." Der Stahlgruber wirkte richtig eifrig.

Zumindest hat er seine Hausaufgaben jetzt erfüllt, dachte Quirin.

„Wenn ich irgendwie helfen kann", erklärte Stahlgruber.

Quirin schlug vor: „Vielleicht könnten Sie beide noch mal mit Stella Rommels sprechen? Wie damals am Tatort, und sie explizit mit den Aussagen des Nachbarn konfrontieren." Er sah Marlene an.

Robert Stahlgruber bekräftigte: „Nachdem womöglich Fallzusammenhänge zu den aktuellen Ermittlungen bestehen, trage ich in der derzeit sehr intensiven Ermittlungskonstellation natürlich gerne dazu bei. Ich hätte da heute Nachmittag ein Zeitfenster."

„Macht Sinn", brachte Marlene hölzern hervor und Quirin und sie machten sich auf den Weg zum neuen Tatort.

ENSEMBLE

Marlene versuchte, weniger an die anstehenden Ermittlungen mit dem Stahlgruber zu denken. Sie würde ihn sich verbal schon zurechtbiegen. Nachdem sie am Unfallort angekommen waren, liefen sie und Quirin durchs hohe Gras den Hang hinunter. Rutschspuren zeigten, dass hier vor Kurzem ein Auto durchgerast sein musste. Die Strecke war sehr steil, vorsichtig stiegen sie seitlich ab.

„Das technische Gutachten hat ergeben, dass die Bremskraft nicht sofort ausgefallen war. Die Bremsen haben ihre Arbeit erst bei größerer Belastung, also beim Bremsvorgang bergab eingestellt, als das Fett ausreichend verteilt war", erklärte Marlene.

Der Unfallort glich einem Schlachtfeld. Sie sahen die demolierten Bäume. Büsche waren umgeknickt, niedergefahren. Abgesprungene Rinde, an den Stämmen klebte grüne Lackfarbe. „Sie muss mit Vollgas in das Waldstück gerast sein", stellte Marlene erschrocken fest.

Als die Kommissare anschließend die Eltern von Johanna Bergmann aufsuchten, fanden sie das Paar stocksteif auf der Wohnzimmercouch sitzend vor. Vor ihnen lag ein großer Berg Taschentücher. Es machte den Eindruck, als hätten sie sich seit dem Unglück nicht von der Stelle bewegt. Beide trugen Jogginganzüge, eine weitere Frau brachte Getränke und einen Teller mit Kuchen.

„Sie vergessen zu essen und zu trinken", raunte sie Marlene zu. „Ich bin die Schwester von Johannas Mutter. Die beiden tun mir unendlich leid."

„Ich muss Sie leider zu einigen Punkten befragen." Marlene fiel auf, dass Johannas Mutter einen wirren Eindruck machte.

Sie lächelte ohne Unterlass, so, als seien ihre Mundwinkel festgefroren. „Wir stören Sie nicht lange", beruhigte sie Marlene und setzte sich, ohne dass jemand sie dazu aufforderte.

Johannas Vater erklärte: „Meine Frau kann das alles nicht mehr verstehen. Ich beantworte Ihre Fragen."

Marlene tat es in der Seele weh, die Verzweiflung der Eltern zu erleben. Es war ihr nicht oft möglich, ihre Nichten zu sehen, dennoch, sie wüsste nicht, wie sie weiterleben würde, wenn mit den beiden Vergleichbares geschähe.

„Könnten Sie sich denn vorstellen, dass jemand die Bremsen an Johannas Wagen manipuliert hat?", fragte Marlene behutsam.

„Unsinn", kanzelte sie Herr Bergmann schroff ab. „Nie im Leben. Jeder mag Johanna! Schon immer. Ihre ganze Liebe gilt der Musik, sie ist", er korrigierte sich seufzend, „sie war ein Riesentalent am Fagott."

Marlene verstand den Vater, sie erwartete nicht, hofiert zu werden.

„Wo hat Ihre Tochter denn die letzten Tage verbracht? Würden Sie uns bitte zeigen, wo in der Zeit ihr Auto stand?"

Herr Bergmann stand auf, lief zum Wohnzimmerfenster und zeigte nach draußen, auf ein Carport.

„Dort hat Johanna immer geparkt. Sie war zuletzt krank und drei Tage nur zu Hause", ergänzte er und fügte kopfschüttelnd hinzu: „Ihre Mutter machte sich wegen der Grippe schon unendliche Gedanken."

Wie grotesk diese Sorgen nun erscheinen, dachte sich Marlene.

Auf dem Wohnzimmertisch waren Fotoalben aufgestapelt. Schon so kurz nach dem Tod ging es darum, die Erinnerung festzuhalten. Marlene konnte sich vorstellen, dass die Alben mehrmals am Tag durchgeblättert wurden. Vielleicht der Versuch, die geliebte Tochter festzuhalten.

„Zeigen Sie mir ein Bild von Johanna?", fragte sie.

„Sehen Sie", Johannas Vater griff zu einem Album mit Samt-
überzug und schlug eine Seite auf. „Ihr Herzstück, das kleine
Ensemble." Er deutete auf eine Gruppe mit Musikern, jeder hielt
sein Instrument in die Höhe.

„Es war ein Gedicht, ihr zuzuhören." Er schwenkte seinen
Kopf, als höre er sie immer noch musizieren. Herr Bergmann
stockte. „In letzter Zeit wirkte sie jedoch belastet. Früher hätte
sie das sofort mit ihrer Mutter besprochen." Sein Blick huschte
zu seiner Frau. „Ich habe sie gefragt, aber sie wollte nicht darüber reden. Eigentlich vermutete ich, sie grämte sich wegen des
Zustands ihrer Mutter. Johanna hätte ihr eigenes Leben gebraucht. Doch meine Frau konnte sie im Zusammenhang mit ihrer psychischen Einschränkung nicht loslassen." Er legte seinen
Arm um seine Frau, die sprachlos neben ihm verharrte.

Es schien dem Mann gutzutun, über seine Tochter zu sprechen. Das erleichterte Marlene das Nachfragen ungemein.

„Vor einigen Tagen war sie sehr aufgelöst", wusste er, „nachdem sie von einer Freundin kam. Mir fällt der Name nicht ein,
die Oboe-Spielerin."

„Lilly Rommels", Frau Bergmann freute sich deutlich, sich
das gemerkt zu haben. Dann, als erlaube sie sich nie mehr einen
Moment kurzer Freude, erstarrte ihr Gesicht wieder zu einem
Ausdruck tiefen Leides.

Marlene konzentrierte sich auf das Foto des Ensembles. Sie
dachte an die vielen Instrumente in Theos Haus und drehte sich
zu Quirin, der sich bislang nicht am Gespräch beteiligt hatte.

„Ist das Lilly Rommels?", Quirin deutete auf die Frau, die
eine Oboe hochhielt.

„Richtig", antwortete Herr Bergmann. „Eine gute Freundin,
sie hat Johanna geholfen, musikalisch professionell Fuß zu fassen und sie jahrelang unterstützt."

Als die Kommissare nach dem Gespräch das Carport inspizierten, meinte Quirin: „Nachts kein Problem, sich hier unbemerkt am Auto zu schaffen zu machen."

„Und schon wieder Familie Rommels", entgegnete Marlene. *Zu viele Zufälle auf einmal.*

TANTE

Theo traf Jana und Stella auf dem Balkon in Janas Wohnung an. Sie blätterten in Zeitschriften, damit konnte Stella Stunden verbringen.

Er setzte sich wortlos zu ihnen. Theo war klar, wie fertig er aussah. Er war verschwitzt und trug noch die Jogginghose von heute Morgen, mit der er sonst nie außer Haus ging.

Jana musterte ihn eindringlich. „Was ist?", fragte sie streng und ihre Gesichtszüge spannten sich an.

Er hatte es noch nie geschafft, seinen Gemütszustand vor ihr zu verbergen. *Ich bin für sie wie ein offenes Buch,* wurde Theo plötzlich klar und ein Schauer lief ihm über den Rücken. *Was, wenn sie alles weiß?* Unwillig verschränkte er die Arme vor der Brust.

Eigentlich wollte Theo auf dem Absatz umkehren, bei den Frauen zu Kreuze zu kriechen war unter seiner Würde. Dann dachte er jedoch an Ravina, den Fön und an Lilly.

Theo beschloss, es sei sinnvoll, mit einem lockeren Thema ins Gespräch einzusteigen, spontan kam ihm eine Idee: „Kannst du dich noch an die Alte Bahnkneipe erinnern?", fragte er Jana. „Ich bin erst mit dem Fahrschulauto daran vorbeigefahren. War der Wirt nicht ein Schulfreund von dir?"

„Oh ja, der Tomes!" Jana lächelte sichtlich begeistert. „Ein erfolgreicher Geschäftsmann, wie man so hört."

„Mit den eisblauen Augen, stimmts Jana?", fiel Stella ein und sie grinste ebenso vielsagend.

Theo blickte von einer zur anderen.

Aha, der Tomes – ein Schulfreund also, oder doch auch mehr? Ich hätte Jana deutlich mehr Geschmack zugetraut.

Noch nie wäre er auf den Gedanken gekommen, seine Tante könnte sich für einen Mann interessieren.

Wenn die von Tomes Geschäften wüsste!

Doch Theo war nicht gekommen, um von Schwärmereien seiner Tante zu erfahren. Besser, er brachte sein Anliegen sofort auf den Punkt. „Ich brauche Geld", dieser eine Satz kostetet Theo seine ganze Würde. Es war ihm, als säße er splitterfasernackt vor den Frauen. Mühsam gelang es ihm, einen plötzlichen Würgereiz zu unterdrücken. Zu stark schmerzten Janas Vorhaltungen, er habe aus seinem Leben nichts gemacht.

Die Atmosphäre im Raum sank schlagartig.

Da ertönte ein penetrantes Piepsen aus der Küche. Der Alarm der Ofenuhr. Bislang hatte Theo den angenehmen Duft des gebackenen Kuchens noch gar nicht wahrgenommen. Stella verzog sich schnell entschuldigend lächelnd nach nebenan, angeblich, um zu testen, ob das Gebäck schon fertig sei.

Theo konnte Janas Gesicht nicht deuten. „Du hast doch Geld. Robs Erbe?", fragte Jana kalt. Im Gegensatz zu ihm zeigte Jana in vielen Situationen ein undurchsichtiges Pokerface.

Weiß sie etwa schon, dass von dem Geld nichts mehr übrig ist?

Theo erschrak. „Die letzte Stromrechnung. Ich habe", nur bruchstückhaft kamen die Wörter aus seinem Mund, „gespielt", flüsterte er. „Der Bescheid für die Zwangsversteigerung ist unterwegs auf dem Postweg."

Heute Abend war es warm und Theo roch trotz des leichten Abendwindes den übel muffeligen Schweiß auf seiner Haut. „Ich muss das Lilly gestehen."

Jana winkte mit der Hand ab. „Das ist keine gute Idee", begann sie äußerlich gelassen auf ihn einzusprechen. „Womöglich kann sie das nicht akzeptieren und es kommt bei Euch zu schweren Zerwürfnissen. Gib mir die Stromrechnung, ich regle das für dich. Du sagst Lilly kein Wort vom Spielen, sondern schiebst alles auf Buchungsprobleme der Bank."

Als er es endlich wagte, Jana anzusehen, wunderte sich Theo. Keine Regung, kein Schreien, sie reagierte völlig emotionslos.

„Sollte ich nicht?", begann er.

„Wenn Lilly von deiner Spielsucht erfährt, verlässt sie dich und die ganze Familie bricht auseinander. Das darf nie passieren, hörst du, Theo?! Wir müssen die Familie beschützen! Ich kümmere mich um dich. Aber ab sofort tust du ausschließlich, was ich sage, und ich bringe die Angelegenheit wieder in Ordnung."

Theo fiel etwas auf, das er in dieser Klarheit noch nie so wahrgenommen hatte. Er realisierte: Jana würde ihn unterstützen, egal, was er getan hatte, egal, zu welchem Monster er geworden war! Die Familie stand bei ihr an alleroberster Stelle, schon immer hatte sie schützend ihre Hand über sie gehalten.

War das nicht eigentlich die Aufgabe einer Mutter? Das funktioniert bei uns nicht, außerdem bin ich der Mann der Familie. Alles im Griff zu haben, wäre mein Job gewesen, und ich habe versagt.

Eine unangenehme Stille entstand. Theo fühlte sich wie ein kleiner Junge, der beim Klauen erwischt worden war. Er hatte nicht geahnt, dass man sich so schämen konnte. Dabei wusste Jana nur ein Bruchstück des Ganzen.

„Theo, du brauchst Hilfe", beharrte Jana monoton.

„Unsinn", brauste Theo auf. „Ich habe nur einmal verloren und hol das leicht wieder rein." Theo bemerkte, dass Stella jetzt im Türrahmen lehnte und das Gespräch mit anhörte.

„Du hast dein Erbe verspielt", entgegnete Jana knallhart.

„Robs Nachlass?!", schrie Stella mit schriller Stimme auf.

„Das hat mir eh nie gehört!" Theo sprang auf. „Es hätte Andre zugestanden."

„Wie konntest du nur, dein Vater hat Tag und Nacht für uns geschuftet, damit ihr es einmal besser habt!" Stella kullerte eine Träne über die Wange.

Theo fühlte sich, als stände er an einem steilen Abhang und die Schuldgefühle zwängen ihn, sich nach unten zu stürzen.

„Was glaubst du, wofür ich das Geld gebraucht habe, oder weißt du, was in der Unglücksnacht passiert ist? Sag es mir, Mutter, wer hat wen getötet? Vater Andre aus Wut, weil der nicht tat, was er wollte?" Theo zitterte. Wusste sie die Wahrheit, um die er seit Jahren rang, die ihm nachts den Schlaf raubte und die er nur durch seine Taten verdrängen konnte?

Aber auch in Stellas Augen fand er keine Klarheit. „Was sagst du da? Rob wollte nur das Beste für euch."

Theo stieß einen verächtlichen Pfiff aus: „Er wollte, dass wir werden wie er, ein Workaholic!"

Stella stand wie angewurzelt da, ihr Mund stand offen. „Er hat euch um Welten mehr geliebt als", jetzt wandte sie ihren Blick ab. Leise, fast unhörbar ergänzte sie: „Als mich." Sie drehte sich auf dem Absatz um und verließ den Raum.

Kurz darauf hörte man die Wohnungstür ins Schloss fallen.

„Für was hast du das Geld gebraucht, wenn nicht fürs Spielen?", hakte nun Jana nach. Theo ahnte, dass er bereits zu viel gesagt hatte.

Jana wird sich an jedem Wort festbeißen wie ein wilder Terrier. So lange, bis ich kampflos alles erzähle.

„Will jemand Geld von dir?", bohrte Jana weiter. „Wer?"

„Es kamen Briefe, Erpresserbriefe, sie drohen die Geschichte der beiden an die Presse zu verkaufen."

„Wer sind die?"

„Es muss jemand in der Unglücksnacht im Wintergarten gewesen sein."

„Der Mörder?"

„Vielleicht nur ein Zeuge."

Theo sah Jana an, dass sie sofort verstand, was er meinte. Anscheinend war sie auch schon auf den Gedanken des erweiterten Suizids gekommen und womöglich hatte dies jemand beobachtet.

„Ich habe immer gezahlt", gestand er, „und jetzt geben sie Ruhe."

Das war eiskalt gelogen und Theo merkte, dass Jana ihn kritisch studierte, es aber schluckte.

„Dann war es notwendig. Ich lasse es genauso wie du nicht zu, dass meine Familie in den Dreck gezogen wird. Dennoch - du hast ein Spielproblem!", warf sie ihm an den Kopf.

„Nur weil ich hin und wieder ein bisschen Party mache? Unsinn! Süchtig ist, wer sich eine Droge spritzt, schnieft oder sonst irgendwie reinzieht. Wenn ich Spaß habe, suche ich einen Parkplatz, halte an, steige aus, gehe hin und wieder mal in ein Casino. Das ist alles. Keine Drogen – keine Sucht. Nicht mal Alkohol! Mein Körper ist absolut clean."

Ich brauche keine Hilfe!

Theo wusste schon lange nicht mehr, ob das stimmte. Sein rasender Puls strafte ihn Lügen. Zwischen Wahrheit und Fiktion vermochte er immer seltener zu unterscheiden. Er konnte es sich nicht leisten, sich darüber den Kopf zu zerbrechen. Alles, was er brauchte, war Geld. *Sofort.* Und er benötigte ein Ventil – etwas, das ihm den Druck nehmen würde.

„Verstehst du nicht, Theo? Die Familie ist alles, was wir haben. Wir müssen sie schützen, um jeden Preis. Wenn du das nicht kannst, übernehme ich das für dich." Jana streckte die Hand aus. „Deine Kreditkarten", forderte sie. „Sonst gibt es keinen Strom."

Theo wollte nicht glauben, was er hörte, doch erneut dachte er an seine Kinder: kaltes Wasser, abends im Dunkeln, kein gekochtes Essen. Widerstrebend überreichte er seine Geldbörse seiner Tante.

„Was ist noch?", fragte Jana scharf.

„Nur eines: Die letzte Baufinanzierungsrate habe ich nicht eingezahlt. Die Bankmitarbeiterin hat gesagt es kommt ein Brief, ein Schreiben vom Gericht mit der Bezeichnung: Androhung der Vollstreckung", murmelte Theo und starrte auf den Boden.

Ein gelber Brief. Was, wenn er es wieder nicht verhindern konnte, dass Lilly dieses Schreiben bekam? Ihm fiel auf, dass Lilly seit dem letzten Vorfall regelmäßig zum Briefkasten ging.

Wie nur soll ich ihr das mit dem Haus erklären?

„Ich kann den Brief sicher abfangen, dann sieht sie ihn nicht!", beteuerte Theo, doch er bezweifelte insgeheim, ob das funktionieren würde. Doch längst war Theo eine andere Idee gekommen. Wie es der Zufall wollte, war Anton als Postbote gerade in Vertretung für seine Straße zuständig. Vielleicht sollte er ihn um Hilfe bitten, es wäre für ihn ein Einfaches hin und wieder einen Brief zurückzuhalten.

Dummerweise war eines klar: Anton war zwar sein bester Freund, aber er würde von ihm verlangen, dass er Klartext mit Lilly sprechen würde. Also musste ihm ein guter Grund einfallen, warum Anton die Post zurückhalten sollte. In Gedanken feilte Theo an einer passenden Geschichte. Er würde sich selbst übertreffen müssen.

Jana schnaufte lautstark ein und hielt die Luft an: „Diese eine Rate übernehme ich. Gib mir die Bankverbindung", presste sie zischend hervor.

Theo schämte sich, als er ihr die Daten auf seinem Handy zeigte. Danach bestellte Jana telefonisch einen Strauß Blumen. „Die holst du nachher ab und gibst sie Lilly", ordnete sie an. „Sie werden von meinem Konto abgebucht. Ab sofort bekomme ich einen Online-Zugang zu deinem Konto. Morgen meldest du dich für eine Therapie an. Ich möchte eine Anmeldebestätigung. Ab heute tust du nur noch, was ich dir sage, oder du wirst es bitter bereuen, das verspreche ich dir. Und: An Lilly kein Wort."

Für Jana gab es offensichtlich keine Kompromisse mehr.

Theo nickte. Für den Augenblick fühlte es sich gut an, dass jemand das Ruder übernahm.

Der Strom war bald wieder freigeschaltet. Theo ließ seiner Fantasie freien Lauf und erzählte Lilly das Blaue vom Himmel: Er berichtete von dem Überweisungsfehler der Bank und buchte zur Besänftigung einen Kurzurlaub nur für sie beide, wann er diesen bezahlen würde, stand in den Sternen.

Theo wollte für Lilly da sein. Die Nachricht vom tödlichen Unfall ihrer Orchesterkollegin Johanna belastete sie sehr. Theo begleitete sie zum Begräbnis, hörte ihr zu und kümmerte sich verstärkt um die Kinder. Er sprach mit den Mädchen über den Unfall und sorgte dafür, dass Lilly Zeit fand, um den Schock zu verarbeiten. Lilly brauchte ihn, sie lehnte sich an seine tröstende Schulter, fast war alles wie früher.

Zunehmend überdeckte seine Gedanken ein Nebel, der in den letzten Wochen immer häufiger in ihm aufstieg. Etwas pulsierte durch seine Adern: Spiel, Geld, Glück, Tod.

Out of control, gestand er sich einen winzigen Augenblick ein und zum ersten Mal in seinem Leben hatte Theo Angst, den Verstand zu verlieren.

Theo erinnerte sich an früher, als er in der Schule Mist gebaut hatte. Zusammen mit Mitschülern hatte der damals Fünfzehnjährige nach einer nächtlichen Party-Aktion den Schulhof verwüstet. Mülltonnen wurden umgeworfen, Beete zertrampelt. Ein Schulverweis stand selbst für den guten Schüler im Raum. Sein Vater hatte die Situation in die Hand genommen, ihn scharf zurechtgewiesen und mit den Lehrern diskutiert. Drei Monate lang sammelten Theo und seine Freunde täglich den Müll nach der Pause auf, kehrten den Schulhof und leerten die stinkenden Tonnen. Der Rektor war zufrieden und die Jungs konnten ihre Entgleisung wieder wettmachen. Allen war gedient. Vater wusste immer, was zu tun war, er hätte mit ihm in jeder noch so extremen Situation einen fairen Weg gefunden, ihn sogar jetzt nicht allein gelassen.

War so ein Mensch in der Lage, aus Wut seinen eigenen Sohn zu töten?

Theo wünschte sich aus ganzer Seele seinen starken Vater an seine Seite. Insgeheim würde er Rob immer bewundern, egal, was der getan hatte.

ANTON

Wie jeden Tag lud Anton im Frachtzentrum die schweren Kisten mit den Briefen in den gelben Postwagen. Gedankenverloren stieg er ins Auto und fuhr los. Die Unbekannte hatte ihm gerade geschrieben und Treffpunkt und Uhrzeit genannt. Das war sehr kurzfristig und obwohl das mitten in seiner täglichen Arbeitszeit lag, für die Dame seines Herzens würde er alles möglich machen. Immerhin trafen sie sich direkt in seinem Zustellungsbereich.

Sie hat mich schon gesehen, also muss sie mich gut finden, ging es ihm durch den Kopf, als er sich durch den morgendlichen Berufsverkehr schlängelte. Dabei kam ihm nicht mal in den Sinn, dass sie ihm nicht gefallen könnte.

Als er kurz zur Seite fuhr, versuchte er es nochmals bei Theo. Der ging nicht ran, vermutlich hatte er eine Fahrstunde. Anton schrieb seinem Freund eine Nachricht.

„Treff sie gleich, bin aufgeregt. Ruf dich nachher an!"

Wer könnte sie nur sein? Beim Tanzen hatte es mehrere blonde Frauen gegeben, alle so in etwa in seinem Alter. Vielleicht war es die Dame, die den Abend gern an der Bar verbracht hatte oder vielleicht die Kleinere, die besonders schwungvoll tanzte. Tanzen, das war eines der Dinge, die Anton gut beherrschte.

Anscheinend hat sie das beeindruckt.

Sie würden sich unter einer Brücke an dem Fluss Wertach treffen. Vermutlich wollte sie mit ihm erst ein paar Schritte gehen, bevor sie im nächsten Café frühstücken würden. Anton parkte das Postauto. Er war fast eine halbe Stunde zu früh dran, aber er konnte einfach nicht anders. Auf dem Weg zur Wertach blieb er kurz stehen, benutzte Mundspray und Deo. Er befürchtete zu schwitzen, gerade jetzt. Auf Anraten von Theo trug Anton eine legere Jeans und ein schwarzes T-Shirt. Hoffentlich passte der Kleidungsstil.

Ich hätte besser Lilly fragen sollen, überlegte Anton nervös. Bald kam er bei der Brücke an. Anton sah sich um. Ein Mann stand an einen Brückenpfeiler gelehnt und schien auch auf etwas zu warten.

Wie ein Verbündeter. Vielleicht hat auch er ein Date, das sein Leben verändern wird.

Antons Handy vibrierte, eine Nachricht.

„Bin noch im Hotel, kannst du mich abholen? Readon Hotel, Zimmernummer 113, 1. Stock. Achte bitte darauf, dass niemand dich bemerkt. Ist mir sonst peinlich, eigentlich nehme ich ja keinen Mann mit aufs Zimmer. ☺"

Anton kannte das Readon Hotel. Sofort tippte er:

„Natürlich komme ich. Bin schon unterwegs."

Seine Hände waren schweißnass. Zittrig nahm er ein Taschentuch und rieb sie ab. Vermutlich hatte sie es zeitlich nicht geschafft, überlegte er.

Sofort machte Anton sich auf den Weg. Das Hotel lag nur zwei Straßen weiter. In seinem Kopf entstanden Bilder: Er, mit einer Freundin im Arm, abends bei einem Stadtbummel. Mag sein, sogar eine Hochzeit, ein gemeinsames Haus. Schließlich hatte er ja auch für solche Fälle vorgesorgt und finanzielle Rücklagen gebildet. Wenn sie ein paar Jahre jünger wäre, könnten sie sogar eine Familie gründen, dann wären er und Mama nicht mehr allein.

Innerhalb weniger Minuten stand Anton vor dem Hotel. Es war schlicht und praktisch, ohne touristischen Flair, unscheinbar eingereiht zwischen größeren Mehrfamilienhäusern, wohl eher eine Unterkunft für Fernfahrer oder Bauarbeiter.

Daran war einiges merkwürdig, wie ihm nun auffiel. Was tat sie dort, wollte sie ihn wirklich sofort auf dem Zimmer treffen?

Was, wenn sie gar nicht mich gemeint hat?

Vielleicht hatte sie ihn verwechselt? Aber immerhin hatte sie seine Telefonnummer erfragt. Nochmals warf er einen Blick aufs Handy, versuchte ein letztes Mal erfolglos, Theo zu erreichen.

Doch Anton konnte und wollte nicht weiter nachdenken, zu groß war der Wunsch, irgendwann der Einsamkeit entfliehen zu können, zu stark die Fantasie des Familienglücks. Anton gab sich einen Ruck und trat ein.

Im Inneren des Hotels war alles eng und altmodisch. Ein grauer, unscheinbarer Teppichboden und Möbel aus den 80ern. Es fiel nur wenig Licht durch die blickdichten Vorhänge und so brannte trotz der Tageszeit der eingestaubte Lampenschirm. Ihm fielen ihre Worte ein. Sie wollte nicht, dass er nach ihr fragte. Die Rezeption mit dem schlichten Holztisch und dem Drehstuhl dahinter war nicht besetzt und so huschte Anton heimlich und leise durch das kleine Foyer, die Treppen hoch in den ersten Stock. Hier war es nicht weniger finster, an jeder Gangseite reihten sich vier Hotelzimmertüren. Hektisch zog er sein Handy hervor.

Wie war die Zimmer-Nummer gleich wieder? Ach ja, Nummer 113!

Nervös blieb Anton vor der Tür stehen. Er wischte alle Bedenken beiseite und klopfte höflich, wie er war, an die Tür.

Vielleicht würde es was werden mit ihnen, möglicherweise würden die nächsten Momente den großen Wendepunkt in seinem Leben bringen.

Als er wenige Sekunden später das Hotelzimmer betrat, ging alles ganz schnell: Er sah blondes Haar, roch einen stechenden Geruch. Unerwartete Schwärze vor seinen Augen. Anton stürzte, ein harter Aufprall, danach wurde alles leicht, schwerelos.

Kurz bevor er ins Nichts abstürzte, sah er noch eines: Turnschuhe, dunkelblau mit braunen Streifen.

Er sah sie nicht zum ersten Mal.

24.08.
ROBS LETZTER TAG

Paula schenkte Rob Theaterkarten und lud ihn zu einer Vernissage ein. Lange schlenderte Rob durch die hohen, weißen Räume mit dem Stuck an der Decke und betrachtete dort Bild für Bild, sie erzählten sich dazu Geschichten, sprachen über Gefühle, die die Bilder in ihnen auslösten. Für Rob war es, als entdecke er eine neue Welt. In der Pinakothek der Moderne in München besuchten sie außerdem eine Sonderausstellung zu visionärer Architektur. Und sie bewunderten die alten Meister in der Alten Pinakothek. Noch nie in seinem Leben war Rob von etwas so berührt worden. Eine für ihn völlig unbekannte Neugierde wuchs in ihm wie ein hoffnungsvolles zartes Pflänzchen.

Rob beschloss, sich heute noch die Zeichnungen seines Sohnes anzusehen. Er konnte es fast nicht erwarten und würde ihm zuhören, zum allerersten Mal war Rob richtig hungrig darauf, zu erfahren, wer seine Söhne wirklich waren.

Es war schon spät, als Rob vor dem Haus parkte. In Andres Zimmer brannte noch Licht. Bestimmt zeichnete er wieder.

Als Rob ins Haus kam, bat Andre ihn um ein Gespräch. Rob war verwundert, freudig angespannt und voller neuer Pläne. Vieles würde anders werden, leichter, vielleicht würde er sogar seine Firma verkaufen. Reisen, wenn Paula mochte, dann mit ihr.

Wenig später saßen sich Vater und Sohn im Wintergarten gegenüber.

Wortlos legte Andre seinem Vater ein eingerolltes Papier auf den Tisch. Rob zog es bedächtig auseinander.

Sofort erkannte er sich selbst. Eine steile Falte zwischen den Augen, buschige Brauen, ein Blick, stark und gleichzeitig starr, wie der eines Adlers. Es war ihm, als sehe er in einen weiten Spiegel, der mehr zeigte, nicht nur seine Gesichtszüge. Seine Augen blickten hellwach, intelligent, aber die tiefen Furchen zwischen ihnen verrieten Härte. Kampf um ein gutes Leben. Rob wusste selbst nur zu gut, dass das seine Antwort auf Verlust, Hunger und Krieg gewesen war.

„Es ist", gestand Rob berührt, „exzellent!"

Rob richtete seinen Blick auf Andre, musterte dessen Gesicht und verglich es. Andre war klein, zierlich wie Stella. Dennoch, die markanten Gesichtszüge hatte er von ihm. Sie standen im reizvollen Gegensatz zu Andres ganzem Wesen, das eine wohltuende Weichheit und Verletzlichkeit ausstrahlte.

Verblüfft äußerte er: „Du siehst aus wie ich, mein Sohn." Dann machte er eine Pause und ergänzte demütig, im Wissen, vieles falsch gemacht zu haben: „Nur besser."

Noch etwas fiel ihm auf: Andre hat Angst vor mir. Rob erschrak *zutiefst über diese Erkenntnis.*

Andre antwortete irritiert: „Du bist heute so anders." Sein Blick huschte im Raum umher. „Vielleicht ist das gut so, ich möchte dir etwas Wichtiges von mir erzählen."

Rob schenkte sich und Andre ein Glas Wein ein. Ebenfalls eine neue Geste. Dann hörte Rob zu.

Andre gestand ihm, dass er die Schule geschmissen und stattdessen jeden Tag auf der Bank im Wittelsbacher Park gesessen und gezeichnet hatte. „Ich möchte nach Berlin gehen und dort an der Hochschule Bühnenbild studieren, eine Mappe habe ich bereits eingereicht. Sie waren begeistert, ich bin aufgenommen. Abends werde ich kellnern, um Geld zu verdienen."

Als Andre vom Zeichnen sprach, wirkte er nicht mehr ängstlich, stattdessen schillerte sein ganzes Wesen in den buntesten Farben. Rob spürte die glühende Begeisterung. Sätze, die Rob vor wenigen Wochen noch zum Poltern gebracht hätten, schürten nun seine Neugierde.

Wie ich damals – ich wollte nicht zeichnen, aber Gebäude bauen, ein Zuhause für Menschen schaffen. Nun saß da ein junger Mann, sein Sohn, und da sprudelten, wie bei ihm damals, Träume, Ideen und ein unumstößlicher Willen.

Auf Andres fragenden Blick hin erklärte er: „Lange Zeit dachte ich, ihr solltet werden wie ich. Viel leisten, um das Leben zu meistern. Geld verdienen, Sicherheit." Robs Stimme zitterte leicht. Sein Blick fiel auf Andres filigrane Hände, die das Weinglas umklammerten, als würden sie sich daran festhalten. „Ich habe erlebt, wie Armut, Hunger und Gewalt zu Tod und Unheil führen. All das wollte ich vermeiden. Doch darüber habe ich vieles vergessen. Es wäre nicht gut, wenn meine Söhne würden wie ich. Einer von meiner Sorte reicht."

„Wie kommt es, dass du plötzlich so anders denkst?", wollte Andre verwundert wissen.

Aus Rob brach es hervor: „Ich habe es satt, immer der Starke zu sein. Denn das bin ich nicht. Kannst du dir vorstellen, wie oft ich mich in den letzten Jahren einsam gefühlt habe, mit niemandem über meine Ängste und Gefühle sprechen konnte, niemandem von Anni erzählt habe?"

Andre starrte ihn an. „Wer ist Anni?"

Mit stockenden Worten erzählte Rob seinem Sohn von Anni.

Jetzt passierte etwas, das Rob nie mehr für möglich gehalten hatte: Eine tiefe Anspannung entlud sich in seiner Seele und vom Eisberg sprang ein großer Brocken ab. „Vielleicht wollte ich deshalb immer alle retten und beschützen: dich, Theo und Stella, vor langer Zeit auch meine Mutter."

Rob spürte Wärme und Weichheit, als Andre eine Hand über die seine legte. Jetzt richtete sich Robs Blick wieder auf die Zeichnung, die vor ihm lag. „Das Bild, deine Bilder, sie sind ausdrucksvoll. Du hast meine Gefühle eingefangen, mein Wesen, meine Fehler und Schwächen. Sie zeigen mehr, als ich je selbst in mir entdeckt habe."

„Es sind auch Stärken dabei", schmunzelte Andre.

„Zum Beispiel?" Im Moment fiel Rob dazu nichts ein.

„Auch im Alter noch bereit sein, sich zu verändern bedeutet Größe. Eigene Fehler sehen können, vielleicht auch, sich auf den letzten Lebensmetern der Liebe zu nähern."

„Ich geb dir gleich letzte Lebensmeter!", lachte Rob. Sein jahrelanger Kampf mit Andre verpuffte innerhalb weniger Augenblicke in Ehrlichkeit und Vergebung. Er spürte eine neue Nähe zu seinem Sohn. Rob erkannte, dass ihm gegenüber nicht der kleine bedürftige Versager saß, den er stets gesehen hatte. Sein Sohn war ein Mann, anders als er, doch trotz seines jungen Alters mit tiefer Weisheit ausgestattet, die sich in seinen Kunstwerken widerspiegelte.

„Zeig mir, wer du bist, was du kannst und machst. Gib mir eine Chance, dich neu kennenzulernen", bat Rob aufrichtig.

Andre betrachtete seinen Vater genau.

„Das kannst du haben." Andre wirkte vorsichtig. „Doch da ist noch etwas."

Plötzlich schnellte es aus Andre hervor: „Ich habe jemanden näher kennengelernt. Er ist ein Mann und - wir lieben uns."

THEATERBESUCH

Es war für Quirin nicht schwer, herauszufinden, wo sich Lilly Rommels aufhielt. Im Staatstheater fand eine Probe statt. Ouvertüre zu „Der Freischütz" von Carl Maria von Weber.

Quirin ließ sich in den ersten Reihen nieder und genoss die letzten Minuten der Probe, das war fast wie ein Privatkonzert. Obwohl es erst Nachmittag war, war es in dem Theatersaal wegen der milchigen Fenster schummrig, was sofort zu einer feierlichen Atmosphäre führte. Zwar verstand Quirin nicht viel von Musik, aber dass das, was er hier hörte, ein Ohrenschmaus war, daran bestand kein Zweifel. Sein Blick glitt über das Oboenregister. Es war durch zwei Frauen besetzt. Quirin erkannte Lilly Rommels anhand des Fotos, das er bei Johanna Bergmanns Eltern gesehen hatte. Auf dem Bild war sie in elegante Abendrobe gekleidet gewesen, heute trug sie hingegen leger Jeans und T-Shirt. Ihr langes schwarzes Haar war locker nach oben zu einem Pferdeschwanz gebunden. Nachdem das Stück geendet hatte, kam eine Theaterszene. Die Schauspieler waren in seinen Augen etwas schrille Gestalten. Zwar trugen sie während der Probe keine Kostüme, Quirin meinte jedoch, der Berufsstand sei auch an der Kleidung erkennbar. Hosen mit Löchern, bauchfreie T-Shirts, oder schrill-bunte Blusen. In diesem Beruf, soviel war Quirin klar, wäre er ein Totalversager. Sich in andere Rollen hineinversetzen, für wenige Minuten oder Stunden eine andere Person zu sein, stellte er sich äußerst schwierig vor.

Als die Probe zu Ende war, klatschten er und die wenigen weiteren Zuhörer begeistert. Quirin fing Lilly Rommels hinter der Bühne am Personalausgang ab. „Frau Rommels, entschuldigen Sie bitte!", sprach er sie an. Nachdem er sich so gedreht hatte, dass ihre Kollegen nur seinen Rücken zu Gesicht bekamen und er sie nicht in Erklärungsnot brachte, zeigte er ihr diskret seinen Dienstausweis. Den hatte er schon während des Konzertes wohlweislich aus der Tasche gezogen.

Zuerst überlegte er, sie mit zur Wache zu nehmen, aber spontan entschied er wegen des schönen Wetters anders. „Ich würde mich gerne mit Ihnen unterhalten, können wir dazu in den angrenzenden Park gehen?"

„Ja, wenn Sie meinen", Frau Rommels Wangen wurden augenblicklich blass. „Ich weiß nicht, was Sie von mir wollen, aber die Probe ist sowieso zu Ende."

Ohne große Umstände griff sie nach ihrem Instrumentenkoffer und folgte dem Kommissar nach draußen. Auf einer schattigen Bank nahmen sie Platz.

Lilly Rommels saß steif neben Quirin, sie zog ihre Knie eng zusammen und ihre gepflegten Hände umklammerten den Koffer auf ihrem Schoß eine Spur zu fest, sodass die Knöchel weiß durch die Haut schimmerten.

„Vor kurzem haben wir mit Ihrem Mann gesprochen. Es ging um die Todesfälle in seiner Familie", begann Quirin.

„Wie kann ich Ihnen da helfen?", fragte sie ernst.

„Ich hatte den Eindruck, Ihr Mann hat Probleme?", fragte Quirin vorsichtig weiter.

„Nichts, was mit dem damaligen Unglück zu tun hat."

Aha, sie hat ihn also nach unserem Besuch gefragt, warum wir bei ihm waren, stellte Quirin fest.

„Sondern? Was hat er noch für Schwierigkeiten?", hakte Quirin nach.

„Das ist etwas Privates zwischen meinem Mann und mir", erklärte Lilly unsicher.

Quirin beschloss, in die Vollen zu gehen: „Sucht er häufig Spielhallen auf? Ich kann mir vorstellen, dass Sie da einen Weg finden müssen, um damit als Partnerin umzugehen."

„Woher wissen Sie das?" Deutlich irritiert sah ihn Lilly an. Nach einer kurzen Weile fragte sie weiter: „Suchen Sie mich auf, weil Theo sich strafbar gemacht hat?"

„Das ist nicht geklärt", antwortete Quirin ehrlich.

Er wusste, was er von sich gab, war übergriffig, dennoch, es war ihm wichtig, Angehörige aufzuklären: „Wenn jemand in der Familie regelmäßig um Geld spielt, ist alles, was Sie tun können, sich von ihm zu distanzieren. Er kann seine Probleme nur selbst lösen. Oder ist es so, dass Sie ihm – sagen wir mal – geholfen haben, auf welche Art und Weise auch immer?"

„Ja, nein, Theo ist mein Mann, außerdem weiß ich gar nicht, von was Sie sprechen", mehr äußerte Lilly nicht dazu.

„Die Frage ist nur, wie weit man für den Partner geht, um ihm bei seinen Problemen zu helfen."

Von Lilly Rommels kam keine Antwort.

Quirin bohrte nach: „Sagen Ihnen die Namen Peter Häusler oder Frank Hollezinsky etwas?"

Sie schüttelte den Kopf.

„Auch gut. Ich komme eigentlich wegen Ihrer Kollegin Johanna Bergmann", warf Quirin in den Raum.

Sie seufzte: „Ich habe es von ihren Eltern erfahren. Es ist ein Schlag für mich, fürs Ensemble. Alle mochten Johanna."

„Am Abend vor dem", Quirin wog seine Worte ab, „vor Johannas Unglück war sie bei Ihnen, stimmts?"

„Wir kannten uns schon lange", antwortete Lilly knapp.

Quirin merkte, wie Lilly Rommels nervös an ihrer Lippe knabberte.

„Haben Sie eine Idee, wer sie ermorden wollte?", gespannt erwartete er ihre Reaktion.

Ruckartig riss sie den Kopf zu ihm hoch. Sie riss ihre Augen weit auf. „Sagen Sie das noch mal!"

Frau Rommels wirkte tatsächlich überrascht, doch in Quirins Erinnerung schoben sich die Schauspieler, die er heute beobachtet hatte. Seit Jahren arbeitete sie eng mit ihnen zusammen, womöglich eignete man sich da auch die eine oder andere Fertigkeit, in andere Rollen zu schlüpfen, an.

„Öl auf den Bremsscheiben", führte er aus. „Leicht umsetzbar, man braucht dazu keinen speziellen technischen Sachverstand."

„Wer sollte Johanna etwas antun?", fragte sie und saß wie versteinert da. Allzu weit konnten ihre schauspielerischen Talente nicht reichen.

„Was wollte sie denn am Vorabend ihres Todes bei Ihnen?", forschte Quirin stattdessen weiter.

„Sie war eine Freundin und kam öfters einfach so vorbei."

„Sie wollen damit sagen, es war nur ein Freundschaftsbesuch? Wieso behaupten Johannas Eltern dann, sie sei nach dem Besuch bedrückt gewesen?" So schnell ließ Quirin nicht locker.

„Nichts Wichtiges, nur die Stimmbesetzung im Ensemble. War gleich wieder geklärt." Lilly Rommels Blick richtete sich auf ihre Schuhe. Zarte Sonnenstrahlen fielen durch die Büsche in ihr Gesicht. Quirin entdeckte auf ihrer Haut rote Flecken, die vorher noch nicht da gewesen waren.

Manchmal verrät einen der eigene Körper.

FAMILIENVERHÄLTNISSE

„In zehn Minuten steht die Befragung mit Stella Rommels an", der Stahlgruber fing Marlene direkt am Kaffeeautomaten ab. „Wie ich schon vorab bereitwillig erklärte, unterstütze ich Sie dabei gerne tatkräftig", ergänzte er.

Marlene zuckte mit den Schultern. „Wenn Sie meinen", war alles, was sie dazu äußerte. Sie fühlte sich in frühere Zeiten zurückversetzt, was bei ihr definitiv nicht zu guter Laune beitrug.

Solange er nicht wieder vorab eine Theateraufführung besucht, dachte sie zynisch. Zum Trost nahm Marlene einen tiefen Schluck des heißen Gebräus.

Aaaahh, viel zu heiß! Sie hatte die Milch vergessen und sich jetzt zu allem Übel noch die Zunge verbrannt!

Wenige Minuten später begleiteten die Kommissare Stella und Jana Rommels in den Verhörraum.

„Meine Schwägerin hat vorgeschlagen, sie könnte mich im Gespräch unterstützen", erklärte Stella Rommels.

„Das werden wir sehen, setzen Sie sich bitte", antwortete Marlene. Amüsiert nahm sie wahr, dass der Stahlgruber Quirins Fragenliste auf seinem Schoß drapierte. Er hatte schon lange keine Gespräche mehr durchgeführt. Offensichtlich hängte er sich jetzt richtig ins Zeug, ihm lag vermutlich etwas daran, wegen der damaligen Geschichte nicht seinen Ruf zu verlieren.

Nun zeig uns mal, was du noch so drauf hast, oder was auf Quirins Liste steht, dachte sich Marlene und lehnte sich zurück.

„Uns interessieren die früheren Familienverhältnisse", begann Stahlgruber. „Ein Nachbar hat ausgesagt, es hätte Verwerfungen zwischen Robert Rommels und seinem Sohn Andre gegeben."

„Welcher Nachbar?", fragte Jana Rommels wie aus der Pistole geschossen.

Puh, guter Auftakt, die Frage ging voll ins Schwarze, merkte Marlene. Mangels Dokumentation hatte der Stahlgruber sicher keine Ahnung mehr, wie der Nachbar hieß. Alle Alarmglocken begannen bei ihr zu schellen. Stahlgruber sah nach unten und raschelte unruhig mit seinem Zettel.

Da steht es nicht, weil du es nicht mehr weißt, hätte ihn Marlene am liebsten hingewiesen.

„Bitte beantworten Sie einfach die Frage", forderte sie stattdessen leichthin.

„Das entspricht nicht der Wahrheit. Mein Bruder hat seine Söhne stets unterstützt. Das wird Ihnen meine Schwägerin bestätigen", behauptete Jana.

Stella Rommels nickte: „Mein Mann war ein guter Vater und Ehemann. Vielleicht forderte er manchmal viel von seinen Söhnen, er wollte nur ihr Bestes." Sie ergänzte: „An dem Abend tranken sie sogar miteinander ein Glas Wein, das kam nur selten vor."

„Wie liefen denn sonst die Abende ab?", hakte Stahlgruber nach. Offenbar spürte er wieder Boden unter den Füßen.

„Wenn Rob heimkam, hat er Andre zuerst überprüft. Er wollte nicht, dass er zeichnete. Er sollte anders sein", berichtete Stella Rommels.

„Was verstehen Sie unter dieser Kontrolle?"

„Manchmal hat er", sie stockte unsicher.

„Von Kontrolle kann nicht die Rede sein, er hat lediglich die Hausaufgaben nachgesehen", fiel Jana Rommels ins Wort.

„Lassen Sie bitte ihre Schwägerin aussprechen!", äußerte Marlene streng. „Sonst muss ich Sie bitten, den Raum zu verlassen."

Stella Rommels sprach weiter: „Rob wollte Resultate sehen. Er kaufte Schulübungshefte mit Selbsttests, die musste Andre regelmäßig durchführen und Rob bewertete sie anschließend."

„Aber Ihr Sohn war doch schon erwachsen." Der Stahlgruber kratzte sich am Kopf. Einige weiße Schuppen purzelten auf sein dunkles Sakko.

Marlene versuchte krampfhaft, nicht hinzusehen. Sie fragte: „Sie gaben an, laute Stimmen und Schreie gehört zu haben. Sie sagten aus, dass auch fremde Stimmen dabei waren. Sind Sie da absolut sicher?" Gespannt wartete Marlene eine Reaktion ab.

Die Antwort dauerte. Marlene bemerkte, wie Jana Rommels Luft holte, etwas sagen wollte und dann doch abbrach. Der Ärger stand ihr ins Gesicht geschrieben.

Stella sprach langsam: „Da waren die Schreie, der Fernseher und die Schüsse. Ich hab Panik bekommen und bin nach unten in den Keller gerannt. Mit den fremden Stimmen bin ich mir", jetzt blickte sie schuldbewusst auf den Tisch „nicht mehr so ganz sicher."

Jetzt konnte ihre Schwägerin nicht mehr an sich halten und schimpfte laut: „Sie wollen doch nicht etwa andeuten, dass mein Bruder seinen eigenen Sohn umgebracht hat!"

„Könnten Sie sich das denn vorstellen, oder andersherum?" Stahlgruber faltete heimlich unterm Tisch seinen Zettel zusammen und legte ihn beiseite. Die Frage war an beide Frauen gerichtet.

„Wenn ich eines nicht zulasse, dann ist es, dass meine Familie in den Dreck gezogen wird." Janas Lippen kräuselten sich wütend.

„Das will keiner", antwortete Marlene barsch. Dieses edle heile Familiengetue konnte sie nicht abhaben. Überall gab es Konflikte, die musste man ansehen, ob sie einem in den Kram passten oder nicht. „Wie sehen Sie das?" Ihre Frage galt Stella. Marlene fiel auf, dass die zierliche Frau den strengen Blick ihrer Schwägerin mied.

Stellas Stimme wurde dünn. „Könnten Sie das einem Menschen, den Sie lieben zutrauen?"

Aus Liebe wurden schon die brutalsten Morde begangen, hätte Marlene am liebsten geantwortet, doch sie verkniff es sich.

„Waren Sie jemals im Besitz einer Waffe?", die Frage galt beiden Frauen.

„Was denken Sie? Nein!", antworte Jana.

Aufmerksam bemerkte Marlene, wie Stella Rommels ihren Mund leicht öffnete, sie zögerte offenbar. „Die Frage geht an Sie", sprach Marlene sie an.

„Rob hatte eine im Haus – sie ist nicht mehr da."

Stella drehte ihren Kopf geradeaus zu Marlene, als ihre Schwägerin ihr einen ärgerlichen Seitenblick zuwarf.

„Das sagen Sie uns erst jetzt?", polterte der Stahlgruber los. „Als das passiert ist, die nächsten Tage und Wochen, da war nur noch Nebel in meinem Kopf. Ich hab mein Kind verloren", sprach Stella Rommels. „Sie haben doch ein paar Tage später das Haus durchsucht und ich dachte, Sie hätten die Waffe mitgenommen."

„Das heißt, Sie behaupten nun, als Sie wieder bei Sinnen waren und nachsahen, war die Waffe einfach so verschwunden?", fragte Stahlgruber.

Er tippte auf seinen Laptop. Ein Bild der Tatwaffe, die im Wintergarten am Boden gefunden wurde, tauchte auf.

„War das die Waffe ihres Mannes?", wollte der Stahlgruber wissen und schob den Bildschirm zu den Frauen.

„Nein, ja, ich weiß es nicht, ich hab Robs Pistole nur einmal gesehen. Sie war auch schwarz, mehr kann ich nicht sagen, es ist so lange her."

Marlene versuchte, tief zu atmen.

Es gab keinen einzigen Beweis für eine Täterschaft von Stella Rommels! „Um welchen Waffentyp handelte es sich? Eine waffenrechtliche Erlaubnis lag für Ihren Mann nicht vor."

„Da kenn ich mich nicht aus!", behauptete Stella Rommels. „Ich weiß nur, sie war im Ofen, im Wintergarten, hinter der Ofenklappe."

„Wussten womöglich auch Ihre Söhne davon?"

„Vielleicht", Stella zuckte mit den Schultern und mied den Blick der Kommissare.

„Wie erklären Sie sich den Verlust der Waffe?", fragte Marlene.

„Wenn Rob jemandem von der Waffe erzählt hat", überlegte Jana, „vielleicht hatte es jemand darauf abgesehen und das war der Grund für den Einbruch?"

„Wussten *Sie* denn, dass Ihr Bruder eine Waffe besaß?", fragte Stahlgruber Jana Rommels.

„Nein, und ich fordere Sie ausdrücklich auf, die wahren Mörder von Andre und Rob zu finden und nicht wahllos nach all den Jahren innerhalb unserer Familie herumzustochern."

Einer plötzlichen Eingebung folgend fragte Marlene: „In welchem Zusammenhang stand Ihr Bruder denn zu Tomes Konstanza?"

Jana Rommels runzelte die Stirn. „Die beiden waren in der Schulzeit unzertrennlich." Ein kurzes Lächeln huschte über ihr Gesicht. „Tomes, er gehörte nie zu den braven Jungs."

Offensichtlich erinnerte sie sich an frühere Zeiten.

„Deutete etwas auf Konflikte mit den Konstanzas hin, eine Feindschaft?"

Jana schüttelte den Kopf. „Leben und leben lassen, man ließ sich in Ruhe."

„Sagen Ihnen die Namen Hollezinzsky Sascha und Peter Häusler etwas?" Stahlgruber sah zu Marlene. Sie nickte bestätigend, so hätte sie auch weiter verfahren.

„Die Todesfälle kennen wir aus der Presse, wollen Sie nun dafür auch meinen Bruder verantwortlich machen?", fragte Jana Rommels höhnisch.

„Mäßigen Sie sich", entgegnete der Stahlgruber scharf und reckte sein Kinn energisch nach vorne. Mit ein bisschen Glück konnte anscheinend auch er passend kontern.

Und das hat er nun ganz ohne Spickzettel geschafft, amüsierte Marlene sich heimlich.

Marlene wusste nicht, ob es einen Sinn machte, den Mord an Johanna Bergmann zu erwähnen, schließlich gab es keinen sichtlichen Zusammenhang zu den anderen Gewalttaten. Dennoch, sie klopfte gerne alle Möglichkeiten ab. „In den letzten Tagen gab es noch einen Mord. Johanna Bergmann, eine Musikerkollegin Ihrer Schwiegertochter Lilly Rommels."

„Johanna!", entfuhr es Stella. „Sie war doch erst vor kurzem bei Lilly!"

„Woher wissen Sie davon?", Marlene spitzte hellhörig ihre Ohren. „Johanna wollte mit Lilly etwas besprechen, meine Schwägerin und ich kümmerten uns um die Kinder", berichtete Jana nun ruhiger.

Stella ergänzte: „Eines war merkwürdig, sie ist nach wenigen Minuten wieder gefahren. Sonst bleibt sie oft zum Essen oder länger. Ich hatte den Eindruck, die beiden haben sich gestritten."

„Ich vermute, Johanna hatte ernsthafte psychische Probleme", erklärte Jana.

„Wie meinen Sie das?" Marlene war es leid, jedem alles aus der Nase ziehen zu müssen.

Stella antwortete: „Lilly hat mir erzählt, sie habe sie beschuldigt, sich Geld genommen zu haben, eine Abrechnung gefälscht zu haben. Johanna war Kassiererin im Orchester."

Jana sagte: „Natürlich waren die Anschuldigungen haltlos und mit Johannas psychischer Ausnahmesituation verbunden. Vielleicht hätten wir ihr irgendwie helfen können. Was ist denn mit Johanna passiert?"

„Das tut nichts zur Sache", antwortete der Stahlgruber, während Marlene in die regungslosen Gesichter der Frauen blickte.

In Marlenes Kopf kreisten umgehend weitere Ermittlungsschritte.

Irgendjemand aus dem Haus Rommels hat den Verein betrogen, es ging um also ums Geld!

Marlene kam in Fahrt. Sie roch die Fährte wie ein Fuchs auf Beutezug.

ANTON

Ein pochender Schmerz fuhr Anton durch den Kopf, als er die Augen aufschlug. Wo war er und wo war die Frau? Soweit er seinen Kopf drehen konnte, sah sich Anton im Hotelzimmer um. Geknebelt und seitlich mit einer schmalen Eisenkette an den Heizkörper gekettet, kauerte er auf seinen Knien auf dem muffigen Teppichboden. Er versuchte, seine Arme oder Beine zu befreien oder zumindest zu dem milchigen Fenster hochzukommen, doch die Kette war so eng gefasst, dass es unmöglich war, sich auch nur einige Zentimeter zu bewegen. Er wollte den Knebel mit der Zunge wegdrücken. Doch ein breites Klebeband verriegelte ihm den Mund.

Ich hab doch jetzt ein Date! Bis mich hier jemand findet und befreit, bin ich viel zu spät dran und sie wartet nicht mehr!, schwirrten seine Gedanken wirr durch den Kopf, bis er sich eingestand, dass er mit der Verabredung jemandem auf dem Leim gegangen war und er offensichtlich schwerwiegendere Probleme als ein verpasstes Date hatte.

Niemand will mich kennenlernen. Hätte ich wissen sollen.

Jemand hat anderes mit mir im Sinn.

Anton dachte an die blonde Frau. Hatte er sie nicht vorhin gesehen? Außerdem hätte er wetten können, dass er im richtigen Zimmer war. Da fiel sein Blick auf einen abgewetzten Sessel: etwas Helles lag achtlos hingeworfen auf dem Polster: eine Perücke.

Schlagartig fielen ihm die Schuhe ein. Anton war sich sicher, bei seinem letzten Besuch bei Theo hatte er genau die gesehen!! Wäre er nicht darüber gestolpert, wären sie ihm nie aufgefallen. Es hatte also etwas mit Theo zu tun. Wie nur? War sein bester Freund etwa in schwerwiegendere Probleme verwickelt?

Schlimmer konnte es nicht kommen. Hinter sich vernahm er ein Rascheln, ein Wasserhahn wurde aufgedreht. Die Kette um den Oberkörper hinderte ihn daran, sich umzudrehen. Eine Person war im Bad. Hätte er nicht den Knebel im Mund gehabt, er würde brüllen vor Angst! So erstickte jeder Ton in Hoffnungslosigkeit. Anton wünschte sich sehnlichst in die Leichtigkeit der Bewusstlosigkeit zurück.

Jemand schien das Bad zu verlassen. Drei Schritte, dann stand die Person hinter ihm. Anton zerrte an der Kette, doch es war nicht möglich, sich zu drehen. Alles, was ihm übrigblieb, war zu zittern, mühsam zu atmen. Papier knisterte. Jetzt sah er Hände in schwarzen engen Handschuhen, sie stellten einen handgeschriebenen Text vor ihm auf, sodass er es lesen konnte.

Für dein Ableben gibt es Gründe, die jedoch nicht in deiner Person liegen,

las er. Anton verstand gar nichts. Stimmt, er hatte niemandem etwas zu leide getan. Warum sollte also ausgerechnet er sterben? Er las weiter, seinen Peiniger im Nacken:

Allerdings lässt es sich nicht vermeiden, das, was kommt. Auch nach längerer Überlegung wird klar, dass es unverantwortlich wäre, dich am Leben zu lassen. Ich garantiere jedoch einen schnellen Tod.

Wer war der abartige Scheißkerl, eine Entschuldigung für seinen Tod! Schmier dir das sonst wo hin!

Ein Gegenstand wurde abgelegt, etwas klirrte. Ein Messer? Anton zuckte zusammen. Wer sollte sich um Mutti kümmern?

Wie wild begann Anton an seinen Fesseln zu zerren, doch die Ketten hielten ihn eisern fest. Jetzt hörte er, wie mit einer Flüssigkeit hantiert wurde, beißender Geruch stieg ihm in die Nase.

Nun wurde es zur elenden Gewissheit: *Ich werde sterben, die Person wird mich eiskalt töten. Ich werde keine Partnerin mehr an meiner Seite haben, keine Familie. Theo wird mich suchen und er und Lilly werden nach Mutti sehen.*

Die Vorstellung, einer der beiden könnte hinter ihm stehen, ließ er gar nicht erst aufkommen. Als Anton die Messerspitze im Rücken spürte, stieg vor ihm ein letztes Bild auf: Carmen im Gottesdienst des Heimes. Anton ließ keine weiteren Gedanken zu. Gelber Rock, eine Spur zu eng, ausladend, weiblich. Das waren die letzten Bilder, als ihn abermals das Chloroform gnädig einhüllte und er so die brutalen Messerstiche in seine lebensnotwendigen Organe nicht mehr wahrnahm.

VORHANG

Jana Rommels stand in ihrer Wohnung am Fenster. Drinnen war es dunkel, so war sie von der Straße aus nicht zu sehen. Sie beobachtete Jugendliche, die im Schein der Straßenlaterne, ausgerüstet mit einem Bier, an der angrenzenden Bushaltestelle herumlungerten.

Jana musste wissen, wo Theo sich gerade herumtrieb. Unruhig trat sie von einem Bein aufs andere. Die Kontrolle schien ihr durch die Finger zu rinnen wie Sand. Welche Schritte waren demnächst notwendig?

Nach allem, was sie heute geleistet hatte, gab es immer noch jede Menge zu tun. Jana war es gewohnt, Entscheidungen zu treffen. Sie musste handeln!

Überlegungen über Leben und Tod hatte Jana früher im Ausland ergriffen, wenn es beispielsweise bei einem Erdbeben darum ging, wer die wenigen lebenserhaltenden Blutreserven erhalten sollte oder wer beatmet werden würde.

Sie wollte für alle das Beste, aber von den Medikamenten, passenden Blutkonserven, den Pflegekräften, den Geräten, gab es schlicht und einfach nicht genug.

Um diese Prozesse möglichst kompetent zu gestalten hatte sie damals Aufzeichnungen über Auswahlkriterien geführt. Jana hatte darauf beharrt, stets Kinder vorzuziehen. Selbst, wenn dafür die Eltern daran glauben mussten. Ansonsten waren die ausschlaggebenden Punkte: Alter, Anzahl der zu versorgenden Familienangehörigen, Überlebenschancen gewesen.

Diese Entscheidungshilfen halfen ihr einzuschätzen, welcher Schritt notwendig war und was im Sinne des gesamten Einsatzes besser unterlassen werden könnte.

Anfangs war es nicht einfach, Menschen leiden und sterben zu sehen, die bei anderer medizinischer Versorgung überlebt hätten. Ständig waren Bilder in ihrem Inneren aufgestiegen, wie düsterer Nebel, tote Menschen, Frauen, Männer, Kinder und nach dem Unglück: Andre und Rob.

Jana hatte keine Ahnung mehr, wie viele tote Körper sie gesehen hatte. Mit der Zeit hatte sie gelernt, vor diesen Bildern einen Vorhang zuzuziehen, der verbarg, was ein normaler Mensch nicht mehr ertragen konnte.

Ein dicker, samtiger Vorhang. Einer, der alles versteckte, wie damals, als Jana drei Jahre alt gewesen war und in der Küche ihres Bauernhauses in Kubicka mit ihrer Puppe gespielt hatte.

Zuerst hatte sie die Autos gehört, bald darauf waren drei Männer, die sich in einer fremdartigen Sprache lachend Wörter zuwarfen, in ihr Bauernhaus eingedrungen. Ängstlich rutschte Jana zur Wand.

Während die Männer Mutter packten, schrie diese wie am Spieß.

Sie drückten sie auf den Küchentisch und dann warf sich einer nach dem anderen mit hektischen Bewegungen auf sie. Mutter sagte nichts mehr, sie starrte nur zu Jana. Jana kauerte sich in die Ecke des Zimmers und bedeckte mit ihren Händen die Augen. Der Mann, der sich zuerst auf Mutter schmiss, legte in seiner Gier seine Waffe, ohne zu überlegen, auf den Boden vor Janas Füßen.

Erst als er von Mutter abgelassen hatte, kam er zu Jana, blickte in ihr verheultes Gesicht, nahm die Pistole wieder an sich und schob den dichten Vorhang, den Mutter für die Fenster genäht hatte, vor Jana. So konnte sie nichts mehr sehen, nur das Schnaufen und Keuchen der Männer klang in ihren Ohren.

Hätte ich die Waffe damals nur genommen und geschossen, überlegte Jana.

Damals war sie ein kleines Kind, heute wusste sie, notwendige Entscheidungen mussten getroffen werden.

Dann hätte Mama damals auf dem Bauernhof in Füssen im Keller nicht mit der Stricknadel versucht, die Folgen dieser Vergewaltigung zu entfernen.

Jana trat vom Fenster zurück, schaltete das Licht an und zog ruckartig die schweren Vorhänge zu.

EBBE

„Gefällt dir das Bild? Wir wissen, was du getan hast. Pass gut auf deine Süßen auf."

Theo saß in seinem Fahrschulauto an einem Parkplatz. Er hielt einen neuen Brief in der Hand. Im Kuvert dabei: ein Bild des Pausenhofes der Schule seiner Mädchen.

Nichts mehr konnte er zahlen. Keine Rate, keinen Cent mehr zurück an Tomes, keinen Euro an die Erpresser, keine Lebensmittel mehr kaufen.

Finanzieller Totalschaden. - *EBBE!*

Nachts tat Theo kein Auge mehr zu, zu Hause gab es nur noch Streit und Ärger und der Chef stieg ihm aufs Dach, weil eine Beschwerde nach der anderen einging. Theo versäumte regelmäßig Fahrstunden und raunzte die Fahrschüler grob an. Zu heftig war seine Angst, seinen Kindern könne etwas geschehen. Erneut hatte ihn der Kommissar, dieser Seligman, aufgesucht, er hatte ihn wegen der aktuellen Mordserie befragt und sein Alibi für die Tatzeiten erfragt. Theo hatte keines.

Jeden Morgen fuhr er Ravina und Mariella zur Schule. Mariella genoss es deutlich, durch das Elterntaxi länger im Bett bleiben zu können, Ravina hingegen hasste es. Sie wollte mit ihren Freunden fahren. Doch die Gefahr war zu groß.

Auch mit Mariella gab es Ärger. Theo verbot ihr kurzerhand, sich mit Basti zu treffen. Bislang war seine älteste Tochter mit dem Zug zu ihrem Freund gefahren.

Ausgeschlossen in der momentanen Situation.

Am liebsten würde er sie einsperren. Zu ihrer eigenen Sicherheit! Alle, auch Lilly. Lilly stritt mit ihm, diskutierte, doch er war zu seinen Kindern unerbittlich streng.

„Warum sprichst du nicht mit mir, was ist los?", fragte sie unentwegt.

Sollte er ihr gestehen, dass er täglich neue Drohungen bekam, dass er Bilder von Mariella an der Bushaltestelle und von Jack im Garten des Kindergartens erhalten hatte und dass ebenso ein Bild von ihr dabei gewesen war, wie sie mit der Oboe ein Konzert spielte?

Für die ganze Wahrheit ist es längst zu spät.

Sogar seine Fahrschulrouten legte Theo nur noch in ihr Wohngebiet. Eines Nachmittags. als er an ihrem Haus vorbeifuhr, passierte es dennoch: Tomes Männer aus der Kneipe stapften durch ihren Garten, während Jack neben der Terrasse im Sandkasten saß und eine Burg baute. Von weitem sah Theo, wie sie sich zu seinem Sohn knieten, mit ihm sprachen.

„Halt an!", herrschte Theo den Fahrschüler an.

„Da ist keine Parklücke", kam es von dem Teenager unsicher zurück.

Theo stieg mit aller Kraft in die Bremsen des Fahrschulautos. Es quietschte. Der Schüler schrie auf. Das Auto schlitterte leicht und blieb mitten auf der Straße stehen. Theo sprang heraus und hechtete Richtung Garten.

Lilly war bereits draußen, im Gesicht weiß wie die Wand. Vom Gartenzaun aus sah Theo, wie sie den Männern Geldscheine hinblätterte. Die Männer bedankten sich grinsend bei Lilly. Als sie an Theo vorbei auf die Straße zurückkehrten, rammte ihm der Größere eine Faust in den Magen: „Nächste Rate in zwei Tagen. Sonst gibt es in deinem Garten keine Sandburgen mehr."

„Ihr wisst nicht, mit wem ihr euch anlegt", gab Theo zurück, doch es klang kläglich. So war er nicht, und das verächtliche Lachen der Männer zeigte ihm, dass das mehr als offensichtlich war.

„Den Haustürschlüssel", Lilly streckte fordernd die Hand aus und kassierte seine letzte Möglichkeit, nach drinnen zu kommen, ein. Wortlos nahm sie Jack auf den Arm, ging ins Haus und verschloss die Tür von innen. Sie ließ ihn nicht mehr hinein.

„Warum nur?", fragte sie, als sie ihm eine halbe Stunde später den Koffer vor die Tür stellte.

„Bring dich und die Kinder in Sicherheit", mehr konnte Theo dazu nicht sagen. Er verstand, dass Lilly ihn nicht mehr haben wollte. War besser so. Theo trottete zurück zu seinem Wagen. Der Fahrschüler hatte das Auto verlassen, wohin er gegangen war, interessierte Theo nicht.

Theo versuchte mehrmals, Anton anzurufen, doch keiner hob ab.

Er hatte niemanden mehr.

HOTELZIMMER

Anklopfen, warten, eintreten. Seit nunmehr fünf Jahren arbeitete die Hotelkauffrau Selina Neuner fürs Readon-Hotel. An diesem Vormittag hatten sie und ihre Kollegin bereits die Zimmer im zweiten Stock bezugsfertig hergerichtet. Für jeden Raum waren maximal fünfzehn Minuten eingeplant. In dieser kurzen Zeit einen für die Gäste einladenden und ordentlichen Eindruck beim ersten Betreten des Zimmers zu hinterlassen, war Tag für Tag schwere Knochenarbeit. Trotz der Schufterei war Selina mit dem Ergebnis nie ganz zufrieden. Im Akkord Betten überziehen, putzen, saugen, abstauben. Am meisten Zeit sparen konnte man im Bad. Sie hatte die Anweisung, mit der Toilettenbürste im Schnelldurchlauf die Dusche zu reinigen. Das schlechte Gewissen den Gästen gegenüber begleitete sie während ihrer Tätigkeit ständig. Außerdem ekelte sie sich.

„Augen auf bei der Berufswahl", pflegte Selina häufig zu sagen, noch weitere fünf Jahre konnte sie sich in diesem Beruf bei Gott nicht mehr vorstellen.

Das Frühstücksgeschirr war bereits aufgeräumt, die Suite gereinigt, nun standen die restlichen Räume im ersten Stock an.

Selina öffnete die Tür zu Nummer 113. Zuerst bemerkte sie den ausladenden roten Fleck auf dem beigen Teppichboden. Dunkles Rot, das sich wie eine Pfütze ausgebreitet und den Teppich getränkt hatte. Als sie sich einen Schritt weiter ins Zimmer wagte, erblickte sie den Männerkörper, geknebelt und zusammengesunken neben dem Heizkörper kauernd. Der Mann hatte die Augen geschlossen, er schien tief zu schlafen. Bis auf seinen Kopf war er mit der Bettdecke zugedeckt und erst als Selina diese vorsichtig wegzog, sah sie die Ketten und das blutdurchtränkte Hemd an seinem Rücken. Augenblicklich schwappte eine Welle tiefsten Mitleids für den Mann über Selina hinweg. Erst war Selina Neuner zu keiner Regung mehr fähig, starrte für ein paar endlos wirkende Sekunden auf den Körper, kurz darauf drehte sie auf dem Absatz um, rannte in den Gang und rief nach ihrer Kollegin. Während diese nach dem Notdienst telefonierte, traute sich Selina nochmal zu dem Verletzten. Öfters schon hatte sie im Fernsehen Notfallsendungen gesehen, etwas hatte sich bei ihr eingeprägt. Selina beugte sich über den Mann. Vorsichtig nahm sie seinen Kopf in beide Hände, hielt einen Finger unter die Nase. Spürte sie den Hauch eines Atems?

Gott, lass ihn noch am Leben sein!

Als etwas zuckte, fiel ihr Blick auf die Halsschlagader. Die Ader bewegte sich leicht auf und ab. Obwohl es unvorstellbar schien, es gab noch einen Funken Leben in diesem zerschundenen Körper. In diesem Moment hätte Selina tanzen können, obwohl hier, an ihrem Arbeitsplatz, dieses grausame Massaker geschehen war. Bis der Notarzt mit dem Hubschrauber eintraf, hielt sie den Kopf des Verwundeten, strich ihm liebevoll über sein Haar und betete unaufhaltsam das Vater-Unser.

Nachdem der Hubschrauber mit dem Mann gestartet war, und sie den Polizisten ihre Fragen beantwortet hatte, stellte Selina sich ans Fenster und sah Richtung Uniklinik. Sie wünschte ihm das Allerbeste und hoffte, ihre Gebete würden ihm helfen.

Kurz darauf schlenderte sie gemächlich zum Mitarbeiterraum und packte all ihre Habseligkeiten zusammen. Heute, so beschloss sie, war ihr letzter Arbeitstag im Hotel. Nie wieder würde Selina Neuner in der Lage sein, ein Hotelzimmer zu betreten, ohne die Blutpfütze vor Augen zu sehen.

VERLORENE POST

„Gestern wurde in einem Augsburger Bezirk keine Post ausgetragen. Nahe der Wertachbrücke ist ein Postauto in Flammen aufgegangen und restlos ausgebrannt. Der Postbote wurde schwer verletzt in einem Hotel aufgefunden."

Marlene König zitierte den noch nicht veröffentlichten Polizeibericht. Sie und ihr Team waren im Besprechungsraum zusammengekommen und diskutierten die neuesten Ereignisse.

„Es war offensichtlich: den Verletzungen nach hätte er sterben sollen!", seufzte Marlene. Sie berichtete ihren Kollegen im Besprechungszimmer von dem Hotelbesuch. Sie hatten die Fenster weit geöffnet, der Fall, die Bilder, alle schienen Frischluft zu benötigen. So widerstandsfähig Marlene oft erschien, noch einen weiteren derart blutigen Tatort hatte Marlene nicht erwartet und in den letzten Stunden, seit sie im Hotel akribisch die Ermittlungen durchgeführt hatte, merkte sie, dass auch sie an ihre Grenzen kam und ihr die Bilder des Verletzten gehörig an die Nieren gingen.

„Warum zündet jemand ein Postauto an?", fragte Karla Berchtenbreiter verwundert.

„Womöglich sollte der eine oder andere Brief seinen Empfänger nicht erreichen", mutmaßte Quirin und zuckte mit den Schultern.

Marlene fuhr fort: „Was Sie noch nicht wissen: Offenbar stand das Opfer des Gewaltexzesses im Readon-Hotel, der Postbote, in engem Kontakt mit Theo Rommels. Das heißt, von Zufall kann keine Rede mehr sein. Theo Rommels rückt in den Fokus unserer Ermittlungen."

„Vielleicht wollte er vor seiner Frau finanzielle Probleme verheimlichen", sprach Quirin. „Womöglich hat er jede Hemmschwelle verloren und ist hochgefährlich!"

„Soll ich seine finanzielle Situation genauer recherchieren?", fragte Michael, er war schon auf dem Sprung.

Marlene nickte dankbar. Sie wusste um ihr hohes Tempo bei akuten Ermittlungen. Es war jedoch Gefahr im Verzug und sie schätzte es, dass derzeit im Team alles reibungslos funktionierte. Sogar der Stahlgruber kooperierte. Dennoch überraschte es sie, als er jetzt atemlos in den Besprechungsraum stürmte. Er berichtete aufgeregt: „Ich konnte abklären, für welchen Bezirk das Opfer bei der Postverteilung zuständig ist. Es ist die Straße, in der auch die Familie von Theo Rommels wohnt."

„Sehr gut, Robert, danke!" Am liebsten hätte Marlene sich probeweise gezwickt, so eifrig hatte sie ihn lange nicht mehr erlebt. Als sie das selige Lächeln des Stahlgrubers nach dem Lob bemerkte, verlor sie für einen kurzen Moment den Faden.

Quirin holte sie zurück: „Derzeit ist der Aufenthaltsort des Hauptverdächtigen unklar. Lasst uns umgehend eine Fahndung nach Theo Rommels rausgeben."

Marlene drehte sich zu der Sekretärin: „Kümmern Sie sich darum, Frau Busch?" Während diese nach draußen eilte, wandte Marlene ein: „Trotzdem, ich halte es für verfrüht, sich ausschließlich auf Theo einzuschießen."

Quirin stimmte ihr zu: „Es macht mehr Sinn, in mehrere Richtungen zu ermitteln. Nicht nur Theo ist verdächtig. Aus meiner Sicht könnte der Täter auch unter den Familienangehörigen zu finden sein."

Marlene schaltete das White-Board im Besprechungszimmer an, es erschienen Bilder der Familie Rommels. „Ich möchte, dass wir Theo und auch die übrigen erwachsenen Familienmitglieder, also auch Lilly, Stella und Jana Rommels im Blick behalten."

Sie klickte auf das Bild des Fahrlehrers. „Welche Motivation könnte Theo Rommels für die Mordfälle haben?", fragte sie in die Runde.

Quirin überlegte: „Glücksspiel – vielleicht hat er einmal zu viel verloren und gibt die Schuld dem Spielhallenbetreiber Hollezinsky."

Robert Stahlgruber warf ein: „Außerdem empfindet er es als ungerecht, dass so eine Spielhalle von staatlicher Seite eine Betriebserlaubnis erhält, womöglich ein Grund für den Mord an dem Häusler, der für die Genehmigungen zuständig ist."

Marlene machte sich Notizen. „Womöglich hat er Angst, dass seine Familie davon erfährt, vielleicht deshalb der Anschlag auf den Postboten."

Karla berichtete: „Die Handykontakte des Verletzten vom Readon-Hotel wurden ausgewertet. Er hatte offensichtlich vor allem zu Theo Rommels Kontakt. Freundschaftlich."

„Mord am besten Freund? Fragwürdig. Trotzdem – vielleicht hat er ihn gebeten, Post verschwinden zu lassen, und dieser lehnte ab!", warf Paul ein. „Wenn es ums Geld geht, hört vielleicht bei ihm die Freundschaft auf."

Marlene spann die Ideen weiter: „Er ist weit abgesunken und wird immer hemmungsloser. Zur Fagottspielerin Johanna Bergmann: Womöglich fälschte er die Abrechnungen, von denen Stella Rommels uns erzählt hat, und sie kam ihm auf die Schliche."

Quirin ergänzte: „Männer mit problematischem Spielverhalten neigen eher zu Gewalt als andere Männer. Das besagt eine aktuelle Studie aus England. Hierfür könnte es verschiedene Gründe geben. Beispielsweise eine grundsätzliche „Störung der Impulskontrolle", was wiederum zu Gewaltausbrüchen oder exzessivem Glücksspiel führen kann."

Marlene beobachtete, wie sich alle Augen auf Quirin richteten. Am liebsten hätte sie ihm auf die Schulter geklopft, er schreckte nicht davor zurück, sein Wissen um die Glücksspiel-sucht zu teilen, auch wenn er damit bei den Teamkollegen sicherlich Fragen provozierte.

„Vielleicht geht es auch um Beschaffungskriminalität", warf der Stahlgruber ein.

„Auch möglich", stimmte Marlene zu, „und das muss er nun vertuschen."

Quirin widersprach: „Dennoch. Ein Spieler ist nicht von Haus aus gewalttätig. Eine moralische Hemmschwelle bleibt auch in Ausnahmesituationen bei den meisten Menschen."

Marlene überlegte, dann argumentierte sie: „Dennoch, Quirin, er war viel unterwegs, es ist davon auszugehen, dass er für alle Mordzeitpunkte kein Alibi hat." Sie gestand sich ein, dass es ihr schwerfiel, Theo Rommels einzuschätzen. Wie war jemand, der die Kontrolle über sein Leben verlor? „Wir müssen ihn dringend ausfindig machen", resümierte sie und klickte zu Lilly weiter. „Welche Gründe hätte seine Frau, zur Mörderin zu werden?"

Quirin sagte: „Co-Abhängigkeit – das heißt: Wie reagiert ein naher Angehöriger auf einen suchtkranken Partner? Festigt er durch sein Verhalten sogar die Erkrankung oder sucht er die Konfrontation? Klar ist: Er legt sich Bewältigungsstrategien zurecht. Symptome der Sucht werden häufig von Angehörigen bagatellisiert."

Marlene fiel auf, dass Quirin den Blicken der anderen auswich. Sie fragte: „Suchtförderndes Verhalten also. Sie meinen, Lilly Rommels will die Spielsucht ihres Mannes kaschieren, vor der Familie und nach außen verheimlichen?"

Quirin antwortetet: „Vielleicht ist er schon so in der Verzweiflung und sie möchte nicht, dass er weitere nervenaufreibende Post erhält. Ihn schonen, Probleme fernhalten, zu jedem Preis. Auf jedem Fall hat sie mir im Gespräch nicht die Wahrheit gesagt, über den Streit mit Johanna, kein Wort von einer Veruntreuung von Geldern."

Sofort stieg Marlene darauf mit ein: „Fraglich ist nur, wen sie schützen will: ihren Mann oder am Ende sich selbst? Theos Motivation könnte auch der ihren gleichkommen. Was, wenn einer der beiden die Schuld für die Probleme im außen sieht, beim Spielhallenbetreiber, bei der Behörde? Vielleicht denken sie sogar beide in dieselbe Richtung: Jemand bereichert sich auf Kosten ihrer Familie!"

Marlene spürte förmlich, dass sie unabwendbar auf einen Punkt hinsteuerten, bald wäre ein Ergebnis greifbar. Heute war ein effektiver Tag. Ein weiteres Opfer, wie den Postboten, würden sie mit etwas Glück verhindern können.

Ein Bild von einer Frau mit kurzgeschnittenem, grauem Haar erschien. „Da wäre noch die Schwester des damals verstorbenen Bauunternehmers." Marlene fand, Jana Rommels wirkte trotz ihres Alters körperlich fit. „Ich habe recherchiert", erklärte sie. „Vertreibung während des Krieges, ich habe auch alte Geburtsurkunden ausfindig gemacht. Es gab einen Todesfall während der Aussiedlung, ihre kleine Schwester, sie hieß Annemarie, ein Baby. Und dann schlussendlich der Mord an ihrem Bruder und dem Neffen. Wer weiß, was sie noch Traumatisches erlebte?", führte sie aus.

„Oder selbst begangen hat. Jana Rommels arbeitete jahrelang als Krankenschwester in akuten Krisengebieten", argumentierte Paul, der Stichpunkte der aktuellen Diskussion mitschrieb. „Dort musste sie vielleicht auch Entscheidungen treffen, die menschliche Opfer forderten, wer weiß?"

Quirin bekräftigte: „Gut gedacht, Paul. Emotionale Gründe, posttraumatische Belastungsstörung. Ein explosiver Cocktail!"

„Für den Tod ihres Bruders und Neffen hatte sie ein Alibi", ergänzte Stahlgruber. Offensichtlich hatte er sich wirklich noch intensiv mit dem Fall befasst. „Sie hat im Flieger gesessen, kam gerade von einem Auslandseinsatz zurück nach Deutschland."

„Vielleicht sieht sie sich als die Beschützerin der Familie, seit ihr Bruder nicht mehr da ist", erklärte Marlene. Eine emotionale Lawine brachte Menschen manchmal zum Äußersten.

Aber warum dann erst jetzt?, schoss es Marlene in den Kopf.

Quirin sagte: „Sie war oft bei Theo Rommels. Kannte Anton, wusste vermutlich um die Spielsucht, vielleicht ist sie Theo sogar regelmäßig gefolgt. Womöglich mit…", Quirin riss seine Augen auf und er sprang auf. Sofort eilte er zur Tür.

„Quirin!", stoppte ihn Marlene lautstark. *Etwas Wichtiges ist ihm eingefallen,* soviel war Marlene klar.

„Gehen Sie bitte nicht davon aus, dass wir riechen können, was in Ihnen vorgeht!", wies sie ihn zurecht und schüttelte leicht verärgert den Kopf.

„Ach ja, Entschuldigung." Schuldbewusst verzog Quirin das Gesicht. „Ich denke an das schwarze Mountainbike, das bei Hollezinskys Mord an der Kahnfahrt gesehen wurde. Die Rommels-Mädchen sind jetzt in der Schule. Ich frag sie danach, ob einer der Familienangehörigen so ein Rad benutzt. Wenn einem jemand die Wahrheit sagt, dann die Kinder." Erwartungsvoll blickte er Marlene an.

„Beeilen Sie sich", Marlene deutete mit dem Kopf nach draußen.

„Rufen Sie mich an!", rief sie ihm noch hinterher, aber Quirin war schon verschwunden.

Nun kam das letzte Bild dran.

„Fehlt noch: Stella Rommels, die Mutter." Marlene lehnte sich zurück. Sie ließ das Bild der gepflegten älteren Dame auf die anderen wirken und wartete auf deren Einschätzungen.

Robert Stahlgruber räusperte sich: „Zusammenbruch nach dem Familienunglück. Damals fiel sie als Verdächtige schnell raus. Es wurde davon ausgegangen, dass sich im Haus keine Waffe befand. Dahingehend hat sich ein - ähm", er nestelte umständlich an seiner Brille „unerwartet neuer Sachstand ergeben.

Es gab wohl damals mehr Streit im Haus als ursprünglich angenommen. Außerdem, neben ihrem Sohn war sie die Haupterbin des Vermögens und das Unternehmen lief gut", fasste er zusammen und fügte hinzu: „Womöglich war sie damals mehr als nur die trauernde Witwe. Sie hätte jede Gelegenheit gehabt, ihren Mann und den Sohn zu töten."

Karla runzelte die Stirn: „Sie meinen damit: Wer einmal dermaßen bestialisch mordet, ist auch weitere Male dazu in der Lage?"

„Was, wenn sie wütend ist, weil Theo seinen Erbteil verspielt hat?", warf Marlene ein, um die Diskussion am Leben zu halten.

Paul erklärte: „Der Angriff auf Theos besten Freund, der Mord am Spielhallenbetreiber, mit dem er vielleicht auch im Kontakt stand. Womöglich deuten die aktuellen Morde darauf hin, dass sie ihren verbliebenen Sohn wegen seines Verhaltens bestrafen möchte."

„Mir schwirrt der Kopf schon, ich brauche eine Pause!", meldete sich Karla zu Wort.

Marlene gab ihr Recht. „Das waren gute und viele Anhaltspunkte, nun brauchen wir konkrete Ergebnisse", sagte sie. „Ich bitte jeden, seine Hypothesen weiter zu verfolgen." Sie warf einen Blick auf ihre Uhr. „Wir treffen uns in einer Stunde wieder hier."

Abschließend fügte sie ehrlich hinzu: „Danke an euch alle für euren Einsatz und die konstruktive Diskussion. Der oder die Täterin mordet mit immer kürzeren Abständen. Im Moment besteht höchste Alarmstufe. Mit viel Glück gelingt es uns jedoch, ein weiteres Verbrechen zu verhindern."

Als die Kollegen in alle Richtungen wegströmten, ging Marlene zu den offenen Fenstern. Sie lehnte sich in einen Fensterrahmen und atmete tief durch. Sie wusste, in den nächsten Stunden musste sie kognitiv Höchstleistungen erbringen.

NOTIZBUCH

Heute war Jana Rommels mit dem Bus unterwegs, es war Sonntag und sie fuhr aufs Land, seit sie in Rente war, wanderte sie gerne durch die Wälder. Ihr praktisches Outfit glich dem, das sie täglich trug: Jeans, Turnschuhe, T-Shirt, Weste mit Reisverschluss.

Sie brauchte das heute, um einen klaren Kopf zu bekommen. Auf dem Schoß lag Janas Notizbuch. Abgegriffen, mit schwarzem Ledereinband, mit zwei Spalten. Zögerlich kramte sie im Rucksack nach ihrem Stift. Aber es half nichts. Schließlich ging es hier nicht um ihre Gefühle, sondern um das große Ganze. Und um Theo. Ihr Kugelschreiber steckte direkt neben ihrer Brotzeit.

Zuerst blätterte sie mehrere vollbeschriebene Seiten weiter, bis sie zu einem leeren Blatt gelangte.

Auch früher, während ihrer Tätigkeit als Krankenschwester hatte sie gerne ihre Überlegungen aufgezeichnet, wie in einem Tagebuch.

Der Bus ruckelte um eine Kurve und die Miene des Kugelschreibers kratze zur Seite, als sie einen Namen eintrug.

FRAU SCHUSTER
PLUS
Sie vergibt ungerechtfertigte Kredite.
Führt damit Menschen in die Schuldenfalle.
Überhebliches Wesen.

Jetzt führten ihre Finger den Stift zur zweiten Spalte.

MINUS
Hat Familie.

Mehr gab es nicht zu schreiben, alles stand auf dem Blatt. Jana hob ihren Arm an, sie stoppte ihre Uhr. Fünf Minuten. Manchmal fielen selbst ihr größere Entscheidungen schwer, aus diesem Grund erlaubte sie sich nicht länger als die vorgesehene Zeit nachzudenken und nutzte visuelle Hilfsmittel wie das Notizbuch.

Nur in einem einzigen Fall war das bislang anders gewesen. Bei Anton.

Schon länger hatte sie vermutet, dass Theo das Haus beliehen hatte. Heimlich hatte sie seine E-Mails gelesen. Die Baufinanzierungs-Rate, Frau Schuster hatte einen gelben Brief angekündigt. Jana wusste, was das hieß und auch, wie Lilly an ihrem Haus hing. Das würde Lilly ihrem Mann nicht verzeihen. Wenn Lilly diesen Brief bekommen hätte, die Situation wäre eskaliert!

Jana blätterte zu Antons Buchseite. In diesem einzigen Fall hatte es mehr Minus als Plus gegeben.

PLUS:
Der Bankbrief darf unter keinen Umständen ankommen, er ist der zuständige Postbote.
Er wird sich nie drauf einlassen, den Brief Lilly vorzuenthalten, dafür ist er zu aufrichtig.

MINUS:
Unterstützt Theo, ohne zu fragen
Kann ihm gut zuhören
Versteht sich mit den Kindern

Jana hatte sich in dieser Sondersituation ausnahmsweise eine zusätzliche Bedenkzeit von zehn Minuten erlaubt. Nachdem diese vorüber war, hatte sie das erste Argument doppelt unterstrichen. Das heißt, es zählte dreifach, damit überwog eine Seite.

Sie war es gewesen, die Anton eine verliebte Nachricht ge-schrieben und ein Treffen vorgeschlagen hatte. Mit drei Herzen. Um ihn anzulocken, wie die Motte ans Licht. Dieser Schritt war ihr aufrichtig schwergefallen. Schade, sie hatte ihn wirklich ge-mocht.

Jana verstaute das Notizbuch wieder in ihrem Rucksack. Das Schlimmste war also überstanden. Nun folgte Frau Schuster. *Eine leichte Wahl.*

Der Bus hielt an, sie freute sich auf den Spaziergang.

Frische Luft sorgte für einen klaren Kopf und sie würde die folgende Herangehensweise planen können.

Dann fehlte nur noch die finale Ausführung.

24.08 . ROB
WAS WIRKLICH GESCHAH

Nach Andres Outing entstand umgehend Stille im Wintergarten. Rob stieß hörbar Luft aus. „Du bist?"

„Eine Tunte, vom anderen Ufer, ein Warmduscher, jawohl!" Jetzt grinste Andre.

Er liebt einen Mann! Und wenn schon, dachte Rob. „Du hast ernsthaft gemeint, das stört mich?" Rob konnte nicht anders als lauthals zu lachen.

Nun war Andre derjenige, der verwundert dreinsah. „Stören? Ich dachte, das Haus bricht unter deinem Gebrüll zusammen." Jetzt lachte Andre mit, es klang befreit.

„War ich tatsächlich sooo schlimm?" Rob runzelte die Stirn.

„Schlimmer." Andre wurde wieder ernst. „Doch mein Freund hat Schwierigkeiten. Ernsthafte. Deshalb müssen wir weg, gleich morgen früh."

Rob horchte auf.

„Seine Familie duldet keine", Andre blickte auf den Boden, während er es aussprach, „keine Homosexualität. Sie verbieten ihm unsere Beziehung. Er meint, sie seien zu allem bereit."

Rob merkte, wie Andre schwitzte.

„Wie heißt dein - Freund?" Er würde sich schon daran gewöhnen. Es war doch scheißegal, ob Andre auf Männer oder Frauen stand, wichtig war nur: Musste er Angst um seinen Sohn haben?

„Marco", erklärte Andre.

Da fiel Rob eine Situation ein: Der Besuch bei Tomes! Sollten die jungen Männer in Kontakt geblieben sein? In Rob zog sich alles zusammen. Bitte nicht, flehte er, sicher gab es in der Stadt noch mehr Männer mit demselben Namen.

Für jemanden wie Tomes war Homosexualität eine Todsünde.

„Konstanza", wisperte Andre und Robs Herz rutschte ihm in die Hose.

In den letzten Monaten hatte er immer mehr von den brutalen Auswüchsen der Konstanzas, denen man besser nicht begegnete, gehört.

„Weiß Tomes Bescheid?", flüsterte Rob, jeder Nerv in ihm war aufs Äußerste angespannt.

„Er und sein Bruder haben uns miteinander gesehen."

„Das verzeihen sie dir nie", presste Rob panisch hervor. Andre hatte sich mit den falschen Leuten eingelassen. Toleranz war für Tomes ein Fremdwort. Die Familienehre hing wie ein Damoklesschwert über ihnen. Rob wusste, wie ein Mann in dieser Familie zu sein hatte. Er zweifelte keine Sekunde daran, dass sein früherer Schulfreund zu allem bereit war. Jetzt galt es, umgehend zu handeln.

Rob griff nach Andres Arm, sein Blick war ein einziges Flehen: „Nicht morgen früh. Geh sofort."

Da hörten sie Geräusche an der geöffneten Terrassentür.

Sollte es schon zu spät sein? Alles, was Rob wollte, war seinen Sohn in Sicherheit zu bringen! Da drangen zwei Männer in den Wintergarten ein. Sie waren ganz in schwarz gekleidet in ihren Händen hielten sie Pistolen. Ruckartig stand Rob auf. Er erkannte Tomes und dessen Bruder Enrico. Diesmal gab es keine Begrüßung unter Freunden.

„Ich hatte gehofft, du weißt, was man bei mir besser sein lässt, Rob", sprach Tomes mit kalter, vor Wut vibrierender Stimme.

„Tomes, alter Freund. Lass uns in Ruhe miteinander reden. Setz dich!" Rob steckte seine zitternden Hände unter den Tisch, um die aufflammende Panik zu verbergen. Er wusste von früher, dass Tomes mit der Angst der Menschen spielen konnte, wie ein Raubtier mit seiner Beute.

„Wer meinen Sohn belästigt ist nicht länger mein Freund", kam die Antwort und Tomes richtete seine Waffe auf Andre.

„Tomes, bitte, lass ihn in Frieden", würgte Rob hervor, er war wie gelähmt.

„Ich habe Geschichten gehört, dein Sohn setzt Marco dumme Flausen in den Kopf. Er näherte sich ihm auf unsittliche und unmoralische

Art und Weise." Jetzt war es Tomes, der laut wurde und dessen Atem schneller ging. Verächtlich spuckte er auf den Boden des Wintergartens. Der blanke Hass stand ihm ins Gesicht geschrieben.

„Ich verspreche dir, das wird nicht wieder vorkommen!", sagte Rob und sein Blick richtete sich wie hypnotisiert auf die Waffe.

Andre halt still, bat er inständig im Geheimen.

Tomes atmete sichtlich mehrmals durch, während allein sein bohrender Blick Andre aufzuspießen schien. Er drehte sich zu Rob. „Wenn sich dein Sohn noch einmal Marco auf mehr als einhundert Meter nähert, ist er tot. Verstehen wir uns richtig?"

Alles in Rob spannte sich an. Ihm wurde schwindelig, auch wenn er wusste, dass er nur der alten Zeiten wegen eine letzte Chance bekam.

„Das wird nicht passieren, Tomes, und vergiss nicht unsere langjährige Verbundenheit", versuchte Rob dagegen zu steuern. Doch angesichts der Waffe klang diese Bezeichnung trivial auf seiner Zunge. Rob merkte, dass die auf seinen Sohn gerichtete Waffe jedes Freundschaftsgefühl, das über Jahrzehnte hinweg entstanden war, innerhalb weniger Minuten restlos in ihm auslöschte.

„Du weißt doch, das höchste Gut des Mannes ist die Familie", belehrte ihn Tomes und seine eisblauen Augen leuchteten auf. „Du warst schon immer zu weich mit deinen Kindern. In meiner Familie ist ein Mann ein Mann. Eine andere Wahl gibt es bei mir nicht. Ein Mann wie ich hat seine Familie zu bewahren."

Das also war Tomes unwiderrufliche Wahrheit, die für ihn über allem stand. In diesem Moment spürte Rob, etwas hatte er bei seinen Söhnen doch anders und richtig gemacht. Tomes Konstanza senkte die Waffe. Rob begann sich zu entspannen, im Moment war das Einzige, was half, Tomes nicht weiter aufzustacheln.

Was dann geschah, lag nicht in Robs Hand. Machtlos musste Rob zusehen, wie Andre sich aufrichtete, auf Tomes zuging. Am liebsten hätte er ihn zurückgerissen, ihn angeschrien.

Andre war äußerlich ruhig: „Ich lass mir nicht vorschreiben, mit wem ich zusammen zu sein hab", sagte er. „Wir lieben uns und ich bitte dich, dies zu respektieren."

Rob fiel es wie Schuppen von den Augen. Nicht er war der starke Mann der Familie. Jetzt war das sein Sohn. Doch das konnte ihn sein Leben kosten! Sein Herz verkrampfte sich, als er bat: „Tomes, lass nur uns beide in Ruhe miteinander sprechen!"

Tomes Gesicht verzog sich höhnisch. „Liebe unter Männern, etwas Ehrloseres gibt es nicht."

„Er will mich auch!", widersprach Andre.

NEIN, wollte Rob hilflos schreien, doch kein Laut kam aus seinem Mund.

Tomes Bruder Enrico, ein bulliger Mann, den Rob schon immer als Tomes Handlanger kannte, zückte innerhalb einer Sekunde seine Pistole und richtete sie erneut auf Andre. „Wie sprichst du von Marco. Er ist keine Tunte so wie du!", brach es aus ihm hervor.

Tomes drehte nur leicht seinen Kopf. „Enrico." Das klang entschieden und klar, wie ein Befehl.

Ein Todesurteil über Andre!, *wusste Rob sofort und er sprang auf, wollte nur noch zu seinem Sohn.*

Innerhalb von Sekunden eskalierte die Situation. Rob sah, wie Enrico den Abzug betätigte. Mit einem gurgelnden Schrei warf er sich in letzter Sekunde vor Andre, um den Schuss abzufangen. Rob spürte einen stechenden Schmerz in seiner linken Schulter und sah, dass auch Tomes seine Waffe wieder gezogen hatte. Ein zweiter Schuss traf ihn im Bauch. Rob versuchte verzweifelt, nicht einzuknicken, um sein Kind weiter abschirmen zu können. Ein regelrechter Kugelhagel setzte ein. Rob realisierte nicht mehr, wo er noch getroffen wurde. Die rasende Wut der Männer entlud sich auf Rob und seinem Sohn.

„Solche Dinge können nie mit Worten gelöst werden. Das müsstest du doch wissen, alter Freund!", sagte Tomes zu Rob und da war keine Spur des Bedauerns in seinem Gesicht.

Dann wies er seinen Bruder an: „Lass es wie einen Überfall aussehen!" Enrico zog Handschuhe aus seiner Hemdtasche. Rob sah hilflos, wie er Schubladen und Schränke aufzog und den Inhalt wahllos über den Boden verteilte. „Wir geben der Polizei ein Rätsel auf", beschloss Tomes. „Lass ihnen die Waffe."

Enrico verstand offenbar sofort, sie waren ein eingespieltes Team. Enrico packte die Hände von Rob und Tomes. Er rieb die Pistole mit dem leeren Magazin an ihren Handflächen. Anschließend warf er die Waffe achtlos auf den Boden.

Das letzte, was Rob von Tomes sah, war der eisblaue Blick.

Fluchtartig verließen die Männer das Haus. Zurück blieben Vater und Sohn. Schwer getroffen merkte Rob, wie sich Andres T-Shirt rot verfärbte. Doch Rob war nicht mehr in der Lage, sich zu bewegen oder um Hilfe zu rufen. Ihm war klar, er würde sterben.

„Hol dir Hilfe!", hauchte er.

„Es gibt keine Hilfe mehr", entgegnete Andre.

Als Rob dies hörte, erfüllte ihn ein altbekannter tiefer Schmerz. „Auch dich konnte ich nicht retten." Die Tränen liefen über sein Gesicht.

„Du musst niemanden mehr retten, Papa!" Andre robbte zu seinem Vater und nahm mit letzter Kraft Robs großen Körper in den Arm. „Ich bin zu mir gestanden, wie noch nie. Damit habe ich mich selbst gerettet."

In seinen letzten Lebensminuten bemerkte Rob eine bekannte Gestalt in den Wintergarten schleichen. Er brauchte all seine Kraft, um ihr seinen einzigen Wunsch mitzuteilen. Die Gestalt huschte weiter.

Andre umklammerte Rob, drückte ihn fest an sich und wiegte ihn liebevoll, solange es seine Kraft zuließ, bis zum letzten Atemzug in den Armen wie ein Baby.

MARIELLA

Mit ungeduldigen Schritten lief Jana vom Wohnzimmer in die Küche und zurück. Wieder und wieder. Den Blick richtete sie auf den verblassten Teppichboden. Ihre Gedanken schwirrten ihr durch den Kopf wie lästige Hummeln.

Was in den letzten Tagen passiert war, konnte sie keinen weiteren Augenblick mehr hinnehmen. Bullige Männer verfolgten Theo sogar bis zu seinem Haus. Jana hatte immer noch nicht herausgefunden, wo Theo seine Nächte verbrachte. Jedenfalls nicht bei Lilly! Erneut war sie ihm gefolgt und musste beobachten, wie er in Spielhallen verschwand. Und Mariella führte sich nicht nur auf, wie eine verwöhnte Göre, sie brachte außerdem die Familie in Gefahr!

Es reichte.

Sie überlegte kurz, um darauf im Schlafzimmer zu verschwinden.

Die Pistole hatte sie jahrelang im Schrank versperrt. Robs Waffe. Niemals hätte ihr Bruder sie gegen seine Söhne gerichtet. Es war für Jana unvorstellbar, wie Theo nur auf die Idee gekommen war. Im Gegenteil, Rob hatte sie zum Schutz seiner Familie gekauft. Er hatte nur leider keine Gelegenheit mehr gehabt, sie dafür einzusetzen. Wer wie er die Grausamkeit eines Krieges erlebt hatte, beugte eben für alle Fälle vor. Tatsächlich war die Pistole noch nie benutzt worden. Doch nach Robs Tod hatte Jana gewusst, wo sie zu suchen hatte. Während sie die Waffe nun in Händen hielt, dachte sie an den grauenvollen Tod von Rob und Andre.

Jana ahnte, dass niemand auf die Idee käme, dass sie diese eine neue Richtung verfolgte. Jeder dachte immer nur, sie sei die langweilige Gute. Zum Töten nicht fähig. Von allen unterschätzt.

Theo musste endlich lernen, welchen Wert eine Familie besaß.

Ihr Blick fiel auf ihre Kommode, Fotos der Kinder standen dort säuberlich im Rahmen aufgestellt. Ihr Blick richtete sich auf ein Bild mit einem besonders hübschen Mädchen. Sie wusste, was sie zu tun hatte. Jana flüsterte.

Mariella, ich komme.

MAMMON

Marlene wappnete sich und ihr Team für die anstehende Ermittlungsarbeit. Auf den Tisch im Besprechungszimmer drapierte sie eine 200g-Tafel Schokolade, Pralinen aus feinstem Marzipan und salzige Erdnüsse. Ihren eisernen Süßkram-Vorrat, den sie oft wochenlang für Ermittlungsstunden, in denen sie und das Team zu Hochform aufliefen, in ihrem Schrank im obersten Fach wegsperrte, hatte sie jetzt auf einen Schlag vollends geplündert.

Nachdem sich kurz darauf alle erneut im Besprechungszimmer einfanden, konnte Karla Berchtenbreiter Neues berichten: „Ich habe mir die Ordner der Kassenführung des Ensembles von Johannas Eltern geholt. Obenauf lagen einige von Lilly Rommels eingereichten Rechnungen, beim genaueren Hinsehen bemerkt man Manipulationen bei den Zahlen. Irgendwie dilettantisch. Ich werde es mit der Vorstandschaft des Vereins besprechen. Fraglich ist auch, ob nur Lilly oder vielleicht auch Theo die Rechnungen eingereicht hat. Übrigens", fiel ihr noch ein, „Johanna Bergmanns Eltern können sich nicht vorstellen, dass ihre Tochter psychische Probleme hatte. Die Schwester der Mutter streitet es ebenso glaubhaft ab."

Paul merkte an: „Also hat sich womöglich einer der Rommels am Budget für die Serenade bedient. Fragt sich nur wer."

Michael war in der kurzen Zeit zur Bank geradelt. Auf seinem Fahrraddress bildeten sich Schweißflecken. Um seinen Nacken hatte er ein Handtuch gelegt, mit dem er sich nun die Stirn abwischte. Marlene hatte bildlich vor Augen, mit welchem Affenzahn Michael unterwegs gewesen war.

Stolz präsentierte er die neuen Informationen: „Es stimmt, Theos Erbe fiel dem Spielmammon zu, er ist pleite. Noch dazu besteht von Seiten seiner Bank der Verdacht, er hätte die Unterschrift seiner Frau gefälscht und deren Haus belastet."

Paul beugte sich über die Unterlagen, die Michael auf dem Tisch ausbreitete: Abrechnungen der Bank. Er pfiff laut auf, sofort hielt sich Karla die Ohren zu.

„Hören Sie auf einen hier so zu erschrecken!", schimpfte sie. „Kopfschmerzen bereitet der Fall schon auch so genug."

Paul schien sie nicht zu hören, mit dem Finger folgte er dem Kontoverlauf auf dem Kontoauszug: „Hunderttausende Euro verplempert. In wenigen Monaten! Was, wenn er das Geld nicht nur verspielt hat?", warf er in die Runde.

„Dass man eine solche Summe in so kurzer Zeit nur fürs Spielen ausgeben kann, das ist beinahe eine Leistung", fand der Stahlgruber und schob sich gleich zwei der Pralinen in den Mund.

Michael nickte eifrig: „Bemerkenswert ist nur, dass das mit dem Spielen wohl vor sechs Monaten begann. Vorher gab es keine Auffälligkeiten und ausschließlich konstante Kontobewegungen."

„Das deutet darauf hin, dass er bis dahin sein Leben im Griff hatte", überlegte Marlene und runzelte die Stirn.

Genau hier liegt der Knackpunkt! Eine schlüssige Antwort dafür zeichnet sich noch nicht im mindesten ab!, dachte Marlene und griff zu einem Stück Schokolade. Sie stellte in den Raum: „Er schien auch mit seiner Familie glücklich. Was ist dann passiert? Holte ihn die Vergangenheit plötzlich wieder ein?"

Frau Busch kam ins Besprechungszimmer. Sie hatte es so eilig, so dass sie beinahe über ihren knöchellangen Sommerrock gestolpert wäre. Paul sprang hilfsbereit auf, um sie zu stützen.

Marlene merkte, wie Michael und Karla kurz schmunzelten.

Menschliche Momente bei der Aufklärung menschenverachtender Taten, im Laufe der Jahre hatte sie verstanden, wie wichtig das für das Wohlbefinden aller war.

„Bitte setzen Sie sich doch ", forderte sie Frau Busch freundlich auf.

Frau Busch ließ sich neben Paul nieder, um in einem Atemzug loszulegen: „Eine Streife war bei Familie Rommels zu Hause. Lilly Rommels gibt an, sie wisse nicht, wo sich ihr Mann aufhalte. Sie erklärte, sie habe ihn vor die Tür gesetzt. Er hat sich jedoch nicht bei einer Obdachlosenunterkunft gemeldet. Auch beim Arbeitgeber wurde nachgefragt. Er wisse nichts von Fehlzeiten. Er vermisst jedoch Geld aus der Kasse der Fahrschule und sie wissen nicht, wer sich da bedient hat. Theo Rommels ist im Moment mit dem Fahrschulauto verschwunden und sein Handy konnte nicht geortet werden."

Jetzt holte Frau Busch tief Luft und Paul reichte ihr ein Glas Sprudelwasser.

Die Schlinge zieht sich zu, fieberte Marlene den neuen Ergebnissen entgegen. Sie verteilte an das restliche Team weitere Rechercheaufträge: „Frau Busch, Sie recherchieren, ob Theos Fahrschulauto in einer Verkehrskontrolle gesichtet wurde. Michael, finde heraus, welche Gründe es neben dem Spielen noch für die hohen Ausgaben gegeben haben könnte. Paul, du fährst zu der Häusler und zu Hollezinskys Sekretärin und klärst, ob sie jemanden aus der Familie Rommels kennen."

„Ich nehme Stella Rommels noch genauer unter die Lupe!", kündigte der Stahlgruber an und kaute an weiteren Süßigkeiten. „Womöglich schützt sie ihren Sohn!"

Besser spät als nie, versuchte sich Marlene aufzubauen. Sie war gespannt auf die Ergebnisse von Quirin, der vom Schulbesuch noch nicht zurückgekehrt war. Heute würde ein langer Tag werden, dachte sie mit Blick auf die schon zur Hälfte geplünderte Schokolade. Sie würden mehr Licht ins Dunkel bringen. Marlene hatte eine Ahnung, wohin es gehen konnte.

In ihr reifte ein Verdacht und sie wusste genau, was sie nun zu tun hatte.

NOTWENDIGKEIT

Es war Abend, draußen dämmerte es bereits und Jana machte es sich in ihrem spartanisch eingerichteten Wohnzimmer bequem. Jana brauchte nie viel: Schrank, Tisch, Sofa. Für Schnickschnack wie Bilder oder getrocknete Blumen hatte sie ebenso wenig übrig wie für teure Kleidung oder Musik.

Entspannt legte sie die Beine auf den schlichten Holztisch und griff zu ihrem Notizbuch. Auf dem Cover war das Heft in geschwungenen Buchstaben mit einem Namen beschriftet.

Theo

Jana resümierte, was sie schon bewirkt hatte. Sie wusste, sie war stark. Dieses Heft war für sie reinster Luxus, als Krankenschwester hatte sie keine fünf Minuten Bedenkzeit gehabt. Sie schlug das Buch auf. Da stand:

Hollezinsky Frank
Auf der linken Seite waren drei Plus und rechts ein Minus. Sorgsam las sie die notierten Stichpunkte, die sie sich schon vor Wochen gemacht hatte.

PLUS:
Inhaber Spielothek: Verdient am Unglück anderer
Verführt damit andere Menschen, macht sie krank
Verführt ebenso die Frauen anderer Männer
Verführt: Theo zum Spielen
MINUS:
Besucht seinen Vater regelmäßig im Heim

Jetzt blätterte sie um zu **Peter Häusler**

PLUS
Bestechlich: Lebt auf Kosten anderer
Gewissenlos: Tut für Geld alles.
Ist für niemanden ein Verlust (auch kein Vorbild für seinen
Sohn)
Wird immer wieder neuen Spielhallen Erlaubnis erteilen
MINUS
- - - -

Jana verzog ihre Mundwinkel verächtlich nach unten. Nicht
ein einziges Argument hatte gegen seinen Tod gesprochen.

Mehr gab es nicht zu sagen und die drei Schritte:
Entscheidung über Notwendigkeit, Vorplanung und Ausführung, waren bei diesen Personen längst abgeschlossen. Vollstän-
digkeitshalber trug sie das Datum der Erledigung ein.

Die Seiten „Johanna" und „Anton" hatte sie entfernt. Sie hatte
diese Einträge nicht gemocht.

Frau Schuster musste aus Zeitgründen warten.

Mehr war bislang nicht geschehen.

Stimmt nicht, korrigierte sie sich. Doch dieser Zwischenfall lag
lange zurück, damals war sie noch nicht im Ruhestand gewesen
und hatte umgehend handeln müssen, da ein Auslandsaufenthalt angestanden war.

Carola, der Nachname war ihr entfallen. Theos Ex-Freundin.

Carola war Gift für Theo gewesen. Jana hatte ohne Hilfsmittel, allein im Kopf innerhalb kurzer Zeit das Für und Wider ab-
gewogen und war schnell zu dem Entschluss gelangt, dass es
dringenden Handlungsbedarf gab. Nachdem sie Stella damals
vor den Fernseher bei „Bauer sucht Frau" gesetzt hatte, hatte
Jana Carola einen Besuch abgestattet und sie bis zu ihrem Auto
verfolgt. Die nachfolgende nächtliche Manipulation in der Tiefgarage am Wagen war für Jana eine Kleinigkeit gewesen.

Sicher war sicher. Für Carola hatte sich keine Gelegenheit
mehr geboten, sich doch noch an Theo heranzumachen.

Tote waren schließlich nicht verführerisch.

Jana fand am Töten keine Freude, im Gegenteil, es erschöpfte sie. Beim Ableben dieser Personen agierte sie aus purer Notwendigkeit.

Der Begriff der Notwendigkeit zog sich durch ihr Leben wie ein roter Faden. Aus Sicht ihrer Mutter waren Abtreibungen auch notwendige Schritte gewesen.

Nach der Vergewaltigung war Mutter nicht lange schwanger gewesen, die Stricknadel hatte ihre Wirkung nicht verfehlt.

Heute verstand Jana, was damals passiert war. Das damals dreijährige Mädchen hatte die Situation jedoch völlig anders interpretiert.

Die kleine Jana war hinzugekommen, weil sie ihre Mutter im Bauernhaus in Füssen suchte. Sie fand sie im Keller, auf dem Boden sitzend, vor. Mutter hatte die Hose nach unten gezogen, Blut quoll aus ihrer Scheide hervor.

Jana wusste nicht, was da geschehen war. Wenn jemand hier im Bauernhof blutete, waren es meist die Kinder des Bauern, manchmal sogar seine Frau gewesen, weil der Bauer sie verhaute.

Jana hatte nicht lange überlegt, sie hatte Mutter die Stricknadel entrissen, sie draußen ins Gras geworfen und war zum Nachbar gerannt, zum Dorfpolizisten. Als dieser mit einem Arzt im Schlepptau eintraf, versorgte der Arzt die Mutter und der Polizist fragte Jana, was geschehen war. Da war Jana eine Idee gekommen, auf die sie heute noch stolz war. „Bauer!", rief sie.

Anscheinend wollte Jana jeder gerne glauben. Niemand fragte genauer nach. Der Bauer war danach abgeführt worden und Jana wurde von allen im Haus gelobt.

Aus Mutters Sicht war danach offenbar alles wieder in Ordnung. Jana lernte, dass die Welt eben so war: Hunger, häusliche Gewalt, Naturkatastrophen, Krieg.

Klare Entscheidungen folgten der Frage nach Notwendigkeit.

THEO - BLUTSAUGER

„Ist Mariella bei dir?", Lillys verzweifelte Frage am Telefon hallte in Theos Ohren wie ein unheilbringendes Echo wider. „Sie ist heute nicht von der Schule heimgekommen und am Handy erreiche ich sie auch nicht."

Er schrie ins Handy: „Öffne niemandem die Tür! Sei vorsichtig und lass Jack und Ravina nicht raus!" Dann legte er auf.

Wo nur ist mein Mädchen?

Theo zog einen zerknitterten Zettel aus der Tasche. Eine weitere nasse, klatschende Ohrfeige! Er merkte nicht, dass er weinte, während er die Zeilen las:

Fünftausend Euro. Ansonsten folgen die Kinder ihrem Großvater.

Der Zettel war der Grund für seinen Anruf bei Lilly gewesen, er wollte sie warnen. Doch zu spät, Mariella war bereits verschwunden!

Wer hat das getan, was will der noch von mir? Panisch sah er sich um, Theo fühlte sich verfolgt. Verschwor sich die ganze Welt gegen ihn? Jemand wollte ihn aussaugen. Wollte Geld und nochmals Geld. *Blutsauger.*

Er hatte Bargeld aus der Kasse der Fahrschule gestohlen, es reichte aus. Damit rannte er zum Fünffingerlesturm und deponierte es unter der Holzbank.

Diesmal war er eine Stunde vor dem angegebenen Termin dort. Theo kroch unter eines der nebenstehenden parkenden Autos, einen 3-er BMW und hoffte inständig, der Wagen würde dort stehen bleiben. Jetzt harrte er aus. Alles, was er wollte, war Mariella zu finden, dafür musste er nun geschickt und schnell sein. Er würde den Erpressern folgen und seine Tochter holen. Theo erlaubte sich keine Sekunde an ihr hübsches Gesicht zu denken. Er wünschte sich, sie wäre abgrundtief hässlich. Bei der Vorstellung, was jemand mit ihr tun könnte, drehte er durch.

Die Erpressungen, die Geldeintreiber, die Bank, wer wollte noch Geld von ihm? Theo war körperlich und psychisch am Ende seiner Kräfte. Dennoch, ihm blieb nichts anderes übrig als weiterzumachen. Er würde es jetzt regeln, allein.

Doch in den letzten Tagen war ein Entschluss in Theo gereift: Sobald Mariella bei ihm war, würde er zur Polizei gehen. Egal, was über seine Familie in der Presse stehen würde und auch, wenn Lilly mit ihm nichts mehr zu tun haben wollen würde. Die Sicherheit seiner Kinder war das Wichtigste.

Dennoch – sollte wieder etwas zur Presse durchdringen, musste erst Mariella in Sicherheit sein. Wer weiß, was den Erpressern sonst einfallen würde.

Das Telefon klingelte. Auf dem Bauch liegend zog er es mühsam aus der Tasche, hob es vor sein Gesicht, schaltete es auf lautlos. Jana versuchte dauernd, ihn zu erreichen, er ging nicht ran. Eine Textnachricht von ihr traf ein:

Therapieanmeldung!! SOFORT! Letzte Warnung.

Wenn er ganz ehrlich mit sich war, mochte er Jana nicht besonders. Nur durfte man so über seine Tante, denken, die sich immer für die Familie aufopferte? Doch genau das nervte ihn, und ihre Belehrungen und Einmischungen wurden von Jahr zu Jahr schlimmer. Schon früher war es oft Jana gewesen, die über Andres Leistungen bei Rob gemeckert hatte und Vater aufstachelte. Und damals, nach dem Unglück, Mutter war am Ende gewesen, genauso wie er selbst, doch Jana? Selbst in diesen schweren Zeiten hatte sie ihr Leid einfach heruntergeschluckt und ihn ermahnt, fürs Studium zu lernen. Sie sollte sich endlich um ihr eigenes Leben kümmern, statt immer übergriffig in seinem rumzuschnüffeln.

In seiner Wut nahm Theo sein Handy, fotografierte den Erpresserzettel und sandte ihn ihr zu:

Damit du weißt, für wen ich das mache!

Umgehend kam die Antwort:

Von wem kommt der Brief?
Und:
Du hast Mariella auf dem Gewissen!

Theos Körper, eingezwängt unter dem Auto, fing unkontrolliert an zu zittern. Was meinte sie? War mit Mariella etwas geschehen, wusste Jana etwas?

Lass mich in Frieden, Jana! Nie mehr werde ich dich um Hilfe bitten.

Alles was er wollte, war seine Tochter. Es ging um Leben und Tod. Theo schluchzte. Er warf einen Blick auf die Uhr, fast zehn abends. Es war schon dunkel, bald müsste der Erpresser da sein.

Pünktlich zur angegebenen Zeit erschien auch tatsächlich eine Gestalt. Von seinem Platz unterm Auto sah er nur die Turnschuhe. Die Person griff beim Vorbeigehen wie beiläufig zum Beutel mit dem Geld und eilte zügigen Schrittes weiter. Theo robbte sich schnell unterm Auto hervor und richtete sich hinter dem BMW halb auf. Er schaffte es, unbemerkt und gebückt die Verfolgung aufzunehmen. Klare Sache, es handelte sich um einen Mann. Stämmig, mit breiten Schultern, groß. Doch er sah ihn nur von hinten, mit Käppi. Wie eine Katze huschte Theo von einer Straßenecke zur anderen, versteckte sich hinter Zäunen und Autos, achtete darauf, möglichste denselben Abstand beizubehalten. Nach einer halben Stunde verlangsamte die Gestalt das Tempo, um in einen Biergarten abzubiegen.

Theo erkannte das Gebäude sofort, hier war er früher mit Vater gewesen. Das durfte doch nicht wahr sein. Er stand vor der „Alten Bahnkneipe" – er war beim Tomes!

Der Tomes, von dem Jana immer nur in den höchsten Tönen gesprochen hatte?

Ich hab bereits an Tomes Männer bezahlt und außerdem, das war doch einer der Erpresserbriefe, was hatte Tomes denn mit denen zu tun?

Fiebrig kam ihm ein schrecklicher Einfall: Sollte Tomes, Vaters früherer Schulfreund, der Erpresser sein und gerade von dem hatte er sich Geld geliehen?

Alles schien sich zu vermischen, zu einem zähen, unwirklichen Brei, der ihm jede Luft zum Atmen nahm. Doch nun hatte er Klarheit, es gab keine Illusionen mehr.

Das Rad würde sich für ihn immer weiterdrehen: Geld abgeben, neue Kohle besorgen, Erpressung, Drohung. Alles wiederholte sich, egal, wie sehr er sich anstrengte und Schuld war nur einer:

der Tomes, Robs ehemaliger bester Freund!

Im Biergarten waren keine Gäste. Da entdeckte Theo das Schild:

Montag Ruhetag

Der Mann, dem er gefolgt war, hantierte in einem der Schuppen. Das schenkte Theo ein paar Minuten. Er blieb im Schutz einer Buche stehen und überlegte. Das Gebäude grenzte an einen Stadtpark. Es war dunkel und versteckt. Passend zu dem, was hinter den Türen passierte.

Theo hörte nicht, wie sich ihm Schritte näherten. Plötzlich zerrte jemand an seinem Arm und riss ihn unsanft ins Gebüsch. Theo landete in einer Pfütze, ein Ast riss ihm die Wange auf, sodass er blutete.

„Hey!", protestierte Theo sofort. Da kapierte er, es war der Typ, dem er gefolgt war, er musste ihn ihm Garten bemerkt haben und von einer anderen Seite aus dem Schuppen gekommen sein. Instinktiv packte Theo den Angreifer und drückte ihn zu Boden. Er wunderte sich, wie leicht das trotz seines desolaten Zustands ging. Theo spürte an seinen Händen, die den Mann wie in einem Schraubstock hielten, dass es sich um einen muskulösen Menschen handelte. Aber – warum wehrte der sich nicht?

„Wer bist du?" würgte Theo hervor, schob dem Mann die Mütze vom Gesicht und setzte sich mit vollem Gewicht auf dessen Oberkörper. „Marco!", erkannte er den Angreifer.

Marco keuchte: „Geh da nicht rein, sie haben es auf dich abgesehen. Wenn Vater merkt, dass du weißt, dass er hinter den Erpressungen steckt, kommst du nicht wieder lebend heraus!"

Er trug eine Jeans und ein rot-weiß gestreiftes Hemd, das nun von braunen Matschflecken durchnässt war. Er war das junge Abbild seines Vaters, doch Marcos Augen waren anders. Genauso glänzend blau, jedoch mit einem warmen Grundton. Wieso auch immer, er flößte Theo keine Furcht ein.

„Wieso sollte ich gerade auf dich hören?", zischte Theo.

„Ich hab das Porträt deines Vaters aufbewahrt", stammelte Marco. „Ich wollte Andre im Gedächtnis behalten. Ich hätte sie vernichten sollen! Alle. Die Männer meiner Familie haben diese Zeichnung durch einen dummen Zufall entdeckt. Alles, was sie wollen, ist dein Geld und Vater meinte, wenn du die Zeichnung siehst, bringen wir dich dahin, ihm Robs Erbe Stück für Stück auszuzahlen. Er wollte dir weismachen, dass Rob seinen eigenen Sohn getötet hat und es dafür einen Zeugen gibt, der auch das Bild mitgenommen hat. Er hat gemeint, wenn du nur einen Funken Stolz deines Vaters in dir hast, zahlst du, anstatt zur Polizei zu gehen."

„Die Rechnung ging auf." In Theo fiel alles durch ein Netz, nichts war mehr greifbar, er kannte keinen Plan, keinen Ausweg mehr. „Woher hattest du die Zeichnung?"

Marco löste sich mühelos aus Theos Griff, setzte sich auf den Boden und erzählte: „Ich war Andres Freund. Wir liebten uns, bevor", Marco seufzte auf.

In Theos Kopf entstand Druck, sein Herz drohte zu zerspringen. „Bevor was?", flüsterte er, er ließ sich neben Marco ins Gras fallen. Damals schon hatte er vermutet, dass Andre verliebt war.

„Mein Onkel, mein Vater, sie haben uns entdeckt. Sie wollten die Trennung und haben mir gesagt, Andre sei uneinsichtig gewesen und sie hätten ihn deshalb-", Marco stöhnte.

Im Schein der Straßenlampe sah Theo, wie Marco eine Träne über die Wange lief. Er wirkte todunglücklich.

„Erschossen?", formten Theos Lippen ungläubig. So eine Story denkt man sich nicht mal schnell aus, erkannte er.

„Die Familie Konstanza verlässt man nicht und ein Mann hat sich eine Frau zu nehmen. Sie haben die Zeichnung vor einigen Monaten bei mir gefunden. In der Nacht, als sie Andre und deinen Vater getötet haben, bin ich Vater gefolgt, in der Hoffnung, ihm irgendwie zuvorkommen. Ich habe alles vom Garten beobachtet, erst schien es, als würde sich Vater beruhigen und ich dachte, wenn ich dazukomme, eskaliert es womöglich. Aber dann ging alles so schnell und ich kam zu spät. Ich war in Andres und deines Vaters letzten Minuten bei ihnen. Dein Vater war es, der mich gebeten hat, Andres Zeichnungen an mich zu nehmen und sie später dir zu bringen. Nur – bitte verzeih mir, ich habe es noch nicht geschafft, mich davon zu trennen."

„Alle Zeichnungen?", presste Theo hervor.

„Sie haben nur die eine gefunden", erklärte Marco.

„Die Erpressung. Warum erst jetzt?"

„Es war das Bild. Ich war unvorsichtig. Ich wohne noch in der Bahnkneipe, Vater sagt, bis ich verheiratet bin. Dass das nie sein wird, kann er nicht akzeptieren. Die anderen Bilder habe ich bei einer Freundin versteckt. Nur dieses, mit dem Gesicht deines Vaters, habe ich mir aufs Zimmer genommen. Ich sehe dabei

Andre vor mir, wie er jeden Strich kunstvoll setzt, es war sein Letztes, oder?"

„Ich glaube, ja!"

Marco fuhr fort: „Sie wussten um das Erbe, sind immer gierig, haben das als ihre Chance gesehen, dich zu erpressen."

„Bis ich mir ausgerechnet von ihnen Geld besorgt habe." Jetzt verstand Theo. Der Sumpf des Verbrechens hatte ihn angezogen wie die Motte das Licht.

Wie irr.

Er hatte die Mörder seiner Familie um Geld gebeten, um deren Erpressungen bezahlen zu können.

„Das hat sie misstrauisch gemacht", erklärte Marco. „Deshalb setzt Tomes seine Männer verstärkt auf dich an."

Theo hörte Geräusche. Einige Männer traten aus dem Haus, der Tomes und der Barkeeper mit der Glatze.

Marco zog ihn an sich, in die Kuhle, sodass man sie nicht sehen konnte. In Theos Nase stieg blumiges Parfüm auf.

„Verzeih mir", hörte er an seinem Ohr.

„Wo ist Mariella?", presste Theo hervor.

Die Männer sahen sich um, doch sie bemerkten die beiden nicht, wandten sich ab und betraten wieder die Kneipe.

„Hier nicht. Ich weiß es nicht", kam die gepresste Antwort.

Theo zog Marco hoch, doch er wusste bereits, dass er die Wahrheit sagte. Hier würde er seine Tochter nicht finden. Wenn er dort reinging, würde er nicht mehr lebend herauskommen und konnte Mariella nicht retten.

„Bring ihnen das Geld", sagte er.

Er wollte mit den Konstanzas nicht mehr das Geringste zu tun haben. Sie waren schuld, am Tod seines Vaters und seines Bruders! Sie waren zum Schlimmsten fähig und alles, was er für die Rettung seiner Kinder tun konnte, war einzig und allein:

Zahlen, zahlen, zahlen.

So schnell wie möglich suchte Theo das Weite. Sein Handy vibrierte, ein Texteingang. Nicht Lilly, wieder Jana: Zitternd las er die niederschmetternde Nachricht:

Du bist deines Vaters nicht würdig.

Unter anderen Umständen wäre er wütend geworden, aber er fand dazu keine Kraft mehr. Stimmte sicher alles, was sie schrieb, nur:

Was wollte Jana damit bezwecken? Wer war nun Freund, wer Feind?

Theo schrieb zurück:

Ich kenne den Mörder unserer Familie. Du kennst ihn auch, er hat Augen, kalt wie Eis.

Die Angst um seine Kinder drückte sich machtvoll in Theos Poren. Er lief zurück zu seinem Auto. Sein allerletztes Zuhause. Nicht mal das gehörte mehr ihm.

Langsam, als stünde er unter Drogeneinfluss, stieg er ein.

STELLA
EINE KISTE VOLLER BRIEFE

Stella stand in Lillys Küche und schmierte Butterbrote mit Tomaten und Salz für Ravina und Jack. Das Brot für Jack schnitt sie in kleine Stücke.

Lilly hatte sie angerufen und gebeten, zu kommen und sich um die Kinder zu kümmern, sie hatte erklärt, sie habe im Keller Ungeheuerliches entdeckt, außerdem solle Mariella schon längst zu Hause sein und sie könne sie nicht erreichen. Stella merkte an Lillys müdem Gesicht, wie fertig Lilly war. Jack gautschte in seinem Kinderstuhl und langte gierig nach den Broten. Ravina las in ihrem Zimmer. Lilly schleppte eine große Kiste mit Unterlagen aus dem Keller nach oben und stellte sie ächzend auf den Küchentisch.

„Ich glaub Theo kein Wort mehr", keuchte sie, ihr Gesicht war rot angelaufen. Nun wurde sie laut. „Heute Morgen kam ein Anruf von der Bank, sie haben die Zwangsversteigerung unseres Hauses eingeleitet!"

„Leise, die Kinder!", beschwichtigte Stella.

„Ich halte nie wieder meinen Mund!", rief Lilly. „Und Ruhe gebe ich heute erst wieder, wenn Mariella neben mir steht!"

Noch nie hatte Stella ihre Schwiegertochter so erlebt.

„Sieh nur, was ich im Keller gefunden habe. In seinem Büro! Immer hat *er* alles verwaltet, er sagte, ich solle mich mit den Finanzkramsachen nicht belasten. Mahnungen, alles unbezahlte Rechnungen! Er hat mir gemein ins Gesicht gelogen. Wir sind pleite und wo wir künftig wohnen sollen, weiß Gott!" Lilly sackte schluchzend in sich zusammen. „Aber das ist mir im Grunde alles egal – wenn ich nur wüsste, wo Mariella steckt.

Das Handy ist seit zwei Stunden aus. Ich hab alle Freundinnen abtelefoniert. Doch da erreich ich auch niemanden!"

„Was sagt die Polizei?"

„Mariella ist dreizehn Jahre und erst seit zwei Stunden weg, trotzdem hab ich mit Kommissar Seligman telefoniert, er meint, ich soll noch bis fünf warten. Sie könnte ja mit ihren Freundinnen unterwegs sein."

„Lilly, da hat er recht! Mariella hat sich öfter schon verbummelt, vielleicht ist sie tatsächlich bei einer Freundin und hat vergessen, Bescheid zu geben. Womöglich ist der Akku leer."

Im Grunde passte das zu Mariella und war deshalb durchaus vorstellbar, überlegte Stella.

„Ich weiß ja, was das betrifft, bin ich oft überängstlich! Es ist nur, vor ein paar Tagen waren merkwürdige Männer bei uns. Sie haben Theo gedroht! Jetzt weiß ich auch wieso, sieh nur!"

Lilly sackte auf einen der Stühle und deutete auf die Kiste, in die hunderte von Briefe unordentlich gestapelt waren.

Wortlos ging Stella zur Kiste und blätterte die Papiere durch. Inkassobriefe, Mahnbescheide, Vollstreckungsbescheide, Rechtsanwaltsschreiben.

Robs Erbe. Es ist tatsächlich alles weg, ging es ihr durch den Kopf.

„Jana hat mich gestern angerufen. Sie behauptete, sie würde ihn zu einer Therapie zwingen", brachte Lilly mühsam hervor. „Sie macht mir Angst, klingt fast ein bisschen radikal. Sie hat mir gesagt, sie hätte da ihre Mittel, wie auch immer sie das meint. Warum nur habe ich nicht gemerkt, wie es um Theo stand?"

Stella rieb sich die Stirn.

Das war bei mir nicht anders. Oh, Gott – Theo!

Aber vielleicht war es noch nicht zu spät. Angesichts der Kiste mit den Stapeln an Briefen fühlte sie sich hilfloser denn je, sie hatte den Briefkram ohnehin nie verstanden. Doch sie überwand sich und blätterte einen nach dem anderen durch. Plötzlich entdeckte sie ein Schreiben, das von den anderen abwich. Sofort reichte sie Lilly fassungslos den Brief, der zusammengeknüllt im Karton gelegen hatte. Ein Bild fiel ihr in die Hände. Mariella im Bikini, im Liegestuhl ihres Gartens. Daneben stand:

Und tot bist du.

Sprachlos sahen sich die beiden Frauen an.

„Wir müssen das der Polizei mitteilen", entschied Stella sofort.

Lilly war leichenblass geworden. „Eines muss ich dir vorher noch sagen", platzte sie heraus. „Ich wollte dich erst nicht damit belasten. Aber weißt du, was die Polizei überprüft? Sie ziehen in Betracht, dass dein Sohn ein Mörder ist, der Johanna getötet hat, womöglich auch weitere Opfer."

Stella war fassungslos. Spontan fiel ihr Theo als Kind ein. Sie wusste noch, wie wütend er geworden war, als Rob eine lästige Fliege mit der Fliegenklatsche erschlagen hatte. Das sei doch auch ein Lebewesen, hatte er mitfühlend protestiert. Oder wie er mit seinen Kindern umging.

Theo ein Mörder – so ein Blödsinn. Trotzdem - was ist nur mit meinem Sohn passiert? Kenne ich ihn überhaupt noch?

„Und was glaubst Du, Lilly?", wollte Stella wissen.

„Schmarrn! Theo und jemandem weh tun? Nie im Leben!", widersprach Lilly.

Doch sogar das schien zweitrangig. Die Angst um Mariella erschien nun in einem anderen Licht – alles schnürte sich in Stella zusammen. Von Anfang an war für die Familie egal gewesen, dass Mariella oder Ravina nicht Theos leibliche Töchter waren. Spätestens seit der Adoption gehörten sie voll und ganz dazu. *Meine Enkelin ist in Gefahr!*

Stella nahm nur am Rande wahr, wie Lilly die Briefe zusammenraffte, in ihre Schuhe schlüpfte und sich auf den Weg zur Polizeidienststelle machte.

DER TOD
KAM NACH DEM WEIN

Als sich das Team erneut im Besprechungsraum traf, hatte Marlene einiges zu berichten: „Ich habe mit einem ehemaligen Arbeitgeber von Jana Rommels telefoniert. Sie hat zwischenzeitlich auch im örtlichen Krankenhaus gearbeitet, ist da durch ihre radikale Sichtweise unangenehm aufgefallen. Wenn es ihr dort gestattet gewesen wäre, hätte sie oft leichthin über ein Menschenleben entschieden, doch diese Abwägung lag hier in Deutschland nicht in ihrem Verantwortungsbereich. Der Klinikdirektor vermutet, dass sie bei ihrer jahrelangen Arbeit als Krankenschwester in Krisengebieten oft unter traumatischen Umständen Entscheidungen allein zu treffen hatte. Womöglich ist sie dabei nicht zimperlich vorgegangen." Aus Marlenes Sicht passte das wie die Faust aufs Auge. „Bei zwei Morden wurde ein gekonnter Schnitt durchgeführt, bei Anton zielte der Angriff anscheinend auf die Lunge, alles zielgerichtet, passend für eine Krankenschwester. Die Ärzte geben an, er hatte wahnsinniges Glück, vor allem, weil er frühzeitig gefunden wurde."

Die Tür des Besprechungszimmers wurde aufgerissen, fast wäre Quirin über seine eigenen Füße gestolpert.

„Setzen Sie sich, Quirin", beruhigte Marlene ihn und reichte ihm eine frische Tasse Kaffee, die sie sich gerade eingeschenkt hatte. „Was gibt es Neues?", fragte sie gespannt.

„Das Mountainbike. Ich habe Ravina ein Bild davon gezeigt. Sie erklärte mir überzeugt: Nur Tante Jana hat genauso eines, sonst keiner. Sie fährt nicht oft damit. Ich habe sie gefragt, ob es jemand gelegentlich von Jana ausleihen würde oder ob es gestohlen worden wäre. Ravina meinte, das sei in Janas Fahrradkeller eingesperrt, da käme nur Tante Jana hin."

Karla entgegnete hippelig: „Es gibt mehrere solcher Fahrräder, ein genauer Typ wurde von Hollezinskys Sekretärin nicht
genannt." Ohne es zu merken, wippte sie mit ihrem Knie rhythmisch auf und ab.

Marlene registrierte Karlas Aufregung. Sie wusste von der
langjährigen Kollegin, dass sie, wenn es brenzlig wurde, schon
mal die Nerven verlieren konnte.

Vom Gang war eine lautstarke Diskussion zu hören. „Aber
nur eine der Verdächtigen verfügt laut dem Kind über ein solches Rad", erklärte Marlene gelassen und ging zur Tür.

Frau Busch machte sich mit ihrem gelben Kleid mit den weißen Tupfen im Gang so breit, wie sie mit ihrem zierlichen Körper nur konnte, um den Weg zu versperren. „Frau König, Herr
Seligman, Lilly Rommels möchte Sie sprechen, es geht um ihre
Tochter Mariella, ich habe ihr gesagt, sie soll warten bis…"

Ein weiterer Polizist eilte zur Unterstützung heran, doch
Marlene winkte ab. „Danke, Frau Busch. Ich übernehme das."
Sie wandte sich an Lilly Rommels. „Kleinen Moment, bitte."
Marlene steckte ihren Kopf durch den Türrahmen ins Bespre-
chungszimmer. „Quirin, Frau Rommels ist da. Können Sie kom-
men?"

Noch im Gang zog Lilly Rommels einen Pack Briefe hervor,
es sprudelte aus ihr heraus: „Mariella ist immer noch nicht aufgetaucht. Laut der Schulsekretärin war sie jedoch im Unterricht.
Theo erhielt in den letzten Monaten Erpresserbriefe. Sehen Sie,
hier ist eine Drohung wegen Mariella! Suchen Sie meine Tochter!"

In Marlenes Kopf schellten alle Alarmglocken.

*Erpressung? Sollte das neben den Spielotheken die Antwort auf
Theo Rommels plötzlich massiv angestiegenen Geldverbrauch sein?*

Sofort teilte Marlene die Besorgnis der Mutter. Natürlich
konnte sich der Teenager verbummelt haben, dennoch, nach
Quirins Rückmeldung schätzte Marlene die Mutter nicht als
eine hysterische Frau ein.

Marlene erschrak, als ihr Lilly Rommels den Drohbrief mit dem Bild von Mariella im Bikini unter die Nase hielt. Sie riss sich zusammen, um sich vor der Mutter nichts anmerken zu lassen. Ohne lang zu überlegen, entschied Marlene: „Frau Rommels wir leiten umgehend eine Suchaktion ein. Haben Sie auch ein anderes Bild Ihrer Tochter?" Aus Marlenes Sicht eignete sich ein Bikini-Foto nicht für eine Fahndung.

Ich möchte das Mädchen nicht bloßstellen.

Lilly zog ein Bild von ihr mit Mariella aus der Tasche, ein hübsches Mädchen, das auf dem Bild freundlich lächelte.

Marlene reichte das Foto an Frau Busch weiter, damit sie alles Notwendige in Gang brachte. Sie und Quirin führten Lilly in einen der Verhörräume und die Kommissare blätterten konzentriert den weiteren Stapel der Erpresserbriefe durch. „Der Urheber muss jemand sein, der damals bei dem Familienunglück anwesend war. Vielleicht der Täter, oder ein Zeuge. Fällt Ihnen dazu mehr ein?", wollte Marlene von Lilly wissen.

Die zuckte nur mit den Schultern: „Das konnte man doch sicher auch in der Presse lesen."

„Nicht alles." Marlene zog einen der Briefe heraus. „Hier beispielsweise:"

Der Tod kam nach dem Wein. Musste sich dein Vater Mut antrinken?

„Fast poetisch, nur: mit keinem Wort stand der Weinkonsum in einem der Presseartikel", erklärte Marlene und wunderte sich selbst darüber, dass der Stahlgruber das offenbar seiner damaligen Lieblingsjournalistin gegenüber nicht erwähnt hatte.

Da fielen ihr mehrere Bilder der beiden Mädchen auf dem Schulhof in die Hände. Entsetzt betrachtete Marlene die Fotos.

„Jemand musste die Kinder an der Schule beschattet haben!", stellte Quirin fest. Die Erpresser hatten also Bilder an der Schule geschossen. „Vielleicht wurden sie dort von jemandem bemerkt?" In Quirins gepresster Stimme lag dieselbe Anspannung, die auch Marlene verspürte.

Schnell schlug Quirin vor: „Ich kann nochmals zur Schule fahren und nachfragen, ob jemand etwas beobachtet hat."

Marlene warf einen Blick auf ihre Armbanduhr. „Das hat Priorität. Machen Sie das, jetzt gleich", bestätigte Marlene und Quirin spurtete los.

Als Quirin dem Rektor die Situation schilderte, rief dieser bereitwillig die Lehrer, die um die Nachmittagszeit noch im Schulgebäude verweilten, zu sich.

„Mariella hatte eine Stunde früher als sonst Schulschluss. Sie verließ regulär die Schule", teilte der Klassenleiter Quirin mit.

„Wurden in den letzten Tagen Personen im Schulhof, im Gebäude oder an der Straße gesichtet, die dort nichts zu suchen haben?", wollte Quirin wissen.

Augenblicklich entstand eine aufgeregte Diskussion unter den Lehrkräften.

Einer älteren Lehrerin fiel ein: „War da nicht der junge Mann, der eine Schülerin mit dem Auto heimfahren wollte und sie sich weigerte und hilfesuchend ins Sekretariat kam?"

Der Rektor schmunzelte kurz: „Es hat sich herausgestellt, dass er ihr älterer Bruder war und sie eine Show abzog. Anscheinend wollte sie sich mit ihrem Freund treffen und ihre Eltern hatten es nicht erlaubt."

Ein Referendar meldete sich zu Wort: „Der Kellner aus der Alten Bahnkneipe, den habe ich in den letzten Tagen hier gesehen." Mehr an den Rektor als an Quirin gewandt, ergänzte er: „Ich war nur ausnahmsweise einmal in der Kneipe. Hab mich schon gefragt, was der Kellner hier an der Schule will, für ein Kind im Schulalter ist er noch sehr jung. An der Schule habe ich ihn in Begleitung eines anderen Mannes gesehen. Üble Typen, wenn Sie mich fragen."

Quirin notierte Namen und Adresse der Kneipe.

Wer weiß, vielleicht war das ein Anhaltspunkt. Auf dem Rückweg zur Dienststelle zermarterte er sich den Kopf, wo das Mädchen abgeblieben sein könnte.

THEO
MEIN LETZTES SPIEL: DELIRIUM

Alles in meinem Inneren schwankt wie im Vollrausch. Die Anspannung zerrt erbarmungslos an meinen Nerven. Schreie in meinem Kopf, Emotionen wie Jahrmarktkarusselle, rauf, runter, rundherum. Wieder und wieder.

Ich bin mit dem Auto unterwegs und biege Richtung Industriegebiet ab, vorbei an grauen Produktionshallen, Hochregallagern und akkurat aneinandergereihten Lastwägen, startklar für ihren Einsatz am nächsten Morgen. Mit einer Hand halte ich den Lenker, mit der anderen ziehe ich aus meiner Jackentasche einen Zettel. Nachdem ich in der Fahrschule war, klemmte er am Auto unter dem Scheibenwischer. Er wirkt auf den ersten Blick wie ein harmloser Kassenbeleg. Doch die Forderung ist unmissverständlich:

Mariella	2.000,-
Ravina	1.000,-
Jack	1.000,-

Ein Kopfgeld auf meine Kinder!
Meine Schuldgefühle steigern sich ins Unermessliche.
Sie sind in höchster Gefahr! Heute muss ich alles geben – nur ein Geldsegen kann meine Kinder vor dem Tod bewahren. Hoffentlich ist es dafür nicht zu spät!

In einem Hinterhof rangiere ich den Wagen in eine der engen Lücken. Trotz der frühen Abendstunden ist der Parkplatz fast voll. Teure Schlitten und alte Rostlauben. Jedoch immer dieselben Autos.

Gierige Vollidioten!

Wie oft auf dem Weg hierher komme ich bei Einbruch der Dämmerung. Unbemerkt, gesichtslos. Fahrig öffne ich die Autotür ein Stück zu weit. Das Kratzen des Metalls fährt mir schmerzhaft in die Ohren, anschließend schäle ich mich fluchend vom Vordersitz des Firmenwagens. Ein weiterer Blechschaden, mein Chef wird sich schwarzärgern. Ich höre schon die übliche Gardinenpredigt.

Ungeschickt quetsche ich mich zwischen Mauer und Auto hindurch. Die nackte Haut meines tätowierten Oberarmes schrammt am Stein entlang. Blut tropft vom stolzen Adler, der listigen Schlange, Zeichen meines bewegten Lebens, Relikte aus einer vergessenen Zeit. Die Taubheit meiner Seele nimmt mir jeden Schmerz. Mit ein paar zügigen Schritten bin ich beim versteckten Eingang zur Spielhölle, zu den Räumen, die mir monatelang zunehmend den Verstand raubten, heute jedoch meine letzte Hoffnung sind.

Seit Tagen habe ich keinen Cent mehr eingenommen. Ich kann weder essen noch schlafen noch zum Himmel beten. Die unschuldigen Gesichter meiner Kinder schweben wie Mahnmale durch meinen Geist. Nach welchen Kriterien wird der Wert eines Kinderlebens bemessen: Nach Alter? Oder Schönheit? Was gäbe ich dafür, wenn Mariella hässlich wäre, wie die Nacht.

Ich muss die retten, die mir das Liebste sind!

Eine kalt abrechnende Stimme tief in meinem Inneren fragt: *Stimmt das, sind sie das wirklich? Oder ist dir nur noch das Eine, das Spiel um den König, wichtig?*

Ungeduldig zerre ich an der Tür. Sie springt auf. Basse dringen aus dem Dunklen, nicht laut, eher rhythmisch und fordernd. Wie die Schritte beim Anpirschen eines Panthers. Gefährlich, mir aber vertraut. Sie umnebeln meine Sinne wie raffinierte, giftig säuselnde Stimmen. Fluch und Verführung zugleich.

Ich hätte in meinem ganzen Leben nie hierherkommen dürfen, dann wäre alles nicht so eskaliert!

Mechanisch setze ich einen Schritt vor den anderen. Ohne dass ich etwas dagegen tun kann, tragen mich meine Füße zu den blinkenden Lichtern, zu meinem Lieblingsautomaten, einem Spiel um den König der griechischen Mythologie, König Midas. Der Herrscher von Phyrgien, der das Unglaubliche vermag: Mit seinen bloßen Händen selbst Müll zu Gold zu verwandeln.

Zuerst sehe ich die aufblinkenden Farben der Lichter. Ein kurzer Ausblick auf das, was kommen wird. Ich stolpere. Die Stufe, ich habe sie vergessen. Alles verschwindet hinter einem schwarzen Vorhang: wie ich herkam, was passiert ist, wer ich bin.

Die Luft verändert sich. Ich nehme den vertrauten Geruch nach Whisky und Schweiß wahr. Da fängt mein Körper an zu kribbeln. Es beginnt in meinen Händen. Die Fingerspitzen zucken. Die Haut pulsiert. Ich vernehme ein Rauschen. Wie elektrisiert bleibe ich stehen. Meine Augenwinkel haben sein verführerisches Leuchten längst entdeckt. Mein Herz beginnt laut zu pochen und das Blut steigt mir in atemberaubender Geschwindigkeit in den Kopf.

Jetzt gibt es nur noch ihn und mich!

Am Spielautomaten erscheint Midas, griechischer Göttersohn, Herrscher über Land und Reichtum. Ein besseres Omen könnte es für diese Nacht nicht geben. Der König ist ganz in Gold gekleidet. Er trägt eine glänzende Schärpe. Während sein Gesicht, seine strahlenden Augen in voller Schönheit aufleuchten, bleibt der Mund hart, fast streng. Seine majestätische Haltung unterstreicht den unverrückbaren Herrschaftsanspruch.

Als er hervorschreitet, ertönt eine schmetternde Fanfare. Glänzende Trompeten. Um ihn herum blitzen Schwerter auf.

Er verkörpert unsäglichen Reichtum und grenzenlose Macht. Midas. Er ist besser als alle anderen. Er hat mehr, ist mehr, weiß mehr. *Ich brauche ihn, schaffe es nicht allein, er ist mein Glücksbringer und die Lösung all meiner Probleme.*

Mein Körper zuckt zusammen. Die hellen Schwerter blitzen vor meinen Augen in gnadenlosen Abständen schneller und heller auf.

Mir steht ein Kampf bevor. Ich bin voll konzentriert. Mein Kopf ist leer. Kein Gedanke, keinerlei Gewissensbisse mehr. Die ganze Anspannung der letzten Tage und Stunden fällt innerhalb von Sekunden von mir ab.

Midas. Oh, du goldener König meiner Seele!

Herrscher über Geld und Glück!

Nur der Automat und ich. Ich bin ihm restlos verfallen.

Nie hätte ich für möglich gehalten, wie mich der König in dieser Nacht noch für meine Treue belohnt! Nach drei Stunden ist es wahr, mein Lebenstraum hat sich soeben erfüllt! Ich kann's kaum fassen!

Mit offenem Mund starre ich auf die aufleuchtende Zahl.

ICH HABE DEN JACKPOT GEKNACKT!

Zahlen über Zahlen. *Ein Vermögen!*

Mit meiner Stirn schlage ich an den Automaten. Einmal, zweimal, zehnmal, bis das Blut tropft. Ich wische es grob mit dem Handrücken weg. Es dauert einige endlose Minuten.

Endlich vernehme ich ein verheißungsvolles Klirren in meinen Ohren. Die wenigen Menschen in der Spielhalle sehen augenblicklich neidisch zu mir rüber. Bislang habe ich sie gar nicht wahrgenommen.

Geld, Zaster, Moneten, Knete, Kohle.

Es prasselt im Überfluss hervor. Der Automat schleudert mir pures Glück entgegen.

Ich habe tatsächlich den Jackpot geknackt – eine schwindelerregende Zahl!

Ein heißer Strom schießt durch meine Adern. Nun habe ich es geschafft. *Jaaaaaaaa!* Ich bin stinkreich. Auf einen Schlag.

Ich werde meine Kinder auslösen, alles wird gut werden!

388

Jemand lacht lauthals auf, das Lachen wird erst lauter, dann schrill und letztendlich klingt es hohl und aufdringlich. Der Glücksrausch benebelt meine Sinne. Ich bin es, der lacht.

Während ich die Spielhölle verlasse, blicke ich mich vorsichtig immer wieder um. Nur zu genau weiß ich, dass den Menschen, die sich hier aufhalten, nicht über den Weg zu trauen ist.

Am einarmigen Banditen sitzt ein dicker Mann um die dreißig. Sein Hemd ist fleckig. Weil am Bauch zwei Knöpfe fehlen, steht es offen und der schwulstige Ranzen drückt sich unappetitlich auf seine Oberschenkel. Er starrt voller unverhohlener Gier auf mein Geld. Angeekelt sehe ich wie der Sabber aus seinem Mund tropft, blanker Neid steht in seinen Augen.

Meine Hand greift in die Hosentasche und ertastet das kalte Metall des Klappmessers. Ich würde nicht eine Sekunde zögern, es zu benutzen.

Jetzt wirft er zitternd Münzen nach, langt zum Hebel und zieht ihn mit all seiner Kraft nach unten. Sofort lenken die rollenden Walzen seine ganze Aufmerksamkeit auf sich.

Oder da, die viel zu dünne Tussi am Black Jack, die ihre besten Jahre offensichtlich schon hinter sich hat. Dicke Schminke über blauen Flecken.

Ich kenne Menschen wie sie und weiß genau, sie lügen und betrügen und denken sich gerade: *Warum nicht ich?*

Ermutigt wird auch sie nun ihren letzten Groschen investieren. Die Miete von morgen, das Taschengeld des Kindes oder den Vorschuss, den sie sich vom Arbeitgeber geholt hat.

Oder aber sie folgen mir und versuchen, mich zu überfallen, flüstert eine Stimme in meinem Kopf. Doch um meinen Schatz zu verteidigen, bin auch ich zu allem bereit.

Eine Last fällt von mir ab, als ich die Spielothek verlasse.

Ich habe es geschafft! Midas, meinem Glücksbringer und Retter werde ich unendlich huldigen! Heute Nacht habe ich um das

Wohl meiner Kinder gespielt und ich werde gleich morgen früh alles bezahlen, sie freikaufen, ich habe gewonnen!

Dann beginnt ein neues Leben.

Ich fühle mich gut, als ich Anton schreibe:

Begleite mich morgen Nachmittag zur Polizei und dann zur Suchtberatungsstelle.

Ich brauche Hilfe.

THEO
STERNSTUNDE UND
UNTERGANG

Draußen verstaue ich die zwei Stofftaschen mit Geld umsichtig im Fußraum des Rücksitzes und steige ins Auto. Dann fahre ich zu einer der wenigen Tankstellen, die um diese Zeit noch geöffnet ist. Mehrmals kontrolliere ich, ob der Wagen gut verschlossen ist. Ich tanke, kaufe etwas zu Essen und aus einer alten Gewohnheit eine Zeitung, beobachte jedoch aus dem Fenster der Tankstelle genau mein Auto. Niemand macht sich daran zu schaffen.

Anschließend geht es weiter zu meinem Platz am See.

Ich stelle den Wagen ab, verriegle ihn sorgfältig von innen und knipse die Innenbeleuchtung an. Danach hole ich mein Messer aus der Hosentasche, klappe es auf und lege es in die Mittelkonsole des Autos. *Sicher ist sicher.*

Hier lebe ich bereits seit mehreren Tagen. Mein Hotel ist mein Auto und mein Garten das Ufer des schlammigen Augsburger Autobahnsees. Meine Klamotten wasche ich hin und wieder in einem der Waschsalons.

Zuerst fahre ich den Sitz zurück und bereite mir das Abendessen zu. Ein Geschirrtuch, ausgebreitet auf meinen Knien, ein Brett, ein Messer, Tomaten, zwei Käsebrötchen. Ein Hauch von Normalität.

Habe ich denn Hunger? Ich versuche mich zu erinnern, wann ich das letzte Mal gegessen habe, aber es fällt mir nicht ein.

Mit dem Zähneputzen sieht es nicht anders aus. Heute zwinge ich mich zu diesem menschlichen Ritual. Ich packe den Waschbeutel aus, bürste die Zähne im Auto. Anschließend öffne ich für einen Moment die Autotür, nehme einen Schluck Wasser,

391

gurgle und spucke alles im hohen Bogen nach draußen aus. Später, so nehme ich mir vor, werde ich heimlich die Toiletten und Duschen des angrenzenden Campingplatzes nutzen. Jetzt im Sommer kein Problem. Ich rieche an meinem T-Shirt und verziehe das Gesicht. *Eine Dusche kommt sicher keinen Tag zu früh.*

Ich hole meine Lesebrille aus dem Handschuhfach, setze sie umständlich auf meine müden Augen und greife nach der Zeitung. Obwohl ich so tief abgestürzt bin, bin ich trotz allem ein belesener Mann. Aus meinem früheren Leben, das mir im Moment wie ein unwirklicher glücklicher Roman erscheint, ist mir diese eine kultivierte Angewohnheit des Studierens der Zeitung geblieben. Es grenzt an ein Wunder, aber ich habe es außerdem jeden Tag pünktlich und einigermaßen sauber zur Arbeit geschafft.

Das ist jedoch alles, was in meinem Leben noch funktioniert. Die Dinge, die mir sonst so viel bedeutet haben, meine Familie, mein Zuhause, meine Freunde habe ich endgültig verloren.

Ihm geopfert, Midas, dem König des Goldes!, denke ich und meine Hand greift unbewusst nach hinten, zu meinem Schatz.

Noch mal denke ich hingerissen an den Geldregen.

Nun hole ich mit Genugtuung die schweren Taschen nach vorn, setze sie auf meinen Knien ab und fahre mit vollen Händen hinein. Die Münzen fühlen sich kalt an und hart, trotzdem scheinen meine Hände bei der Berührung augenblicklich zu glühen. Ich umfasse ein Bündel Scheine, knete es achtsam, fast liebevoll mit meinen Fingern, halte es mir unter die Nase und sauge die Luft tief in mich ein. Der unverwechselbare Geruch nach Papier und Druckerschwärze.

Der Duft des Geldes.

Dann sehe ich die Nachricht, ich starre auf die Zeitung. Obwohl ich das Gewicht des Schatzes auf meinen Knien spüre, fühlt er sich plötzlich an wie zentnerschwerer Ballast.

Eine weitere Nachricht von Jana. Sie schickt sie gleich zehn Mal. Sie kennt mich und weiß, dass ich gern die Zeitung lese. Was meint sie, steht auf Seite zwanzig?

Mein Körper erstarrt zu Stein, als ich die drei Todesanzeigen lese: Mariella, Ravina, Jack. Meine Engel sind tot, in den Himmel aufgestiegen.

Ich werfe die Taschen zu Boden, trample mit beiden Füßen fest darauf herum und fange unkontrolliert an zu zittern.

Wieso jetzt? Wo ich doch nun zahlen könnte!

Ich sehe dramatische Situationen vor mir, die bulligen Männer, meine hilflosen, zarten Kinder. Die Gewalt, die ich mir vorstelle, verspüre ich in jeder Zelle meines eigenen Körpers. Es ist nicht auszuhalten. Ich habe sie dem Mammon des Geldes auf dem Altar des Gewinns geopfert: König Midas, einem dummen König der griechischen Antike, der dem Gold verfallen war.

Der so krank war, wie ich es bin.

Ihr Tod ist meine Schuld. Fassungslos starre ich auf die beiden Tüten voller Geld. Mein Gesicht verzieht sich zu einer verheulten Fratze. Das Geld duftet nicht mehr, nein, erst jetzt fällt mir auf, wie anrüchig es riecht. Nach Lüge, Verrat, Gnadenlosigkeit. Oder bin ich selbst derjenige, der so abstoßend stinkt?

Mir wird klar: ich habe jedes Recht auf Leben verwirkt!

Zehn Minuten später spüren meine Füße das kalte Wasser des Autobahnsees. Zu allem bereit.

LILLY

Stella und Lilly hatten den ganzen Nachmittag erfolglos weiter nach Mariella gesucht. Wie von Frau König empfohlen, waren sie zu jeder Freundin persönlich gefahren und suchten mit dem Auto alle möglichen Straßen in der Gegend ab, sogar Basti riefen sie an. Nun kamen sie mit Jack und Ravina nach Hause, kochten sich einen Tee und setzten sich an den Küchentisch, als Lilly eine Nachricht aufs Handy erhielt.

Entsetzt berichtete sie ihrer Schwiegermutter: „Mit Anton ist auch etwas passiert, er ist angegriffen worden. Er liegt im Krankenhaus. Sie haben ihn an der Lunge notoperiert. Anscheinend ist er erst seit kurzem wieder bei Bewusstsein und es geht ihm nach wie vor schlecht, er hat viel Blut verloren. Er hat mir kurz geschrieben, ob ich morgen vorbeikommen kann. Keine Ahnung, wie das passiert ist."

Alles schien sich gegen sie verschworen zu haben. Heute fauchte der Wind ums Haus, er hörte sich böse an wie ein wild gewordener Dämon. Lilly wusste nicht mehr ein noch aus, sie fürchtete ohnmächtig zu werden vor Angst um Mariella.

Ihr Handy klingelte. „Wo seid ihr?", erklang Janas harsche Stimme. Danach die knappe Info: „Mariella ist bei mir. Es geht ihr gut."

Lilly meinte, sie müsste schreien vor überschäumendem Glück, vor gnädiger Erleichterung, vor inniger Liebe und letztlich vor rasender Wut. Doch sie schluckte und brachte keinen einzigen Ton hervor.

Also doch nur ein Teenager-Privatausflug!

Dennoch wunderte sie sich. Sie konnte sich nicht vorstellen, dass Mariella sich bei einem Problem eher an Jana statt an sie wenden würde. Bislang hatte ihre Tochter häufig unter den harschen Vorstellungen von Theos Tante gelitten.

„Wie ist sie zu dir gekommen?", fragte Lilly zögerlich.

„Ich konnte eins und eins zusammenzählen. Ich habe sie von Basti abgeholt. Schließlich habe ich mitbekommen, dass Theo nicht wollte, dass sie ihn besucht."

Also hatte ihr Freund für sie gelogen. Er war der Einzige gewesen, den sie wegen der längeren Wegstrecke nur angerufen hatten.

Das bekommen die beiden noch zu hören!, soviel war sicher wie das Amen in der Kirche.

„Lass mich mit ihr sprechen", bat Lilly. Sie wollte ihrer Wut Luft machen, um Mariella anschließend zu sagen, wie sehr sie sie liebte und dass sie Mariella wegen Basti trotz dieser Scheißaktion unterstützen würde. Theos plötzliche rigide Vorschriften an die Kinder würde sie nicht länger akzeptieren. Hauptsache, ihr Mädchen war wieder bei ihr.

„Nein", meldete sich Jana. „Sie bleibt die nächsten Tage bei mir. Verrate das Theo nicht. Ich habe ihm einen Denkzettel erteilt, den wird er so schnell nicht vergessen und bald einlenken."

Jetzt blieb Lilly der Mund offenstehen. Klar, Mariella konnte stur sein und Lilly verstand absolut, dass sie sich nicht verbieten ließ, ihren Freund zu besuchen. Aber was erlaubte sich Jana da?

„Jana, das kannst du nicht entscheiden!", empörte sich Lilly. Sie fühlte sich, als säße sie in einem falschen Film.

„Und welcher Denkzettel?"

„Wo ist Theo? Sag mir sofort, wo ich ihn finde!", ertönte es harsch aus dem Hörer.

Unwillkürlich fiel Lilly das Gespräch mit Kommissar Seligman ein.

Ein Mörder ging um, war ihre Tochter in Gefahr und wollte Jana deswegen, dass sie bei ihr blieb? Doch da stieg ein neuer Gedanke in Lilly auf:

Habe ich bisher nicht klargesehen und sollte mir gerade deshalb, weil Mariella bei Jana ist, Sorgen machen?

Spontan folgte sie der Eingebung, besser vorsichtig zu sein. So versuchte sie, das Thema zu wechseln: „Es ist etwas Schlimmes passiert, Jana. Anton wurde überfallen."

Am Telefon entstand Stille. Lilly hörte nur Janas Atmen. Schließlich sagte sie: „Anton war für Theo ein guter Freund. Es tut mir leid, dass er erstochen wurde."

Erstochen? Wer sagt das und wenn auch, woher weiß sie das? Lilly, die aus Sorge um ihre Tochter rund um die Uhr Nachrichten hörte, hatte nichts von einem derartigen Überfall mitbekommen.

„Er lebt!", stammelte Lilly.

Stella, die alles mitgehört hatte, deutete auf den Hörer. „Auflegen!", flüsterte sie Lilly zu.

„Bitte sag Mariella, sie soll mich sofort anrufen, jetzt muss ich aber auflegen, es klingelt an der Tür!", ratterte Lilly hölzern herunter und drückte Jana weg.

Da begann ein Film in Lilly abzulaufen. Sie erinnerte sich an Jana, wie diese immer wieder nachfragte, wie das denn bei ihnen mit der Post geregelt sei, angeblich weil es bei ihr Zustellungsschwierigkeiten gab. Und während Lilly über den Streit mit Johanna berichtet hatte, war Jana dagestanden, hatte zugehört, als würde jedes Wort sie interessieren. Die übergroße Jana war zu vielem in der Lage, das wusste Lilly nun, und als sie und ihre Schwiegermutter sich jetzt wortlos ansahen, war klar, auch Stella hatte es verstanden.

Für Stella fühlte es sich an, als erhielt sie einen brutalen Schlag in die Magengegend. Würde ihre Schwägerin tatsächlich so weit gehen und Anton verletzen oder sogar töten? Und was war mit Johanna und sollte sie auch zu den anderen Todesfällen eine Verbindung haben? Zu was war Jana in der Lage?

„Robs Waffe, Jana wusste sicher, wo sie lag. Vielleicht hat sie diese nach dem Tod ihres Bruders und Neffen an sich genommen?" Das würde bedeuten, dass mit dieser Waffe nicht Rob und Andre getötet worden waren und Jana die Waffe besaß. Damit würde sie noch gefährlicher sein!

„Ruf du die Polizei an, sag, dass Mariella bei Jana ist, und erklär unseren Verdacht. Die Nachbarin soll weiter auf Jack aufpassen, ich bring auch Ravina zu ihr. Wir suchen Theo!", schlug Stella vor.

Sofort kamen ihr Zweifel. Alte Gefühle kamen hoch, neben Jana hatte sie sich schon so oft unfähig und dumm gefühlt. Was konnte sie schon gegen ihre kluge Schwägerin ausrichten?

Lilly hielt bereits den Autoschlüssel in der Hand. „Holen wir zuerst Mariella?"

„Unter keinen Umständen." Stella war selbst überrascht, wie sicher sie das wusste. „Ich kenne Jana. Wenn es für sie ein höheres Ziel im Leben gibt, dann ist das die Familie. Mach dir um unser Mädchen keine Sorgen. Jana würde eher die ganze Menschheit vernichten, als den Kindern etwas anzutun. Außerdem kümmert sich die Polizei darum. Theo jedoch ist seit Stunden nicht mehr erreichbar."

„Wir müssen ihn suchen", sagte Lilly auffordernd. Nachdem Stella sich nicht bewegte, fragte sie: „Auf was wartest du?"

„Ich kann das nicht."

„Wieso?", Lilly rasselte ungeduldig mit den Schlüsseln.

„Weißt du, Rob war immer stark und Jana und vor allem du", sagte Stella und senkte den Blick. „Aber ich doch nicht."

„Wer sagt das?", Lilly klang unnachgiebig und streng.

„Ich", stammelte Stella. Stella schämte sich vor Lilly. Sie starrte auf ihre Hände. Plötzlich weiteten sich ihre Augen, der Unfalltag und die besondere Begegnung fielen ihr ein. Dort, schwer verletzt im Auto, hatte sie gewusst, dass sie ihre Hände noch gebrauchen würde. Sie wusste dafür keinen besseren Zeitpunkt als: jetzt! Jetzt ging es nicht um sie, sondern um ihre Enkeltochter und jetzt war ihr Sohn in Gefahr.

Stella stand auf, mit fester Stimme sprach sie: „Ich habe das früher immer gedacht. Doch ich habe mich geirrt." Sie schlüpfte in ihre Schuhe, griff zur Jacke und eilte nach draußen.

Vom Auto aus telefonierte Lilly mit dem Kommissar Seligman. Dann fuhren sie alle Orte ab, die ihnen einfielen, auf der verzweifelten Suche nach Theo.

ENDSPURT

Mehrere Streifenwagen trafen bei Jana Rommels Wohnung ein. Marlene beobachtete von der Straße aus, wie sich hinter den Gardinen am erleuchteten Fenster im ersten Stock ein Schatten bewegte. Frau Busch, die stets Meldungen der örtlichen Presse verfolgte, hatte die Kommissare über die Todesanzeigen der Kinder informiert. Doch nach dem Telefonat mit Lilly Rommels war schnell klar, Jack und Ravina befanden sich bei der Nachbarin. Es handelte sich offensichtlich um eine weitere Drohung gegen Theo, ein Fake, vermutlich von den Erpressern. *Doch wo ist Mariella?*, brannte es Marlene unter den Nägeln.

Marlene und Michael Herman gingen voran, ein Nachbar öffnete ihnen am Mehrfamilienhaus unten die Haustür. Gleich darauf stürmten sie die Stufen hoch, klingelten an der Wohnungstür, bereit, um jederzeit zur Dienstwaffe zu greifen.

Nachdem niemand öffnete, läutete Marlene erneut. Sie hatte Geräusche hinter der Tür gehört.

Da ertönte eine Mädchenstimme: „Gehen Sie. Meine Großtante ist nicht da und ich darf niemanden einlassen."

Erleichtert legte Marlene das Ohr an die Tür. „Mariella! Wir sind von der Polizei, bitte öffne uns, es ist wichtig!" Sie versuchte, beruhigend auf das Mädchen einzusprechen.

„Das kann ja jeder sagen!", ertönte es selbstbewusst als Antwort.

„Hast völlig recht!" Marlene zeigt ihren Ausweis durch den Spion. Es dauerte eine Minute, da öffnete sich langsam die Tür. Vor ihnen stand Mariella und beäugte sie misstrauisch.

„Geht es meinem Papa gut?", fragte das Mädchen weinerlich.

„Jana hat gemeint, sie würde sich um ihn kümmern. Das klang

richtig crazy. Sie hat mich bei Basti regelrecht aus dessen Wohnung gezerrt. Ich bin mit ihr gefahren, naja, weil sie meine Tante ist. Aber manchmal glaube ich, die hat nicht mehr alle Tassen im Schrank. Heute hat sie mir richtig Angst gemacht."

„Wo ist deine Tante hin?"

„Sie hat eine Nachricht bekommen, ich glaub von Papa und dann gesagt, sie weiß endlich, wer es war. Damals. Das mit Papas Vater und Bruder!", erzählte Mariella und gestand: „Ich bin froh, dass Sie da sind." Mariella drückte sich an Marlene, die sie beschützend in den Arm nahm.

Für einen kurzen Moment dachte Marlene an ihre Nichten. *Sie tun so erwachsen und sind doch noch so anlehnungsbedürftig.*

„Was glaubst du erst, wie erleichtert wir sind, zu wissen, dass du in Sicherheit bist", antwortete Marlene ernst. „Aber es ist wichtig, dass du uns alles genauestens erklärst." Marlene war heilfroh, dass Mariella wohlauf vor ihr stand, doch zum Durchatmen war jetzt keine Zeit.

Mariella zuckte nur mit den Schultern. „Was ist mit Papa?"

Marlene merkte, wie Mariella nervös auf der Lippe kaute. „Hast du Angst um deinen Vater, Mariella?"

Das Mädchen nickte. „Er wollte das immer fernhalten von uns, was mit seinem Vater und Bruder passiert ist. Aber man hat ja damals den Täter nicht gefunden. Irgendetwas muss passiert sein, denn in der letzten Zeit war Papa so fertig. Keiner von uns weiß, wieso. Seit einigen Tagen wohnt er nicht mehr bei uns, wir telefonieren oft. Ich hätte nicht einfach zu Basti gehen sollen, aber ich war so sauer auf Papa, weil er mir das verbieten wollte. Dazu hat er doch kein Recht! Aber Jana sucht ihn jetzt die ganze Zeit und ich hab solche Angst, dass auch ihm etwas passiert ist", brach es aus ihr heraus.

Ehrlich antwortet Marlene: „Ich weiß auch nicht, wo sich dein Vater aufhält. Glaub mir, wir finden ihn. Aber", sie strich Mariella tröstend über den Arm. „du hast keine Schuld. Er ist nicht wegen dir verschwunden, da bin ich sicher. Jetzt überleg bitte genau, vielleicht weißt du, wo deine Tante Jana hin ist!"

„Sie hat was von einem Tomes gemurmelt, ich hab gesehen, wie wütend sie war. Jana ist noch schnell ins Schlafzimmer gegangen, da hat sie etwas in einem Tuch aus der Kommode genommen, danach ist sie sofort weggefahren."

Familie Konstanza also, Marlene stöhnte innerlich auf. Und es war davon auszugehen, dass Jana Rommels die Waffe ihres Bruders bei sich trug.

Das riecht nach Rache, war sich Marlene sicher.

Sie verständigte umgehend ihren Kollegen Quirin. Danach wandte sie sich an Michael. „Nimm Mariella bitte im Streifenwagen mit, weg von hier. Und informier ihre Mutter. Danke, Michael."

DIE ALTE BAHNKNEIPE

Kurze Zeit später traf Marlene bei Quirin vor der Alten Bahnkneipe ein. Sie kamen keine Minute zu früh. Aus einem Hintereingang rannten kreischend zwei Frauen mit wehenden langen Röcken auf die Straße. Eine der Frauen stolperte mit ihren hochhackigen Sandalen und ein Polizist eilte ihr zu Hilfe. Als sie das Polizeiaufgebot bemerkten, schreckten sie erst zurück, doch zwei Einsatzkräfte zogen sie schnell mit sich aus der Gefahrenzone. Marlene wies die Sicherheitsleute an, zurückzubleiben. Vorsichtig näherte sie sich mit Quirin dem Gebäude.

Achtlos hingeworfen lag das schwarze Mountainbike vor der Eingangstür auf den abgeschlagenen Stufen. Sie pirschten sich an die Fenster. Durch die schmutzige Scheibe sahen sie, wie Jana Rommels in der Küche der Gaststätte ihre Waffe auf Tomes Konstanza richtete. Im Gegenzug wurde sie von einem anderen Mann, dem Aussehen nach dem Bruder von Tomes, mit einer Kleinkaliberpistole bedroht. Marlenes Puls pochte an ihren Schläfen, Gott-sei-Dank waren, wie ihnen die Kollegen aufgrund der Aussage der Frauen signalisierten, keine anderen Leute mehr im Gebäude. Dennoch war ihr sofort klar: In den nächsten Minuten könnte alles geschehen.

Jana schrie, Wortfetzen über Rache und Tod drangen durch das Fenster. Auf ein Zeichen Quirins hin schlichen die Kommissare die Hausmauer entlang, durch die Hintertür ins Gebäude. Ein Geruch nach Essen und Bier hing in der Luft.

„Für das, was du getan hast, wirst du jetzt mit deinem eigenen Leben bezahlen!" Janas aggressive Stimme hallte durch den Gästeraum.

Mit wenigen flinken Schritten waren Marlene und Quirin hinter Jana. „Legen Sie die Waffen nieder!" forderte Quirin.

Keiner reagierte.

Tomes lehnte an einem der Tische und grinste. Marlene bemerkte den unerschrockenen Blick. Für einen Konstanza waren brenzlige Situationen wohl an der Tagesordnung.

„Ich hab was gut bei dir, Jana", sagte er spitz, von Angst keine Spur. „Wegen dir hab ich mich auf dem Pausenhof geprügelt. Und dann unsere leidenschaftliche Nacht. Erinnerst du dich? Würde mich nicht wundern, wenn ich der Einzige gewesen wäre. Ohne mich würdest du als unberührte Jungfrau dahin darben." Er lachte auf.

„Du und Rob, ihr wart Freunde, er hat dich jahrelang unterstützt", brach es aus Jana hervor. Ihre Stimme klang hart, als gefriere jedes Wort in der Luft. Im widersprüchlichen Kontrast dazu stand nun ihre nach Erklärung suchende Frage: „Warum hast du uns das angetan, Tomes?"

„Die Waffen runter. Sofort", forderte nun auch Marlene, doch erneut bewegte sich niemand. Sie entsicherte ihre Pistole, bereit, sofort zu reagieren.

„Weißt du, jeder beschützt seine Familie auf seine Art. Das mit Rob war so nie geplant. Ehrlich, ich schätzte ihn. Sieh es als", Tomes grinste erneut auf unverschämte Art und Weise, den Begriff, den er nun wählte, betonte er, als schmelze ihm jeder Buchstabe wie Vanilleeis auf der Zunge, „Kollateralschaden."

Dieses Wort schnellte durch den Raum wie ein giftiger Pfeil.

Für Tomes und seinen Bruder kam jede Hilfe zu spät. Jana drückte augenblicklich ab und die Schüsse trafen präzise in die Köpfe der Männer. Sie stürzten umgehend polternd auf den Rücken und blieben mit weit geöffneten Augen reglos liegen. Doch noch in seinen letzten Lebenssekunden hatte auch Tomes Bruder Enrico losgeballert. Jana sank ebenso zu Boden und die Waffe fiel ihr aus den Händen.

Quirin spurtete los und kickte sie schwungvoll mit dem Fuß ins gegenüberliegende Zimmer.

Marlene eilte zu Jana und kniete sich neben sie, ihr Bauch färbte sich rot, während Quirin nach draußen rannte, um die Rettungskräfte zu verständigen.

Unwillkürlich musste Marlene bei dem Blutbad an den Tod der Rommels-Männer denken. Nur, dass die beiden Männer hier sich nicht zuletzt im Arm hielten.

Mit eisernem Griff langte Jana Rommels nach Marlenes Arm und krächzte: „Nicht jeder darf leben. Tomes hat Rob und Andre getötet! Ich habe die Familie bis zum Letzten verteidigt. Wenn ich das nur früher schon gekonnt hätte!" Ihr Blick richtete sich erst auf einen entfernten Punkt, dann zu Marlene: „Hören Sie mir zu. Erklären Sie Theo, warum ich …"

„Erklären Sie besser mir, warum sie unschuldige Menschen getötet und selbst den besten Freund Ihres Neffen schwer verletzt haben!", forderte Marlene. Bis zum Eintreffen der Sanitäter war es sinnvoll, die Verletzte würde sprechen und so eher bei Bewusstsein bleiben.

Marlene stand auf, um dem Notarzt Platz zu machen.

Jana schien von Minute zu Minute schwächer zu werden, ihre Lider begannen zu flackern, doch der Redefluss ebbte nicht ab. Es schien Jana wichtig zu sein, alles zu erzählen und so ließ der Arzt die Kommissare gewähren, während er verzweifelt versuchte, die Blutung am Bauch zu stoppen.

„Wie haben Sie von den Spielproblemen erfahren?", fragte Marlene.

„Bin Theo gefolgt. Oft, nachts, er wusste nichts davon. Theo ist wie Rob: arglos, immer im Glauben an das Gute. Ich würde Theo immer beschützen und lass es nicht zu, dass seine Familie zugrunde geht, wegen eines windigen Spielhallenbetreibers oder eines Beamten, der Geld für die Spielsucht anderer kassiert."

„Also doch Bestechung?", fragte Marlene.

„Als ich Theo folgte, beobachtete ich, wie der Häusler und der Hollezinsky miteinander sprachen, draußen, vor der Spielhalle. Ein Bündel Geld wurde weitergeschoben."

„Und Anton, der Postbote?"

„Theos Familie darf nicht zerbrechen, verstehen Sie nicht?! Niemand darf von seinen Problemen erfahren!" Jana röchelte, Blut lief ihr aus dem Mund.

Marlene half dem Arzt, Janas Kopf zu stützen, nahm ein abgewetztes Polster von der Eckbank und schob es ihr in den Nacken.

„Sie sind Krankenschwester, Sie haben Leben gerettet. Wann wurden Sie von der Retterin zur Mörderin?" fragte Quirin, der sich hinter Marlene stellte.

„Mörderin? Wieso? Es war notwendig", lautete Janas pragmatische Erklärung. Dann verdrehte sie die Augen, schien in eine andere Welt abzugleiten. „Dem Baby war kalt. Auch ich mochte Anni", hauchte sie ihre letzten Worte.

Die Sanitäter versuchten hektisch, das Schlimmste zu vermeiden, doch der Schuss hatte offenbar eine Arterie im Bauchraum getroffen. Jana verstummte, dann lächelte sie und schloss ruhig die Augen.

Sie wirkte, als schliefe sie, als die Sanitäter die lebensrettenden Maßnahmen einstellten.

STELLA
MEINE AUFGABE

„Wo könnte er noch sein?", drängte Stella ungeduldig.

Lilly schlug vor: „Denk nach, wo ihr in Theos Kindheit wart."

Panik machte sich bei den beiden Frauen im Auto breit. Seit Stunden suchten sie jeden ihnen möglich erscheinenden Platz nach Theo ab.

Stella zwang sich fieberhaft scharf nachzudenken. „Am Autobahnsee. Beim Ballspielen, Theo fütterte gerne die Enten."

Schon setzte Lilly den Blinker, riss den Lenker herum und bog in die Richtung ab.

Tatsächlich, als sie den Parkplatz abfuhren, stand da Theos Fahrschulauto. Die Türen waren sperrangelweit geöffnet. Lilly machte sich nicht die Mühe, einzuparken. Sie hielt mitten auf dem Weg an. Sie stolperten aus ihrem Auto und stürmten zu Theos Wagen. Auf dem Beifahrersitz lag eine Zeitung, auf der Vorderseite die Todesanzeigen. Daneben einzelne Geldscheine, Münzen. Wahllos verstreut.

„D-Da steht", Lilly stotterte, sie atmete stoßweise, „die Kinder, sie wären gestorben."

Neben der Zeitung lag Theos Handy. Lilly kannte den Erkennungscode, entsetzt las Stella Janas Nachricht. Nun konnte sie eins und eins zusammenzählen.

„Er hat geglaubt, die Kinder wären tot. Janas Denkzettel", äußerte Stella fassungslos, doch für Gespräche war keine Zeit. „Du rufst sofort Polizei und Rettungsdienst. Dann komm zum See."

Stella rannte los. Automatisch trugen sie ihre Beine dahin, wo sie früher gewesen waren und viele glückliche Stunden gemeinsam erlebt hatten. Das Mondlicht warf in der sternenklaren Nacht einen schwachen Schein auf den See.

Etwas treibt dort, erkannte sie. *Sind das Haare?*

„Theo!", brüllte sie. Mit dem, was sie am Leib trug, watete Stella in großen Schritten in das kalte Wasser. Mit aller Kraft zog sie an dem treibenden Körper. Er war unsäglich schwer. Stella fing an zu brüllen, so, als begebe sie sich in den Kampf ihres Lebens. Ihre Hände umklammerten Theos Kopf, es gelang ihr, ihn über die Wasseroberfläche zu bringen. Sie wunderte sich selbst über die Energie, die in ihrem zierlichen Körper verborgen war. Während sie mit einer Hand den Kopf über Wasser hielt, umschlang sie mit der anderen seinen Körper. Mit eiserner Zähigkeit stemmte sie ihre Beine auf den Grund. Ihre Gliedmaßen zitterten unaufhörlich, doch sie wusste, sie würde ihr Kind halten und wenn es sich um Stunden handeln würde.

Jetzt griffen zwei weitere Arme unter den leblosen Mann. Lilly. Gemeinsam zogen sie Theo mühsam ans Ufer.

Oh Gott, betete Stella, *lass mich nicht noch ein Kind verlieren.*

Reflexartig zog sie Theos klammes T-Shirt hoch und legte ihre Hand an seine Brust. Da, plötzlich prustete Theo und die beiden Frauen richteten ihn auf, als er Wasser ausspuckte.

Sie waren keine Sekunde zu früh gekommen und dennoch, Stella wusste, ihre Hände hatten es geschafft. Theo lebte, das war alles, was zählte.

Verwundert banden sie zwei schwere Taschen voll durchnässter Münzen und Geldscheine, die mit Ufersteinen beschwert waren, von Theos Füßen. Lilly legte ihren Mantel über ihn. Liebevoll hielten die beiden Frauen Theo im Arm. Es dauerte einige Minuten, bis er zu sich kam.

„Die Kinder!", würgte Theo hervor.

Unsicher sah Stella Lilly an. Waren sie wirklich in Sicherheit? Nach all dem, was ihr über ihre Schwägerin klar wurde?

Sie brauchten nicht lange zu spekulieren. Ein Quad brauste aus der Dunkelheit heran. Die Kommissare König und Seligman sprangen heraus und liefen zu ihnen.

„Wo ist Mariella? Sind die Kinder tot?" Theo richtete sich mit letzter Kraft auf, sein Blick huschte panisch von einem zum anderen.

Marlene König kniete sich zu den Frauen und Theo auf den Boden. Ernst sah sie die drei an. „Den Kindern geht es gut, sie sind in Sicherheit. Es gab jedoch einen Schusswechsel in einer Kneipe, zwei Familienmitglieder der Familie Konstanza und ihre Schwägerin Jana Rommels wurden tödlich getroffen. Ihre Schwägerin hat zudem gestanden, für mehrere Tötungsdelikte verantwortlich zu sein."

„Mit den Todesanzeigen wollte Ihre Tante Ihnen Angst einjagen und sie unter Druck zurückholen", sagte der Kommissar Seligman.

Während Lilly sich mit den Sanitätern um Theo kümmerte, setzte sich Stella an das dunkle Wasser. Der Mond schien sichelförmig auf die sich leicht im Wind wiegende Oberfläche. Die letzten Stunden hatten ihr alles abgefordert, doch ihr Kind und ihre Enkelkinder waren am Leben.

Stella dachte an die merkwürdige Besucherin, eine warmherzige Frau, Paula, unscheinbar auf den ersten Blick. Sie hatte sich vor einigen Wochen bei ihr angekündigt. Die Frau erklärte, sie hätte jahrelang über diesen Besuch nachgedacht, doch sich erst jetzt, nachdem sie selbst krank war, dazu entschlossen mit Stella zu sprechen, bevor es zu spät dafür sein würde. Sie berichtete ehrlich und schonungslos, sie und Rob hätten sich ineinander verliebt, kurz vor seinem Tod.

Insgeheim hatte Stella das damals gespürt und heute war da kein Stich mehr, im Gegenteil, es gab nur noch Versöhnung. Sie war Paula dankbar, denn diese erzählte ihr von Robs verletzlicher Seite. Von seiner Vergangenheit während der Vertreibung, dem Tod seiner jüngsten Schwester, der Vergewaltigung der Mutter.

Und sie, Stella?

Ich habe ihn vergöttert, ihn auf ein Podest gehoben, dahin, wo er nicht er selbst sein konnte. Für mich musste er stets stark sein, seinen schmerzlichen Teil habe ich nicht wahrgenommen, gestand sie sich ein. Sie dankte Paula für ihre Zuwendung und freute sich, dass ihr Mann noch Frieden gefunden hatte.

Hier am Ufer des Sees betrachtete Stella ihre gealterten Hände und das traumhafte Erlebnis bei ihrem Unfall kam ihr wieder in den Sinn. Niemandem hatte sie davon erzählt.

Stella sah zu den Sternen auf. „Das war meine Aufgabe und ich werde noch weiter für meine Familie da sein, Rob", flüsterte sie und dachte an ihren Mann, den sie über den Tod hinaus liebte und verehrte.

NORMANNENKÖNIGIN

Marlene quälte sich aus den Reiterstiefeln. Zugegeben, jeder Sitzmuskel tat ihr weh. Wie fit war sie nur als junges Mädchen gewesen! Neben ihr stöhnte Quirin auf. Offensichtlich plagten ihn seit dem Reiteinsatz Probleme mit den Bandscheiben.

Quirins Großmutter hatte heute gekocht und zum Abschluss ihres Ritts hatte Quirin Marlene zum Essen eingeladen. Es duftete bereits aus seiner Küche: Hackbraten mit Kartoffelpüree.

Sie hatten sich beide während ihres Einsatzes beim Fußballspiel perfekt und kerzengerade auf den Pferden gehalten. Abgerundet war der Tag von einer Ansprache Stahlgrubers geworden, das Mobilitätsprojekt habe nachhaltige Ideen in die alltägliche Arbeit implementiert, besonders stolz sei er auf die ausgezeichneten Reiter aus dem Team von Frau König.

„Beteiligen wir uns nun künftig an Einsätzen der Reiterstaffel?" fragte Marlene und bemerkte den muffeligen Pferdegeruch, den sie mit ins Haus brachten.

„Sie meinen bei der Reserveeinheit? Vielleicht bin ich doch eher für den Backstage-Bereich", grinste Quirin.

Sie zogen sich um und wuschen sich die Hände, anschließend setzten sie sich zu Quirins Großmutter auf die Eckbank und genossen den deftigen Abendschmaus.

„Von Beginn an war der Quirin mein Lieblingsenkel", gestand die alte Frau lächelnd, strich Quirin über die vom Reithelm verwurschtelten Haare und gab während des Essens weitere Erinnerungen an ihren Enkel zum Besten. Als jedoch die Kirchenglocken ertönten, nahm die Runde ein abruptes Ende. Die alte Frau machte sich auf zum abendlichen Kirchgang.

Nachdem sie weg war, fragte Marlene: „Der Lieblingsenkel also?"

„Mit Sicherheit. Aber auch der Einzige", kam die Antwort.

Die Kommissare nutzten die Zeit, um in Ruhe über den abgeschlossenen Fall zu plaudern. Marlene schätzte das, die eigenen Gedanken noch in Worte zu fassen, hatte sich bei ihnen als eine Art Psychohygiene eingeschlichen.

„Jana hat den Mord an ihrer Familie nun Jahre nach dem Massaker gerächt", sagte Marlene. „Sie muss ihrem Neffen manchmal wie ein Schatten gefolgt sein: zur Spielothek, zur Bank, nur das mit den Erpressungen realisierte sie anscheinend nicht. Nachdem sie nach seinem Rausschmiss bei Lilly nicht mehr wusste, wo er war, befürchtete sie, die Kontrolle zu verlieren, ist gänzlich durchgedreht. Es gab sicher eine Zeit, da hat sie gehofft, ihr Neffe höre auf sie und lege eine Spitzenkarriere hin, sammle Vermögen an und entspreche ganz den Vorstellungen, die sie von seinem Leben habe. Weil sie kapierte, dass das nicht funktioniert, entwickelte sie ihre ganz eigenen Methoden, um Theos Spielsucht zu vertuschen und zu rächen. Andere wurden beschuldigt: der Spielhallenbetreiber, die Behörde, die eine Erlaubnis für Spielhallen erteilt. Im Grunde wollte sie eine Bilderbuchfamilie. Johanna Bergmann, Jana hat eiskalt in der Nacht die Bremsen manipuliert. Sie bekam den Streit mit Lilly mit, zählte eins und eins zusammen, es war ihr umgehend klar, dass Theo in seinem Suchtrausch die Rechnungen manipuliert hat."

Quirin gähnte herzhaft und nahm einen tiefen Schluck von seinem Bier: „Süchtige greifen einfach zu, um ihre Sucht zu finanzieren, werden erfinderisch, skrupellos, auch wenn es um die eigene Familie oder um Freunde geht. Doch auch Theo Rommels Bankberaterin, Frau Schuster, hat eine bedrohliche Situation gemeldet. Angeblich fühlte sie sich von einer Gestalt verfolgt, während sie am Wochenende mit dem Hund zum Joggen ging. Ihr Mann lief Frau Schuster entgegen, da verschwand die Person."

Marlene atmete tief durch. Sie mutmaßte: „Vermutlich wäre sie als Nächste dran gewesen, vielleicht war Jana wütend auf sie, weil sie aus ihrer Sicht zu großzügig Kredite an Theo vergeben hat."

„Mag sein. Jana Rommels, eine ältere Dame, körperlich aber topfit." Quirin stand behäbig auf, nahm das schmutzige Geschirr und stellte es in die Spülmaschine.

„Waren Sie gestern bei Lilly Rommels?", fragte Marlene und half ihm, den Tisch abzuräumen.

Er nickte: „Ein angenehmes Gespräch. Sie sagte, sie dachte immer, Jana sei ein guter Mensch. Davon geht man offensichtlich bei einer Krankenschwester und einem engen Familienangehörigen aus."

Ohne lang nachzufragen, griff Marlene zu einem Spüllappen und hielt ihn unter das fließende Wasser. „Was ist gut und was böse? Eine Frage der persönlichen Definition?", sinnierte sie.

Quirin antwortete: „Aus Jana Rommels Sicht bedeutete gut: alles für die Familie zu tun. Ich unterstelle ihr, dass sie keine Freude an ihren Taten empfand, sie stufte sie schlicht und ergreifend als notwendig ein." Er schaltete die Spülmaschine ein, holte wie selbstverständlich zwei Schnapsgläser aus dem Küchenschrank und wühlte im Regal nach dem passenden Inhalt. „Ihr Trauma hat sich in ihrem Beruf laufend wiederholt. Vermutlich musste sie selektieren, wem sie zuerst Hilfe zuteilkommen lässt. Merkwürdigerweise versuchen manche Menschen, ihre Wunden zu heilen, indem sie sich immer neuen Belastungen aussetzen." Das war ein Punkt, den Marlene wohl nie begreifen würde. Sie putzte den Tisch ab und trocknete mit einem Geschirrtuch nach. „Traumatische Erlebnisse in der Kindheit, abgespaltene Emotionen. Für sie war das Töten letztendlich eine logische Konsequenz. Wie ist es, wenn man in Krisengebieten arbeitet und sich im Notfall für die Behandlung eines jungen

Menschen und damit gegen die Rettung des Älteren entscheidet? Ist hier der Begriff Tötung überhaupt diskutabel?", stellte sie in den Raum, ohne hierfür eine Antwort zu erwarten.

Quirin räumte einige Flaschen um, bis er das Passende fand: Einen Williams Birne. „Theo Rommels hat von einer traumatischen Vertreibung der Familie nach dem Zweiten Weltkrieg gesprochen. Es gibt psychologische Studien über seelische Nachwirkungen für Kinder und Enkel der Kriegsgeneration. Kriegserlebnisse hinterlassen Verletzungen in Familien, über Generationen hinweg. Emotionale Spuren in der Seele der Nachkommen. Das kann zu übermäßigem Leistungsdruck, Gefühlen von Einsamkeit und Heimatlosigkeit oder einer unerklärlichen Unruhe führen. Das, was für die Menschen in der Kriegszeit überlebensnotwendig war, wie das Drosseln von zu starken Gefühlen oder etwas unbedingt schaffen zu müssen, weil man früher plötzlich alles verloren hatte, wurde in den Familien weitergelebt und war irgendwann für die Nachkommen nur noch irritierend und belastend."

Marlene dachte nach. „Theo Rommels hat viel durchgemacht. Wie stehen seine Chancen?"

„Spielsucht ist nicht unheilbar. Er erhält Unterstützung. Jetzt kommt es schlussendlich einzig und allein auf ihn an."

Marlene beobachtete aus dem Fenster, wie Glücksschwein sich im Garten wälzte. Quirin spülte die geleerten Pfannen und klapperte mit dem Geschirr vor sich hin. Dann kam er mit zwei Schnapsgläsern und dem Willi.

„Übrigens, ich bin stolz auf Sie", warf Marlene ein und schielte zu Quirin, der ihnen einschenkte. Sie widersprach nicht, nach den letzten Wochen konnte Marlene den einen oder anderen Schnaps gut vertragen.

„Ich habe trotz dem Scheiß das Spielsuchtthema gut gemeistert, oder?", grinste Quirin sichtlich selbstzufrieden.

„Jawohl", schmunzelte auch Marlene.

Tatsächlich hatten sie die illegalen Pokerrunden der Konstanzas genauer unter die Lupe genommen. Es handelte sich nicht nur um ein verbotenes Spiel in einem der Augsburger Hinterzimmer. Zu Recht sprach Marlene von einer Poker-Mafia. An den Spielkarten entdeckten sie zudem unsichtbare Magnetstreifen, die Signale an winzige Empfänger sendeten. Die Falschspieler kannten also das Blatt ihrer blauäugigen Mitspieler. Weitere Ermittlungen gegen Beteiligte liefen.

Eine angenehme Entspannung machte sich in Marlene breit. Sie streckte ihre Beine auf der gemütlichen Eckbank aus. Vor ihr und ihrem Kollegen lagen einige freie Tage. Quirin hatte ihr versprochen, beim Paris-Puzzle weiterzuhelfen. Es ging um die Außentreppe, 364 Stufen.

Marlene hatte ihrem Date, dem Lehrer, in einem ehrlichen Gespräch einen Korb gegeben. Der Grund dafür war, dass sie jedes Treffen als anstrengend empfand. Sie hatte keine Lust, sich dauernd zu überwinden.

Quirin setzte sich auch auf die Eckbank, schlüpfte aus seinen Pantoffeln und lagerte mit einem wohligen Seufzer genauso wie Marlene die Beine hoch.

„Wissen Sie was, Marlene? Im Moment ist alles genau so, wie es sein sollte."

Marlene stimmte lächelnd zu: „Sie sprechen mir aus der Seele. Außerdem glauben Sie mir: Dating wird überschätzt."

„Beziehung geschieht eben oder nicht", verbreitete Quirin neunmalkluge Weisheiten: „Apropos! Zeit, in unserer einen Schritt weiterzugehen."

Augenblicklich beugte sich Marlene erschrocken nach vorne, die Brille rutschte ihr auf die Nase, während sie ihn genauestens inspizierte.

„Ähm, vielleicht könnten wir – ähm, ich mein, du oder Sie", erstaunt beobachtete Marlene, wie der Kollege den Blick wie ein schüchternes Mädchen senkte. Das meinte er also. War das jetzt amüsant, erleichternd oder vielleicht eine Spur enttäuschend?

„Jetzt habe ich mich zu weit aus dem Fenster gewagt", murmelte er. Quirin lief bis zu seinen Segelohren rot an wie eine reife Tomate.

Marlene kostete den Moment schadenfroh aus, dann war sie gnädig.

„Marlene Brunhilde!" Sie hob ihr Schnapsglas.

„So wie die Normannenkönigin?", jetzt konnte er wieder grinsen.

„Wenn du die rachedürstende, unüberwindbare Kriegerkönigin meinst, haargenau so!", bestätigte Marlene mit einem Blitzen in den Augen.

„Quirin, einfach wie-", offensichtlich wollte er eine Pointe setzen, doch da kam nichts mehr. Feierlich erhob auch er sein Glas:

„Na dann, auf du und du, Eure Majestät!"

THEO
HOMMAGE AN DIE FÜßE

Ich brauche sie für jeden Schritt,
sie sollen mich sicher durchs Leben tragen.
Wie die Wurzeln der Bäume schenken sie mir Halt und Sicherheit.
Sie sind mein Anker und halten mich gerade, aufrecht.
Wenn ich mich auf die Zehenspitzen stelle,
bin ich größer, kann mich strecken.
Barfuß im Gras, mit jeder Sinneszelle
spüre ich die Erde.
Doch was geschieht, wenn sie das Gleichgewicht verlieren und
mich nicht mehr stützen, eigene Wege gehen,
hin zu Orten, an denen ich nie sein sollte?

Was, wenn meine Füße die Kontrolle in meinem Leben
übernehmen?

„In fünf Minuten erreichen sie Augsburg Hauptbahnhof!"

Theo packte Stift und Block in seinen Rucksack. Er und Anton drückten sich durch die Menschenmenge zum Ausgang. Theo hatte gelernt, Dinge schriftlich zu verarbeiten. Das war für ihn wie ein Tagebuch und er wunderte sich dabei selbst über die neu entdeckte kreative Ader.

„*Dann führe ich sie wieder zu mir selbst zurück*", seine Lippen formulierten lautlos den letzten Satz seines Verses.

„Was hast du gesagt?", fragte Anton und griff nach Theos Koffer.

Die Zugtüren öffneten sich und die beiden Männer stiegen aus. Genussvoll sog Theo die erfrischende Luft in seine Lungen.

Er freute sich, wieder in der Stadt zu sein. Anton ging es nach einem längeren Krankenhausaufenthalt gesundheitlich zunehmend besser und er hatte Theo von der Reha abgeholt. Theos Koffer war nicht schwer, er brauchte nicht viel, die letzten drei Monate hatten ihn zur Ruhe kommen, einen anderen Menschen aus ihm werden lassen. Psychosomatische Sucht Reha, Theo hatte in vielen Gesprächen mit Psychologen seine Schwierigkeiten Punkt für Punkt aufgearbeitet: der traumatische Überfall auf seine Familie, seine Schuldgefühle, anstatt seines Bruders geerbt zu haben. Außerdem hatte er erfahren, dass einige seiner Probleme schon eine Generation vor ihm entstanden waren und er sozusagen ein „Kriegserbe" mit sich in seiner Seele trug. Da war die Erpressung nur der Tropfen auf den heißen Stein gewesen. Der Nebel in seinem Inneren lichtete sich zunehmend und der Psychologe zeigte sich sehr zuversichtlich, dass Theo es schaffen könnte, dauerhaft der Spielsucht zu entsagen.

Theo mietete sich eine Pension in der Nähe von Mutters Wohnung und sie machten gemeinsam einen Ausflug ins Allgäu, nach Paulas Beschreibungen und Gesprächen mit älteren Bewohnern aus Füssen fanden sie auch tatsächlich Annis Grab und legten dort Blumen nieder.

Janas Leiche war eingeäschert worden, das entsprach dem Wunsch, den sie früher schon geäußert hatte. Ihre Taten waren unentschuldbar, sicherlich war auch sie krank gewesen, dennoch, Mutter wollte sie bei ihrer letzten Ruhe begleiten und kümmerte sich um die Beisetzung.

Regelmäßig radelte Anton wieder mit Theo, wie in früheren Zeiten, an den Lech. Zwar hatten sie Andres Asche nicht in die Strömung gestreut, aber hier, an dem Platz, an dem sie viel mit ihm gelacht hatten, fühlten sie sich Andre immer noch sehr nahe. So verbrachten sie auch an diesem Nachmittag einige Stunden auf den Kiesbänken.

„Hast du wirklich alle Schulden tilgen können?", wollte Anton wissen, während er an seinem Bier nippte.

„Jana hat stets eigene Bedürfnisse hintenangestellt und so einiges angespart. Dieses Erbe habe ich einfach Lilly übertragen, sie verkaufte auch Janas Wohnung. Lilly bezahlte die Schulden und es blieb sogar noch was übrig, davon hat Mariella ein neues Fahrrad bekommen", sagte Theo erleichtert und ihm fiel ein. „Im Delirium dachte ich zuletzt sogar tatsächlich, ich hätte am Automaten ein Vermögen gewonnen."

Anton betrachtete Theo genau: „Aber du glaubst hoffentlich nicht, dass so etwas tatsächlich gelingt."

„Nein, nie mehr im Leben", versicherte Theo ernst. „Unrealistisch. Wahnhafte Gedankenspiele. Glücksspielsucht macht letztendlich jeden arm und krank. Doch vorsichtshalber habe ich selbst eine gesetzliche Betreuung beantragt. Sie wurde mir vom Amtsgericht für befristete Zeit gewährt. Nun regelt ein Sozialarbeiter vorübergehend meine finanziellen Angelegenheiten. Das gibt mir Sicherheit."

„Ich habe mich außerdem zu den rechtlichen Spielerschutzmöglichkeiten erkundigt. Man kann bei den Spielhallen eine Spielersperre erlassen", wusste Anton.

„Machst du das mit mir?", fragte Theo und Anton nickte.

Die beiden Männer sprachen viel miteinander, es war anders wie früher, besser. Sein Freund war für ihn da, es kam Theo vor, als hätte sich in ihrer Freundschaft etwas verschoben. Er stützte sich auf Anton, so wie dieser schon immer auf ihn gebaut hatte.

„Ich habe Lilly einen Brief geschrieben", gestand Theo. Nach all dem, was geschehen war, maßte er sich nicht an, sie zu besuchen.

Obwohl Theo Lilly und die Kinder sehnlichst vermisste, war es gut zu wissen, dass Anton regelmäßig nach ihnen sah und es ihnen an nichts fehlte. Theo schämte sich für das, was passiert war, und beschloss, Lilly und die Kinder in Ruhe zu lassen, auch wenn er jede Stunde an sie dachte.

Vermutlich sind sie besser dran ohne mich, glaubte er.

Noch von der Therapieeinrichtung aus hatte Theo sich erneut für das Studium der Rechtswissenschaften eingetragen. Theo interessierte sich für Sozialrecht, er wollte arme Menschen, Kranke und Obdachlose rechtlich beraten und sie vertreten. Er wünschte sich, dass niemand mehr unter der Brücke leben musste. Theo las sich Tag für Tag mehr ein. Jetzt, da er wusste, mit welchem Ziel und Sinn er das machte, packte ihn ein nie gekannter Eifer.

Ein Fahrrad näherte sich ihnen, Bremsen quietschten.

„Selina hat gesagt, sie holt mich ab", fiel Anton ein und er erhob sich.

Die Hotelkauffrau, die Anton verletzt im Zimmer gefunden hatte, hatte ihn auch im Krankenhaus regelmäßig besucht. Seither trafen sie sich und Anton wirkte glücklicher denn je.

„Gewöhn ihr das ab", sagte Theo lachend, er fühlte sich schlagartig um Jahre in die Vergangenheit zurückversetzt.

„Sie hat Angst um mich", behauptete Anton und klang stolz.

„Weiß sie, dass du schon erwachsen bist?", fragte Theo bewusst auf ihr früheres Wortspiel auf Antons Mutter bezogen.

„Selina kann sonst nicht schlafen", stieg Anton mit ein. Nun lächelte er glücklich: „Auf jeden Fall liege ich heute Nacht nicht allein im Bett."

MEINE HEIMAT

Nachdem Theo bereits einige Wochen in der Stadt war, schlenderte er abends durch die Gassen. Dabei kam er auch an Spielhallen vorbei, doch es zog ihn dort, wo er seine persönliche Hölle gefunden hatte, nicht mehr hin. Er hatte die Kontrolle zurückerlangt und wusste im tiefsten Innern, dass ihm das niemand mehr nehmen konnte.

Midas, der König des Goldes hatte die Schlacht um seine Seele verloren. Vaters Buch hatte ausgedient, er fand eine Telefonzelle, die zum Büchertausch lud, nahm das Buch und stellte es hinein. Die Erinnerungen an eine frühere Zeit trugen ihn nicht mehr.

Theo schleppte eine voll bepackte Tüte mit sich. Heute steuerte er einen bestimmten Ort an: am Stadtbach, bei der Brücke. Dort war ein Obdachloser, jünger noch, als er damals gewesen war, während er an diesem gottverlassenen Ort gestrandet war. Theo grüßte freundlich und stellte ihm die Tüte mit Lebensmitteln hin. Mutter und er hatten nicht vergessen, wie jemand in seinen schlimmsten Zeiten zu ihm gekommen war und ihn versorgt oder wie Vater sich für die Armenspeisung engagiert hatte. Dies war für beide zum täglichen Spaziergang geworden, wenn Theo nichts vorbeibrachte, dann machte sich Stella auf.

Einige Meter flussabwärts setzte Theo sich an den Bach, lehnte sich an einen Baum und beobachtete das Wasser, das im Sonnenlicht glänzte. Hier war er oft mit seiner Familie gewesen.

Kaum, dass er sich niedergelassen hatte, fielen ihm die Augen zu. Er döste so lange, bis er auf ziemlich unsanfte Art und Weise geweckt wurde: ein grobes Zwicken in der Nase und ein nasser Kuss auf seine Backe.

„Bapa!", brüllte Jack und er schmiss sich auf ihn.

„Nicht nur du!", schimpfte Ravina, drückte ihren Bruder zur Seite und umarmte Theo als Nächste. „Ich habe dich so vermisst!" Ihr liefen heiße Tränen über ihre zarten Wangen.

Mariella kam ganz nah und flüsterte ihm ins Ohr: „Papa, ich mach mit ihm Schluss, Mama weiß noch nichts davon."

„Schatz, nein, Basti ist okay!", widersprach Theo und er fühlte sich wie in alten Zeiten.

„Aber manno, der will jeden Tag mit zu mir, der geht mir auf die Nerven!", schimpfte Mariella und kuschelte sich ebenso an ihren Vater.

Theo konnte sein Glück nicht fassen, als er auch noch Lilly sah. Sie kniete sich vor ihn hin und sah ihm tief in die Augen. „Weiterhin regelmäßig Psychotherapie, die Betreuung bleibt mindestens ein Jahr, ich erhalte alle Post, und: keine einzige auch noch so winzige Lüge mehr", ordnete sie streng an, zeigte mit Daumen und Zeigefinger einen Millimeterspalt an. „Und: du ziehst baldmöglichst wieder zu uns nach Hause."

Da küsste sie ihn zärtlich auf den Mund.

Theo blickte sie fasziniert an. „Wie habe ich das verdient?", fragte er glückselig.

„Ich verlasse meinen Mann nicht, nur weil er krank ist", lautete die kompromisslose Antwort.

„Mama hat gesagt: in guten wie in schlechten Zeiten!", jetzt strahlte Ravina wieder.

Theo küsste seine Frau zärtlich, dann sagte er: „Lass uns eine Vernissage durchführen, Andres früherer Freund hat mir die Mappe mit Andres Bildern gegeben. Marco hat nicht nur das eine Bild von Andre mitgenommen. Es sind wunderbare Kunstwerke. Marco wohnt nun bei einem Freund, der im Kulturmanagement arbeitet. Er findet die Zeichnungen toll und hätte Lust, mit uns eine Ausstellung zu organisieren." Hoffnungsvoll lächelte er seine Frau an. „Machst du das mit mir?"

Lilly nickte. „Gute Idee, Andres Werke, untermalt mit Musik, vielleicht finden wir auch passende Texte. Einer fällt mir schon ein. Hör mir zu!"

Theo schloss die Augen, nahm Lillys Hand und lauschte ihrer Stimme. Sie klang wie duftender Honig in seinen Ohren:

„Ab und an passiert es, dass auch bei uns Menschen wie bei einer Harfe eine Seite berührt wird, unabsichtlich und doch beginnt damit unsere Seele zu klingen, zu beben. Manchmal ist das so, wenn man einen ganz besonderen Menschen kennenlernt. Viele erleben dieses Glück nur für Momente, für einmalige Augenblicke, für einige wird daraus jedoch eine Sinfonie, eine einzigartige Melodie fürs ganze Leben – eine Heimat."

WAS GLÜCK WIRKLICH IST

Später trug Theo den müden Jack nach Hause. „Spielst du
wieder mit mir?", flüsterte ihm Jack, der sich fest an seine
Schulter kuschelte, ins Ohr.
Spielen macht glücklich, fiel Theo ein. Er lachte fröhlich auf
und dachte an einen harten, runden Fußball.
Theo erntete einen überraschten Blick von Lilly. Ich mache
dich glücklich, versprachen ihr seine Augen. Nie mehr würde
er sie enttäuschen. Nie mehr würden ihn seine Füße in die
Spielhölle führen, denn so viel war Theo
klar geworden:

Glücksspiel macht unglücklich.
Es setzt dein Glück aufs Spiel.

• 𝓮𝓸𝓻 • ✧𝓸𝓮𝓸✧• 𝓮𝓸𝓻 •